눈물을 마시는 새

4

눈물을 마시는 새

이영도 판타지 장편소설

눈물을 마시는 새

4
왕을 찾아헤매는 인간

황금가지

차례

제 15 장

바라기의 실종이 정확히 언제 일어난 사건인지는 알기 어렵다. 오랫동안 쓰지 않던 물건을 찾으려 했을 때 그것이 보이지 않는다는 사실을 깨닫게 되는 흔한 경험을 해 본 적이 있는 사람이라면, 바라기의 실종에 관련된 상황을 거의 정확하게 아는 셈이다. 바라기의 실종이 공식적으로 언급된 것은 추풍왕 2년의 일이다. 하지만 역사학자들이나 문헌학자들은 그 이전 시기의 사료들에서 이미 '거대한 슬픔'이나 '돌이킬 수 없는 손실', '우리 모두가 아는 저 끔찍한 손해' 등의 은유적인 표현들을 찾아낼 수 있었다. 따라서 추풍왕 2년의 저 유명한 고발은 고발이 아니라 이미 공공연한 사실을 공식적으로 인정한 것으로 받아들여야 한다. 그 이전 시기의 왕들에게, 바라기는 그렇게 필요한 물건이 아니었다. 도로왕이라는 별칭으로 불려지는 경우가 더 많은 극연왕은 역대 최장 기간의 집권 기간을 통해 열성적으로 도로를 건설했으며, 아라짓 전사들은 어쨌든 훌륭한 건축가는 아니다. 따라서 극연왕의 기나긴 집권 기간 동안 아라짓 전사들을 통솔하기 위해 바라기가 등장해야 하는 일은 없었다. 또한 그 뒤를 이은 독서왕의 경우 극연왕이 건설한 도로를 고서적 수집에 이용할 수 있게 된 자신의 행운에 즐거워하며 집권 기간의 대부분을 소비했다. 그리고 슬픔과 분노를 느끼지 않고서는 거론하기 힘든 저 탐미왕의 경우도 전쟁 영웅과는 거리가 멀다 할 것이다. 극연왕이 전쟁을 장악한 상태에서 자신의 사업을 벌였던 것에 반해 독서왕과 탐미왕은 자신의 사업에 바빠 전쟁을 무시해 버렸다는 차이가 있긴 하지만, 어쨌든 대화장 전쟁의 모든 시기를 통틀어 추풍왕 이전의 백오십여 년만큼 전쟁과 무관했던 시절도 드물다. 바라기는 바로 그런 시기에 사라진 것이다. 독서왕과 탐미왕이 방치해 둔 나가 문제에 정면으로 대응해야 하는 어려운 숙제를 안고 있던 추풍왕에게 그것은 실로 커다란 재난이었다.

　　ㅡ라수의 「왕국의 몰락」

셋은 부족하다

자욱한 안개가 숲의 발치를 더듬는다. 번지고 흩어지지만 엷어지지 않는 흰 얼룩.

기이하리만큼 짙은 안개에 즈라더는 벼슬을 뻣뻣하게 세웠다. 차가운 양날 도끼에 묻어나는 이슬은 즈라더를 더욱 기분 나쁘게 했다. 즈라더는 배낭에서 노획물인 옷을 꺼내어 도끼를 닦았다. 그리고 다 쓴 옷가지는 그냥 버렸다.

어떤 병사는 근사한 단추를 잔뜩 모았다. 옷에 모조리 바느질해서 붙여놓아 그 꼴이 광대 같다. 그렇지만 그것들을 소중하게 여기는 것은 아니다. 단추가 떨어진 동료가 있으면 별 생각 없이 뜯어서 건네주곤 했으니까. 또 어떤 병사는 륜이 서판이라고 말해 주기 전까지는 무엇인지도 몰랐던 나무판을 모으기도 했다. 그 자는 그것을 도마로 쓰거나 겹쳐쌓아 베개로 쓰거나 땔감으로 사용하기도 했지만, 보통은 그저 그 나뭇결을 들여다보는 것을 좋아했다. 다른 북부군 병사들과 마찬가지로 즈라더 또한 나가들의 도시에서 뭔가를 모아들였고, 그가 주로 모아들인 것은 수건이나 걸레 용도로 사용할 수 있는 옷가지들이었다. 즈라더 역시 그것을 도끼 닦는 데 사용하긴 했지만, 그런 용도로 모은 것이라면 질긴 것 대신 예쁘게 보이는 것을 모아들인 것을 설명하기는 어렵다.

번쩍거리는 도낏날에 자신의 근사한 수염벗이 잘 비치는지 관찰하던 즈라더는 어디선가 들려오는 짤깍거리는 소리를 들었다.

그 소리는 즈라더의 신경을 거슬리게 했다. 즈라더는 고개를 돌려 세미쿼 장군을 바라보았다. 세미쿼 장군은 무표정한 얼굴로 안개를 직시하고 있었다. 하지만 그의 왼손에 쥐어진 가위는 마치 불규칙한 맥박처럼 짤깍거렸다. 날을 얼마나 세웠는지 가윗날이 부딪힐 때마다 서컹서컹하며 가슴을 에는 소리가 난다. 누군가의 손가락쯤은 어렵잖게 잘라낼 듯하다. 즈라더가 그 짓 좀 그만두라고 말하기 전, 누군가가 그를 대신하여 말했다.

"가위질은 포목점에서나 해라."

세미쿼는 무핀토를 돌아보지도 않은 채 말했다.

"너무 조용해서 그런다. 지독하게 조용한데."

무핀토는 불쾌한 신음을 흘리며 안개 너머를 바라보았다. 유혹하는 듯도 하고 배격하는 듯도 한 기이한 안개다. 무핀토 장군은 몸을 떨었다. 세미쿼 장군이 다시 말했다.

"그 녀석도 이 고요를 견디기 어려웠던 걸 거야."

세미쿼가 말하는 '그 녀석'이 누군지 아는 무핀토는 욕짓거리를 늘어놓았다. 험한 말을 늘어놓던 무핀토는 문득 생각난 것처럼 고개를 돌렸다. 그의 시선 닿는 곳에 키타타 자보로 장군이 차분한 모습으로 서 있었다.

자보로 장군은 방패를 팔에 끼운 채 동상마냥 꼿꼿하게 서 있었다. 안개를 바라보는 북부군들의 모습은 다양했지만 자보로 장군만큼 특이한 자는 없었다. 거의 모든 북부군은 안개의 모습에서 불길함과, 그리고 인정하지는 않을 두려움을 느끼고 있었다. 하지만 부동 자세로 서서 안개를 뚫어지게 바라보는 키타타 자보로에게선 그런 감정의 흔적을 읽을 수 없다. 도도한 분노와 정숙한 증오. 혈족의 마지막 생존자의 모습은 안개 속에 서 있는 바위 기둥 같다. 그 당당한 모습 앞에선 젖빛 안개 너머로 보이는 시모그라쥬의 장려한 석조 건물들조차 왜곡되기 쉬운 환상처럼 보인다.

침묵의 도시로 향하는 길의 마지막에 버티어 선 시모그라쥬는 키보렌의 모든 힘으로 북부군을 저지할 태세였다. 모여든 군단은 다섯. 하지만 수호 장군의 숫자는 상상을 초월한다. 북부군의 원수부에서, 라수는 그 숫자에 대한 보고를 받고 우울증에 빠지려는 자신을 느꼈다.

"쉰네 명?"

륜은 고개를 끄덕였다.

"수호 장군으로 추정되는 사람은 그 정도입니다."

"수준이 어떻습니까? 시우쇠 님과 공작님을 완전히 무력화시킬 수 있는 숫자입니까, 그건?"

"이 안개만 봐도 그럴 수 있다는 것을 알 수 있습니다. 이 자들은 습기를 닥치는 대로 모아왔습니다. 이 습기를 실제로 운용하기 시작한다면 그 힘은 엄청날 겁니다. 왜 도시 안에 틀어박혀 있는지 모르겠습니다."

"우리가 페로그라쥬와 악타그라쥬의 심장탑을 파괴했기 때문일 겁니다. 그래서 심장탑을 최우선 방어 거점으로 정한 것이겠지요. 그렇다면 저쪽도 우리를 두려워하고 있는 것은 마찬가지라는 말인데……."

라수는 말끝을 흐리며 생각에 잠겼다. 곁에 있던 괄하이드 규리하가 나직하게 말했다.

"나라면 최우선 방어 거점을 하텐그라쥬로 정했을 거다. 발자국 없는 여신이 계신 곳이 그곳이니까. 발자국 없는 여신이 풀려나면 수호 장군들은 아무런 힘도 없는 무력한 존재가 되는 거잖아. 시모그라쥬를 우회하자."

라수는 내키지 않는 투로 말했다.

"뒤에서 공격당할 수 있어. 뱀단지 때문에 저 녀석들의 작전 수행에는 시간차가 없지."

"그렇다면 뱀부리미를 잡는 것은 어떠냐? 군단병들은 모두 수호 장군들을 보호하고 있을 거다. 빌파 삼부자를 침입시켜 뱀부리미들을 잡는다면 적들의 의사 교환을 방해할 수 있을 거야."

"다섯 개 군단이면 최소한 뱀부리미가 다섯은 있을 테지. 쉽지 않아. 그런데 내가 정말 신경쓰이는 부분은 따로 있어."

"그게 뭐지?"

"저 친구들은 왜 아무 짓도 하지 않는 거지? 수호 장군들이 쉰 네 명이라면 비를 오게 하는 것 정도는 방어력의 손실 없이 시도할 수 있을 거야. 그 정도만 시도해도 아군의 레콘들을 의기소침하게 만들 수는 있어. 아무리 겁을 먹고 있다 해도 저렇게 꼼짝도 하지 않는다는 것은 이상해."

"심장탑 근처를 떠나기가 싫은 건지도 모릅니다. 당신이 그렇게 말했잖습니까?"

륜의 지적에 라수는 퉁명스럽게 대답했다.

"제가 뭘 말했는지는 알고 있습니다. 공작님."

륜은 입을 다물었다. 라수는 부유하는 안개를 노려보며 다시 생각에 잠겼다. 괄하이드가 헛기침을 하고 말했다.

"그 녀석은 어떻게 하면 좋을까, 라수."

라수는 고개도 돌리지 않은 채 말했다.

"마음대로 해. 형이 대장군이잖아."

괄하이드는 그대로 몸을 돌리며 륜에게 눈길을 한 번 보냈다. 묻지 않아도 알 수 있는 의미였기에 륜은 걸어가는 괄하이드의 뒤를 따라갔다.

안개를 가로지르며 괄하이드는 아무 말도 하지 않았다. 잠시 후 륜은 걷는 사람이 셋임을 깨달았다. 어느새 베미온이 그의 곁에 따라붙어 함께 걷고 있었다. 베미온은 안개 때문에 기절할 것 같은 상태였다. 륜은 약간의 힘을 가해 그들의 주위에서 안개가 물러나도록 했다. 괄하이드는 뒤를 한번 돌아보고는, 고개를 끄덕였다. 그리고 다시 걸어가며 말했다.

"나보다 훨씬 예민하실 테니 라수의 심리에 대해서는 잘 아시겠지요."

의지가 목소리로 바뀌기 전부터 알고 있었기에 륜은 당황하지 않고 괄하이드의 말에 대답했다.

"나가를 사람으로 인정하기 싫은 겁니다."

괄하이드 규리하는 턱수염을 만지작거렸다. 설명을 요구하는 말을 할 필요는 없었다. 대장군이 설명을 원한다는 것을 아는 륜은 그의 등을 향해 말했다.

"열을 보지도 못하고 니르지도 못하지만, 이기기 위해 상장군은 나가처럼 생각하고 나가처럼 행동하려 애씁니다. 그러나 나가를 이해하는 것은 거절하고 있습니다. 상대를 잘 알게 되면 증오하기 어려워지니까요. 그래서 나가인 저와 동료 이상으로 가까워지는 것을 신경질적으로 거절하고 있습니다. 하지만 나가를 알려면 역시 저를 관찰해야 하지요. 그것이 상장군의 갈등입니다."

베미온은 륜의 목소리에 귀를 기울였다. 하지만 륜의 말을 이해하는 것은 아니다. 베미온은 그저 그 음색을 좋아했다. 괄하이드가 말했다.

"나는 공작만큼 예민하진 못하지만 라수와는 한 가족인지라 그의 과거를 잘 아오. 라수는 모든 사람에게 그렇게 행동해 왔소. 동료 이상으로 다가오는 것을 싫어하지. 다가갈 마음이 없다는 것을 보여줘야만 부드러워진다오. 가족 중에 나를 그나마 가까이 하는 것도 그 때문이오."

괄하이드의 말을 듣던 륜은 무의식 중에 말했다.

"먹힐까봐 두려운가 보죠."

말을 끝낸 륜은 곧 괄하이드의 당황을 느꼈다. 이해할 수 없다는 표정으로 뒤돌아보는 괄하이드를 향해 륜은 가볍게 고개를 저었다.

"별 말 아닙니다."

"알겠소. 언짢으신 건 아니겠지요?"

"그렇지 않습니다. 상대를 잘 알면 증오하기 어렵다고 말씀드렸습니다."

용인은 물론 누구보다도 상대를 잘 안다. 괄하이드는 탄복한 듯이 고개를 끄덕거렸다.

"기우였군. 나보다 훨씬 라수를 잘 이해하시겠군."

"아니오. 예민함과 이해력은, 물론 상호보완적인 것들입니다만 별개의 문제입니다. 예를 들어, 저는 당신을 압니다만 당신을 이해할 수는 없습니다."

괄하이드는 겸연쩍은 표정을 지었다.

"나 말이오? 북부군에서 나처럼 단순한 자를 찾아보기도 힘들 텐데.”

〈그 단순함이 저를 때론 놀라게 합니다.〉“저는 당신이 대호왕의 영광과 그 분의 백성들을 위해 목숨을 즐겁게 포기하는 것을 이해하기 어렵습니다. 왜냐하면 당신은 생명이 귀중한 거라고 믿기 때문입니다.”

“맞소. 생명은 귀중하오.”

“그 믿음이 어떻게 기쁜 살인과 즐거운 자살의 이유가 되는지 모르겠습니다.”

괄하이드는 화를 내지 않았다. 대신 부드러운 미소로 륜을 바라보았다. 그 시선이 륜을 불편하게 했다. 괄하이드는 시선을 옮겨 자신의 손에 들린 대도를 바라보았다.

“케이건 드라카가 내 대도를 가리켜 과부와 고아를 생산해 내는 것에 탁월하다고 했던 것이 기억나오. 내게서 내 지위와 내 처지를 제거하고 단순히 내가 죽인 사람들의 숫자만 센다면, 나는 상종할 수 없는 살인마일 거요. 하지만, 공작. 살인이 기뻤던 적은 없소.”

“죄송합니다.”〈하지만 그것 때문에 죄책감을 느끼는 것도 아니잖습니까?〉

세 사람 사이로 잠시 침묵이 흘렀다. 그 침묵이 마음에 들지 않았던 베미온이 끙끙거리는 소리를 냈다. 다시 괄하이드가 말했다.

“내가 생각이 부족했군. 당신은 죄책감을 느끼는 거요?”

“죽어가는 자 한 사람, 한 사람을 모두 느낍니다.”

륜의 목소리에 배어든 스산함은 그 아름다운 목소리를 소름끼칠 만큼 관능적인 것으로 바꿨다. 산에게 부동심을 가르칠 수 있다는 노장군도 잠깐 동안 덥수룩한 수염이 올올이 곤두서는 기분을 느껴야 했다.

"그렇겠군. 생각했어야 하는 문제인데. 공작. 죽어가는 자의 슬픔과 분노와 고통을 모두 느끼는 것이 어떤 것인지 나는 짐작할 수 없구려."

문득 괄하이드는 류 페이가 아직 소년임을 떠올렸다. 류은 청년이 되어볼 기회가 없었다. 그럴 기회가 오자마자 류은 키보렌을 떠났고, 완전히 낯선 땅 북부에서 그는 다시 소년으로 돌아가야 했을 것이다. 그리고 북부에서 시작된 류의 두 번째 성장기는 유혈로 얼룩진 것이다. 그러나 그런 잔학한 경험들이 사람들을 상처 입히면서 동시에 선물하곤 하는 단단한 껍질을, 류은 받지 못했다. 용인이기 때문이다. 상처 입기 쉬운 여린 살을 노출시키고 있는 어린 소년. 그리고 그 소년은 북부군 최고의 병기이며, 동족들을 학살하며 고향으로 돌아가고 있다.

괄하이드는 새삼 놀라지 않을 수 없었다. 그러나 노장군이 자신의 놀람을 표현하기 전, 류이 앞서 말했다.

"예상치 못했다고 말하지는 않겠습니다. 저는 그것을 받으려 결심하고 온 것이니까요."

"그것?"

"나가들이 대호왕 대신 뇌룡공을 증오하도록 하고 싶습니다. 그들의 단말마가 클수록, 저는 누님에게 돌아갈 것이 줄어든다고 생각합니다. 하지만 그렇다 해서 제 손으로 받아야 하는 것이 가벼워지지는 않습니다. 그것은 여전히 너무 무겁습니다. 그래서 저는 대장군의 평정심을 놀란 눈으로 바라보게 됩니다. 그리고 잠시 후에 할 일에 대해 조금도 두려워하지 않는 당신을 이해할 수 없습니다."

"내가 어떻게 할지 아는구려?"

"압니다. 제가 왜 필요한지도."

괄하이드는 더 말하지 않았다.

그들은 숲속의 공터에 도달했다. 공터 저편의 나무에는 한 남자가 밧줄에 묶여 있었고 세 명의 병사들이 앉아서 그 옆을 지키고 있었다. 병사들은 괄하이드를 보고는 자리에서 일어났다.

남자의 모습은 특이했다. 지저분한 옷이야 북부군들 거의 대부분의 모습과 마찬가지였지만 귀골로 태어난 잘생긴 얼굴은 덥수룩한 머리카락 가운데서도 묘하게 창백한 빛을 띠고 있었다. 남자는 대장군을 한 번 바라보고는, 다시 고개를 떨구었다.

괄하이드는 병사들의 이름을 물었다. 병사들이 이름을 대자 괄하이드는 대도를 뽑아들며 말했다.

"그대들이 입회인이다."

병사들의 얼굴에 긴장감이 흘렀다. 괄하이드는 그들에게 복장을 단정하게 하도록 명령한 다음 남자에게 걸어갔다.

"칼리도의 성주, 북부군 상장군 지코마 펠독스. 고개를 들어라."

지코마 상장군은 고개를 들지 않았다. 괄하이드는 잠깐 기다렸다가 내버려둔 채 말했다.

"자네의 범죄에 대해 처벌을 내리기 전, 자신의 행위를 설명할 기회를 주겠다. 할 말 있으면 해보게. 하텐그라쥬 공작께서 자네의 진의를 보증하고 허위를 가려낼 걸세."

류은 그럴 생각이 없었다. 괄하이드가 그것을 별로 원하지 않기 때문이다. 하지만 세 명의 병사들은 더없이 공정한 판결이 내려질 거라 확신하는 얼굴이 되었다. 그리고 그들은 다른 자들에게도 그렇게 말할 것이다.

지코마는 고개를 숙인 채 탁한 목소리로 말했다.

"그 녀석은 명령 불복종을 저질렀습니다."

"상장군. 정확하게 말하게. 그 녀석이 누구지?"

"그 하전사…… 이름이 뭔지 기억나지 않습니다."

"하전사 고월텐 유크라우다."

"그 하전사 고월텐 유크라우는 내 명령을 이행하지 않았습니다."

"자네가 또다시 안개를 향해 노래를 부르라고 강요했을 때 고월텐 유크라우는 이미 네 시간 동안 노래를 부른 후였다. 상식을 무시하는 명령 아닌가? 게다가 그 명령 불복종이라는 것에 대해 자네가 내린 처벌은 도대체 뭐란 말인가. 자네는 목이 잠겨서 더 이상 노래를 부를 수 없다고 애원하는 고월텐에게 목이 트이게 해주겠다고 말하고는 그의 목을 단검으로 찔렀다. 그리고 자네를 말리려는 부하들도 가차없이 벴다. 그것은 도저히 상식을 가진 명령권자의 행동으로 볼 수 없다."

지코마는 한동안 대답하지 않았다. 괄하이드는 참을성 있게 기다렸다. 한참 후, 지코마의 입이 힘겹게 열렸다.

"명령 불복종입니다."

"명령 불복종은 우선 명령이 명령답다는 전제가 있은 연후에나 따져볼 수 있는 문제다. 지코마 펠독스. 자네의 명령은 도저히 명령이라 볼 수 없다. 더 이상 할 말이 없다면, 나는 자네의 행위를 범죄로 규정하겠다. 그리고 그 처벌로 사형을 언도한다."

지코마가 고개를 번쩍 들어올렸다.

괄하이드는 자신의 대도를 끌어올려 그 덮개를 풀었다. 륜은 병사들의 얼굴에 분명한 동요의 표정이 떠오르는 것을 보았다. 괄하이드는 그들을 향해 말했다.

"상장군을 풀어 저기 있는 나무 등걸에 엎드리게 하라."

병사들은 잠시 서로를 쳐다보다가 역할을 나누었다. 한 사람이 작살검을 뽑아 지코마 상장군을 겨누고 있는 동안 다른 두 사람이 그의 결박을 풀었다. 오랫동안 묶여 있던 상장군은 제대로 걷지 못했다. 병사들은 상장군의 두 팔을 허리 뒤로 묶은 다음 제대로 걷지 못하는 그를 들어올리다시피 하여 나무 등걸로 데려갔다. 지코마는 곧 나무 등걸에 턱을 댄 채 엎드리게 되었다.

두 명의 병사들이 그의 등을 눌렀다. 뭔가 짧은 의견 교환이 이루어지고 병사 한 명이 괄하이드를 돌아보았다. 괄하이드는 필요한 지시를 내렸다. 그러자 남아 있던 한 명의 병사가 팔뚝에 감아둔 끈을 풀어내었다. 그는 지코마의 긴 머리를 쓸어모아 끈으로 묶었다. 동작이 익숙한 자는 아무도 없었다. 륜은 사형의 경험이 있는 자는 괄하이드뿐임을 알 수 있었다. 노장군은 대도를 늘어뜨린 채 병사들의 일하는 모습을 조용히 바라보았다.

지코마가 갑작스럽게 말했다.

"살려주십시오."

'주십시오' 부분은 심하게 갈라져 알아듣기 어려웠다. 괄하이드는 꿈쩍도 하지 않았다. 대답을 기다리던 지코마는 실망하며 말했다.

"제발 살려주십시오. 저는 제정신이 아니었습니다. 키보렌에 들어온 이후 계속 그랬습니다. 이 저주 받은 밀림은 북부인이 들어와서는 안 되는 곳입니다."

머리카락을 묶은 병사가 괄하이드를 바라보았다. 괄하이드는 억압적인 눈짓을 보내었다. 병사는 지코마의 머리카락을 잡아당겨 단검으로 나무 등걸에 고정시켰다. 지코마의 목이 드러나며 머리를 움직일 수 없게 되었다. 잠시 주위를 둘러본 병사는 돌멩이 하나를 집어들어 단검의 칼자루를 내려쳤다. 쾅쾅 하는 소리가 울릴 때마다 지코마의 몸이 분명한 울림을 보였다. 지코마가 다시 찢어지는 목소리로 외쳤다.

"미친 자는 벌하지 않습니다!"

칼리도의 강대한 지배자였던 남자가 스스로에게 금치산 판정을 내리고 있었다. 괄하이드가 입을 열었다.

"자네는 미치지 않았네. 지코마. 만일 그렇다면 하텐그라쥬 공작께서 말해 주셨을 걸세."

지코마는 머리카락이 우두둑 빠져나가는 것을 감수하며 고개를 돌렸다. 등을 누르던 병사들이 황급히 힘을 가했다. 지코마는 숨 막히는 소리를 내고는 괄하이드를 향해 외쳤다.

"어차피 우리는 하텐그라쥬에서 다 죽지 않습니까? 그곳에서 죽게 해주십시오!"

괄하이드의 흰 눈썹이 찌푸려졌다. 지코마는 절규했다.

"제 처벌을 그때까지 연기해 주십시오! 죽은 상장군보다는 산 상장군이 더 쓸모 있지 않습니까? 나가 한 놈이라도 잡을 수 있을 겁니다! 어차피 죽여야 된다면, 그곳에서 폐하를 위해 싸우다 죽게 해주십시오!"

단검을 고정시킨 병사가 뒤로 물러났다. 괄하이드는 대도를 움켜쥐고 위로 서서히 들어올렸다. 지코마의 등을 누르고 있던 병사들은 고개를 옆으로 돌렸다. 륜이 자신도 모르게 통제력을 잃은 덕분에 안개가 다시 넘실거리며 몰려왔다.

그때 지코마가 륜을 바라보며 외쳤다.

"뇌룡공! 거기서 그렇게 보고 있을 거요? 나는 당신들 때문에 여기에 왔소!"

륜의 몸에서 비늘이 곤두섰다. 그때 륜은 괄하이드가 대도를 내려칠 것을 깨달았다. 륜이 자신도 모르게 베미온의 눈을 가린 순간 괄하이드가 대도를 휘둘렀다.

병사들의 뺨에 선혈이 흩뿌려졌다.

괄하이드가 나무 등걸까지 파고든 대도를 잡아당기자 지코마의 머리가 목에서 분리되었다. 조금 전까지 고함을 지르고 애원하던 머리는, 이제 돌멩이만큼도 그럴 능력이 없는 무정물이 되어 데굴 굴렀다. 머리카락이 고정되어 있어 지코마의 머리는 한두 번 흔들리다가 나무 등걸 허리에 기이한 모습으로 멈췄다. 머리카락을 묶었던 병사가 뺨에 튄 피를 닦아내며 질문했다.

"매장할까요?"

"적전 대치 상태다. 그럴 여유가 없군. 돌과 나뭇가지로 대충 덮도록 해라. 햇빛과 이슬, 바람에 그를 맡긴다."

병사들은 묵묵히 지코마의 머리를 옮겨 그 몸에 맞추어놓았다. 그리고 작살검을 뽑아 나뭇잎이 무성한 가지들을 후려쳤다. 륜은 베미온을 돌아서게 한 다음 그 자신도 몸을 돌렸다. 괄하이드는 대도에 묻은 피를 닦아낸 다음 그것을 나무에 기대어 놓고는 지코마의 사체를 내려다보았다. 작살검이 나뭇가지를 때리는 소리가 음산했다.

륜은 대장군이 중얼거리듯 말하는 소리를 들었다.

"나는 추도사 같은 것에 소질이 없다. 그리고 지코마 펠독스라는 남자의 가장 친한 친구도 아니다."

병사들은 하던 일을 잠시 멈추고 괄하이드를 바라보았다. 괄하이드는 엄숙하게 말했다.

"내가 아는 것이라고는 그가 칼리도의 위대한 성주였으며 그 지혜로움으로 많은 이들의 귀감이 될 수 있었던 사람이라는 사실뿐이다. 그리고 그 사실들은 지코마 펠독스라는 남자의 가장 작은 일부분일지도 모른다. 하지만 그와 함께 보낸 4년의 세월의 무게 때문에, 그리고 내 손으로 그의 목숨을 끊었기에, 나는 이 자리에서 감히 그의 마지막 가는 길을 전송한다."

스멀거리는 안개 때문인지 의외로 피비린내는 적었다. 륜은 베미온을 잠시 돌아보았다. 베미온은 륜이 돌려세워 둔 채로 얌전히 서 있었다.

"지코마 펠독스는 전우들 곁에서 위대한 스승이자 지혜로운 조언자였으며, 적 앞에서는 토염(吐炎)하는 용과도 같았다. 그가 내게 준 것의 일부분도 돌려주지 못한 내 무관심과 사려 없음으로 인하여, 지코마는 가혹한 긴장 속에 홀로 버려졌다. 그런 긴장은 가장 강대한 영웅조차 무릎 꿇게 하는 바, 결국 그는 혼란에 빠졌다."

괄하이드는 잠시 멈췄다가 말했다.

"그것은 그의 잘못이 아니다."

병사들이 고개를 떨구었다.

"나는 후회한다. 내 모든 것으로 후회한다. 애초에 그를 돕지 못했기에 그의 목을 잘라야 했던 것을 후회한다. 무서운 적과 끝없는 전투는 내 무관심의 핑계가 될 수 없다. 그는 그런 무관심 속에 버려져도 무방한 자가 아니었다."

그 순간, 베미온이 갑작스럽게 말했다.

"그러나 전투와 전투의 사이에서, 승리와 승리의 갈피에서, 나는 그를 잃고 말았다."

류은 깜짝 놀라 베미온을 돌아보았다. 베미온은 여전히 지코마에게 등을 돌린 채 서 있었다. 괄하이드가 주춤하는 사이, 베미온의 말이 계속 이어졌다.

"나는 육친의 마음보다 적의 마음을 더 알고 싶어했고 친우에게 줄 것보다 적에게 줄 것을 고민했다. 내 주위의 사람들이 내 행동에 대해 보여주는 반응보다 적들이 내 공격에 대해 보여줄 반응이 더 궁금했다. 사람들이 나를 가리켜 위대한 전사라 말할 때, 그들은 내가 적을 더 사랑한다고 말한 것이다. 사람들이 나에게 구원자라는 찬란한 이름을 선물할 때, 나는 복수심에 찬 약자들의 노예로 전락하고 말았다. 그래서 나는 그를 상실했다. 나 또한 약자였기 때문이다."

괄하이드와 병사들이 놀란 눈으로 베미온의 등을 바라보았다. 그 옆에 서 있던 류은 베미온의 얼굴을 볼 수 있었다. 그 얼굴은 묘했다. 먼 과거를 바라보는 눈길이었고 즐거웠던 날을 회상하는 표정이었다.

"그러나, 이제 나는 더 이상 약자로 남지 않겠다. 내가 가진 순간들에 스스로 의미를 부여하는 강자가 되리라. 나는 잃지 않아야 했던 것을 찾을 것이다. 내 잃어버린 극을 되찾을 것이다. 이 넓은 세상 어디에 그가 있을지 알 수 없으니 나는 세상의 모든 곳을 잇겠다. 그가 나에게 돌아올 수 있도록. 내가 그를 찾아 달려갈 수 있도록. 이곳, 판사이의 탑, 왕의 방에 남겨두는 이 말은 내 과거에 대한 유언장이다. 이것은 어리석음 때문에 오라비를 잃어야 했던 누이동생의 마지막 말이다."

고대에 북부를 지배했던 왕들에 대해서는 거의 알지 못하는 륜페이였지만 그 놀라운 예민함 때문에 륜은 괄하이드의, 그리고 세 병사들의 정신에서 흘러나오는 극연왕이라는 이름을 깨달았다. 말을 끝낸 베미온은 환한 얼굴로 륜을 바라보았다.

"제 말이 맞죠? 외울 수 있다고 했잖아요."

륜은 무슨 말을 해야 하는지 알고 있었다. 원한다면 륜은 상대방이 원하는 대답을 가장 정확하게 들려줄 수 있다.

그래서 륜은 잠시 베미온의 어린 시절 스승이 되었다.

"그건 분명히 아라짓 어로 적혀 있을 텐데. 네가 그걸 어떻게 읽었느냐?"

"그 탑에 요즘 글로 된 해석본도 있다는 것은 모르셨죠?"

"그러냐? 하지만 그건 왕들의 비밀 기록이다. 마립간도 아닌 네가 감히 그 탑에 들어간 것, 그리고 왕들의 비밀 기록을 내게 들려준 것으로 벌을 받아야겠구나."

베미온은 웃으며 도망쳤다. 안개가 그를 휘감아 감추는 것을 보며 륜은 짧은 순간 상실감 같은 것을 느꼈다. 추도사를 마무리한 괄하이드가 그의 곁으로 다가왔다.

"공작. 그것은 뭐였소?"

"대장군의 추도사에 의해 유발된 퇴행이었습니다. 조금 전의 그것은 어린 시절의 베미온 굴도하였습니다. 마립간이었던 큰아버지의 열쇠를 훔쳐낸 베미온은 여섯 탑 중 하나에 들어가 볼 수 있었습니다. 왕들의 망령을 볼 수 있을 거라 생각했던 모양입니다만 그런 것은 발견하지 못했고, 다만 읽을 수 있는 글이 있는 곳을 찾아내었습니다. 그곳이 왕의 방이었습니다. 왕들의 기록을 현대어로 바꿔 적은 이는……, 확실치는 않지만 아마도 권능왕이었던 것 같습니다. 자신이 읽을 수 없다는 것에 화가 치밀어서 그렇게 한 듯합니다."

괄하이드는 질리는 기분을 느꼈다.

"공작의 능력은 도무지 익숙해질 수 없을 정도로 무량하군. 베미온의 말을 듣자마자 그걸 다 '느낀' 거요?"

"그리고 대화하면서 알게 되었습니다. 그런데 그 오라비를 잃은 누이가 극연왕입니까?"

"그렇소. 내 개인적인 감상을 말한다면 케나린 규리하의 좋은 전범이 되었을 여인이오. 그런데 그 분께서 잃어버린 오라비를 찾기 위해 그 많은 도로를 놓았다는 것은…… 글쎄. 아무래도 공공의 복리와 개인적 이유를 합친 것으로 생각해야 할 듯하오."

"그 오라버니는 왜 사라진 겁니까? 예. 기회가 되면 라수 상장군에게 물어보겠습니다."

류이 자신의 대답을 듣지 않고 들었다는 것을 괄하이드가 이해했을 때, 류은 이미 몸을 움직이고 있었다. 괄하이드를 돌아보던 류의 눈길이 잠깐 흔들렸다. 괄하이드는 그가 지코마의 시체를 덮고 있는 나뭇가지 더미를 보고 있음을 깨달았다.

괄하이드는 용인이 아니었다. 하지만 류 페이가 시체를 덮고 있는 잘린 나뭇가지에서 인간과 다른 감정을 느낄 거라는 사실 정도는 이해할 수 있었다. 인간이라면 소름끼치는 시체의 모습이 감춰졌다고 말할 것이다. 하지만 나무를 사랑하는 나가라면 어떻게 말할 것인가. 류은 말했다.

"베미온 마립간을 데려오겠습니다. 아직까지 퇴행 중인 것 같습니다."

"알겠소."

류은 안개 속으로 떠나갔다. 괄하이드는 입회한 병사들에게 수고했다고 말한 다음 라수에게 돌아갔다.

시모그라쥬에서 일어난 소동은, 절대로 북부군의 지략가를 의심으로 몰아넣기 위한 것은 아니었다. 하지만 그 소동은 결과적으로 라수 규리하를 의심에 빠지게 만들었다. 소동의 한가운데 있어야 했던 수호 장군들이 그 사실을 알았다면 작은 기쁨을 느꼈을 것이다. 그들에게는 그런 것이 필요했다.

피나무 군단의 군단장이자 시모그라쥬 방어 작전의 입안자 및 그 주관자라는 거창한 이름을 가지고 있는 수호 장군 인실롭은, 자신의 거창한 이름들이 무가치한 것으로 판명되는 상황 앞에서 분노를 느꼈다. 그러나 상대방은 인실롭의 분노에 아랑곳하지 않았다. 시모그라쥬 평의회 의장 칸비야 고소리는 딱딱하게 닐렀다.

〈퇴거를 더 종용해야 하겠습니까? 내 니름은 농담이 아닙니다. 인실롭 군단장.〉

〈정말 이러실 겁니까? 시모그라쥬가 발을 빼면 그 다음은 하텐그라쥬입니다! 북부군이 성지에 발을 들여놓게 하고 싶은 겁니까?〉

〈당신은 나에게 시모그라쥬를 저들로부터 충분히 보호할 수 있다고 자신 있게 닐렀습니다. 그렇다면 똑같은 일을 하텐그라쥬에서는 할 수 없다는 겁니까?〉

〈상황이 다릅니다. 더 이상 물러날 곳이 없는 급박한 상황이라면 기선은 저쪽에 있습니다. 적들의 가장 큰 무기는 다름 아닌 혼란과 기만입니다. 그러므로 우리에게 필요한 것은 냉정함입니다.〉

〈나는 시모그라쥬가 희생할 수 있는 발판으로 여겨지는 사실이 달갑지 않군요.〉

〈그런 니름이 아니잖습니까!〉

〈아니, 그런 니름입니다. 물러날 곳이 있다는 생각을 하면 반드시 물러나게 됩니다. 상황이 곤란해지면 당신들은 적들에게 최대의 피해를 강요한 다음 하텐그라쥬로 물러가겠지요. 그리고 하텐그라쥬에서 쇠약해진 적을 분쇄하려 하겠지요. 하지만 그때는 이미 시모그라쥬의 모든 시민들이 죽은 후겠지요.〉

인실롭은 비늘을 난폭하게 부딪쳤다. 쉰네 명이나 되는 수호 장군을 모아왔건만 칸비야 의장은 환호를 보내는 대신 어떤 종류의 전투 행위도 거절함으로써 그를 당황시켰다. 그러고는 마침내 시모그라쥬를 떠나라고 명령하고 있었다.

인실롭은 분노를 억누르며 그와 칸비야 의장 모두가 잘 아는 사실을 무시해 보기로 했다.

〈저희들이 물러나면 북부군이 시모그라쥬를 얌전히 지나칠 거라 생각하십니까?〉

〈그러기를 바랍니다.〉

인실롭은 그 자신도 그렇게 생각한다는 사실을 고백하지는 않았다. 대신 준비한 니름을 풀어놓았다.

〈아마도 의장님께서는 북부군이 하텐그라쥬 공격에 사용할 병력을 보존하기 위해 시모그라쥬를 무시할 거라 믿는 것이겠지요. 하지만 괄하이드는 등 뒤에 적을 남겨둘 사람이 아닙니다. 배후에서 기습당하는 일을 피하기 위해서 시모그라쥬를 파괴할 겁니다. 저희가 물러나면 시모그라쥬는 더욱 파괴하기 쉬운 상대가될 터인데, 왜 그 자가 그런 이점을 무시하겠습니까?〉

〈그에겐 용인이 있습니다. 그 용인은 이곳에 숨은 병력이 있는지 없는지를 알 수 있습니다.〉

〈심장을 적출한 나가는 모두 병력입니다!〉

〈그 옛날의 전쟁이라면 모르겠지만 이 전쟁에서는 그렇지 않아요. 인실롭 군단장. 이 전쟁에서는 수호자가 병력입니다. 그렇기 때문에 당신 또한 그 많은 수호 장군들을 데려온 것 아닙니까?〉

〈시모그라쥬에도 수호자는 있잖습니까?〉

〈물론입니다. 그들도 데리고 떠나십시오. 당신에게 도움이 되겠지요.〉

인실롭은 꽤 긴 시간 동안 충격에서 헤어나오지 못한 채 칸비야 의장을 노려보았다. 칸비야 의장은 경멸 섞인 미소를 지은 채 닐렀다.

〈당신이 짐작할 거라고 생각했기에 니르지 않았습니다. 하지만 당신이 계속 자명한 사실을 무시하는 해괴한 니름을 계속하니 어쩔 수 없군요. 시모그라쥬의 모든 수호자와 함께 이곳을 떠나십시오.〉

〈당신들은 수호자 없이…… 살겠다는 겁니까? 그게 나가의 삶입니까?〉

〈이긴 다음에 돌려보내 주시면 됩니다. 당신은 이길 테지요?〉

인실롭은 차가운 격노 속에서 닐렀다.

〈모든 것을 자기 위주로 끼워맞추시는군요. 여신의 적 앞에서 전투를 포기하고 물러난 당신들을 다른 나가들이 용서할 것 같습니까? 눈 앞의 위험을 피하기 위해 동족을 적으로 돌릴 생각입니까?〉

이번에는 칸비야 의장이 화를 낼 차례였다. 그녀는 인실롭을 똑바로 노려보며 닐렀다.

〈인실롭 군단장! 아무래도 당신은 불신자들과 너무 많이 싸웠나 봅니다. 마치 불신자 같은 논리를 사용하는군요. 도와주지 않으면 적이라는 니름입니까? 우리는 전쟁터를 제공하지 않겠다는 겁니다. 우리의 수호자를 당신들에게 내어주면서 우리는 무방비를 선택했습니다. 그 때문에 불신자에게 짓밟히게 될 가능성을 감수하면서! 만약, 물론 나도 그렇게 되길 바라지만, 당신이 하텐그라쥬에서 불신자들을 물리친다면 그 후에 전쟁터를 제공하지 않았던 나에게 원망을 니를 수는 있을 겁니다. 하지만 이곳을 당신들의 살육장으로 제공하지 않았다는 이유로 우리를 살육할 겁니까?〉

인실롭은 잠시 주춤했다.

〈이 전쟁에 중립은 없습니다. 고소리 의장님.〉

〈아직은 없었지요. 하지만 앞으로도 없을지는 두고봐야겠습니다. 나는 궁금하군요.〉

인실롭은 자신도 그것이 궁금하다고 생각했다. 전향적으로 고려하게 되었다고 표현할 사람도 있을 테고 꼬리를 말았다고 표현할 사람도 있을 테지만, 어쨌든 인실롭은 갈로텍 대장군도 그것에 대해 궁금해할지 알아봐야겠다고 결심했다.

칸비야 의장으로서는 행운이라 할 수 있었다. 인실롭 군단장이 칸비야 의장의 뜻을 전달했을 때 갈로텍은 악타그라쥬의 폐허를 벗어난 지 이틀밖에 되지 않은 시점이었다. 시구리아트 산맥에서부터 계속된 무리한 강행군의 여파로 대나무 군단의 남진 속도는 꽤 떨어져 있었다.

페로그라쥬와 악타그라쥬의 끔찍한 잔존물들에 대한 기억이 아직 선명한 상황에서, 갈로텍은 두 도시의 전철을 밟고 싶지 않은 칸비야 의장의 뜻에 공감을 느낄 수 있었다. 하지만 전투를 거절하는 것에 대한 분노는 별개였다.

갈로텍은 자신의 선택 폭이 그토록 제한적이라는 사실에 실망하며 주궤도를 불렀다.

주궤도는 나타나지 않았다. 갈로텍은 누군가 다른 영을 앞에 내세워놓고 찾으러 내려갈까 고민했다. 하지만 저 아래에서 도사리고 있을 카린돌을 떠올린 갈로텍은 쉽게 그런 결정을 내릴 수 없었다. 그는 주궤도를 거듭 불렀다. 오랜 시간 동안 계속된 집요한 소환에 결국 주궤도가 대답했다.

"뭐지?"

"갈로텍입니다. 나가 남자지요. 그리고 대장군입니다."

"용건이 뭐지?"

"의논 좀 하고 싶습니다만, 주궤도. 계속 그렇게 딱딱하게 말할 거라면 먼저 그 말투부터 어떻게 해야겠군요."

"귀찮으면 무례하게 쫓아내고 필요하면 예의를 지키라고 말하는군. 개자식."

"주궤도!"

"고함지르지 마라, 꼬마야. 아파지는 것은 네 귀니까."

"예의를 말하고 싶다면, 좋습니다! 누가 목숨을 바쳐 무가치한 관문 요새를 공격했습니까?"

"무가치하다고? 대수호자를 구출하기 위한 것 아니었냐?"

"이유가 어쨌건 당신의 구원을 풀어준 것은 우리잖습니까? 당신은 그 사실에 대해 감사의 말 한 마디 말한 적이 없습니다."

주궤도는 잠시 침묵했다가 말했다.

"미안하지만 감사할 수가 없다. 그건 잘못된 일이었으니까. 유료 도로당을 공격해서는 안 되는 거였다."

"바로 그것이 문제입니다. 당신이 기뻐하는 모습이라도 보여줬다면 이렇게 화나지는 않을 겁니다. 도대체 왜 그래서는 안 된다는 겁니까? 나가들의 도움을 받아 동족을 죽였기 때문입니까?"

"갈로텍. 군령자의 동족은 없다. 다른 군령자조차도 군령자의 동족은 아니야. 그리고 동족이 어쩌니 하는 감상적인 말과 나를 결부시키는 것도 곤란해."

"그렇다면 뭐가 문제인 겁니까? 200년 전에는 모든 것을 바쳐 그러고 싶어했으면서, 마침내 그것에 성공한 지금에 와서는 그래서는 안 된다니, 어린아이 투정입니까?"

주퀘도는 또다시 침묵했다. 갈로텍은 들끓는 분노를 억누르려 애쓰며 기다렸다. 그의 입이 갑자기 움직여지며 한숨이 흘러나왔다.

"나는 스스로를 망쳐버렸다. 갈로텍."

"아니요. 당신은 누구도 넘보기 힘든 집념으로 자신을 완성했습니다. 주퀘도. 당신은 이제 시구리아트의 정복자입니다."

"그건 완성이 아냐. 빌어먹을 가필이지."

"가필이라고요?"

"염병할 붓질은 한 번에 끝내야 한다. 일필휘지야, 갈로텍. 나는 괜찮은 삶을 살았다. 주퀘도 사르마크의 삶은 찬란했다. 그래. 나는 죽음의 거장이었다. 내 최고의 순간이 언제인지 아나? 그것은 내 존재의 모든 시간이었다. 나는 항상 최고였다. 내 마지막 실패는, 그것이 내 실패이기에 이미 소중한 것, 최고의 것이었다. 그것은 완전무결함에 난 흠집 같은 것이 아니었어. 그것까지도 포함해서 완전무결한 것이었다. 그런데 나는 그 소중한 실패를 망쳐버렸다. 스스로 구축한 작품을 망쳐버렸지."

"주퀘도."

"갈로텍, 갈로텍."

주퀘도는 회한에 찬 목소리로 말했다. 갈로텍은 자신의 목소리에서 느껴지는 이질감에 동요했다.

"고집이라면 너도 나만큼 부릴 줄 아는 녀석이지. 마음껏 고집을 부려라. 집념을 발휘해라. 도덕을 요구하는 나약한 것들의 천박한 투정 따위는 무시해. 그것들은 도구인 도덕을 삶의 목적으로 만들어버려. 그리고 목적인 삶을 도덕의 도구로 바꾸지. 그런 것들은 무시해. 생사를 무시하고 누이를 괴물로 만들었다고 힐난하는 것들은 아가리 닥치라고 말해 줘. 신을 감히 감금했다고 파랗게 질린 것들의 얼굴에 오줌을 갈겨줘. 죽음의 거장은 그런 너를 축복하겠다. 하지만 제발 죽을 때까지만 그렇게 해라. 이제 나는 언젠가 네가 천명했던 소망을 간절함 속에서 기다리겠다. 전령하지 말고 죽어라. 부탁이다. 이후로 내가 스스로의 말을 번복하더라도, 너는 그 말을 따르지 마라. 지금의 내 말을 기억해."

그리고 주퀘도는 침묵했다. 갈로텍은 긴 시간 동안 주퀘도의 말을 생각했다. 그런 고요를 방해하지 않으면서, 주퀘도는 완전히 지나가는 투로 말했다.

"이제, 용건을 말해라."

갈로텍은 시모그라쥬에서 일어난 일을 띄엄띄엄 말했다. 그 말투에는 해석이 거의 동반되지 않았다. 갈로텍은 주퀘도의 해석을 듣고 싶었다. 주퀘도는 대답했다.

"중립 선언이군. 마음대로 하라고 해."

"그래도 되겠습니까?"

"이 전쟁은 침묵의 도시에서 시작되었고, 당연히 그곳에서 끝나야 한다. 그리고 대수호자를 키보렌의 왕으로 만들기 위해서도, 비아스 마케로우 및 그 여자의 선동에 부화뇌동하고 있는 가주들을 저지하기 위해서도 너는 하텐그라쥬로 가야 한다. 그리고 군대도. 두 가지는 동시에 하텐그라쥬에 도착해야 하지. 인실롭 군단장에게 전해라. 당장 하텐그라쥬로 이동하라고."

"시모그라쥬가 괜찮을까요?"

"그건 시모그라쥬가 선택한 길이다. 네가 그것까지 신경쓸 필요는 없어. 하지만 아마도 북부군은 시모그라쥬를 우회할 거다."

전쟁 시작 후 처음으로, 라수는 정말 놀랐다. 시우쇠의 등장과 류이 용인으로 각성한 사건도 북부군의 두뇌를 이토록 놀라게 하지는 못했다. 그리고 그의 경악은 그렇게 두드러진 것이 되지 못했다. 주위의 모든 장수들이 제정신이 아닐 정도로 흥분하고 있었기 때문이다.

세미쿼 장군과 무핀토 장군은 당장이라도 앞으로 돌진하고 싶은 마음을 억눌렀다. 그들의 존경받을 만한 자제력 때문은 아니다. 키타타 자보로 장군을 예의주시하느라 바빴기 때문이다. 열을 볼 수 있는 나가들의 능력 같은 것을 가지지 못한 그들이었지만, 두 사람은 키타타 자보로에게서 풍겨나오는 열기를 보는 것 같은 착각을 일으켰다. 한편 발케네에서 온 그룸 빌파는 선실행 후평가의 고매한 법칙을 시험해 보면 어떻겠냐고 동생에게 의사를 타진했다. 도깨비 감투를 쓰고 찾아온 손님을 쥐도새도 모르게 해치우자는 형의 제안에 대해 토카리 빌파는 야유를 보내었다. 뇌룡공의 능력으로 간단히 들통날 거라는 것이 토카리의 설명이었다. 그리고 토카리는 찔끔한 얼굴의 아버지를 의아한 표정으로 바라보았다.

극도로 혼란스러워하고 있는 장수들 가운데서 다행히도 괄하이드 규리하만은 세평에 어울리는 처신을 보여주었다. 그는 점잖게 말했다.

"그렇다면, 시모그라쥬는 중립을 선언하는 겁니까. 고소리 의장님?"

"그렇습니다. 우리의 모든 수호자들을 그들과 함께 보내겠습니다. 늦어도 모레까지는 완료될 겁니다."

북부군의 장수들은 륜의 목소리에 익숙한 자신들을 까맣게 망각한 채 그 나가의 목소리에 대해 수근거렸다. 괄하이드는 탁자 한편에 있는 라수를 슬쩍 돌아보았다. 하지만 그의 시선은 라수 곁에 있는 륜에게로 향해 있었다. 그 때문에 륜은 약간은 흥미로운 상황에 처하게 되었다. 괄하이드가 그에게 시선을 보낸 순간 칸비야 의장도 그에게 니름을 보냈다.

〈저 인간이 나를 믿어도 되는지 알고 싶어하는 거지? 너는 용인이니 내 진심을 알 것이다.〉

륜은 살짝 고개를 끄덕였다. 두 사람을 위한 하나의 동작이었다. 괄하이드는 칸비야 의장을 바라보며 말했다.

"당신들의 도시를 구원하는 위험한 방법이군요. 내가 참견할 바는 아니겠지만, 당신들이 다른 나가들에게 백안시 당할 거라 생각되오."

"백안시?"

"음. 미안하오. 우리는 흰자위, 당신들도 이걸 흰자위라고 부르는지는 모르겠지만, 어쨌든 흰자위를 보이며 바라보는 것을 백안시라고 하오. 눈을 뒤집은 채 바라보는, 그러니까 무례하게 바라본다는 뜻이오."

칸비야는 미소를 지었다.

"재미있군요. 대장군님. 나는 이곳으로 오면서 온갖 것을 각오했지만, 양 종족의 문화적 차이에 관한 학구적인 대화를 나눌 수 있을 거라고는 생각하지 못했는데. 세평과 달리, 자상한 분이시군요."

괄하이드는 이런 칭찬은 생각도 해본 적이 없다고 생각하며 말했다.

"나도 나가의 여인에게 경어를 들을 수 있을 거라고는 생각지 못했소."

"상호 존중이 필요하다고 생각되니까. 어쨌든 당신이 우려하는 바는 알겠습니다. 하지만 그것은 우리가 감당할 문제입니다. 시모그라쥬는 다른 나가들의, 옛날에도 별로 받은 기억이 없는 호의 대신 우리의 심장탑을 보호하기로 결심했습니다."

"그렇습니까. 하지만 수호 장군들을 보내는 것은 우리의 적을 이롭게 하는 겁니다만."

"그러면 어떻게 해야겠습니까? 나는 당신들의 배후에 수호 장군을 두는 것이 더 당신들을 곤란하게 할 거라 생각합니다만."

"그 말씀이 옳군요. 의장님. 의장님의 뜻을 잘 알겠습니다."

괄하이드는 다시 라수를 바라보았다. 하지만 라수는 아무 말도 하지 않았다. 짧게 고민하던 괄하이드는 그 침묵을 동의로 판단하고는 말했다.

"기쁜 마음으로 귀하의 선언을 수용하겠습니다. 말씀하신 조건들, 그러니까 시모그라쥬 내의 모든 수호자들의 퇴거와 나가 군대에 대한 원조를 하지 않겠다는 조건들이 어김없이 실행된다면, 우리는 시모그라쥬에 대한 어떤 적대적 행위도 하지 않을 것임을 약속하겠습니다. 문서로 남기기를 바라십니까?"

"의미 없습니다. 약속이면 충분합니다."

화통한 여자라 생각하며 괄하이드는 미소지었다.

적대적인 공기를 충분히 느낄 수 있었지만 칸비야 의장은 북부군의 진중에 며칠 체류하겠다고 말했다. 그것은 시모그라쥬 수비군의 퇴각과 수호자들의 퇴거를 보증하기 위해 스스로 볼모가 되겠다는 세련된 배려였지만, 북부군의 병사들에게 또다시 혼란과 유혹을 선사하는 배려이기도 했다. 괄하이드는 거의 고민하지 않은 채 륜 페이에게 칸비야 고소리 의장을 보호하도록 명령했다. 더 이상의 선택은 있을 수 없었다. 그래서 칸비야 고소리 의장은 아스화리탈의 발치에 앉은 채 그 거체를 안전하게 올려다볼 수 있는 드문 행운을 얻게 되었다.

그녀는 감탄하며 닐렀다.

〈대단하구나. 이 용이 하늘치를 잡아먹는다는 이야기를 믿고 싶어지는데.〉

〈퀴도부리타처럼 사랑한다면 모를까, 잡아먹는 것은 불가능합니다. 의장님. 의장님께서는 하늘치를 목격하신 적이 없군요.〉

〈그래. 없었다.〉

륜은 자신이 보았던 하늘치의 모습들에 대한 기억들을 의장에게 보냈다. 칸비야는 또다시 감탄했다.

〈그렇게 커?〉

〈하실 니름이 있으시면 듣겠습니다. 본격적인 대화로 곧장 들어가도 상관없습니다.〉

함께 긴 시간을 보낸 북부군의 장수들조차 익숙해지지 못한 류의 예민함은 칸비야를 당황시켰다. 류은 시선을 약간 떨군 채 그녀가 이해할 때까지 기다렸다. 칸비야는 겨우 이해했다.

〈그러니까, 내가 조금 거론하기 어려운 이야기에 들어가기 앞서 다른 잡담들을 꺼내고 있다는 것을 느낀다는 것이구나?〉

〈그렇습니다.〉

〈정말 놀랍구나.〉

류이 놀란 표정으로 고개를 들어올렸다.

〈정말 그렇게 생각하십니까?〉

〈뭐? 놀랍다는 것…….〉

〈아니요. 제가 당신의 니름을 오해할 일은 일어나지 않을 거라고 안심하시고 계시는군요. 정말 그렇게 생각하시는군요.〉

칸비야는 고개를 끄덕였다.

〈그런 것 아니냐?〉

〈맞습니다. 제가 의장님의 니름을 오해할 가능성은 거의 없습니다. 의장님 스스로가 자신을 오해하지 않는 이상은. 하지만 사람들은 제 능력의 본질에 대해 깨닫게 되면 보통은 입을 닫습니다. 우리 식으로 표현한다면 정신을 닫는다고 해야겠군요. 의장님께서는 특이하시군요.〉

〈이 나이가 되도록 의장질을 하며 쓸데없는 니름들을 쏟아내며 얻게 된 것이라곤, 두 사람 이상이 완전히 동의할 수 있는 니름 같은 것은 세상에 없다는 짜증스러운 결론이란다. 하지만 나는 오늘 처음으로 내 니름을 오해하지 않을, 그리고 오해한 척하지도 않을 사람을 만난 것 같은데. 그래서 단어의 의미 하나하나에 고심하며 니르려 애쓰지 않아도 되는 것 아닌가. 내 ─〉

〈─ 생각이 맞습니다.〉

칸비야는 정신적 웃음을 터뜨렸다. 륜은 노부인에 대해 나가들이 가지게 되는 일반적인 경외감보다 약간 더 짙은 경이감으로 시모그라쥬의 평의회 의장을 바라보았다.

칸비야는 웃음을 거두고 진지하게 닐렀다.

〈단도직입적으로 묻지. 여신은 어디에 계신 거냐?〉

〈의장님의 추측이 맞습니다.〉

짙은 실망감 ─ 단속되고 억제되었지만 ─ 이 칸비야로부터 흘러나왔다. 칸비야는 우울하게 닐렀다.

〈반대의 대답을 몹시 원했다는 것을 니르지 않아도 아는 거지?〉

〈압니다.〉

칸비야는 다시 아스화리탈을 올려다보았다.

〈상식적으로 그런 대답밖에 있을 수 없었지. 우리들만큼이나 북부군도 여신의 해방을 원할 것은 분명한 일이야. 여신의 힘을 다루는 무서운 신랑들 때문에. 그런 북부군이 곧장 하텐그라쥬로 향하고 있다면, 여신의 배신자가 누구인지 또한 분명해지지. 하지만 정말 그랬던 것이라니. 내게 증거를 보여줄 수 있니?〉

륜은 잠깐 생각한 끝에 하인샤 대사원에서 일어났던 일의 기억을 칸비야에게 보내었다. 칸비야는 주의 깊게 그 기억들을 받아들였다. 그 기억에는 칸비야가 알지 못하는 장소와 사람들, 그리고 감정들이 많이 포함되어 있었고 그래서 륜은 몇 가지 간단한 해석을 덧붙였다. 칸비야는 알게 된 사실들에 대해 고려했다.

〈하텐그라쥬에서 수호자들이 신체를 붙잡은 것이군. 그건 누구지?〉

〈그건 저도 알지 못합니다. 심장탑에 있을 거라는 사실 외에는.〉

〈그렇군. 알았어. 여신의 구출자는 사실 북부군이었던 것이군. 우리의 구원자 역시.〉

〈북부군은 스스로를 구원하기 위해 그러는 겁니다.〉

〈길에서 돈을 주우려면 최소한 발 아래는 살펴야 한다지. 북부군이 돈을 줍기 위해 그런 거라도, 덕분에 쓰러져 있던 나가를 밟지 않았다면 고마운 일이지.〉

칸비야가 보여주는 이상한 활용에 륜은 미소를 머금었다. 칸비야 의장은 계속 말했다.

〈내가 중립을 결정한 이유 중에는 수호자가 의심스럽다는 생각도 포함되어 있어. 아, 너는 이미 알겠구나.〉

〈압니다. 그리고 사람들은 스스로 니르거나 말하며 자기 생각을 정리할, 혹은 스스로에게 찬성을 보낼 필요가 있다는 것도 압니다. 제가 이미 아는 사실을 닐러 저를 귀찮게 하는 거라는 우려는 하지 않으셔도 됩니다. 니르십시오.〉

〈정말 고맙군. 그렇다면 마음놓고 니르지. 시모그라쥬의 의원들은 페로그라쥬와 악타그라쥬가 끝내 버티지 못하고 무너진 것 때문에 내 중립 결정에 찬성을 보냈지. 물론 내가 그렇게 유도했어. 하지만 내 본심은 조금 달랐지. 이미 닐렀듯이 나는 수호자들이 의심스러웠다. 배신자와 구원자의 역할이 사실은 알려진 것과 다르지 않을까 의심했던 거지. 그래서 양자 모두에 대해 무관해지기로 했어. 내게 중요한 것은 시모그라쥬니까. 그리고 이미 그런 결정을 내린 이상, 나는 북부군을 도와줄 수도 없다.〉

〈그 니름을 하시는 이유를 압니다. 한계선 이남에서 중립 집단을 발견한 것만으로도 이미 북부군의 불신자들은 놀라고 있습니다. 그러니 그들에게 자신의 여신을 구하기 위해 발벗고 나서는 모습을 보여주지 못한다는 것에 대해 마음 쓰실 필요는 없습니다.〉

〈하지만 보다 냉정해진 후 그들은 우리를 욕하겠지. 왜 자신들을 도와주지 않느냐고. 나가들의 여신을 구출해 주기 위해 온 자들을 도와주지 않는 거냐고.〉

〈북부군은 인실롭과 다릅니다.〉

칸비야는 충격을 억누르기 위해 애썼다. 류은 부드럽게 닐렀다.

〈그 이름이 느껴지는군요. 그는 누구…… 아, 네. 이제 알겠습니다. 그런 니름을 했던가요. 북부군 또한 도와주지 않으면 적이라는 사고 방식에서 완전히 자유롭다고 니르기는 어려울 겁니다. 하지만 북부군은 지금 의장님께서 걱정하시는 일은 저지르지 않을 겁니다. 북부군이 발벗고 도와주지 않는 시모그라쥬의 태도에 실망을 느낀 나머지 공격을 감행하지 않을까 하는 우려는 하실 필요가 없습니다.〉

그 자신이 니르는 것보다 더 정확하게 그녀의 걱정을 닐러주는 류을 보며 칸비야는 감탄했다.

〈믿어도 되겠니? 지금 괄하이드 대장군은 시모그라쥬의 중립에 고마워하는 것 같더군. 하지만 앞으로도 그럴까?〉

〈그들은 한계선 이남에서 지지 세력을 얻는다는 생각은 하지도 못한 채 왔습니다. 중립 선언에도 놀라는 그들을 보셨잖습니까.〉

〈그건 나가도 마찬가지야. 인실롭이 얼마나 놀라고 화를 냈는지는, 알지?〉

〈네. 그러니 지지 세력이 될 수 있으면서도 그러지 않는 시모 그라쥬에 대해 화를 내는 북부군의 모습은, 걱정하실 필요 없습니다.〉

칸비야는 고요한 눈으로 륜을 바라보았다.

〈정말 고맙구나. 내 질문, 내 걱정 모두를 어떤 부채감도 느낄 필요 없이 해결해 주는 네 능력은 필시 용인의 능력이겠지. 하지만 도구는 도구일 뿐이지. 한 자루의 사이커가 어떤 때는 누군가를 죽이는 칼이 되고 어떤 때는 누군가를 살리는 칼이 될 수 있는 것처럼. 그러니 나는 용인의 능력에 대해서가 아니라 그 능력을 사용하는 륜 페이 너에게 고마워하겠다. 고맙구나.〉

륜 또한 칸비야를 마주보았다. 그녀의 진심을 오해할 수 없는 륜은, 그렇기에 진심의 무서움 또한 예민하게 느꼈다. 가장 명백한 사실 앞에서도 의심하고 주저할 수 있는 능력은 진실에의 접근을 막지만 동시에 진실의 가혹함에서 사람을 보호한다. 륜에게는 그런 보호의 수단이 결여되어 있었다.

륜은 왈칵 눈물이 쏟아질 것 같다고 생각했다.

륜이 고개를 떨구는 것을 보며 칸비야는 고개를 갸웃했다. 그때 누군가가 그녀를 향해 말했다.

"네가 칸비야라는 그 여자냐?"

칸비야는 주의를 기울이지도 않았는데 어떻게 목소리를 들을 수 있었던 것인지 의아해하며 소리가 들려온 방향을 돌아보았다. 그리고 그런 사소한 문제를 완전히 망각했다.

시우쇠가 그녀를 바라보고 있었다.

처음 보는 것이고 자기 소개를 받지도 않았지만 칸비야는 그것이 시우쇠임을 알 수 있었다. 다른 것일 수가 없었다. 작열하는 화염을 뿜어내며 시우쇠는 다시 말했다.

"질문했는데."

칸비야는 떨림을 억누르려는 시도를 포기하고 말했다.

"그렇습니다. 질문하시는 분은, 틀림없이 시우쇠 님이시겠군요."

열기를 느낀 류이 고개를 들었다. 시우쇠를 확인한 류은 곧 칸비야와 시우쇠, 그리고 곁에 있던 아스화리탈까지도 놀라게 했다. 류은 황급히 몸을 움직여 칸비야의 앞을 가로막았다.

어이 없다는 표정으로 바라보던 시우쇠가 말했다.

"그 여자 죽일 일은 없다. 류 페이."

"그렇습니까?"

"그래."

"저는 당신이 유해의 폭포를 죽인 이유도 아직 모릅니다."

시우쇠는 불꽃으로 웃을 뿐 대답하지 않았다. 대신 화신은 손짓으로 류에게 비키라는 신호를 보냈다. 단순하고 어찌 보면 불량스럽기까지 한 동작이었지만, 그것은 신의 의지를 담고 있었다. 류은 비늘을 세우며 옆으로 물러났다. 칸비야는 조심스럽게 말했다.

"직접 뵈니 듣던 것보다 더 놀랍군요."

"너는 아직 나를 못 봤다. 앞으로도 그럴 테고."

정확한 의미를 알지 못했지만 칸비야는 시우쇠의 말을 이해했다. 그것은 특이한 말이었다. 시우쇠는 그녀가 그 특이함에 대해 생각해 볼 여유를 주지 않은 채 말했다.

"너희 도시는 중립을 선언했다던데."

"그렇습니다."

"좋아. 부탁 하나 하지."

"무슨 부탁입니까?"

시우쇠는 대답하지 않았다. 그는 불꽃으로 그르릉거렸고 칸비야는 그것이 위협이 아닌가 겁이 났다. 그녀의 두려움을 느낀 륜이 〈생각을 정리하시는 겁니다.〉라고 닐러주어 칸비야는 겨우 안도했다.

"짐작이 안 가는군. 어떤 모습일지. 어쨌든 아마도 레콘일 테지. 이봐. 언젠가 너희 도시로 어떤 레콘이 찾아올 거다."

"레콘이라고요?"

"그래. 어떤 레콘일 거다. 화신이지."

륜이 놀라서 외쳤다.

"모든 이보다 낮은 여신!"

"맞아. 슬슬 도착할 거야."

시우쇠는 고개를 끄덕였다. 그 턱에서 불티가 튀어올랐다. 륜은 다급하게 말했다.

"수탐자들이 성공한 겁니까? 어떻게 아십니까?"

"그렇게 될 거라는 것을 아니까."

륜은 얼굴을 일그러뜨린 채 도통 알 수 없다는 표정을 지었다. 도무지 무슨 이야기인지 짐작할 수 없던 것은 칸비야 또한 마찬가지였지만 그녀는 한 가지 사실에 대해서는 두려움을 느꼈다.

"또 다른 화신이 저희 도시에 오시는 겁니까?"

"그래. 올 거야. 그 레콘이 오면, 내 말을 전해 줘. 빛이 탄로났다."

"예?"

"그렇게 전하면 돼. 빛이 탄로났다. 너무 길어서 외울 수 없는 건 아니겠지?"

농담처럼 말하는 것임에도 불구하고 시우쇠의 압박감은 사람을 질식시킬 지경이었다. 칸비야는 황급히 고개를 가로저었다.

"그렇게 전하겠습니다."

시우쇠는 만족하며 몸을 돌렸다. 그리고 거침없는 태도로 걸어갔다.

확 다가온 열기가 사라진 것은 시우쇠가 사라지고도 한참 뒤의 일이었다. 칸비야는 중단했던 호흡을 겨우 내쉬며 비늘이 일어선 팔을 쓰다듬었다.

〈듣던 것 이상이구나. 류 페이. 여신은 틀림없이 구출되실 것 같군.〉

〈예? 예. 예. 그럴 겁니다.〉

류을 만난 이후로 칸비야는 처음으로 류의 예민하지 못한 모습을 보았다. 그리고 그러는 것도 당연하다고 생각했다. 칸비야의 양해 속에서 류은 방해받지 않고 한참 동안 시우쇠가 사라진 방향만을 정신없이 바라볼 수 있었다. 하지만 용인의 어떤 능력으로도 류은 시우쇠의 말이 무슨 뜻인지 알 수 없었다.

칸비야가 북부군에 체류한 지 사흘이 지났을 때, 류은 시모그라쥬에 주둔하고 있던 다섯 개 군단과 수호 장군이 모두 하텐그라쥬 방향으로 떠난 것을 확인할 수 있었다. 라수 규리하는 시모그라쥬를 무혈 통과하게 된 것에 대해 즐거워하기로 결심했다. 하지만 상대해야 할 수호자들이 더 늘어난 것에 대해서는 우울한 낯빛을 띠었다.

그리고 북부군의 이동이 시작되었다.

불필요한 충돌을 피하기 위해 북부군은 시모그라쥬의 외곽을 통해 도시를 우회했다. 나가의 도시에는 교외의 농장 지대 같은 것이 없기에 그리 먼 길을 돌지는 않았고 우회는 반나절만에 종료되었다. 시모그라쥬 남쪽 20킬로미터 지점에 도달했을 때 괄하이드 규리하는 북부군에게 야영 준비를 명령했다. 그리고 그때까지 북부군과 동행한 칸비야 고소리 의장에게 다가갔다.

"의장님. 덕분에 서로에게 유익한 결과를 얻었다고 생각합니다. 의장님이 내린 어려운 용단에 대해 진심으로 감사하겠습니다."

칸비야 의장은 고개를 살짝 끄덕였다.

"무운을 바란다고 말하는 것은 아무래도 우습겠지요. 다만, 다음에는 보다 유쾌한 상황에서 만날 수 있기를 바랍니다."

괄하이드는 또 만날 기회가 올지에 대해 회의적이었다. 하지만 별 내색없이 감사를 표했다. 그때 류이 그들에게 다가왔다.

"대장군님. 제가 고소리 의장님을 시모그라쥬의 저택까지 모셔드리고 와도 되겠습니까."

라수가 불 맞은 고양이 같은 기세로 고개를 홱 돌렸다. 괄하이드는 난처한 표정으로 칸비야와 류을 번갈아 바라보았고 칸비야 또한 당혹했다. 류이 설명했다.

"의장님처럼 지체 높으신 여인이 아무런 호위자도 없이 도시로 들어가는 것은 그 품위에 도움이 되는 일이라고 할 수 없습니다. 남자가 호위를 해야 합니다. 그러니 제가 호위해 드리고 오겠습니다."

"위험하지 않겠소? 저 도시에 이제 수호자는 없지만, 당신은 심장을 가지고 있소."

"저는 예민합니다. 그리고 시모그라쥬의 시민들이 저를 해하여 지적에 있는 북부군을 불러들일 정도로 무지하지는 않을 겁니다. 위험은 없습니다."

라수가 조심스럽게 말했다.

"하지만, 당신이 없어지면 떠나갔던 수호자들이 혹 되돌아올 경우 그것을 감지할 수 없습니다."

"그들은 열심히 남쪽으로 가고 있습니다. 그리고 머지 않아 밤이 될 텐데, 밤에 돌아오지는 않을 겁니다. 그리고 이곳에는 시우쉬 님과 아스화리탈이 남게 될 겁니다."

"아스화리탈을 놔두고 갈 거요?"

"예. 도시에 데리고 가기엔 덩치가 너무 크니까요. 도저히 예의도 아니고."

괄하이드는 또다시 칸비야 의장과 륜을 번갈아 바라보았다. 그리고는 단호하게 말했다.

"좋소. 나는 나가의 예법에 대해서는 무지하오. 그러니 당신에게 얼마의 시간이 필요한지는 모르겠소. 우리는 내일 아침 일출에 맞춰 출발할 거요. 그때까지 돌아오길 바라오."

괄하이드는 그때까지 돌아오지 않으면 출발 방향은 반대쪽이 될 거라는 말을 하지는 않았다. 륜은 말하지 않아도 들을 수 있으며, 칸비야 의장에게 불쾌함을 줄 필요는 없기 때문이다. 륜은 괄하이드와 라수, 그리고 당황을 채 감추지 못하고 있는 장수들에게도 인사를 보낸 다음 칸비야 의장과 함께 왔던 방향으로 출발했다.

그들의 모습이 사라지자마자 빌파 삼부자가 괄하이드에게 달려왔다. 대장군 앞에 도달하자 코네도는 외치다시피 말했다.

"저희들이 공작님을 호위하겠습니다!"

"그대들이?"

"예. 공작님은 저희를 느낄 수 있으시겠지만 다른 나가들은 저희를 못 볼 겁니다. 저희들이 그 분을 따라다니며 호위하겠습니다."

괄하이드는 그것이 괜찮은 생각인지 고민했다. 그러나 라수가 먼저 말했다.

"그럴 필요 없다."

"네?"

"그런 것이 필요했다면 공작께서 먼저 요청하셨을 거다. 혹 들통이라도 나는 경우 오히려 공작님의 처신이 곤란해진다. 첩자를 데려온 거라는 누명을 쓸 수 있을지도 모르니. 그리고 어차피 저 도시에서는 전부 니름으로 이야기를 주고받을 텐데 누군가가 공작에게 죽이겠다고 외친다 하더라도 그대들이 알아들을 수는 없잖나."

"누군가가 불손한 마음을 먹고 다가오는 것 정도는 알 수 있습니다."

"공작님은 그런 자의 접근을 그대들보다 훨씬 더 잘 알 수 있다. 그러니 그냥 이곳에 있도록."

빌파 삼부자는 실망과 불안을 지우지 못한 얼굴로 밀림을 바라보았다. 다른 장수들도 몇 마디 거들었지만 라수는 그 모든 의견을 물리쳤다. 괄하이드는 그 모습을 물끄러미 바라보다가 두 사람만이 남게 되었을 때 입을 열었다.

"코네도의 제안도 괜찮은 것 같은데. 라수."

라수는 야영 준비를 하는 병사들을 물끄러미 바라볼 뿐 아무 반응도 보이지 않았다. 괄하이드는 라수가 듣지 못한 것인지, 그렇지 않으면 대답하기 싫은 건지 알 수 없었다. 괄하이드가 한 번 더 말하려 했을 때 라수가 말했다.

"코네도 빌파가 따라가면, 류 페이는 물론 그의 존재를 깨달을 거야. 그리고 돌아와야 한다는 사실을 계속 일깨우게 되겠지. 나는 이것이 하나의 시험이 되도록 하고 싶군."

"시험이라니?"

"류은 그곳에 남을 수 있어. 동족들 곁에. 만약 더 이상 우리와 싸우는 것이 싫다면 말이지."

라수의 옆얼굴을 지그시 바라보던 괄하이드가 말했다.

"잔인하군. 라수."

라수는 고개를 돌려 사촌형을 바라보았다.

"잔인하다?"

"라수. 물론 네가 나보다 훨씬 똑똑해. 네가 하면 무엇이든 쉬워보이는 것에 대해 나는 항상 감탄했어. 하지만 전쟁에 대해서라면 내가 좀더 많이 경험했을 거다. 노병의 말을 한 번 들어봐. 너는 적과, 적이 될지도 모르는 자에 대해서만 생각하는 것 같아. 얼마 전 나는 극연왕이 남긴 말을 들을 기회가 있었다. 베미온 마립간이 육 형제 탑에서 읽었던 내용을 중얼거렸거든. 극연왕은 자기가 적에 대해서만 생각한 끝에 오라비를 잃었다고 말하셨더군. 나는 그런 증상을 안다. 전쟁터에서는 살기 위해 적을 죽이는 것이 아니라 적을 죽이기 위해 살게 되는 병사들을 많이 발견할 수 있어. 그들은 자신이 그렇다고 생각하지 않아. 하지만 살아남을 방법을 지나치게 골몰한 끝에 그렇게 되어버리지. 그러나 전투도 결국 사는 방식의 하나야. 먹고 자는 것처럼 살기 위해 하는 다른 일들과 똑같아. 하지만 그걸 용맹이라고 부르면서, 병사들은 전투 그 자체를 목적으로 바꿔버리지. 실제로 지휘관들은 그걸 충동질하기도 해. 나도 그렇지. 엔거에서 내가 말했지. 적이 여기 있으니 그들은 너를 따라올 거라고. 봐. 라수. 그들은 그렇게 했어."

라수는 가시 돋친 말투로 말했다.

"형도 마찬가지 아냐? 형도 이 거창한 장례 행진의 일원이 되어 죽으러 가고 있는 것은 마찬가지인데."

"나는 달라. 나는 이것만이 유일한 방법이라는 것을 믿기 때문에 이 길로 온 거야. 적을 죽이기 위해 죽이는 것과 내가 살기 위해 죽이는 것은 겉모양만 같을 뿐 전혀 다른 일이야. 이 길의 끝에 죽음이 있겠지만, 그건 내가 사는 방식이야. 왕의 변경백으로서 사는 방식이지. 그 때문에 나는 전쟁에 얽매여 있어도 전쟁에서 자유롭다."

"전쟁에 얽매여 있어도 전쟁에서 자유롭다고?"

"그래. 나는 자유롭기 때문에 옷에 단추를 주렁주렁 매달지도 않고 부하의 목을 단검으로 찢어버리지도 않아. 그리고 적이 될지 모른다는 의심의 눈으로 동료를 바라보지도 않고."

라수는 고개를 숙인 채 한참 동안 침묵했다.

칸비야와 륜은 둔덕길을 따라 시모그라쥬로 향했다. 둔덕 옆으로 아름다운 습지가 펼쳐져 있었다. 잎사귀 넓은 수상 식물들 때문에 물은 상당 부분 가려져 있었지만 드러나 있는 수면은 비스듬히 드리우는 햇빛을 받아 흩뿌려진 금편처럼 빛났다. 황혼의 하늘 아래 도요새가 습지 위를 한가롭게 날아다녔다. 고마리와 여뀌를 떨게 만드는 가느다란 바람은 둔덕길 가운데를 따라 걸어가던 두 사람에게 습지의 풍부한 향취를 퍼다날랐다. 칸비야가 습지를 바라보며 닐렀다.

〈륜 페이. 내가 호위자도 없이 처량하게 도시로 돌아가는 것에 대해 기분 나빠했었니? 그랬던 기억은 없는데. 혹시 나도 모르게 그렇게 생각한 건가?〉

〈그런 적은 없으십니다. 그저 제 마음이 편하고자 하는 겁니다. 용단으로써 도시를 지킨 당신이 호위자도 없이 도시에 돌아가신다고 생각하니 마음이 편치 않았습니다.〉

〈괴로울 것 같은데. 나가들은 너를 '백안시' 할지도 몰라. 내 표현이 맞는 건가?〉

〈맞습니다. 그리고 그것은 상관없습니다. 저는 제가 한 일을 압니다.〉

〈분명히 너는 내가 아는 나가들 중에 가장 많은 나가를 죽인 사람이지. 하지만 그것은 여신을 구하기 위한 일이었지.〉

륜은 대답하지 않았다. 습지 가운데에서 젖은 통나무가 반짝거렸다. 그 위에 똬리를 튼 뱀이 저물어 가는 태양을 물끄러미 바라보고 있었다.

〈가서 너 자신을 변호하겠니? 내가 도와줄까?〉

〈아니요. 그럴 생각은 없습니다.〉

〈그래도 괜찮아?〉

〈괜찮습니다.〉

〈내 마음이 편하지 않구나. 여신의 구원자인 네가 나가 살육자 취급을 당해야 하다니. 그건 옳은 일이 아니야.〉

〈나가 살육자는 만나본 적이 있지요.〉

〈정말이야?〉

〈예. 무서운 사람이었습니다.〉

〈사람이라고?〉

〈예. 어떤 인간입니다. 나가에 대해 누구보다 더 큰 증오를 가진.〉

둔덕길이 끝나는 지점이 눈앞으로 다가왔다. 그곳에 시모그라쥬가 석양을 받으며 서 있었다. 넓은 습지와 흩어진 수풀들 사이로 심장탑은 가느다란 바늘처럼 보였다. 륜은 칸비야 의장을 쳐다보았다.

〈그럴 리가 있냐니, 왜 그렇게 생각하십니까?〉

〈내가 그렇게 생각했니? 음. 그래. 이상한 일이야. 나가 살육자의 이야기는 아주 오래 전부터 전해 내려온 이야기야. 내가 할머니께 그 이야기를 들었던 것처럼, 내 할머니께서도 당신의 할머니에게 그 이야기를 들었던 그런 이야기지. 하지만 인간이 그렇게 오래 살 수가 있나.〉

륜은 약간 놀랐다. 칸비야의 지적은 그에게는 새로운 것이었다. 륜은 나가 살육자의 이야기가 오래된 것이라는 사실만 알고 있을 뿐 그것이 '얼마나' 오래된 것인지는 명확하게 알지 못했다. 그것이 칸비야의 말대로 몇 세대 전부터 계속되어온 이야기라면 케이건 드라카는 나가 살육자일 수 없다. 칸비야는 닐렀다.

〈키탈저 사냥꾼처럼 대를 이어서 나가 살육자라는 이름을 받는 건가?〉

〈글쎄요. 그런지도 모르겠습니다.〉

그때 시모그라쥬의 모습은 이미 풍경의 일부에서 생활의 공간으로 바뀌고 있었다. 도시를 바라본 칸비야는 그 사실을 깨닫고는 비늘을 약간 세웠다.

〈벌써 다 왔군. 륜. 지금이라도 힘들 것 같다면 그냥 여기서 돌아가렴.〉

〈저는 도시 내에서 필요가 되어드리기 위해 왔습니다. 들어가시죠.〉

갈로텍이 말에서 떨어졌을 때 그것을 가장 먼저 깨달은 사람은 놀랍게도 포로인 데오늬 달비였다.

대나무 군단의 군단병들은 데오늬 달비가 갑자기 달리기 시작해도 제지하지 않게 된 지 오래였다. 그래서 군단의 뒤편에 있어야 할 포로 데오늬가 군단의 중간, 혹은 전위에서 발견되는 상황이 왕왕 발생해도 병사들이 다급한 조치를 취하는 일은 없었다. 내버려두면 당황한 키베인이 그녀를 데리러 달려오거나, 혹은 그녀 스스로 왔던 방향으로 다시 달려가—다가 넘어지—기 때문이다.

그때 데오늬는 군단의 앞쪽에서 달리다가 숨이 턱에 닿아 쫓아온 키베인에게 "습지입니다! 대수호자님!"이라는 대답을 하여 대수호자를 상당한 지적 모험에 밀어넣고 있던 도중이었다.

"습지에서의 구보 속도가 궁금해진 겁니까?"

"누가 말에서 떨어졌습니다. 대수호자님."

"습지니까 누가 말에서 떨어져……, 예?"

데오늬는 더 이상 말하지 않고 달려갔다. 키베인은 또다시 그녀의 뒤를 따라갈 수밖에 없었다. 데오늬가 뒤쪽이 아니라 앞쪽으로 달려가는, 지금까지와는 다른 상황에 군단병들은 놀랐다. 그리고 데오늬가 달려가는 방향을 보곤 기겁하며 사이커를 뽑아들었다.

　데오늬는 무릎을 꿇은 채 땅바닥에 엎드린 대장군을 내려다보았다. 뒤이어 도착한 대수호자는 놀란 표정으로 갈로텍과 데오늬를 번갈아 바라보았다. 그때 사이커를 뽑아든 수호 장군들과 군단병들이 대수호자의 옆을 지나쳐 달려갔다. 대수호자는 기겁하며 닐렀다.

　〈그만! 그만둬요!〉

　수호 장군들과 군단병들은 다행히도 대수호자를 대장군만큼 존중했다. 그래서 데오늬를 향해 겨누어지려던 사이커는 허공에서 멈췄다. 데오늬는 그런 사실을 까맣게 모른 채 걱정스러운 표정으로 갈로텍을 내려다보고 있었다. 대수호자는 설명을 요구하는 병사들의 시선을 무시하며 그들 사이를 헤치고 데오늬와 갈로텍에게 다가갔다. 그가 몸을 구부리자 데오늬가 말했다.

　"이 분이 갑자기 낙마하셨습니다. 대수호자님."

　"소리를 들은 것이군요. 알겠습니다. 제가 닐러보겠습니다. 기다리십시오. 달비 부위."

　〈대장군? 대장군. 어떻게 된 겁니까? 왜 떨어지셨지요?〉

　대답 대신 괴로운 신음이 돌아왔다. 키베인은 갈로텍이 낙마 때문에 괴로워하고 있는 것이 아님을 알 수 있었다. 극도로 긴장하여 바라보는 시선들에 거북함을 느끼며 키베인은 조심스럽게 갈로텍을 똑바로 눕혔다. 그리고 키베인은 비늘을 세웠다.

　〈이런, 허물벗기로군!〉

　그에게 집중되던 시선들의 성격이 바뀌었다. 보라크 군단장이 정신을 점잖게 유지하려 애쓰며 닐렀다.

　〈그렇군요. 비늘이 일어나고 있군요.〉

좋은 상황 설명이라 하기도 어렵고 대안 제시는 절대로 아닌, 별 볼 일 없는 니름이었다. 대수호자는 고민하다가 문득 데오늬가 아직까지 걱정스러운 얼굴로 주위의 나가들을 둘러보고 있음을 깨달았다. 바로 그때 키베인은 데오늬가 여자임을 떠올렸다. 그리고 자신이 그런 사실을 떠올릴 수 있다는 것에 대해 황당함 비슷한 감정까지 떠올렸다.

그러나 그의 입은 벌써 움직이고 있었다.

"달비 부위. 지금 대장군은 허물벗기를 하려 하고 있습니다."

"살갗이 벗겨지는 겁니까, 대수호자님?"

"그렇습니다. 당신이 좀 도와주면 좋겠는데요."

"제가 요리를 잘 한다는 것을 어떻게 아셨습니까, 대수호자님?"

완전히 멍해진 대수호자는 힘겹게 데오늬에게 질문했고, 가까스로 데오늬가 매우 독창적인 상상을 하고 있음을 알게 되었다. 데오늬의 머릿속에서 대수호자의 요청은 대략 다음과 같은 변화를 일으켰다. '나가가 허물을 벗는다. ──도와달라고 했으니 누군가가 그 허물을 벗는 것을 도와주는 것이다. ──그 나가는 아마도 박피 전문가 등으로 불리는 사람일 것이다. ──대나무 군단에는 그 박피 전문가가 없는 것이다. ──그런데, 대신 인간 포로가 있다. ──인간은 요리를 해서 먹으니 동물의 껍질을 다루는 것에 익숙할 것이다. ──따라서 인간은 박피 전문가를 대신할 수 있다. ──요리를 잘 하는 데오늬 달비여, 도와주오.'

키베인은 어지러운 머리를 감싸쥐고 싶은 것을 참으며 말했다.

"놀라운 상상이지만, 아, 정말 놀랍군요. 그런데 우리에게는 그 박피 전문가라는 것이 없습니다. 허물은 자기가 알아서 벗습니다."

"그러면 제가 무엇을 도와드리면 됩니까, 대수호자님?"

"갈로텍에게 말을 걸어주세요."

데오늬는 멍한 표정으로 키베인을 바라보았다. 차츰 그녀의 얼굴에 뚜렷한 결심이 떠올랐다. 데오늬는 갈로텍을 내려다보았다. 그리고 당당하게 말했다.

"안녕! 잘 생긴 오빠. 저랑 놀아볼래요?"

"……달비 부위. 그게 아닙니다."

"아닙니까, 대수호자님?"

"그거 아마 유혹인 것 같은데, 그게 아닙니다. 그가 기대고 의지할 수 있는 여인이 되어주십시오."

"아, 네! 알겠습니다. 대수호자님."

데오늬는 밝은 표정으로 힘차게 고개를 끄덕였다. 그리고 갈로텍에게 말했다.

"이제야 밝히지만, 사실은 내가 네 어머니란다."

갈로텍이 혹 그런 반생물학적인 고백을 믿어주지 않을까 공상해 보던 키베인은, 자신이 데오늬에게 꽤 물들었음을 깨닫고는 두려움에 빠졌다.

다행히도, 혹은 불행히도 키베인은 자신의 발상을——최소한, 그것이 합리적인 경우——쉽게 포기하는 성격은 아니었다. 대나무 군단 내의 여자 병사들 중 누구라도 데오늬의 대신이 될 수 있다. 동족이고 니를 수 있으니 그 점에서는 데오늬보다 오히려 낫다. 하지만 키베인은 장점이 지나치게 크다는 사실을 경계했다. 키베인은 갈로텍의 적이 누구인지 아직 몰랐다. 하지만 상식적으로 그 적이 같은 수호자의 일원이거나 대가문의 일원인 어떤 여자일 수는 있어도 데오늬 달비일 가능성은 극히 적었다. 게다가 데오늬는 대나무 군단의 나가들이 가지고 있지 않은 장점을 가지고 있을 가능성이 있었다. 키베인은 그것을 질문했고 긍정적인 대답을 얻게 되었다. 데오늬는 말을 탈 줄 알았다.

그래서 키베인은 데오늬를 말에 태운 다음 갈로텍을 그 앞쪽에 앉혔다. 수호 장군들은 당황하여 대수호자의 행동을 바라보았지만 그들 중 말을 탈 줄 아는 이는 없었기에 모두 잠자코 도와주었다. 간신히 갈로텍을 말에 태운 키베인은 데오늬에게 계속 말을 걸라고 부탁했다. 쾌히 부탁을 받아들인 데오늬는 갈로텍에게 끊임없이 '모든 일이 잘 될 거다, 기운내라, 그 대금 소리 괜찮았다, 노을이 하늘 가운데서부터 진다면 그 모습이 어떨지 상상이 되냐.' 등의 말을 쏟아내었다. 키베인은 청력에서 주의를 배제한 후 보라크 군단장에게 질문했다.

〈점잖게 일을 치르려면 가까운 도시로 가는 것이 좋겠습니다. 시모그라쥬가 이 근방이지요?〉

〈우리 앞쪽에 있습니다. 시모그라쥬의 중립 선언 덕분에 다행히 북부군은 없을 겁니다.〉

〈뱀부리미를 통해 시모그라쥬로 연락을 보내세요. 북부군이 완전히 지나갔는지 물어보고, 그리고 대장군이 급히 몸을 쉴 저택도 하나 수배하라고 전하세요.〉

보라크 군단장은 다시 행군할 것을 명령한 다음 수레를 향해 달려갔다. 대수호자는 말의 고삐를 쥐었다. 그리고 말의 고삐를 쥐는 일이 천하다거나 하는 관념이 없는 수호 장군들은 대수호자가 대장군을 잘 보살피는 것으로만 해석했다.

데오늬가 도대체 무슨 말을 저렇게 끊임없이 쏟아내고 있는 것인지 궁금해진 키베인이 청력에 다시 주의를 기울였다가, 그녀가 대폭 생략해 대는 중간 과정을 더듬던 끝에 현기증이 나서 급히 그 주의를 배제했을 때, 보라크 군단장이 그들에게 돌아왔다.

〈좀 웃기는 일이 발생했습니다. 연락을 받은 시모그라쥬의 수호자는 자신이 시모그라쥬에서 한참 떨어진 곳에 있으며 지금 하텐그라쥬로 이동하는 중이라고 대답했습니다. 시모그라쥬의 고소리 의장은 완전한 중립 선언을 위해 도시 내의 수호자들도 모두 인실롭 군단장과 함께 보낸 모양입니다. 어쨌든 저쪽의 수호자는 북부군이 그곳을 지나갔을 거라고 대답하더군요.〉

〈그렇다면 몇 명의 걸음 빠른 병사들에게 소드락을 복용하고 시모그라쥬로 달려가라고 하세요. 그들이 저택을 수배하도록.〉

〈알겠습니다.〉

보라크 군단장은 다시 일을 처리하기 위해 떠나갔다. 대수호자는 다시 다른 병사에게 데오늬가 돌아오지 않는다는 사실에 당황하고 있을 북부군 포로들에게 사실을 설명해 주라는 명령을 내린 다음, 고요 속에서 생각에 잠겼다.

키베인은 어쩌면 그들이 문전박대를 당하게 될지도 모른다고 생각했다. 고소리 의장의 중립 선언이 수호자들마저 도시 밖으로 내보내는 것이라면, 분명히 대나무 군단과 그 수호 장군들의 도시 진입을 달가워하지 않을 수도 있었다. 어쩌면 수호자 갈로텍을 도시 내에 수용하는 것마저 거부할지 모른다. 그 가정에 대한 대처 방안을 고민해 보던 키베인은 결국 대장군이 아니라 허물벗기를 하러 찾아온 남자를 받아들이는 것으로 해석해 달라고 조르기로 결정했다.

마침내 야트막한 야산에 선 그들이 산 아래로 시모그라쥬의 모습을 보게 되었을 때 먼저 출발했던 병사들이 그들에게 돌아왔다. 그들은 키베인이 우려하던 대답을 가지고 돌아왔다. 시모그라쥬는 중립 선언을 엄정히 준수하기 위해 어떤 나가 병력도 받아들일 수 없다는 대답을 보내어 왔다. 보라크 군단장을 비롯한 수호 장군들이 거센 분노를 보였지만 키베인은 씁쓸하게 고개를 끄덕였다.

〈보라크 군단장. 군단과 함께 이곳에서 대기하십시오.〉

〈어쩌실 생각이십니까, 대수호자님?〉

〈제가 달비 부위와 함께 대장군을 모시고 가겠습니다. 저는 신명을 사용할 수 없습니다. 그리고 갈로텍 대장군 또한 짝을 찾아볼 수 없는 영웅이지만 지금은 병력이라 할 수 없습니다. 그리고 달비 부위 또한 나가의 병력이 아닙니다. 따라서 우리 세 사람은 시모그라쥬가 받아들여서는 안 되는 나가의 병력이라 할 수 없습니다. 우리 세 사람이 여행자의 자격으로 시모그라쥬에 들어가겠습니다. 시모그라쥬는 그것까지 거부하지는 않을 겁니다. 칸비야 고소리 의장은 합리적인 인물이라고 들었습니다.〉

〈어떻게 세 분만 보낼 수 있습니까.〉

〈별 일 없을 겁니다. 북부군은 이미 저곳을 지나갔으니까요. 그리고 저는 키보렌의 대수호자잖습니까. 갈로텍 대장군이 허물 벗기를 끝내는 대로 돌아오겠습니다.〉

보라크는 키베인의 끈덕진 설득에 결국 그 요청에 동의했다. 그는 군단에게 야영 명령을 내리면서 동시에 언제든 돌격할 준비도 갖추라고 명령했다. 키베인은 그들에게 잠깐 동안의 작별을 고한 다음 말을 끌고 산 아래로 내려갔다. 짧은 일몰이 소녀와 대수호자, 그리고 대장군을 비추다가 사라졌다.

시모그라쥬에 들어섰을 때 칸비야 고소리 의장은 통행자가 별로 없다는 사실에 안도했다. 그녀는 파괴적인 방법으로만 나가의 도시를 대할 수 있었던 륜이 좀더 편하게 도시를 볼 수 있도록 해주고 싶었다. 륜의 눈치를 살피던 칸비야는 결국 닐렀다.

〈내가 눈치를 보고 있다는 것 알지?〉

륜은 빙긋 웃었다. 칸비야는 계속 닐렀다.

〈그리고, 무엇 때문에 눈치를 보고 있다는 것도?〉

〈파괴할 필요가 없는 고향을 제가 어떻게 생각하는지 알고 싶으신 거죠. 하지만 제 고향은 하텐그라쥬입니다.〉

〈이곳도 나가의 도시잖아.〉

〈하긴 니름대로군요. 기분이 묘하다는 것을 인정하겠습니다. 하지만 제가 '예전에는 이곳 또한 사람들이 꿈을 키워가며 살아가는 도시라는 것을 몰랐다, 그래서 그토록 파괴할 수 있었다. 내 잘못을 뉘우친다.'는 식의 고백을 할 거라고는 생각하지 마세요. 저는 그걸 알고 있었습니다.〉

〈그렇겠군. 그러고 보니 페로그라쥬와 악타그라쥬를 이미 '알고' 있었던 것이군?〉

〈예. 파괴 대상으로만 보기 때문에 그 도시들의 아름다움이나 소중함, 그 시민들의 애정 따위는 무시하는…… 그런 능력은 제게 없습니다. 저는 전부 압니다.〉

〈너를 동정해. 륜 페이.〉

〈괜찮습니다. 저는…….〉

륜 페이의 니름이 더 이상 이어지지 않았다. 칸비야는 어리둥절하여 주위를 둘러보았다. 낮의 열기를 아직 잃지 않은 건물들이 어둠 속에서 아름답게 떠오르고 있었지만 위험스러운 장면은 보이지 않았고 그들을 예의주시하는 통행자도 없었다. 칸비야는 륜을 돌아보았다.

〈륜?〉

〈어떤 여행자들이 이 도시에 들어섰습니다.〉

〈그래? 그런데?〉

〈나가가 두 명입니다. 그리고 인간과 말이 포함되어 있군요.〉

칸비야는 깜짝 놀랐다.

〈말이라니? 그리고, 인간이라고?〉

〈예. 그런데 나가 중 한 명은 전에 한 번 만났던 수호자군요. 분명히 누님과 함께 있어야 할 텐데……!〉

다음 순간 륜은 빠르게 걸어갔다. 칸비야는 당황하며 그 뒤를 따랐다.

데오늬 달비는 주변의 건물들을 감탄 속에서 바라보았다. 나가들의 도시는 화려하고 아름다웠다. 다만 조명이 거의 없기에 데오늬는 많은 부분을 볼 수 없는 것에 애석해했다. 반면, 그녀 자신은 말과 함께 나가들에게 뚜렷하게 보였다. 데오늬는 듣지 못했지만 무수한 니름이 그들에게 다가왔고 키베인은 그 모두에 정신없이 대답했다.

그때 갑자기 갈로텍이 고개를 들어올렸다. 데오늬는 기뻤다. 그녀는 갈로텍이 드디어 자신의 말에 대답할 거라 믿었다. 하지만 갈로텍은 그녀의 소망을 무시하며 전방을 응시했다.

〈저게 뭐지?〉

말고삐를 쥐고 걸어가던 키베인이 깜짝 놀라 뒤를 돌아보았다.

〈대장군! 괜찮은 겁니까? 우리는 당신이 허물벗기를 할 수 있도록 시모그라쥬에 들어온 겁니다. 인간과 말에 대해 꽤 놀라긴 했습니다만 그들은 결국 당신이 허물벗기를 하는 동안 체류를 허락했습니다. 지금 괜찮아 보이는 저택을 찾고 있는 중입니다. 사람들이 쳐다보는 것도, 질문들에 대해 해명하는 것도 이제 힘들어지려는 판국이군요.〉

〈저건……, 저건…….〉

키베인은 그제야 앞쪽을 바라보았다. 그리고 놀랐다. 그들의 앞쪽에는 심장을 가진 나가가 서 있었다. 키베인은 그 심장을 뚜렷하게 볼 수 있었다. 갈로텍은 비늘을 부딪치며 전방을 응시했다.

〈나는 저 자를 알아.〉

키베인도 알고 있었다. 그리고 데오늬 또한 마찬가지였다. 데오늬는 반갑게 외쳤다.

"공작님! 공작님이시군요!"

아직 뜨거운 석조 건물들 사이에서, 륜 페이는 뜨거운 심장을 불태우며 그들을 조용히 바라보고 있었다.

륜은 사람들이 움직이는 것을 느꼈다.

어둠 속에서 시모그라쥬의 시민들이 움직였다. 그들은 어떤 뚜렷한 목적을 가지고 있지는 않았으며, 그들을 조직화하는 사람도 느껴지지 않았다. 하지만 륜은 몰려나온 군중들에게서 위험한 감정의 흐름을 읽을 수 있었다. 당연한 일이지만 칸비야 고소리의 중립 선언은 그 도시의 모든 시민을 행복하게 하지는 못했다. 적지 않은 숫자의 나가들이 그녀에게 찬성했지만, 결코 무시할 수 없는 숫자의 사람들은 비참함을 맛보고 있었다. 그들은 겁쟁이 의장 때문에 자신들이 나가의 위대한 전진에서 탈락한 낙오자가 되었다고 느끼고 있었다. 그리고 그 불길한 밤, 그들의 도시 한가운데서 목격하게 된 불길한 대치를 보며 시모그라쥬의 많은 시민들은 복잡한 기분을 느꼈다.

그러나 그들 중 한 사람만은 자신이 지나치게 한적한 길에서 우연히 반가운 사람을 만나게 되었다고 여기고 있었다. 열을 볼 능력도 없고 조명 상태도 열악한 그곳에서, 데오늬 달비는 몰려드는 나가를 전혀 깨닫지 못한 채 외쳤다.

"공작님! 접니다! 북부군 부위 대나무 군단 포로 데오늬 달비입니다!"

"예. 반갑습니다. 달비 부위. 직함이 길어지셨군요."

다행히도 데오늬의 육성이 나가들을 자극하지는 않았다. 륜은 다시 말했다.

"당신과 그 수호자는 대호왕 폐하와 함께 있어야 하는데, 잠깐만요. 아니, 말하지 말아주시겠습니까? 그냥 옛날 생각을 해주십시오."

데오늬는 쾌히 그렇게 했다. 데오늬의 심상은 깨끗했고 륜은 어렵잖게 북부군에서 일어난 일을 알 수 있었다. 륜은 사모가 키보렌에 들어왔다는 사실에 충격을 받았다. 거의 자제력을 잃을 것 같은 기분 속에서 그녀가 아직 안전하다는 사실을 통해 간신히 자신을 억누른 륜은, 데오늬가 아직도 충실하게 옛이야기들을 생각하고 있다는 것을 깨닫고는 잠시 내버려두기로 했다. 륜은 키베인을 향해 닐렀다.

〈당신이 키보렌의 대수호자였습니까.〉

〈그래. 륜 페이.〉

대답하던 키베인은 문득 륜이 그저 확인하기 위해 그런 니름을 한 것이 아니라는 것을 깨달았다. 륜은 몰려드는 군중들이 들을 수 있도록 명징하게 닐렀다. 그럼으로써 그 군중들이 돌발 행동을 일으키지 않도록 단속한 것이다. 키베인은 감탄했다. 륜은 말 위의 나가를 바라보았다.

〈그리고, 대장군 갈로텍.〉

갈로텍은 쇠약해진 몸을 무시하며 닐렀다.

〈용인 륜 페이.〉

보이지 않는 어둠 속의 군중들은 더욱 긴장했다. 칸비야는 갈로텍이 륜을 배신자로 지목하여 군중들을 선동하려는 것인지, 그렇지 않으면 상대방은 용인이니 조심하라고 경계시키는 것인지 판단하기 어려웠다. 륜은 담담하게 닐렀다.

〈허물벗기군요. 많이 편찮으신 듯하군요.〉

〈즐거운 상황이라고는 할 수 없군.〉

륜은 칸비야를 슬쩍 돌아보았다. 돌아보지 않아도 볼 수 있으므로, 그것은 순전히 의장을 위한 동작이며 니름으로 바꿔본다면 '안심하세요.' 정도가 될 것이다. 그리고 륜은 갈로텍을 향해 닐렀다.

〈먼저, 이 도시는 중립 지대임을 확실히 하고 싶습니다.〉

〈나도 알아. 인실롭이 내게 확인 요청을 했으니까.〉

칸비야는 안도했다. 하지만 갈로텍은 날카롭게 닐렀다.

〈우리 서로는 그런 관계가 아니지.〉

〈그런가요.〉

대답하던 류은 문득 그의 눈 앞의 수증기들이 기묘하게 움직인다는 것을 깨달았다. 그는 그 사실에 감탄했다. 갈로텍은 대기 중의 습기를 움직여 글을 쓰고 있었다. 그것은 류 같은 용인만이 읽어낼 수 있는 미약한 움직임이고, 고도의 집중력이 엿보이는 훌륭한 기술이었다. '몰려든 자들에게 여신의 감금자 따위의 니름을 한다면 등 뒤의 여자를 죽이겠다.' 기술에 대한 순수한 감탄을 표시한 다음, 류은 닐렀다.

　〈그냥 생각만 하셔도 됩니다. 힘드시겠군요.〉

　이번에는 갈로텍이 감탄할 차례였다. 여신의 두 신랑은 서로에 대한 순수한 놀라움을 느꼈다. 그들 모두 같은 힘을 다루고 있었지만 그 방식은 달랐다. 한 명은 예민함에 의해, 한 명은 자기화에 의해 그들은 발자국 없는 여신의 힘을 누구보다도 강력하게 구현해내고 있었다.

　갈로텍이 공격을 시작했다.

　갈로텍은 류의 심장을 노렸다. 단순하면서 직접적인 수단이었다. 그는 류의 심장으로 통하는 혈관을 끓어오르게 하려 했다. 그러나 류은 예민했다. 갈로텍이 채 시도도 하기 전에 류은 그 의도를 읽었다. 류은 용인의 방식으로 반격에 나섰다.

　류과 달리, 예민함을 가지지 못한 갈로텍은 다가오는 류의 정신을 느끼지 못했다. 그의 장기는 외부에 대한 민감함이 아니었다. 그러나 군령자의 방어는 류을 놀라게 했다. 류은 갈로텍의 신명을 포착하여 묶으려 했다. 하지만 그것을 예견하고 있던 갈로텍의 뒤에서 그라쉐가 야수적 본능으로 위험을 깨달았다. 갈로텍은 류의 심장을 공격하려던 것을 재빨리 포기하고 대신 자신의 내부에 있던 군령들을 무차별적으로 끌어내어 전면을 빠르게 지

나가게 했다. 호흡 한 번 하기도 힘든 짧은 시간 동안, 륜은 눈앞의 상대에게서 수십 명의 인격을 느꼈다. 용인은 그중에서 군령자의 신명을 읽어낼 수 없었다.

용인의 물 같은 날카로움은 무엇이든 꿰뚫는다. 하지만, '무엇인지' 알 수 없는 것은 꿰뚫을 수 없다.

무서운 공방이었지만, 그들 두 사람을 제외한 다른 이들에게 그것은 한 순간의 시선의 엇갈림으로밖에 보이지 않았다. 사실 륜 이외엔 아무도 정확하게 무슨 일이 일어났는지 알지 못했다. 순간적으로 여럿이 되어버렸던 갈로텍 또한 그 전체 상황을 보지 못했기 때문이다.

그래서 갈로텍은 륜의 니름을 빨리 이해하지 못했다.

〈화리트? 당신, 화리트를 데리고 있군요!〉

내가 화리트의 영도 내보냈었나? 그럴 리가 없는데.

〈그를 아는 영이 잠시 지나갔습니다. 어떻게 그를 데리고 있는 겁니까?〉

무의식 중에 화리트에 대해 생각하려던 갈로텍은 순간 그라쉐의 감각을 통해 위험을 직감했다. 갈로텍은 그것이 어떤 위험인지 생각했고, 곧 뇌리에서 모든 생각을 지웠다. 륜은 갈로텍에게서 화리트에 대한 것을 더 이상 읽어낼 수 없었다.

대신 륜은 다른 것을 읽었다.

〈많이 아프시군요.〉

〈동정할 필요 없어.〉

륜은 갈등을 느꼈다. 그것은 다시 없는 기회였다. 그곳에서 갈로텍의 신명을 묶을 수 있다면 북부군은 하텐그라쥬 공격에 절반 이상 성공했다고 니를 수 있을 것이다. 그러나 륜은 볼 수 있었다. 그곳에는 두 명의 갈로텍이 있었다. 오기에 가까운 의지로 류에게 맞서오는 갈로텍과 무서운 고통을 호소하는 갈로텍이 있었다. 갈로텍 자신마저도 그중 전자밖에 알지 못했지만 류은 둘 다 볼 수 있었다.

다 보인다는 것은 너무 괴로워. 지그림 자보로. 이런 걸 얻지 못한 당신은 행운아야.

〈화리트에 대해 닐러주십시오. 강제로 하고 싶지 않습니다.〉

갈로텍은 잠깐 고민했다. 그에겐 잠깐 동안 자신을 쉬게 할 필요가 있었다. 하지만 화리트의 이야기를 꺼내는 것은 군중들 때문에 불가능했다. 영의 납치자라는 악평은 두렵지 않았지만, 갈로텍은 악평이 가져다줄 손실이 두려웠다.

〈강제로 해봐. 기대가 되는데.〉

〈당신은 더 아파할 겁니다.〉

〈그건 내가 신경쓸 문제인 것 같군. 네 문제가 아니야.〉

그런데 내 문제이기도 해. 보이니까.

두 사람 사이에서 오가는 일을 정확하게 알지는 못했지만, 그 니름들을 들은 키베인은 그가 알 수 없는 수준에서 두 초인이 뭔가 첨예한 대립을 벌이고 있음을 짐작했다. 키베인은 닐렀다.

〈류 페이. 지금 대장군은 불편한 상태야. 아량을 베풀어줄 수 없나?〉

〈똑같은 니름을, 판사이를 수장시키기 직전의 갈로텍에게 닐렀다면 그가 뭐라고 대답했을지 궁금하군요.〉

〈나는 갈로텍 대장군이 아니라 류 페이에게 물었어.〉

〈제게요?〉

〈그래.〉

〈제게…… 갈로텍은 제 적입니다.〉

〈이곳은 중립 지대야. 그렇잖나?〉

〈그렇게 니른 것은 접니다. 하지만 대장군이 받아들이지 않으시는군요.〉

키베인은 공격을 시작한 것이 누구인지 짐작했다. 그는 갈로텍의 비늘이 일어난 얼굴을 바라보았다.

〈대장군. 관두십시오.〉

〈대수호자. 륜 페이가 없다면 북부군은 오합지졸입니다.〉

〈당신은 그럴 수 없습니다. 지금 허물이 벗겨지고 있는 것은 륜이 아니라 당신입니다. 포기하세요. 륜! 대장군이 포기한다면, 칸비야 의장의 중립 선언을 존중하겠다면 당신도 그렇게 할 텐가?〉

잠깐 망설이던 륜은 갈로텍을 주시하며 닐렀다.

〈화리트에 대한 이야기를 닐러준다면, 그렇게 하겠습니다. 화리트를 앞으로 내보내십시오.〉

키베인은 다시 갈로텍을 바라보았다. 고통에 까무러치고 싶은 기분 속에서 갈로텍은 힘들게 닐렀다.

〈저 아래에 틀어박혀서 나오려고 하지 않아.〉

〈설득하시는 것이 좋겠습니다.〉

〈내려가서? 미안하지만 그것도 어렵군. 내 속에는 괴물이 하나 있거든.〉

〈괴물?〉

갈로텍은 필사적으로 카린돌에 대한 생각을 쫓아내며 무미건조하게 닐렀다.

〈나를 잡아먹으려드는 괴물이야. 그래서 아래로 내려갈 수가

없어.〉

〈그러면 다른 영을 내려보내십시오.〉

갈로텍의 몸에서 비늘이 부딪혔다. 키베인은 걱정스러운 낯빛으로 대장군을 바라보았다.

갈로텍은 한참 후에야 말했다.

"주퀘도. 내려가서 화리트를 좀 데려다주시겠습니까?"

주퀘도는 대답없이 아래로 내려갔다. 갈로텍이 무슨 일을 하는 건지 알았던 륜은 질문하지 않았다. 자신을 진정시키기 위해 애쓰며 륜은 조심스럽게 닐렀다.

〈고소리 의장님은 우리에게 좋은 본보기를 보여주셨습니다. 누구와도 싸우지 않으면, 누구에게도 공격당하지 않습니다. 이 전쟁을 끝내는 문제에 대해 토의해 보고 싶습니다.〉

〈너희들이 발자국 없는 여신을 방면하기 전까지는 그런 문제에 대해 생각할 수 없다.〉

륜은 고소를 머금었다. 그리고 륜은 정의감 때문에 사실을 니르려 하는 칸비야에게 조용히 손을 들어올렸다. 칸비야는 정신을 닫으며 왜 그러느냐는 표정으로 륜을 바라보았다. 군중들 때문에 니름을 이용할 수 없었던 륜은, 그래서 간단한 방법을 이용했다. 륜은 칸비야의 귀에 입을 가져갔다. 의미가 분명했기에 칸비야는 청력에 주의를 기울였다. 륜은 속삭였다.

"사실을 니르면 데오늬 달비가 죽을 겁니다. 갈로텍의 등 뒤에 있는 여자입니다. 그리고 어차피 다른 자들은 믿지도 않을 겁니다."

칸비야는 비늘을 부딪쳤다. 륜은 그녀에게 고개를 한 번 끄덕이고는 다시 갈로텍을 향해 닐렀다.

〈북부인들은 여신을 감금하지 않았습니다. 누가 그랬는지는 그들도 모릅니다.〉

〈거짓니름하지 마라.〉

〈믿든 믿지 않든 상관없습니다. 북부인들은 누가 그랬는지 모릅니다. 북부인들은 스스로를 지켜야 했습니다. 끝까지 북부인들을 핍박한다면, 북부군은 스스로를 지키기 위해 하텐그라쥬를 공격할 겁니다. 그러니 전쟁을 그만두고 여신을 감금한 범인을 찾아보는 것이 어떻겠습니까?〉

〈파멸을 벗어나기 위해 안간힘을 쓰는 것은 이해하지만, 거짓으로 모든 사실을 덮어버리려 해봐야 도움이 되지 않는다.〉

〈하텐그라쥬는 파괴될 겁니다. 갈로텍.〉

〈너희들이 파멸할 것이다! 감히 이 땅에 발을 들여놓고 살아남기를 바라느냐? 페로그라쥬와 악타그라쥬의 보복은 반드시 이루어질 것이다!〉

륜은 넘을 수 없는 평행선 같은 것을 보았다. 언젠가 그들 자신들에게서 발견한 만연한 허위를, 륜은 상대방에게서도 느꼈다. 그것은 륜을 슬프게 했다. 그리고 그곳에는 용인의 슬픔을 이해할 수 있는 또 다른 용인 같은 자는 존재하지 않았다.

그때 주퀘도가 되돌아왔다.

"갈로텍. 문제가 있군."

"문제?"

"화리트는 어떤 괴물을 막고 있어서 나올 수 없다고 하더군. 그가 지금 있는 자리를 비우면 괴물이 위로 올라올 거라고 하더군."

눈치 있게 말을 얼버무리는 주퀘도에게 갈로텍은 고마움을 느꼈다. 그는 다시 륜에게 닐렀다.

〈들었나?〉

〈듣지는 않았지만, 알았습니다.〉

류의 공포스럽기까지 한 능력에 갈로텍은 비늘을 세웠다. 그 때문에 허물이 살갗에서 떨어지며 온몸에 끔찍한 고통이 찾아들었다. 갈로텍은 정신을 잃지 않으려 애쓰며 류을 노려보았다.

류은 우울한 시선으로 그를 바라보고 있었다. 용인은 아니지만 갈로텍은 그 시선에서 고통을 읽어낼 수 있었다. 그 자신이 고통을 느끼고 있기 때문이다.

류은 부드러운 한숨을 내쉬었다.

〈모든 것은 결국 하텐그라쥬에서 해결되겠군요.〉

〈그리고 나는 그것이 어떻게 해결될지 알아.〉

〈저도 압니다.〉

갈로텍은 차게 웃었다. 류은 그 웃음에 호응하듯 미소지으며 닐렀다.

〈화리트에게 전해 주십시오.〉

다음 순간 갈로텍은 정신이 타버릴 것 같은 충격을 느꼈다. 류은 갈로텍의 정신을 파고들어 그 본능에 각인시켜둘 듯이 닐렀다.

〈나를 위해 죄책감을 묶어준 것은 고마운 일이 아니었다. 그 때문에 나는 상실감까지 함께 느껴야 했다. 그러나 나는 아직도 너를 사랑한다.〉

그 가차없는 난입을 저지하기 위해 헛된 시도를 하면서, 갈로텍은 무서운 사실을 알게 되었다. 화리트가 류의 죄책감을 묶어놓은 것처럼 류은 갈로텍에게 자신의 전언을 묶어놓았다. 갈로텍은 이제 죽을 때까지 류의 니름을 잊을 수 없게 되었다. 모욕감과 패배감 속에서 두 눈을 불태우며 갈로텍은 륜을 노려보았다. 륜은 차가운 표정으로 그를 외면했다.

〈고소리 의장님. 사정이 여의치 못해 댁까지 바래다드릴 수 없게 되었습니다. 대신 키보렌의 대수호자와 대장군 갈로텍이 저를 대신하여 의장님을 모실 겁니다.〉

칸비야 고소리가 뭐라 대답할 틈은 없었다. 륜은 곧장 눈을 돌려 데오늬 달비를 바라보았다.

"달비 부위. 아직도 옛생각을 하고 있도록 내버려두었군요. 미안합니다. 이제 그 생각은 하지 않으셔도 됩니다. 지금은 당신을 구출할 수 없지만, 언젠가는 꼭 그렇게 하겠습니다."

"예! 윷놀이도 윷가락 셋으로는 할 수 없습니다, 공작님."

키베인은 자신도 모르게 신음을 흘렸다. 그녀의 말을 전혀 이해할 수 없었기 때문이다. 하지만 륜은 이해할 수 있었다. 데오늬는 모든 준비가 갖춰지지 않았는데 억지로 시도하면, 즉 윷가락 세 개로 윷놀이를 시작하면 재미도 없고 놀이도 되지 않는다고 말한 것이었다. 륜은 빙긋 웃으며 그녀가 충분히 이해할 수 있는 대답을 했다.

"예. 셋으로는 부족하지요."

데오늬는 밝게 웃으며 고개를 힘차게 끄덕였다. 그 광경을 본 모든 사람들은 세상 없어도 그녀가 구출될 거라고 믿게 되었다. 륜은 키베인을 돌아보았다.

〈그리고, 대수호자님. 제가 묶었던 것을 풀어드리고 싶습니다만 시모그라쥬와 북부군의 약속에 따른다면 이곳에는 수호자가 있어서는 안 됩니다. 갈로텍을 위해 좀더 참아주십시오.〉

갈로텍이 독 오른 뱀 같은 기세로 닐렀다.

〈그 따위 동정을 널러서 나를 더 비참하게 만드는 짓은, 너 자신을 위해 그만두는 것이 좋을 거다. 하텐그라쥬에서 네가 돌려받아야 할 것만 불어날 뿐이니까!〉

륜은 부드럽게 웃으며 닐렀다.

〈예. 다음에 만날 때는 분명히 하텐그라쥬겠군요.〉

륜은 잠시 멈췄다가 다시 닐렀다.

〈그 다음에는, 아마도 더 이상 서로를 볼 일이 없을 겁니다.〉

〈동의한다.〉

〈하텐그라쥬에서.〉

〈하텐그라쥬에서.〉

륜은 몸을 돌렸다. 그리고 어둠 속에서 그를 바라보는 군중들의 시선을 무시하며 시모그라쥬를 떠났다.

륜이 떠난 다음, 칸비야는 대수호자와 대장군, 그리고 데오늬를 자신의 집으로 데려갔다. 자신의 쥐 사육사에게 손님에 대한 몇 가지 주의를 한 다음——데오늬 달비는 특별 요리가 아니라 방문자라고 설명해 주는——칸비야는 못 들을 니름을 들은 것 같은 표정을 짓는 사육사를 내버려둔 채 응접실로 돌아왔다. 응접실에서 그녀를 기다리고 있는 것은 키베인과 데오늬뿐이었다. 그들에게 이야기를 건네기 전 칸비야는 사용인들의 부주의를 저주하며 불을 가져오라고 닐러야 했다. 응접실은 데오늬에게 도저히 적절한 밝기가 아니었다. 사용인들이 당황하며 밤에 책을 읽을 때 사용하곤 하는 불을 가져오자 칸비야는 그들을 모두 쫓아낸 다음 응접실에 앉았다.

〈대수호자님. 누옥을 방문해 주신 것에 진심으로 감사드립니다.〉

〈고소리. 저는 대수호자의 자격으로 온 것이 아닙니다. 지금은 허물벗기를 해야 하는 어떤 남자의 동료 자격으로 시모그라쥬를 방문 중입니다. 이곳에는 수호자가 있어서는 안 되지요?〉

〈예. 그렇긴 합니다. 이해해 주셔서 감사합니다.〉

키베인은 빙그레 웃었다.

〈예. 그리고 한 가지 어려운 부탁을 하나 더 드리자면, 제 또 다른 동료를 위해 육성으로 대화했으면 하는군요. 그녀가 대화에서 배제되고 있다는 인상을 받게 되는 것을 원하지 않거든요.〉

칸비야는 고개를 끄덕이며 데오늬를 바라보았다. 데오늬는 나가 저택 안의 모습에 감탄을 금하지 못한 채 정신없이 주위를 둘러보고 있었다.

"데오늬 달비라고 했습니까?"

"그렇습니다. 북부군 부위 대나무 군단 포로 데오늬 달비입니다."

그리고 데오늬는 잠시 당황하는 모습을 보였다. 키베인은 눈치 빠르게 말했다.

"의장님입니다."

"아. 예! 의장님!"

칸비야는 재미있다는 표정으로 두 사람을 바라보았다. 비록 육성 대화의 요구라든가 데오늬의 말을 거든다거나 하는 대수호자의 태도를 이해하기 어려웠지만, 칸비야는 대수호자를 위해 경의를 가지고 데오늬를 대하기로 결정했다.

"아니, 내 집 안이니 가주라고 부르면 됩니다. 속박당하고 있는 몸이니 상심이 크겠군요."

데오늬는 환하게 웃으며 고개를 가로저었다.

"그렇지 않습니다. 가주님. 공작님께서 구해 주신다고 하셨습니다. 가주님."

하마터면 꼭 소망이 이루어지길 바란다고 말할 뻔했던 칸비야는 아무리 중립 도시의 평의회 의장이라도 그렇게 말하는 건 좀 이상하다는 것을 떠올렸다. 그래서 칸비야는 말을 바꿔 얼버무렸다.

"희망을 가지는 것은 좋은 일이지요. 그런데 데오늬. 미안하지만 잠시 우리끼리 니름으로 이야기를 나눠도 될까요? 말은 좀 어려워서 그럽니다."

"그러십시오, 가주님! 그런데 그동안 이 방을 구경해 봐도 될까요?"

"예. 얼마든지."

데오늬는 자리에서 일어나 창문으로 달려갔다. 조마조마한 마음으로 바라보던 키베인은 데오늬가 넘어지지 않고 안전하게 도착한 것을 확인하고는 칸비야를 바라보았다.

〈무슨 긴한 니름이라도 있으십니까, 고소리?〉

〈대수호자님. 이 도시의 중립 선언에 대한 이야기를 나누면서, 저는 그 류 페이에게 이상한 이야기를 들었습니다.〉

약간 놀라던 키베인은 곧 체념하는 얼굴로 닐렀다.

〈여신이 어디에 감금되어 있는가에 대한 이야기겠군요.〉

〈예. 그것이 사실입니까?〉

〈제가 그것이 사실이라고 고백하면 무슨 일이 일어나는 겁니까?〉

〈어려운 질문이시군요. 일반론을 니른다면, 모든 나가들을 상대로 그 사실을 공표하고 사건 관계자 전부가 처벌받아야 합니다. 하지만 제 생각에 그 사건 관계자가 거의 모든 수호자들인

것 같군요. 이 사기극의 거대함에 할 니름을 잃게 되는군요.〉

〈계속 가정에 입각해 니르겠습니다. 만일 그것이 기왕의 사실인 경우, 모르는 척 넘어가는 것에 대해서는 어떻게 생각하십니까? 수호자들도 영원히 여신을 가둬둘 수는 없을 겁니다. 그 때문에 새로운 수호자가 나타나지 않는다는 간단한 문제부터 보다 복잡한 문제까지, 그 감금에 의해 발생하는 문제는 산재해 있습니다.〉

〈그래서 모르는 척하고 계신 겁니까?〉

〈어떤 수호자들은 수중에 들어온 힘의 강대함에 매료되기도 할 테고 어떤 수호자들은 심장탑 밖에서, 한계선 너머에서 만나게 된 모험에 만족하기도 할 겁니다. 그리고 어떤 수호자들은 언젠가는 여신이 다시 풀려날 것이라는 사실에 위안을 얻기도 할 겁니다.〉

〈북부군이 성공한다면 그 시기는 앞당겨지는 겁니까?〉

〈그렇겠지요. 하지만 그럴 경우 힘과 모험을 잃게 된 수호자들은 화를 내겠지요.〉

〈대수호자님. 그런 것에 만족이라는 것이 있을까요? 제 경험상 애초에 가질 수 없는 것이라면 모르되 이미 손에 들어온 것을 다시 포기하는 것은 니름처럼 간단한 일이 아닙니다. 니르시는 그 힘과 모험을 동경하는 수호자들은 모든 북부인들을 궤멸시킨 후에도 그 힘을 포기할 것 같지 않습니다.〉

〈포기하지 않으면 그것을 어디에 쓰겠습니까?〉

〈물론 동족들을 상대로 쓰겠지요. 당신이 대수호자가 되기 전에 발생했던 일이 바로 그것이었잖습니까.〉

키베인은 침울하게 긍정했다. 칸비야는 닐렀다.

〈이미 중립을 선언한 시모그라쥬는 키보렌 전체에 대해 설득력 있는 주장을 개진하기 어렵습니다. 하지만 당신은 그렇지 않습니다. 당신은 키보렌의 대수호자입니다. 수호자들이 저지른 일을 고백하고 모든 것을 원래대로 돌려놓을 수 있는 사람은 당신뿐입니다.〉

〈괴로운 지적이군요. 차라리 그렇게 할 수 있는 사람에게 대수호자의 자리를 물려주는 역할을 맡고 싶습니다만.〉

키베인의 소극적인 모습을 보던 칸비야는 조심스럽게 닐렀다.

〈한 가지 여쭙고 싶은 것이 있습니다.〉

〈예.〉

〈도대체 이 전쟁의 목적이 무엇입니까? 수호자 이외의 사람들에게 그 목적은 분명했습니다. 여신의 구출이지요. 하지만 여신을 감금한 것은 사실은 수호자였습니다. 그러면 수호자들은 왜 전쟁을 일으킨 겁니까? 우리에겐 북부의 땅이 필요하지 않습니다.〉

〈당신들에겐 필요하지 않았겠지요. 하지만 수호자들에겐 필요했습니다.〉

〈무슨 니름입니까? 수호자들이 무엇 때문에 땅이 필요합니까?〉

키베인은 창가 쪽을 돌아보았다. 데오늬는 그곳에 없었다. 그녀를 찾던 키베인은 데오늬가 방 한쪽에 있는 화로와 춤채들을 흥미진진하다는 듯이 바라보고 있음을 발견했다.

〈가설 속에서, 그 질문에 대해 대답할 수 있는 것은 하텐그라쥬의 수호자들일 겁니다. 그들이 모든 일을 시작했을 테니까요.〉

〈모두 가설로 받아들이겠습니다. 그러니 그 가정형은 제외하셔도 됩니다.〉

〈알겠습니다. 이 모든 일을 시작한 하텐그라쥬의 수호자들만이 의장님의 질문에 대답할 수 있을 겁니다. 하지만 짐작해 본다면, 그들이 그렇게 한 가장 큰 이유는 그들이 그럴 수 있기 때문일 겁니다. 다른 이유는 없습니다.〉

칸비야는 비늘을 부딪쳤다.

〈다른 이유가 없다고요! 그토록 많은 나가와 불신자들이 죽었는데!〉

〈능숙한 춤꾼이 춤채를 휘두르는 것에 이유가 있습니까? 그런 이유는 없습니다. 춤꾼이 오른팔이나 왼팔을 들어올리는 것, 혹은 도약하거나 회전하는 것에 이유는 없습니다. 그럴 수 있기 때문에 그렇게 합니다. 물론 춤꾼에게 물어본다면 자신의 감정을 표현하기 위해서, 혹은 예술적 고취감을 표현하기 위해서 등으로 대답할지도 모르겠습니다. 그런 식의 대답이라면 저도 해드릴 수 있습니다.〉

키베인은 옷자락을 어루만졌다.

〈여자들을 위한 세상에 태어나 실질적, 물질적, 현실적 권력은 가지지 못한 채 가식적인 존경만을 받은 끝에 모든 나가들을 증오하게 된 수호자들은, 그러나 차마 나가 전체를 공격할 수 없어 그 증오를 돌릴 상대가 필요해졌습니다. 그것이 불신자들입니다. 그들을 증오할 이유는 사실 없습니다. 서로 얼굴 볼 일도 없는 자들을 증오한다는 것은 어렵습니다. 수호자들이 찾아낼 수 있는 이유는 까마득한 옛날의 대확장 전쟁뿐입니다. 하지만 그것은 불신자 공격에 대한 역사적 당위성이 될 수 있습니다. 그래서 그들은 여자를 공격하는 대신 불신자들을 공격했습니다. 또한 그들은 그런 공격을 통해 자신의 공격성을 해소하는 것뿐만 아니라 여자들에게 자신의 가치를 증명해 보이기를 원했습니다. 이런 설명이

더 그럴듯합니까?〉

칸비야는 생각에 잠긴 표정으로 대답을 대신했다. 키베인은 희미한 미소를 지었다.

〈아니요. 아닙니다. 그들은 그렇게 할 수 있어서 그렇게 한 겁니다. 사람이 어떤 일을 하는 것을 막는 것은 도덕이나 윤리가 아닙니다. 할 수 없다는 불가능성입니다. 오직 할 수 없는 일만 무시됩니다. 왜 아무도 하늘치에 올라가지 않으려 하는지 아십니까? 아무도 하늘치에 오를 수 없기 때문입니다. 할 수 있는 일은 결국 시도됩니다. 그것은 누구도 막을 수 없습니다. 어떤 춤꾼은 닐렀지요. 춤꾼이 춤을 추는 까닭은 그곳에 춤채가 있기 때문이라고. 살아 있다는 것은 그런 겁니다.〉

〈할 수 있는 것은 한다는 겁니까?〉

〈예. 먹을 수 있는 것은 먹고요.〉

무슨 니름인지 몰라 당황하던 칸비야는 곧 정신적 웃음을 터뜨렸다. 그리고 하인들에게 먹을 만한 것을 가져오라고 닐렀다. 꽤나 시장했던 대수호자는 칸비야의 배려에 감사했다. 칸비야는 다시 질문했다.

〈할 수 있는 것을 하고 만다면, 수호자들의 죄상을 고발할 수 있는 당신은 그렇게 해야하지 않습니까?〉

〈아니요. 저는 그럴 수 없습니다. 저는 재미를 좋아하는 사람이거든요. 하지만, 모르겠습니다. 저는 일단 하텐그라쥬에 대한 북부군의 공격의 결과를 보고 싶습니다. 그리고 그 이후에 생각해보겠습니다. 그때쯤 되면 실제로 일어난 일이 무엇인지 짐작하는 사람도 더 많아지리라 생각됩니다. 의장님이 니르시는 것과 같은 일을 하는 데 있어 호응을 얻기도 쉽겠지요.〉

칸비야는 그 대답에 대해서 생각했다.

〈그렇군요. 저도 일단 대수호자님의 모범을 따르겠습니다. 중립 선언을 지켜야 하니까요. 하지만 북부군의 공격이 실패한다면, 저는 알고 있는 모든 사실을 니르겠습니다.〉

〈그건 의장님이 할 수 있는 일이고 의장님의 뜻대로입니다.〉

〈알겠습니다.〉

그리고 키베인은 오래간만에 만찬을 즐길 수 있게 되었다. 하지만 키베인은 데오늬를 잊지 않았다. 그래서 칸비야는 하인들에게 약술사의 도구들을 얻어오라는, 그들을 꽤 당황시키는 명령을 해야 했다. 다행히도 데오늬는 약술사의 도구들이 요리 도구로 쓰일 수 있음을 곧 깨달았고, 그래서 칸비야에게 감사한 다음 그 도구들로 요리를 했다. 자신이 우수한 요리사임을 증명하고 싶어 하는 데오늬의 요청을 거부하지 못한 키베인은 그 요리를 먹고 말았다. 그리고 밤새도록 배탈에 시달려야 했다. 칸비야는 그것이 그녀가 겪어야 했던 온갖 놀라운 일의 웃기는 결말이라고 생각했다.

그녀의 생각은 옳지 않았다.

"나가의 도시에 들—어—간—다—고—요—!"

티나한은 절규하듯 외쳤다. 두억시니들은 긴장하여 티나한을 바라보았고 마루나래도 어깨털을 빳빳하게 세웠다. 사모 페이는 마루나래의 다리를 쓰다듬어주며 곤혹스러운 표정으로 아기를 바라보았다. 아기의, 역시 만만치 않게 커다란 목소리가 대답했다.

"그래. 티나한. 우리는 저 도시에 들어간다."

"왜 그래야 합니까! 저기에 어디에도 없는 신의 신체가 있습니까?"

티나한의 상상에 동요하는 사람은 비형뿐이었다. 케이건은 우울한 눈으로 아기를 바라보았다. 아기는 말했다.

"아니. 나를 기다리는 사람이 있다."

"하지만 저 도시에 들어가면 시체가 되어 나올 텐데요?"

"걱정 마. 저 도시는 중립을 선언했다."

케이건은 흠칫했다. 그리고 다른 사람들도 놀란 표정으로 아기를 바라보았고 그냥 분위기를 맞춰보려는 것에 불과했지만 갈바마리도 놀란 표정을 지었다. 아기는 웃었다.

"시모그라쥬는 이 전쟁에서 중립을 선언했다. 그래서 시모그라쥬를 지키던 나가의 군대는 모두 하텐그라쥬로 이동했어. 그리고 북부군 또한 저곳을 우회하여 남진했다. 그러니 우리는 저기에 들어가도 돼."

모두가 충격을 받은 얼굴로 서로를 관찰하는 가운데 케이건이 억양 없는 목소리로 말했다.

"저는 나가를 믿지 않습니다. 여신이여."

"너는 그렇지. 하지만 이번에는 믿어봐."

"아니요. 그들이 약한 척, 아픈 척, 죽은 척한다고 해서 칼을 칼집에 꽂아넣는 것은 미련한 짓입니다. 저는 그런 속임수에 너무 많이 당했습니다."

사모는 팔짱을 낀 채 케이건을 바라보았다. 그 시선을 분명히 알아차렸지만 케이건은 반응을 보이지 않았다. 사모는 결국 입을 열어 말했다.

"케이건 드라카. 네 왕도 나가인데."

"폐하. 저는 당신에게 충성합니다만, 신뢰하지는 않습니다."

"이상한 말이군."

"나가들이 저를 이상하게 만듭니다."

케이건은 퉁명스럽게 대답했다. 사모는 다시 대꾸하려 했다. 하지만 아기가 끼어들 듯이 말했다.

"그만. 둘 다 그만해. 그래서 케이건. 어쩔 테야? 들어가지 않을 건가? 미안하지만 나는 저기에 들어가야 해."

케이건은 한참 동안 말없이 아기를 바라보다가 말했다.

"왜 그런지 설명해 주십시오."

"조금 전 북부군이 저곳을 통과했다고 말했지. 그들이 저곳을 통과할 때, 시우쇠는 내게 남기는 말을 나가 중 하나에게 전했어. 나는 그 나가를 만나서 시우쇠의 말을 들어야 해."

티나한과 비형, 사모는 이해했다는 얼굴이 되었다. 하지만 케이건은 고개를 가로저었다.

"이해할 수 없습니다. 전하실 말씀이 있다면, 시우쇠 님은 그냥 그 자리에서 고개를 숙이고 땅에 대고 말씀하셔도 될 겁니다. 그러면 당신에게 말씀하시는 것이 될 테니까요. 그런데 왜 나가를 통해 말씀을 전한다는 겁니까?"

케이건의 지적에 다른 세 사람은 또다시 당황하여 아기를 바라보았다. 마루나래와 두억시니들만은 더 이상 긴장하지 않은 채 한가로운 대호나 두억시니들이 할 법한 일을 하고 있었다. 아기는 고개를 숙이고 땅을 향해 외치는 화신의 모습을 떠올렸는지 빙긋 웃었다.

"케이건. 미안하지만 그런 식으로는 할 수 없어. 생각해 봐. 너희들은 나를 찾아서 긴 시간 동안 수탐을 했어. 왜 그래야 했을까? 너희들도 그냥 고개를 숙이고 나를 불렀어도 될 텐데. 아니, 그러지 않았더라도 나는 너희들이 나를 찾는다는 것을 알고 있었어. 그러면 왜 내가 너희들을 찾아오지 않았을까?"

케이건의 눈썹이 꿈틀거렸다.

"당신은 최후의 대장장이의 태내에 있었으니까…… 아니, 그렇지 않군요. 우리가 수탐을 시작한 것은 4년 전이니까. 그때는 다른 레콘의 안에 계셨겠군요."

"정확해."

"그렇다면 왜 저희들이 수탐하도록 내버려두신 겁니까?"

"그렇게밖에 할 수 없기 때문이야. 그리고 시우쇠 또한 그런 방법밖에 없기 때문에 어떤 나가를 통해 나에게 말을 전하는 것이고. 자, 이제 내게 신들의 모든 일을 고백하라고 강요할 거니? 그렇잖으면 내 말대로 저곳으로 들어가겠어?"

케이건은 고집스러운 표정으로 아기를 바라보았다. 티나한과 비형은 걱정스러운 듯이 아기와 케이건을 번갈아 쳐다보았다. 결국 케이건은 등에 멘 바라기를 꺼내었다. 그것을 손에 쥔 케이건은 지친 목소리로 말했다.

"들어가겠습니다."

"그 칼은 무슨 의미지?"

"무슨 말씀을 하셔도 저는 나가를 믿지 않습니다. 제 판단에 의해 위험하다고 생각되면 영웅왕의 검은 휘둘러질 겁니다."

아기는 고개를 흔들었다.

"들고 다니면 무거울 텐데. 좋을대로."

아기가 허락한 것은 그것뿐이었다. 케이건은 비형에게 수백 개의 도깨비불을 만들라고 요구했지만 아기는 그것을 허락하지 않았다. 케이건은 신음을 흘린 다음 티나한에게 아기가 시우쇠의 말을 전달받을 동안 심장탑을 점거해 볼 생각이 없느냐고 제안했지만 아기는 그것도 거부했다. 케이건은 굽히지 않고 새로운 제안들을 꺼내어놓았고, 그동안 티나한은 비형과 케이건이 바뀐 것 같다는 착각에 계속 시달려야 했다. 결국 모든 제안을 거부당한 케이건은 얼음장 같은 얼굴로 주위 사람들을 거북하게 만들며 말없이 걸어갔다.

물론 다른 사람들도 평온한 심정은 아니었다. 열대의 태양이 습지를 비추는 오후를 걸어가며, 그들의 심정은 점점 시각적으로 드러났다. 시모그라쥬가 가까워질수록 티나한은 점점 부풀어올라 아기를 거북하게 만들었고 비형의 등 뒤에는 무의식적으로 만들어낸 도깨비불 비형들이 행진을 하고 있었다. 사모 페이 또한 긴장을 완전히 억누르지는 못했다. 나가의 도시로 돌아가는 보통의 나가가 느낄 수 있는 감정들은 사모 페이에게는 허락되어 있지 않았다. 그녀는 북부의 왕이었다.

시모그라쥬의 지척에 도달했을 때 그들은 정신적인 피로감에 탈진해 버렸고, 그들의 모습에 당황한 나가들이 왔던 길로 되돌아 뛰어가는 것을 보면서도 될대로 되라는 식의 무덤덤한 반응만 보였다. 다만 케이건은 도망치는 나가들을 뒤쫓아갈 듯 험악하게 바라기를 들어올렸다. 하지만 아기가 제때에 그를 제지했다.

"케이건. 그만둬. 그럴 일은 없지만, 만약 필요하다면 나는 너희들과 함께 이 도시를 순식간에 떠날 수 있어. 이제 안심할 수 있겠나?"

케이건은 여신에게 사과했다. 누구에게도 그건 진심 어린 사과로 보이지 않았지만 아기는 화를 내지 않았다. 케이건은 주위를 응시하며 말했다.

"이제 어디로 가야 합니까?"

"그냥 걸어가자."

케이건은 울부짖듯이 반문했다.

"그냥 걸어갑니까?"

"응."

케이건은 그렇게 했다. 그러니까 건물들에서 나가들이 몰려나올 때까지만 그렇게 했다. 나가들의 모습을 본 순간 케이건은 발작적으로 바라기를 들어올렸다.

하지만 건물 밖으로 나온 나가들은 바라보기만 할 뿐 그들에게 다가오지 않았다. 시모그라쥬의 시민들이 그 도시가 생긴 이래 가장 놀라운 방문자들의 모습에 경악한 것은 분명했다. 자꾸만 서로를 쳐다보고 눈을 비비고 비늘을 부딪치는 그 모습은 다른 감정으로 해석될 수 없었다. 하지만 그것뿐, 모두들 제자리에 선 채 아무도 감히 다가오려 하지 않았다. 그들에게 공격 의사가 없다는 것을 깨달은 비형은 반갑게 외쳤다.

"안녕하세요, 여러분. 좋은 꿈들 꾸셨습니까?"

도깨비의 호의 어린 인사는 아무런 반응도 얻지 못했다. 다만 사모가 꿈에서 깨어난 것 같은 목소리로 말했다.

"공격하지 말라는 니름들이 들리는군."

수탐자들은 왕을 돌아보았다. 사모는 고개를 갸웃하며 주위를 둘러보았다.

"너희들에겐 고요한 군중으로 보이겠지만, 나가에게 이곳은 엄청난 소란의 한가운데야."

수탐자들은 왕의 설명과 도저히 연결되지 않는 풍경에 난처해했다. 그들에게 그 풍경은 산사에 온 것이 아닌가 하는 착각이 가능할 정도였다. 하지만 사모는 정신이 없다는 듯이 말했다.

"정말 소란스럽군. 니름을 알아듣기 힘들 정도야. 하지만 몇 마디는 알아들을 수 있어. 공격하지 마. 중립이야. 누가 올 거야. 기다려. 대충 그런 니름들이야. 여신의 말씀처럼, 누군가가 그 분께 들려줄 말을 가지고 기다리고 있는 것 같은데……, 잠깐. 의장이 올 거라는 니름이 들리는군."

주위의 모든 나가들을 향해 거리낌 없이 공격 의사를 표현하고 있던 케이건이 사모를 휙 돌아보았다.

"병사도 옵니까, 폐하?"

"아냐. 그런 니름은 없어. 니름을 걸어보고 싶은데, 이 자들은 그걸 원하지 않는 것 같군. 일단 기다려보자."

그들은 제법 긴 시간을 기다려야 했다. 그동안 비형은 나가들과 친해지려 애썼다. 무슨 일이 있어도 그들에게서 환호를 받고야 말겠다는 별 가치 없는 소망을 품게 된 비형은, 도깨비불로 온갖 형체를 만들어 그들의 하늘 위를 날게 했다. 하지만 사모는 곧 다급하게 비형을 제지했다. 그들을 화나게 하고 있음을 전해 들은 비형은 의기소침하여 나가들에게 묵례했다.

그때 케이건은 기다리던 자가 오고 있음을 발견했다.

대로 반대편에서 한 명의 늙은 나가가 달려왔다. 그녀의 뒤편으로 몇몇 젊은 나가들이 사이커를 든 채 달려오는 것을 발견한 케이건은 이를 부드득 갈며 바라기를 높이 들어올렸다. 아기와 사모가 동시에 외쳤다.

"의장의 호위자야!"

케이건은 아기를, 그리고 사모를 쳐다본 다음, 서서히 바라기를 내렸다. 하지만 그의 근육들은 잔뜩 긴장하여 옷 아래에서 꿈틀거렸다. 여전히 잔뜩 부풀어 있던 티나한 역시 철창을 쥔 손아귀에 힘을 주었다.

보통 육성으로 대화를 나누는 사람들에겐 대화하기 적당치 않다고 판단될 먼 거리에서 걸음을 멈춘 늙은 나가는 일행을 정신없이 바라보았다. 인간과 도깨비, 그리고 스물두 명의 두억시니와 대호를 본 그녀는 비늘을 마구 부딪쳤다. 대호의 등 위에서 익숙한 나가의 모습을 발견했을 때 그녀는 가까스로 평상심을 되찾은 듯이 닐렀다.

〈그 대호를 보니 당신은 정신 억압자군요. 그런데 이 이상한 일행은…… 아니, 관두지요. 아무 설명도 듣지 않겠습니다.〉

자신이 대호왕이라는 것을 밝힐 필요가 없게 된 사모는 안도했다. 여인은 입을 열어 육성으로 말했다.

"시모그라쥬 평의회 의장 칸비야 고소리입니다. 여러분들은 제게 자신을 소개할 필요가 없습니다. 기다리고 있기는 했습니다만, 이제 저는 이 일이 빨리 끝나기만을 소망하게 되었으니까요."

그리고 칸비야는 티나한을 향해 말했다.

"시우쇠 님의 전갈을 전해 드리겠습니다."

티나한은 당황하며 손바닥을 내밀었다. 칸비야는 거의 기절할 뻔했고 그녀를 호위하던 나가들은 사이커를 움켜쥐었다. 그러자 케이건 또한 야수 같은 함성을 지르며 바라기를 어깨 위로 들어올렸다. 티나한은 황급하게 말했다.

"잠깐, 잠깐! 모두들 잠깐만 참아. 이봐, 의장. 전할 말이 있다고?"

"그, 그, 그렇습니다."

"전할 대상을 착각한 것 같다. 잠깐만."

그리고 티나한은 몸을 돌려 칸비야에게 등을 보였다. 칸비야는 티나한의 등에 있는 안장과 그 속에 있는 털뭉치 같은 머리에 놀랐다. 아기가 부리를 열었다.

"내게 전할 말이 있겠지?"

〈아기라고!〉

칸비야는 실수를 저지르게 한 시우쇠를 원망하고 싶었다. 시우쇠가 어떤 모습일지 알 수 없다고 말한 사실을 떠올린 칸비야는 간신히 부끄러움에서 벗어났다. 칸비야는 자신의 당황과 공포를 이해할 수 없었다. 비록 눈 앞에 있는 일행들의 모습이 형언키 어려우리만큼 괴이하긴 했지만, 그녀는 불과 얼마 전 북부군의 진지에 단신으로 찾아갔던 자신을 떠올리지 않을 수 없었다. 불가해한 공포에 두리번거리던 그녀는 문득 케이건의 눈을 똑바로 들여다보게 되었다.

그 순간 그녀는 꽤나 비이성적인 결론을 내렸다.

케이건은 칸비야의 시선에 험악한 표정을 지었다. 칸비야는 비늘을 세우며 황급히 아기를 돌아보았다.

"모든 이보다 낮은 여신이십니까?"

"그렇다."

"알겠습니다. 시우쇠 님의 말씀을 전하겠습니다. 빛이 탄로났다."

아기가 이해했다는 듯이 고개를 끄덕이는 것을 본 칸비야는, 다른 사람들이 도통 이해하지 못하겠다는 표정을 지어보였음에도 불구하고 짓눌릴 것 같은 압박감에서 벗어났다. 그녀는 두려워하며 말했다.

"제가 올바로 한 것입니까?"

"그렇다. 칸비야. 수고에 감사한다."

"제 무례를 용서하시길 바랍니다. 그 말씀도 감사합니다만, 이곳에서 떠나주셔서 저희들을 두려움에서 해방시켜 주시면 더 감사하겠습니다."

'제발 저 남자를 데리고'라는 의사는 말로도, 니름으로도 표현되지 않았다. 비형을 제외한 사람들 모두가 그 말에 찬성했다. 비형은 끝내 환호를 받지 못했다는 사실만 제외하고 모든 핑계를 댔다. 그리고 그 핑계들은 무시되었다. 아기는 웃으며 칸비야에게 작별을 고했다. 그리고 그들은 왔던 길을 통해 조심스럽게 시모그라쥬를 빠져나갔다.

그들의 모습이 완전히 사라진 후에야, 다른 시민들이 그렇게 한 것처럼 칸비야 의장도 긴 한숨을 내쉬었다. 살기등등한 북부군들에 둘러싸여 있을 때도, 그리고 화염의 화신과 직면했을 때도 그녀는 자신의 침착을 유지할 수 있었다. 하지만 조금 전 그녀는 긴 시간 동안 갈고 닦은 모든 침착을 잃고 본능적 두려움 속에서 허우적거렸다. 그녀는 조금 전 얻었던 비이성적인 결론을 다시 반추하며 혼란을 느꼈다.

〈맙소사. 한 인간의 눈이 나를 어쩔 줄 모르게 만들다니. 이해할 수 없어.〉

설명을 요구하는 무수한 시선 속에서, 그녀는 그렇게 계속해서 그 눈에 대해 생각했다.

제 16 장

춤꾼이 춤을 출 때, 어디까지가 춤이고 어디까지가 춤꾼인지 구분하는 것은 쉽지 않다. 사실 불가능하다. 춤과 춤꾼은 분리되지 않는다. 그 둘은 하나다.

─어느 나가 춤꾼.

춤추는 자

정수리 위에서 타오르는 정오의 태양이 하텐그라쥬의 그늘을 삼켜버렸다. 높이 솟은 하텐그라쥬의 심장탑은 새싹의 자신만만함과 고목의 장엄함을 갖춘 기이한 나무였다. 그 태고의 나무 아래, 도시를 둘러싼 아름드리 나무들은 마치 왜소한 덤불처럼 보인다.

태어났을 때 소린실로페 메티솔이라는 이름을 얻었지만, 스물두 살 이후로는 인실롭이라고만 불려온 나가군의 수호 장군은 냉혹의 도시를 목도하며 자신의 감정을 정리해 보고자 시도했다.

상당수의 수호 장군들과 거의 모든 군단장들이 냉혹의 도시 출신인 나가의 군대 안에서, 비스그라쥬 출신의 인실롭이 냉혹의 도시에 대해 느껴야 했던 감정은 특별한 것이었다. 때때로 인실롭은 키보렌에 도시라고는 하텐그라쥬밖에 없는 것이 아닌가 하는 인상을 받을 때가 있었다. 동료 수호 장군들이나 군단장이 '도시'라고 니를 때, 그것은 예외없이 하텐그라쥬였다. 그런 무관심함, 그러니까 그들이 '비스그라쥬'라고 니를 때 담아보이곤 하는 충실한 경의와는 비교도 할 수 없는 무신경함이 오히려 인실롭의 경외감을 자극한 것은 분명한 사실이다. 그들은 그곳이 오물과 헛소문을 자랑스러운 생산품으로 삼는 너무도 평범한 생활 공간인 것처럼 닐렀다. 그리고 인실롭은 바로 그런 무신경함에 질투를 느꼈다. 그는 그렇게 니를 수 없었다. 다른 자들이 비스그라쥬를 그렇게 니를 수 없는 것과 그가 하텐그라쥬를 그렇게 니를 수 없다는 것은 질이 다른 문제였다.

그리고 마침내 두 눈으로 하텐그라쥬를 보게 된 지금, 인실롭은 자신이 심경의 동요 없이 그 도시를 바라볼 수 있는 날이 올 거라고 착각하지 않기로 했다. 그것은 불가능했다. 그는 영원히 경외감 속에서 하텐그라쥬를 볼 수밖에 없었다. 동료 수호 장군 한 명이 닐렀다.

〈정오입니다. 인실롭 군단장.〉

그것은 하루가 지났다는 의미다. 어제 정오에 내건 시한이 만 하루였기에. 인실롭은 짧게 한숨을 내쉬었다. 자신의 고충을 이해해 달라는 동작이었고, 그 동작은 니름 없는 동의를 얻었다. 인실롭은 전령을 불렀다. 전령이 달려왔다.

〈가서 전해라. 이것은 최후통첩이다. 일몰까지 어제 정오에 내건 요구 조건들이 수락되지 않으면 우리는 개전에 들어가겠다.〉

전령은 약간 놀라는 기색이었지만 곧 몸을 돌려 달려갔다. 인실롭은 전령이 놀란 이유, 그리고 주위의 수호 장군들이 수심 깃든 정신을 내비치는 이유를 알고 있었다. 어제 정오에는 협박이 없었다. 그저 요구 조건의 전달이 있었을 뿐이다. 하루가 속절없이 지나고 시한을 넘겨버린 지금, 또다시 시한을 반나절 연장하면서 인실롭이 아무 짓도 하지 않을 수는 없었다.

그러나 또다시 반나절이 지난다면 더 이상 시한을 연장시킬 방법은 없을 것이다. 인실롭은 제발 그녀들이 자신의 처지를 이해해주길 바랐다.

인실롭은 물론 합리적인 나가다. 하지만 그는 하텐그라쥬를 공격한 첫 번째 나가로 기록되는 것이 달가울 것 같지는 않았다.

하텐그라쥬 공회당, 평의회 의장실의 분위기는 무거웠다.

비록 평의회라는 이름이 고결한 평등의 기치를 내걸고 있지만 그런 평등은 언제나 실제와 무관하다. 어떤 사회에도 자신이 필요할 때만 평등을 말할 수 있는 사람들이 존재하는 법이다. 그리고 하텐그라쥬 내에서 그런 자들의 목록을 구성해 보고 싶다면 의장실에 담소라도 나누는 것처럼 모여 앉아있는 가주들을 바라보는 것으로 충분할 것이다.

각자 대가문의 가주들인 그녀들은, 그러나 한 자리에 모여 자신들의 지위에 대한 즐거움을 공유하고 있었던 것은 아니다. 더 많은 것을 움직이는 자는 더 많은 움직임에 노출되어 있는 셈이다. 그녀들은 자신의 지위를 만끽하기보다는 자신들의 지위가 불러오는 위험에 대처하기 위해 모였다. 현재 그녀들의 위험은 도시 바깥에 도달해 있는 다섯 개 군단과 수십 명의 수호 장군이라는 매우 실제적인 모습을 띠고 있었다.

의원들은 인실롭의 처지를 이해했다. 피나무 군단의 군단장이 반나절을 더 연장시켜준 이유를 이해한 것이 아니라, 반나절 후에는 반드시 공격할 거라는 식으로. 인실롭은 적이 다가오고 있는 상황에서 감정적 이유 때문에 후방의 불안을 남겨둘 사람은 아니다. 그래서 의원들은 모든 이들에게 분노와 절망이 깃든 시선을 보내고 있었다. 그리고 그 분노와 절망에는 자기 자신도 포함되는 것 같았다.

모든 이들이 하고 싶지 않은 니름을 꺼내는 특별한 재주가 있는 누군가가 닐렀다.

〈이제 우리는 더 이상 장난을 치고 있을 수 없습니다.〉

〈장난이라고요? 이게 장난이었습니까?〉

〈예. 장난입니다.〉

반박하려던 자는 문득 상대방의 니름이 무슨 뜻인지 깨달았다. 그녀는 장난이었다고 니르는 것이 아니라 장난이어야 한다고 니르는 것이었다. 힘을 가진 자는 수호자들이며 그들이 도시의 현관에 발을 들여놓다시피 하고 있는 지금 그들에 대한 적대 행위는 있을 수 없다. 만약 그것이 존재했다면, 그것은 장난으로 치부되어야 한다. 물론 심장탑에 대한 포위 공격이라는 전대미문의 사건을 단순한 장난으로 격하시키는 마법은 존재하지 않는다. 하지만 관련된 모든 이들이 ── 항상 그렇듯이 희생되어야 하는 어떤 자들은 제외된다. ── 동시에 만족할 수 있는 사태의 해결책은 그것을 우발적 소동으로 치부하는 방법뿐이다.

〈적극적인 대처를 필요로 하는 보다 중요한 일이 다가오고 있는 이상, 이 모든 사건은 장난거리일 수밖에 없습니다. 인실롭 군단장이 왜 시모그라쥬가 아닌 하텐그라쥬를 최후의 방어선으로 선택했는지는 모르겠습니다만 어쨌든 전쟁 전문가는 그 사람이지요. 북부군이 오고 있고, 우리는 그들을 저지해야 합니다. 도깨비 장난은 그만둬야지요.〉

물론 그녀가 하고 싶었던 니름은 그것이 아니었을 것이다. 홀로 심장탑을 지키며 다가오는 모든 도전을 물리쳐 이미 전설이 될 만한 위업을 이룩한 세리스마는 그 전설을 진행형으로 유지하는데 무리가 없는 듯했다. 나가라는 종족은 그들 자신이 느끼기에도 지겹도록 오랫동안 먹지 않고 버틸 수 있다. 세리스마 한 명도 처리하지 못한 상황에서 도시의 지척에 정예 군단 다섯 개와 수십 명의 수호 장군들을 두게 된 지금 그녀들이 선택할 길은 그다지 많지 않았다. 드리고 이세리도 의장은 턱을 만지작거리며 닐렀다.

〈인실롭이 우리처럼 생각할까요? 그는 지금 이곳에서 정확하게 무슨 일이 일어난 것인지 알지 못합니다만, 무슨 일이 일어난 건지 알게 된 이후에도 그걸 그냥 가볍게 받아들일 수 있을까요?〉

정확한 정보를 얻지 못한 인실롭은 수호자 세리스마와 가주들이 모종의 마찰을 일으켜서 대치 중이라는 것만을 알고 있었다. 그 사실만으로도 인실롭이 충격을 받기에 충분했지만, 만약 세리스마와 가주들이 일으키고 있는 마찰의 정확한 성격을 알게 된다면 지금처럼 도시 외곽에 머문 채 전령을 파견하는 식의 점잖은 대응에 만족하지는 않을 것이다. 가장 먼저 말했던 의원이 질문했다.

〈그의 요구 조건이 정확하게 어떤 것이었지요?〉

〈우선 하텐그라쥬 방어를 위해 이 도시의 수비를 책임지고 있는 마호가니 군단의 비아스 마케로우를 보내라는 것입니다. 이것만 봐도 그가 정보의 부족을 겪고 있다는 것은 분명합니다. 그리고 수호자 세리스마와의 마찰을 무조건적으로 중단하라고 하는군요.〉

〈이 도시에도 지도그라쥬를 위해 일하는 남자들이 분명히 있을 텐데요.〉

〈인실롭은 비스그라쥬 출신입니다. 여기서 일어나는 일에 대해 대단히 궁금하겠지만, 지도그라쥬의 정보원들을 이용할 수는 없을 겁니다. 어쨌든 용의 아가리에 들어가 있는 것은 우리와 마찬가지입니다. 불이 얼마나 뜨거울지 토론하는 것은 도움이 되지

않을 겁니다.〉

〈그렇다면, 사태를 모두 파악한 후에도 공격을 시도하지는 않을 거라는 니름입니까?〉

〈북부군에 맞서 싸우기 위해 그에겐 배후 근거지가 필요합니다. 그가 협박에 가까운 요구 조건을 계속 보내는 것도 빨리 전투 준비를 갖추고 싶어서일 겁니다. 그리고 비아스 마케로우가 우리에게 알려준 것처럼 이 도시에는 그들의 힘의 근원이 있습니다. 그는 하텐그라쥬를 보호해야 할 겁니다. 그는……, 아마도 이것이 무의미한 소동이라는 사실에 동의할 겁니다. 물론 이것이 장난에 불과하더라도 누군가가 책임감을 가지고 뒷처리를 할 필요는 있겠지요.〉

의원들 대부분의 시선이 마케로우 가문의 대표자에게로 향했다. 그녀들은 자명한 사실에 예의를 차릴 생각이 없었다. 그 시선을 느꼈지만 소메로 마케로우는 아무런 내색 없이 탁자를 내려다보고 있었다.

드리고 이세리도 의장은 수심이 깃든 표정으로 소메로를 바라보았다.

이 여자들은 비아스를 원해. 소메로.

하지만 이세리도 의장은 소메로를 다그칠 수 없었다. 소메로가 만일 남자의 협박 때문에 여자를 내준다는 식으로 그들을 비난할 경우 그보다 체면 깎이는 일도 없을 것이다. 이세리도는 그 마케로우 가문의 일원이라는 것이 믿어지지 않는 여인이 그들 모두를 구원해 주길 바라며 닐렀다.

〈소메로 마케로우. 어떻게 생각하시오?〉

이보다 더 낫게 니를 수도 있을 텐데. 이세리도는 비늘이 근질

거리는 것을 느끼며 소메로를 응시했다. 소메로는 천천히 고개를 들어 의장을 바라보았다. 그녀의 시선은 곧 다른 의원들에게로 옮겨졌다. 그녀가 닐렀다.

〈잠시 다른 이야기를 좀 하겠습니다.〉

어떻게든 결판이 나야 할 것이다. 의장과 의원들은 관심 있다는 표정으로 소메로의 니름을 경청했다.

〈우리 세계는 현명한 가주님의 지휘 아래에 단결하는 여성들에 의해 구성됩니다. 물론 종족의 계승을 위해 남자들 또한 필요합니다만, 우리는 그들에게 명예직에 불과한 호위를 맡길 뿐 어떤 의무도 부과하지 않습니다. 그리고 저 불신자의 남자들이 그들의 여자에게 그러하듯 보호로써 그들을 나태하게 만들지도 않았습니다. 우리는 남자를 집에 가둬두지 않지요. 대신 그들에게 자유를 주었습니다. 제가 완고한 보수주의자인지 모르겠습니다만, 제가 아는 나가의 사회는 그런 모양입니다. 때론 자신의 자유를 주체하지 못해 쩔쩔매고 심지어 타인에게 폐를 끼치기까지 하는 남자들을 목격하면 그들에게 너무 많은 자유를 주는 것이 아닌가 의심되기도 합니다만 대부분의 경우 저는 역시 그것이 옳은 방법이라는 결론을 내리게 됩니다.〉

의원들의 얼굴에 경계심이 드러났고 이세리도는 반격할 논리를 짜내기 시작했다. 소메로는 차분하게 닐렀다.

〈수호 장군들이 북부에서 보내오는 위대한 승전보에도 불구하고, 저는 그런 과거를 회상하게 됩니다. 그때는 아무런 문제가 없었습니다.〉

이세리도는 소메로의 니름에 감탄하지 않을 수 없었다. 소메로는 남자들이 거둔 것이라고는 무분별한 소동뿐이라는 결론을 이

끌어낼 수 있도록 니르고 있었다. 그것으로써 소메로는 의원들이 비아스에 맞서 남자들을 변호할 시도를 원천적으로 봉쇄하고 있었다. 역시 당신 또한 마케로우의 일원이군. 조용한 패배 같은 것에는 관심도 없군. 의원들의 불편한 심경을 정확하게 포착하며 이세리도는 소메로를 지그시 바라보았다. 소메로는 닐렀다.

〈저는 두세나 가주님의 지혜로운 지휘 하에 어떤 문제도 일어나지 않고 일어난 문제 또한 사건으로 비화되지 않았던 그 시절이 그립습니다. 하지만 불운하게도 마케로우 가문에는 오랜 기간 동안 가주가 없었습니다. 더 이상 그런 상황을 좌시하기 어렵습니다.〉

이세리도 의장과 의원들은 충격을 간신히 감출 수 있었다. 그녀들의 두뇌가 분주하게 움직였다.

〈그래서 부족하나마 제가 마케로우 가문을 이끄는 힘겨운 의무를 맡아볼까 합니다. 그리하여 우리 가문이 해결해야 했음에도 방치해 두어야 했던 문제를 보살피고 앞으로 다가올 문제들에 대해 대처할까 합니다.〉

'당신은 가문을 선택했군!'

이세리도 의장은 그제야 소메로의 니름을 이해할 수 있었다. 소메로는 비아스를 보호하려는 것이 아니었다. 모든 자들이 그것을 원한다 해도, 수호자들에게 목을 바치라고 비아스 마케로우에게 직접 니를 수 있는 자는 마케로우 가문의 가주뿐이다. 소메로는 자신이 그런 역할을 맡겠다고 자원한 셈이다. 그리고 그녀는 비아스를 내주는 대신 마케로우 가문에까지 화가 미치지 않도록 해달라고 부탁하고 있었다. 그녀들은 이해했다. 이세리도가 고개를 끄덕이며 점잖게 닐렀다.

〈실로 옳은 결정이라고 생각합니다. 소메로 마케로우. 그토록 긴 시간 동안 마케로우 가문을 방치했다는 사실에서 우리는 수치를 느낍니다. 우리는 진작 당신에게, 다른 누구보다도 확고한 자격을 갖춘 당신에게 마케로우 가문을 부탁했어야 했지요. 우리의 게으름과 사려 없음을 용서하길 바랍니다.〉

다른 의원들 또한 비슷한 의미의 니름들을 보내왔다. 소메로는 그런 사과를 물리치며 자신의 부족함을 다시 한 번 닐렀다. 그녀들 중 누군가가 언제 가주 계승을 하겠느냐고 니르자 소메로는 기다렸다는 듯이 대답했다.

〈불신자들의 군대가 목전에 이른 마당에 모범을 보여야 할 자로서 번잡한 의례에 시간과 정력을 낭비하는 모습을 보이고 싶지는 않습니다. 존경하는 분들을 모시고 제가 당연히 받아야 할 조언과 지도를 청하고 싶은 마음은 한량이 없지만, 번잡한 계승 의례는 생략하겠습니다.〉

의원들은 그 니름을 이해했다. 비아스 마케로우가 반대하고 나서는 것을 미연에 차단하기 위해 가주 계승을 전격적으로 해치우겠다는 니름이었다. 그녀들은 소메로의 사려 깊음을 다시 한 번 칭찬했다. 그리고 소메로 또한 그녀들이 빨리 가주 계승을 해치우고 비아스를 잡으러 나서라고 권하고 있음을 이해했다. 미소 띤 얼굴로 의원들을 바라보며 소메로는 깊은 상실감을 느꼈다.

'비아스. 이토록 품위 있는 도살을 상상할 수 있겠니? 너는 이런 도살을 당한다는 것에 만족할 수 있을지도 모르겠구나.'

갈로텍은 눈을 감은 채 닐렀다. 〈제기랄, 세리스마가〉 "지랄을" 〈하고 있겠군.〉

시모그라쥬의 고소리 저택에 누워 있었지만 갈로텍은 세리스마의 심경을 충분히 꿰뚫어볼 수 있었다. 세리스마는 몹시 당황하고 있을 것이다. 심장탑을 지키고 있는 그 늙은 수호자는 하텐그라쥬에 도달한 다섯 개 군단의 움직임을 이해할 수 없을 것이다. 마지막으로 대화를 나누었을 때 세리스마가 원했던 것은 무슨 수를 써서라도, 그러니까 북부군과 손을 잡고서라도 하텐그라쥬를 장악하는 것이었다. 세리스마는 그럼으로써 심장 파괴의 비밀이 지켜지기를 원했다.

하지만 갈로텍은 세리스마의 계획을 잠시 유보해 두고 독자적인 계획을 세웠다. 그의 계획은 이왕 일어난 일을 인정하는 것이었다. 즉 심장 파괴에 대해 나가들에게 사실대로 고백한 다음 그것을 가주가 아닌 대수호자에게 넘겨주는 것이었다. 대수호자는 아직 그 계획에 대해 찬성이나 반대를 니르지 않았지만 갈로텍은 그것만이 모든 것을 해결하는 방법이라고 생각했다. 그렇게 된다면 서로 반목하는 가주들과 수호자들은 대수호자의 지휘 아래에 통합되며 심장병의 통제권을 가주에게 뺏기는 일도, 북부군과 손을 잡는 황당한 일도, 그리고 여신의 힘을 이토록 이른 시기에 포기하는 치명적인 일도 피할 수 있었다. 갈로텍은 이 전쟁이 4년째에 치닫고 있으며 이미 북부의 대부분이 초토화되었다는 사실에 대해서는 생각하지 않았다. 나가 살육자에 대한 희미한 단서 하나도 포착하지 못한 지금 갈로텍에게 이 시기는 '이토록 이른 시기'일 뿐이었다.

그래서 갈로텍은 인실롭 군단장에게 하텐그라쥬를 점령하라거나 하텐그라쥬 평의회를 장악하라는 등의 지시를 내리지 않았다. 갈로텍이 그런 지시를 내리지 않았기에 인실롭은 자신의 의무를 하텐그라쥬 보호 및 북부군 퇴치라는 단순 명쾌한 것으로 알고 있었다. 인실롭이 하텐그라쥬 공격에 나서지 않는 모습을 본 세리스마는 당황할 것이다. 그리고 인실롭은, 어쩌면 심장탑 공격이라는 초유의 사태에 대해서 알게 되었는지는 모르지만 그 사태 때문에 하텐그라쥬를 점령해야 한다는 결론을 내지는 못했을 것이다. 그 모든 사태를 해결할 수 있는 사람은 갈로텍이 아는 범위 내에 한 사람뿐이다. 그런데 그 자는 허물벗기라는 상당히 난처한 곤경에 빠져 중립을 선포한 나가의 도시에 드러누워 꼼짝도 할 수 없는 상황인 것이다.

갈로텍은 세리스마에게 상황을 전달할 방법이 없을까 고민했다. 하지만 육체의 통증 때문에 생각의 가닥을 붙잡기 힘들었다. 조금 전 그의 니름은 숨가쁜 상황 속에서 물러나 있어야 하는 자신의 무력함을 드러내고 있었다.

그때 갈로텍은 누군가가 자신을 바라본다는 느낌을 받았다. 갈로텍은 눈을 떴고, 잠깐 동안 통증마저 잊어버릴 만큼 놀랐다. 데오늬 달비가 그의 침대 옆에 서서 그를 내려다보고 있었다. 본능적인 수치심에 당황한 갈로텍은 조금 후에야 데오늬가 입을 움직이고 있다는 사실을 깨달았다. 그는 청력에 주의를 기울였다.

"나쁜 말 하시는군요, 대장군님?"

〈당신 여기서, 제기랄!〉 "당신 여기서 뭐하는 거요?"

"소리를 듣지 못해서서 그렇게 했습니다. 대장군님."

갈로텍은 필사적으로 생각해 보았지만 도저히 데오늬 달비의 말을 이해할 수 없다는 사실만을 확인할 수 있을 뿐이었다. 그는 질문했고, 짧지 않은 시간이 지난 후에야 데오늬가 자신은 니름을 줄 모르고 갈로텍은 소리를 들을 줄 모른다는 사실 때문에 허락

없이 들어올 수밖에 없었던 것을 해명하려 했다는 것을 알게 되었다. 갈로텍은 비늘을 부딪치며 말했다.

"왜 허락 없이 이 방에 들어온 거냐고 질문한 것이 아니라, 왜 이 방에 들어온 거냐고 물은 겁니다."

"대수호자님께서 당신을 돌보라고 하셨습니다. 대장군님."

갈로텍은 잠시 아무 말도, 그리고 니름도 하지 못한 채 데오늬를 바라보았다. 그래서 데오늬 또한 꼼짝하지 않은 채 갈로텍을 내려다보았다. 갈로텍은 겨우 말을 꺼냈다.

"왜?"

"대수호자님께서는 대장군께서 무력한 상황에 홀로 남겨지는 것이 좋지 않다고 말씀하셨습니다. 대장군님."

"왜 홀로 있으면 안 되는 거요?"

"대수호자님께서는 대장군에게 적이 있을지도 모른다고 말씀하셨습니다. 그리고……."

데오늬는 기억을 떠올리기 위해 잠시 미간을 찡그렸다가 곧 자랑스럽게 말했다.

"그 적은 심장병의 통제권을 가진 절대 지배자를 만들어서라도 견제해야 하는 적이므로 대장군이 이토록 무력한 상황에 놓여 있는 이때 대장군을 노릴지도 모른다고 하셨습니다. 대장군님."

갈로텍은 상황을 이해하면서 동시에 불가해한 기분 속에 빠져들었다. 갈로텍은 자신의 제안이 키베인으로 하여금 추리력을 발휘하게 했다는 사실을 깨달았다. 그리고 키베인이 허물벗기 도중인 갈로텍에게 어떤 보호자가 있어야 한다고 결정했다는 사실도, 그래서 데오늬에게 자신이 추리한 사실을 알려주고서 보호자의 역할을 부탁했다는 것도 깨달았다. 하지만 갈로텍은 왜 데오늬여야 하는지 알 수 없었다.

"당신은 포로잖소?"

"그렇습니다. 대장군님!"

데오늬는 자신의 지위가 명확해지는 것을 즐거워하는 듯했다. 갈로텍은 다시 비늘을 부딪쳤다.

"그런 당신이 나를 보호한다고?"

"예. 대장군님!"

"적극적으로 제안하는 것은 아니지만, 지금 당장 내 목을 따버리면 북부군에게 상당히 도움이 될 거라는 생각을 할 수 없는 거요?"

데오늬는 눈을 깜빡거리며 갈로텍을 내려다보았다. 문득 갈로텍은 니름이나 말을 주의하지 않아서 자신이 겪어야 했던 모든 곤경을 떠올리며 두려움에 빠졌다. 설마 내가 아라짓 전사에게 칼 던져준 나가 꼴이 된 건가? 그때 데오늬가 크게 웃었다.

"아아, 알겠습니다. 아프셔서 그렇군요. 대장군님."

갈로텍은 데오늬의 말이 아픈 사람은 공격하지 않겠다는 의미일 거라 생각했다. 하지만 그런 의미를 담기에는 단어들의 활용이 좀 이상했다. 갈로텍은 조심스럽게 질문했다.

"아파서 뭐가 그렇다는 거죠?"

"아프셔서 기억하지 못하시는군요. 대장군님."

"내가 기억하지 못하는 것이 뭐죠?"

"대장군님이 보고받았다는 사실을 기억하지 못하시는군요. 대장군님."

"내가 보고받은 것이 뭐죠?"

"이 도시가 중립을 선포했다는 것을 보고받으셨습니다. 대장군님."

"그건 기억하는데."

"그러면 왜 자신의 목을 딸 것을 적극적이지 않게 제안하시는
겁니까, 대장군님?"

갈로텍은 대답하지 않았다. 결국 갈로텍은 데오늬의 모든 말을
이해할 수 있었다. 하지만 갈로텍은 키베인이 왜 데오늬에게 모
든 것을 솔직하게 들려준 것인지는 짐작할 수 없었다. 그러나 갈
로텍은 그 질문을 꺼내는 것이 두려웠고, 그래서 그냥 화제를 바
꿨다.

"내 몸은 내가 지킬 수 있습니다. 나가십시오."

데오늬는 방긋 웃으며 자신의 얼굴을 가리켜보였다. 다행히도
이번에는 그 손짓을 이해할 수 있었다. '이미 당신이 모르는 새
당신의 곁에 접근할 수 있는 사람이 있었잖습니까.' 갈로텍은 그
손짓에 반박할 몸짓을 떠올려보려다가, 자신이 뭔가에 말려들고
있다는 불쾌한 자각을 느꼈다. 어쩔 줄 모르게 된 그가 침묵하는
동안 데오늬는 방에 있는 의자를 붙잡으며 주위를 둘러보았다.
그 방에는 출입구 하나와 창문 하나가 있었다. 데오늬는 출입구
와 창문과 침대를 모두 볼 수 있는 위치에 의자를 가져다놓고 그
위에 앉았다. 몸짓이 아니라 그냥 말로 '나가라'고 해도 된다는
것을 깨달은 갈로텍이 입을 열었을 때 데오늬는 뭔가를 꺼내어
자신의 무릎 위에 놓았다. 갈로텍은 기절할 만큼 놀랐다.

"그거 뭡니까!"

"역시 아프셔서 그러신 겁니다. 대장군님. 곧 기억이 떠오르실
겁니다. 이 물건은 나가의 전통적인⋯⋯."

"젠장! 나를 기억 상실증 환자로 취급하는 것은 그만둬요. 나

는 그게 사이커라는 것을 몰라서 그렇게 질문한 것이 아니라 당신이 왜 사이커를 가지고 있냐고 질문한 겁니다."

"대수호자님께서 한 자루 빌려주셨습니다. 대장군님."

"왜?"

"맨손으로 대장군님을 지킬 수는 없으니까 그렇습니다. 대장군님."

데오늬는 모든 것이 그토록 명확할 수 없다는 식으로 말했다. 실제로 그녀의 말을 듣는 동안 갈로텍은 계속해서 자신이 당연한 사실을 질문하는 얼간이처럼 행동한다는 느낌을 받아야 했다. 그런 느낌은 통증 속에서 언제라도 데오늬의 물을 끓일 준비를 갖추며 더 심해졌다. 갈로텍은 자신을 지켜주려는 사람에 대해 공격을 준비하는 것이 다시 없는 얼간이 짓으로 여겨졌다. 데오늬의 태도에는 그런 특이한 점이 있었다. 마음이 불편해진 갈로텍은 데오늬를 쫓아낼 빌미를 찾아보았다.

"그 칼 쓸 줄은 압니까?"

"약속은 중요한 것입니다. 대장군님."

멍한 표정으로 데오늬를 바라보던 갈로텍은 질문하는 것을 포기했다. 그래서 데오늬가 '사이커는 쓸 줄 모른다. ─하지만 최선을 다할 것이다. ─최선을 다하는 이유는 대수호자에게 대장군을 지키겠다고 약속했기 때문이다. ─약속은 중요한 것이다.' 라고 말한 것이라는 사실은 데오늬 자신만이 아는 사실이 되어버렸다. 그리고 갈로텍은 5분 후 의자에서 일어난 데오늬가 방끝에서 반대쪽 끝까지 달리기 시작했을 때도 그 이유를 묻지는 않았다. 대신 경고를 보냈다.

"달리든 기어다니든 상관없지만, 내 침대 옆으로 접근하지는 마시오. 내가 당신을 참아주는 것은 당신이 대수호자의 배려의 증거이며, 내가 그를 존경하기 때문입니다. 하지만 나는 지금 뗏목에 타게 된 레콘만큼이나 긴장해 있고 따라서 당신이 가까이 다가오면 반사적으로 당신을 죽일 겁니다. 나는 당신 몸 속의 물을 모조리 끓어오르게 할 수 있어요. 그럴 것까지도 없이 그냥 뇌 속의 물만 끓여도 충분하지. 당신은 눈 깜빡할 새에 죽게 될 겁니다."

데오늬는 반색했다.

"목욕물도 끓일 수 있으십니까, 대장군님?"

"……예?"

"저는 이 저택에서 몸을 씻을 수 있지 않을까 하는 생각을 해보았습니다. 저는 땀을 많이 흘리는 편입니다. 대장군님."

갈로텍은 왜 땀이 많은지 알 수 있다고 생각했다.

"하지만 물을 끓이려면 나무를 태워야 하는데, 그건 당신들이 가장 싫어하는 일 중에 하나라고 알고 있습니다. 대장군님. 이렇게 더운 곳이니 그냥 찬물로 씻어도 무방하겠지만……."

"이 저택에는 목욕통이 없을 겁니다. 지금 보는 것처럼 우리는 허물을 벗지 몸을 물에 담그지는 않습니다."

갈로텍은 자신의 무시무시한 경고가 그를 무섭고 위험한 사내로 만들어주는 대신 풍부한 연료 대용품으로 만들어버렸다는 것이 그다지 화나지는 않는다는 사실에 놀랐다. 데오늬는 그런가 하는 표정을 지으며 의자에 도로 앉았다.

그리고 5분 후, 데오늬는 창문으로 쏟아져들어오는 햇빛에 쭉 뻗은 두 다리를 맡긴 채 곯아떨어졌다. 열대의 햇살이 북부인에게 야기할 만한 평범한 반응이었다. 갈로텍은 이 모든 상황에 대해 어떤 감정을 느껴야 되는지 알 수 없다는 사실에 대해 오랫동안 생각했다.

　자기재귀적인 우주의 특징 때문이 아닌 사소한 우연에 의해, 하텐그라쥬에 있던 비아스 마케로우는 시모그라쥬에 있는 갈로텍과 똑같은 평가를 내리고 있었다.
〈망할 늙은이, 지랄을 하고 있군.〉
　또 다른 하루가 이미 절반쯤 타버린 후였다. 그리고 시간의 흐름과 세리스마의 전설성은 정비례가 아닌 기하급수의 관계를 가지고 있는 것 같았다. 비아스 마케로우는 그것이 하루 단위에서 시간 단위로 바뀌고 있는 것 같은 기분을 느꼈다. 단신으로 하텐그라쥬의 심장탑을 지키고 있는 남자. 세리스마는 매시간 위대해지고 있었다.
　조금 전 맑은 하늘을 보고 돌격했던 쥬어와 그의 돌격대는 심장탑 내의 무더운 공기에 기절해 버렸다. 교활한 세리스마는 돌격자들의 발목을 잡아채는 급류를 흘려보내는 것보다 훨씬 효율적인 방법을 찾아내었다. 계단을 채우는 물보다 훨씬 적은 양의 습기로도 심장탑의 아랫부분을 꽉 채울 정도의 수증기를 만들어내는 것은 가능하다. 그리고 열대에 위치한 하텐그라쥬에 쏟아지는 태양의 열기는 엄청나다. 세리스마는 그 두 가지를 이용하여 심장탑 아랫부분을 뜨겁고 습한 공기로 가득 채웠다. 체온 조절 능력이 없는 나가들은 그 무더운 공기를 견딜 수 없었다. 갈로텍이 있었다면 그것이 라호친 사람들의 한증막과 비슷한 원리라는 것을 깨달았을 것이다. 비아스에게 그런 지식은 없었지만 그녀는 그것이 곤란한 재주라는 사실만으로도 충분히 화를 낼 수 있었다.

5층 계단참에서 졸도했다가 부하에 의해 질질 끌려온 쥬어는 정신을 차리고는 하텐그라쥬가 시원하다는 사실에 충격을 받았다. 비아스는 그가 깨어난 것을 확인하자마자 비늘을 부딪치며 닐렀다.

〈정신 차렸으면 다시 돌격해! 물통을 들고 돌격해라!〉

쥬어는 비아스를 물끄러미 올려다보다가 고개를 내저었다.

〈마케로우. 세리스마는 200미터 위에 있습니다. 그곳까지 물통으로 몸을 적시면서 올라가는 것은 니름도 안 됩니다.〉

〈그러면 일렬로 서서 물통을 계속 전달하면 될 거 아니냐!〉

〈그런 식으로 어느 정도 올라갈 수 있을지는 모릅니다. 하지만 그러면 세리스마는 다시 급류를 흘려보낼 겁니다. 계단에 일렬로 늘어선 상태에서 그런 꼴을 당하면 끔찍한 재난이 될 겁니다.〉

비아스는 육성으로 살벌한 단어들을 토했다. 쥬어는 정신 건강에 도움이 될 리가 없는 그 단어들에 특별한 호기심을 느끼지는 않았다.

〈세리스마와 협상하실 생각은 없으십니까?〉

〈협상이라고!〉

쥬어는 어제부터 니르고 싶었던 것을 육성으로 말했다.

"어제 군단들이 도달했습니다."

비아스 또한 육성을 이용했다.

"내가 그걸 모를 거라고 생각하나? 그러니까 한시라도 빨리 심장탑을 점거해야 할 것 아니냐! 군단의 지휘자들은 대부분 하텐그라쥬 출신이다. 우리는 그들의 심장병을 손에 넣어야 해! 그것이 몸빠진살로 용을 잡는 유일한 방법이다."

"세리스마 또한 저 높은 곳에 있으니 군단의 도착을 알 겁니다. 이제 조금만 더 버티면 되는데 왜 그가 포기하겠습니까? 도무지 방법이 없습니다. 도깨비들처럼 딱정벌레를 타고 난입하지 않는 이상 저 높이는 그대로 그의 무기입니다. 그와 협상해야 합니다."

옷 아래에서 계속 부딪치는 비늘 때문에 비아스의 모습은 괴이하게 보였다. 비아스는 타오르는 눈으로 쥬어를 바라보며 말했다.

"무엇으로 협상하라는 거냐, 엉? 똑똑한 쥬어여, 한번 말해 봐. 세리스마가 내 무엇을 원하겠나? 협상은 서로에게 원하는 것이 있어야 성립이 가능하다."

쥬어는 당신이 소중한 비밀을 낭비해 버렸기 때문에 아무것도 내줄 것이 없는 것 아니냐고 되묻고 싶었다. 만약 여신의 감금을 공개하지 않았다면 비아스는 그것으로 세리스마와 협상할 수 있었을 것이다. 심장 파괴의 비밀을 평의회장에서 당당하게 외치지 않았다면 역시 그것으로 협상할 수 있었을 것이다. 하지만 비아스는 그 모든 것을 널러버렸다. 공개된 비밀은 아무 가치가 없다. 쥬어는 비아스에게 다른 여자들이 모르는 사실을 말하는 쾌감과 싸구려 환호에 자기 목숨을 팔아버린 것 아니냐고 말해 주고 싶었다.

머리가 너무 뜨거웠다. 쥬어는 손바닥으로 이마를 만져보았다. 그 이마는 생각했던 것처럼 뜨겁지는 않았다. 역시 그가 느끼는 뜨거움은 심리적인 것이었다. 쥬어는 주의 깊게 구축해 온 자신의 그럭저럭 성공적이었던 생애가 그 최고의 순간에서 머리 나쁜 여자에 의해 좌우되게 되었다는 것, 그리고 그 상황에서 빠져나오기엔 이미 지나치게 많은 걸음을 걸었다는 것을 인정하고 싶지 않았다.

쥬어는 말했다.

"평의회를 손에 넣으십시오."

"네 방자함은 잘 알지. 계속해 봐."

"마케로우 가문의 가주 자리는 당신이 언제든 손에 넣을 수 있으므로 잠시 팽개쳐둬도 되는 그런 자리가 아닙니다. 가주가 될 수 있는 자와 가주인 자 사이에는 심연이 몇 개쯤 놓여 있습니다. 풍비박산이 나다시피 한 센 가문을 제가 그토록 원하는 것을 상기하십시오. 가주가 되신 다음, 당신에게 환호를 보냈던 기억을 아직 선명하게 가지고 있는 의원들을 공략하십시오. 평의회를 장악하는 겁니다. 당신 스스로 고백했듯 지금 당신에게는 세리스마에게 내줄 것이 없습니다. 하지만 하텐그라쥬 평의회를 손에 넣으면 당신은 똑같은 공격을 몇 번이고 더 감행할 수 있는 능력을 가지게 됩니다. 세리스마는 그런 공격이 계속되지 않는다는 것만으로도 고마워할 겁니다. 심장병에 대한 통제권은 포기하십시오. 최소한 유보하십시오. 여기서 무익한 도전을 계속할 이유가 없습니다. 품위 있는 후퇴가 필요합니다."

비아스는 쥬어의 말에 합리적인 면이 있음을 인정하고 싶은 자신과 사이커를 뽑아 그 무례한 혀를 잘라버리고 싶은 자신을 동시에 느끼며 괴로워했다. 결국 비아스는 그 둘 모두를 포용하기로 했다. 지금은 이용하고, 필요없어진 다음에 혀를 뽑아주면 되겠군. 비아스는 자신의 결정에 씁쓸한 만족감을 느끼며 말했다.

"좋아. 그렇다면 지금 당장 그걸 시도해야겠군. 일어나!"

쥬어는 신음을 흘리며 몸을 일으켰다. 그때 그의 눈에 대로 저편에서 걸어오는 자들의 모습이 들어왔다. 쥬어는 비아스에게 눈짓을 보내었고 비아스는 뒤를 돌아보았다.

비아스는 몸을 긴장시켰다. 그들을 향해 다가오고 있는 것은 몇 명의 가주들과 그녀들의 호위자들이었다. 그중에는 이세리도 의장과 소메로 마케로우의 모습도 포함되어 있었다. 그들에게 자신의 참담한 실패를 보여준다는 것이 마음에 들지 않았던 비아스는 턱을 들어올리며 자신만만한 태도를 취했다. 쥬어는 그런 비아스를 속으로 비웃었다.

다가온 여인들은 적당한 거리에 멈춰섰다. 비아스는 사이커에 손을 얹은 채 그들이 먼저 니를 때까지 기다렸다. 이세리도 의장이 닐렀다.

〈비아스 마케로우. 공격은 어떻게 되고 있습니까?〉

〈수호자 세리스마는 한계에 도달했습니다. 자신만만하게 파도를 만들어내던 그는 이제 힘겹게 습기를 주물럭거리고 있습니다.〉

비아스는 조금 전 쥬어와 그의 돌격대에게 일어났던 일에 대해 설명했다. 비아스는 그것이 세리스마의 노회함을 나타내는 상황이 아닌 그의 무력함을 나타내는 증거로 해석되기를 바란다는 내심을 너무 많이 드러내었다. 그녀의 희망은 성취되지 않았다. 가주들은 모두 세리스마가 훨씬 간단한 방법으로 비아스를 약올리는 기술을 터득했음을 눈치챘다. 이세리도 의장은 빙긋 웃으며 닐렀다.

〈늙은 세리스마는 나이를 헛먹지 않았다는 것을 증명해 보이고 있군요.〉

〈인정합니다. 의장님. 저 높은 곳에 고독하게 앉아 한계선 북부에까지 닿는 거미줄을 짜낸 저 늙은 거미는 영리합니다.〉

〈그렇습니다. 이제 그가 어떤 일을 할 수 있는지 확인했으니,

장난은 이 정도에서 마치는 것이 어떻겠습니까?〉

비아스는 쓴웃음을 머금었다. 그러나 대답의 니름을 꺼내기 전 비아스는 의장의 니름이 좀 이상하다는 것을 깨달았다. 그녀는 의장을 미심쩍은 시선으로 바라보며 닐렀다.

〈예. 이제 장난은 그만둘 때가 되었지요. 내일까지 기다려주신다면 그를 붙잡아다 여러분 앞에 무릎 꿇리겠습니다.〉

쥬어는 조금 전 그가 무료로 제공한 조언들을 망각해 버리는 비아스에 대해 신음을 흘리고 싶었다. 지체 높은 여인들이 그렇게 많은 곳에서 어울리는 행동이 아니었기에 쥬어는 간신히 그런 욕망을 참았다. 그때 쥬어는 이세리도 의장이 측은하다는 눈빛으로 비아스를 바라보고 있음을 알게 되었다. 그 순간 쥬어는 모든 사태를 깨달았다. 이세리도가 닐렀다.

〈내 니름은 그런 뜻이 아닙니다. 비아스.〉

〈예?〉

〈이 모든 소동은, 아마도 여러분의 가문에 지나치게 오랜 기간 동안 가주가 없었기 때문에 일어난 일일 겁니다. 남들이 감히 질 엄두도 내지 못하는 무거운 책임을 어깨에 진 채 가문을 이끌어가는 가주의 존재가 없다면 우리 나가도 북부의 불신자들이나 다름없는 야만에 빠져들 수 있는 것이지요.〉

가주라는 단어에 비아스는 정신이 번쩍 드는 것을 느꼈다. 조금 전 쥬어의 권고를 떠올린 비아스는 그 기회가 이토록 빨리 찾아왔다는 사실에 감탄했다. 하지만 비아스는 쥬어의 평가처럼 대책없이 어리석은 여자는 아니었고, 의장이 '소동'이라는 표현을 사용했음을 지나치지도 않았다. 그녀는 의장의 니름에서 맥락을 찾아보려 했다. 그러나 그것은 쉽게 보이지 않았고, 비아스는 일단 기다렸다. 의장은 그녀를 오랫동안 기다리게 하지 않았다.

〈마케로우 가문을 그토록 오랜 기간 동안 가주 없는 상태로 방치해 둔 우리의 무관심을 용서하길 바라오. 비아스 마케로우. 이건 당신의 잘못만은 아닙니다. 우리의 책임 또한 크겠지요.〉

비아스는 호흡이 빨라지는 것을 느꼈다. 이세리도 의장이 원하는 것이 분명해졌다. 의장은 비아스가 한 모든 일에서 가치를 박탈한 다음 그것을 가주 없는 가문의 일원이 올바른 통제를 받지 못한 채 저지른 장난, 소동으로 치부하려 하고 있었다. 비아스는 그녀가 어떻게 감히 그렇게 할 수 있는지 상상도 할 수 없었다. 비록 패잔병이라고 하지만 그녀에겐 마호가니 군단의 잔존병들이 있었으며 또한 쥬어의 의용군이 있었다. 의장은 눈 앞에 있는 자가 하텐그라쥬 최고의 무장 세력을 소유한 자라는 것을 모르는 것일까? 그때 의장이 의미가 분명한 곁눈질을 했다. 그녀의 시선이 소메로에게 머물렀음을 깨달은 비아스는 비늘이 서는 것을 느꼈다. 의장은 닐렀다.

〈하지만 이제 나무랄 데 없는 자격을 가진 자가 당신의 존경받을 가문을 책임지게 되었으니, 그것은 당신만의 기쁨이 아니라 우리들 모두의 기쁨이라 할 거요. 우리는 당신과 기쁨을 나누고자 가주님과 함께 찾아왔소.〉

가주님! 비아스는 그 단어에 충격을 받았다. 그녀는 의장에 말에 답례를 할 여유도 없는 상태에서 소메로를 돌아보았다. 소메로가 차분하게 닐렀다.

〈비아스.〉

〈소메로?〉

〈그건 올바른 호칭이 아니다. 비아스.〉

〈이해할 수 없어. 계승의 의식은?〉

〈이런 전쟁통에 번잡한 의례를 고집하는 것은 형식 지상주의자의 발상이겠지. 융통성이 필요하다는 것은 당연하고, 나는 그것을 발휘했어. 반 시간 전, 나는 마케로우 가문의 가주가 되었다.〉

〈어떻게! 두세나 가주님의 생사가 아직 불명확한데! 가주님은 후계자를 지정하지 않으셨어. 그런 상황에서 가주가 되려면 다른 가족들의 동의가…….〉

비아스는 니름을 중단했다. 그리고 의혹에 찬 눈으로 소메로를 바라보았다. 소메로는 차분하게 고개를 끄덕였다.

〈그래. 이모님들께서 찬성하셨다.〉

두 명의 이모!

비아스는 자신이 이모들을 배제하는 우를 저질렀음을 깨달았다. 두세나의 여형제들인 그녀들은, 바로 그렇기에 가주 계승에 참가할 가능성이 희박하다. 인간이라면 상속을 받을 자식이 지나치게 어릴 경우 형제가 상속을 받을 수도 있지만 불사에 가까운 나가들은 자매 계승을 할 일이 별로 없다. 모든 나가들이 그것을 잘 알기에 자매들 중 한 사람이 가주가 되면 다른 자매들은 가주 계승을 깨끗이 단념한 채 가문에 더 많은 자손을 낳아주는 일에만 전념한다. 그리고 그런 자매들의 자식은 모두 가주의 자식으로 취급된다. 비아스나 소메로는 카린돌이나 화리트와 달리 두세나 가주의 친자는 아니었지만 두세나를 어머니로 여긴다. 그리고 두 명의 이모는, 이모라고 불리지만 각자 소메로와 비아스를 낳은 여인들이다.

비아스가 그 이모들이 경쟁자가 아니라고 믿었던 것은 나가의 관점에서 당연한 일이다. 하지만 그녀들 또한 마케로우 가문의 일원이며 가주가 적절한 지시를 내릴 수 없는 지금과 같은 상황에서 가족의 일원으로 차기 가주의 지명에 참가할 수 있다. 소메로는 비아스에게 그녀들의 의사를 알려주었다.

〈반대한다면, 너는 유일한 반대자가 될 거야.〉

〈두 사람 다 언니를?〉

〈그래.〉

비아스는 갑자기 웃음이 터질 것 같은 기분을 느꼈다. 카린돌이라면 경계했을 것이다. 화리트였다면 분노했을 것이다. 하지만 소메로가 적이라고? 자신이 모든 집중력과 대처 능력을 필요로 하는 중대한 문제에 봉착했음을 느끼고 있었지만, 비아스는 그 어울리지 않는 조합에 희극적인 기분밖에 느낄 수 없었다.

〈쥬어. 네 생각은 어떻지? 우리 언니, 저 덕 있는 여인 소메로가 마케로우 가문의 가주가 되셨다는군.〉

소메로는 화를 내지 않았다. 대신 측은하다는 표정으로 닐렀다.

〈누구를 부르는 거지?〉

비아스는 뒤를 돌아보았다. 그리고 짐승 같은 신음을 흘렸다.

쥬어의 모습이 보이지 않았다. 그리고 쥬어의 의용군들이었던 돌격 대원들 역시 대다수가 사라져 있었다. 남아 있는 몇 사람을 본 비아스는 남아 있다는 사실에서 그들이 가장 쓸모없는 자들임을 직감할 수 있었다. 비아스는 다시 고개를 돌려 소메로를 쏘아보았다.

소메로는 니름 없이 동생의 시선을 받아들였다. 일몰이라는 시한을 가지고 있는 이세리도는 자매들의 침묵을 방해했다.

〈비아스 마케로우. 나는 소메로 가주님으로부터 가주님이 당신

에 대한 계획을 가지고 있다는 니름을 들었습니다. 가주님은 당
신을…….〉

〈끼어들지 마.〉

〈뭐라고?〉

〈끼어들지 말라고 했다.〉

이세리도는 왈칵 화를 내었다. 하지만 비아스는 그녀를 쳐다보
지도 않았다. 앞으로 나서려던 이세리도는 비아스의 손이 사이커
의 칼자루를 움켜쥐고 있음을 깨달았다. 이세리도는 흠칫했다.
하지만 비아스는 소메로만을 쏘아보며 닐렀다.

〈그래. 가주님이 되셨다고 생각하고 있군.〉

〈내 생각에 찬성해 주면 좋겠군.〉

〈그리고…… 나를 수호 장군들에게 넘겨주는 것이군? 그들과
손을 잡겠다는 것이군? 그리고 그들에게 심장을 맡겨둔 채 도깨
비 같은 옹졸한 삶에 매달리겠다는 것이군?〉

〈내 삶의 가치를 평가해 달라고 부탁한 적은 없군. 비아스. 그
것보다는 마케로우 가문의 가주에게 무례를 저지르고 있는 자기
자신에 대해 평가해 보는 것이 어때.〉

〈마케로우 가문의 가주라고!〉

〈네 반대는 소용이 없어. 비아스. 네가 부리던 사람보다 더 모
자라는 모습을 보일 거니?〉

소메로를 쏘아보는 비아스의 눈에 광기가 서리기 시작했다. 비
아스는 냉정하게 닐렀다.

〈한 사람 더 있어.〉

〈한 사람?〉

〈마케로우 가문의 가주 계승 문제에 대해 발언권을 가진 사람

이 하나 더 있어. 아주 가까운 곳에.〉

소메로는 비늘을 부딪치며 비아스를 바라보았다. 그 순간 비아스가 사이커를 뽑아들었다. 가주가 정해지면 순순히 단념하는 자매의 문화에 익숙해 있던 가주들은 비아스의 그런 반동적인 행동에 놀라고 당황했다. 호위자들의 뒤로 숨는 그녀들을 보며 비아스는 차갑게 웃었다.

〈그 사람의 의견도 들어봐야 하지 않겠어, 소메로?〉

〈비아스. 네가 알려준 바대로라면 저곳에 있는 것은 카린돌의 육이다. 그 영이 아냐. 설령 영이라 하더라도, 카린돌이 너를 편들 거라고 생각한다면 나는 네 정신 상태를 의심할 수밖에 없군.〉

〈마음대로 의심해. 하지만 나는 들어봐야겠어!〉

비아스는 몸을 휙 돌렸다. 그리고 돌격 대원들을 밀쳐내고 심장탑을 향해 돌진했다. 뒤늦게 가주들이 그녀를 붙잡으라고 다그쳤지만 비아스는 이미 심장탑 안으로 사라진 후였다. 호위자들은 주춤하며 서로를, 그리고 가주들을 바라보았다. 범죄자라 하더라도 심장탑 안에서는 보호되는 법이다. 사정을 깨달은 가주들은 분한 니름을 교환했다. 그녀들 가운데서, 소메로는 심장탑을 올려다보며 한없이 슬픈 기분을 느꼈다. 비아스는 완전히 돌았다. 그리고 소메로는 그 사실을 절대로 즐거워할 수 없었다.

인실롭은 우울한 심정으로 하늘을 바라보았다. 하텐그라쥬의 하늘을 반나절 동안 불태우던 태양은 남은 열을 모아들이며 서녘으로 기울어가고 있었다. 그림자들은 짙어지고 흐려졌으며 밀림 전체가 거대한 암흑 덩어리로 바뀌기 직전의 짧은 시간 동안만 공개할 뿐 그 나머지 시간들 동안 완고하게 숨어 있는 색채와 모양이 숲 전체에서 피어올랐다.

일몰이 다가오고 있었다. 그리고 하텐그라쥬에서는 아무런 연락이 없었다. 인실롭은 자신의 난처한 처지에 보낼 적당한 저주를 떠올릴 수 없었다. 그가 마침내 진격 준비를 니르려 할 때였다.

황혼이라기보다는 아직 오후에 가까운 빛 속에서 누군가가 달려왔다.

인실롭과 수호 장군들은 긴장하며 도시 쪽을 바라보았다. 지휘부가 설치된 곳은 높았으며 그래서 그들은 어떤 나가가 도시 외곽을 향해 맹렬하게 달려오고 있는 모습을 쉽게 관찰할 수 있었다. 그 방향은 분명히 군단을 향하고 있었다. '이런, 정말 아슬아슬하게 구는군!' 인실롭과 수호 장군들은 달려오는 자의 목적이 무엇인지 짐작할 수 있었다. 그때 누군가가 닐렀다.

〈누가 다가오고 있습니다.〉

인실롭은 웃음을 터뜨릴 뻔했다.

〈나도 보고 있습니다.〉

〈아니요. 뒤쪽입니다.〉

인실롭은 당황하여 몸을 돌렸다. 그에게 니른 수호 장군은 걱정 섞인 표정으로 반대 방향을 바라보고 있었다.

숲 저편, 군단들 뒤편에서 정신적 웅성거림이 전해져 왔다. 잠시 후 인실롭은 뒤편에서도 누군가가 달려오고 있다는 것을 깨달았다. 인실롭은 앞뒤를 번갈아 쳐다보았다. 두 사람 중 누가 먼저 도달할 것인가 하는 문제는, 사실 그렇게 중요한 문제일 수 없다. 인실롭은 그들의 목적을 모두 알지 못하기 때문이다. 하지만 뒤쪽에서 오는 자가 먼저 도달할 것이라는 판단을 내리게 되었을 때 인실롭은 알 수 없는 불안을 느꼈다. 그리고 그 불안은 다가오는 자가 정찰 임무를 맡은 병사라는 것이 밝혀졌을 때 더욱 크게 증폭되었다. 인실롭은 비늘을 부딪치며 병사를 바라보았다.

병사의 모습은 누구에게도 평안과 희망을 주기 어려울 듯한 모습이었다. 숨막힐 듯한 얼굴, 조급한 정신을 따라가지 못해 비틀거리는 팔다리. 그러나 무엇보다도 인실롭을 굳어버리게 만든 것은 그 눈이었다. 인실롭은 그런 눈을 알고 있었다.

병사는 인실롭 앞에 도달하여 멈춰섰다. 숨이 막히거나 심지어 물 속에 있다 하더라도 나가는 니를 수 있다. 그래서 달려온 병사는 어울리지 않을 만큼 정확하게 닐렀다.

〈북부군이 접근하고 있습니다!〉

북부군은 요구 조건의 전달이나 전투 선언에 시간을 낭비하지 않았다. 그들은 걸어온 모습 그대로 전투를 개시했다. 그리고 그 전투의 시작은 꽤나 상징적이면서 동시에 실용적인 것이었다. 바람이 하텐그라쥬 쪽으로 불고 있다는 것을 발견한 북부군 상장군 라수 규리하는 주저하지 않고 하텐그라쥬가 일찍이 받아본 적이 없던 험악한 도전장을 제출했다.

북부군은 밀림에 불을 놓기 시작했다.

오랜 시간 동안 세리스마가 그 수증기를 갈취하여 심장탑이라는 극소 지점에 집중시켰기 때문에 하텐그라쥬 근교 수십 킬로미터 지대는 대지에서 각질층이 일어날 정도로 메말라 있었다. 무기물처럼 건조해진 나무의 뿌리들은 무심코 부딪힌 발길에도 껍질을 폭발시키며 부서져내렸고 기운없이 늘어진 나뭇잎들은 가지 끝에서부터 거멓게 타들어가고 있었다. 시우쇠는 그런 건조한 숲에 거친 화염의 야수들을 풀어놓았다. 이 맹포한 공격에 숲은 딱딱한 비명을 내질렀고 불은 밀림을 탐식하며 순식간에 부풀어올랐다. 불티와 나뭇잎들이 열기를 타고 치솟았고 가지들은 불의 꽃을 풍성하게 피워올렸다가 잿더미로 바뀌어 무너져내렸다. 다가오는 석양 아래, 그것은 황혼이 대지를 불사르는 광경처럼 보였다.

화관(火冠)을 쓴 수관(樹冠)들의 모습은 놀랍도록 아름다웠다. 피어오르는 재는 흰 꽃잎이고 불티는 이 놀라운 나무들의 꽃가루였다. 잔인무도한 꽃가루들은 거침없는 가루받이를 통해 어미의 몸을 부수는 자손들을 무차별적으로 재생산했다.

비는 하늘이 땅에게 건네는 대화다. 그리고 불은 땅이 하늘을 향해 발하는 외침이다.

인실롭과 수호 장군들은 절규하며 비를 끌어모았다. 하텐그라쥬를 향한 화공을 저지한다는 현실적인 이유도 있었지만 모든 나가들의 애정이 모여드는 장엄한 도시에 가해진 무도한 모욕에 대한 분노 또한 거기에 있었다. 세리스마가 많은 습기를 수탈했기 때문에 그들은 수십 킬로미터 저편에서 습기를 모아들였다. 분노한 수호 장군들의 소환에 먹구름이 사방에서 몰려들었다.

그러나 하텐그라쥬를 향해 모여들던 먹구름은 너무도 일찍 비를 뿌렸다. 화재가 일어난 곳에 닿으려면 수 킬로미터를 남겨둔 위치에서 구름은 비가 되어서 무너져내렸다. 인실롭은 경악하여 수호 장군들을 바라보았다. 누군가가 절망하여 닐렀다.

〈용인이 우리를 돕고 있습니다!〉

정확하게 닐른다면 그건 도움이 아니었다. 정면으로 저항하는 대신 힘을 더해 버리는 재치 있는 방해였다.

북부군의 진지 가운데서 륜은 아스화리탈의 두 앞발 사이에 꼿꼿이 서 있었다. 그의 눈은 가볍게 감겨져 있었고 오른손은 축 늘어뜨려져 있었다. 허리에 얹힌 왼손만이 간혹 가볍게 손가락을 까딱거렸다. 주위에 있는 북부군에게 륜의 모습은 산책 도중에 잠시 멈춰서 생각에라도 잠긴 사람처럼 보였다. 하지만 그런 편안한 자세로 서서 륜은 수호 장군들의 힘에 자신의 힘을 보태고 있었다.

물, 습기, 수증기. 나무들이 토해 낸. 길고 긴 키보렌의 하루가 땅에서 수확한 보이지 않는 자산. 허공을 부유하는 물들. 태양이 뿜어내는 열기에 미쳐 낮은 곳으로 찾아드는 본성을 잠시 잊은 광기에 젖은 물들. 그리고 일몰의 하늘에서 차갑게 식어 자신의 순수한 정수를 드러낼 준비를 갖추는, 이슬이 되어야 할 물. 그러나 모아들인다. 이 바람은 좋지 않다. 내버려둔다. 다가오는 저 바람에 몸을 실어, 더한다. 보탠다. 결합시킨다. 차갑고 어두운 구름이 저 앞이다. 이슬은 모레쯤의 꿈으로 미루어두자. 자, 겁내지 말고. 저 구름의 어두움을 두려워 마라. 그것은 또 다른 너다. 그래. 그렇게. 구름이 되어라. 대지를 흠모하는 비가 되어라. 낮은 곳을 찾아내는 너의 귀하디 귀한 본성을 떠올려라.

수호 장군들이 불러들인 구름은 용인이 얹어준 과도한 화물에 힘겨워하다가 목적지에 도달하지 못하고 무너져 내렸다. 머나먼 저편의 하늘에 드리워진 빗줄기의 휘장 때문에 그 너머의 세계는 완전히 가려졌지만 휘장 이편에서는 여전히 맹포한 화마가 억수 같은 비를 조롱하며 춤을 췄다.

수호 장군들은 당혹에 찬 니름을 교환했다.

〈저 놈들과 수도 없이 싸웠지만, 이런 재주는 본 적도 없습니다!〉

〈저 용인은 끝없이 발전하고 있군요. 아직까지 사람인지 의심스럽습니다.〉

〈하텐그라쥬 근방에는 습기라곤 찾아볼 수가 없습니다. 다른 곳에서 가져와야 합니다. 하지만 계속 저런 식으로 방해하면……〉

인실롭은 혼란을 억누르려 애썼다.

〈그만! 제발 그만들 하시오! 당신들 스스로를 보시오. 지금 당신들은 공포에 질려 자신이 무슨 니름을 하는지도 깨닫지 못하고 있습니다!〉

수호 장군들은 의혹에 찬 표정으로 인실롭을 바라보았다. 인실롭은 단호하게 닐렀다.

〈물을 끌어들입시다! 제기랄, 비가 되어 쏟아진다고 해서 저 물이 어디로 간답니까! 강을 만드는 겁니다. 저쪽에 쏟아진 비를 하텐그라쥬로 끌어옵시다!〉

수호 장군들은 정신적 탄성을 질렀다. 곧 그들의 주의력이 땅에 쏟아진 비에 집중되었다. 건조한 땅으로 스며들려던 비는 뜻밖의 방해에 움찔했다. 나무와 풀잎들 사이에서 물이 차가운 환상처럼 일어났다. 가지에 매달린 물방울들이 마치 누군가가 나무를 걷어찬 것처럼 억지로 떨어져내렸다. 메마른 숲을 적시던 물은 수호 장군들의 명령에 따라 새로운 작업에 착수했다.

숲에서 소리없이 파도가 형성되었다.

륜은 눈을 뜸과 동시에 말을 쏟아내었다.

"수호 장군들이 저편의 물을 여기로 끌어오고 있습니다. 저기에는 꽤 많은 물이 쏟아졌고, 자칫하면 덮쳐오는 파도를 목격하게 될지도 모르겠습니다."

륜의 목소리가 들리는 위치에 서 있던 라수는 이맛살을 찌푸렸다. 육지에서 파도를 만나는 것쯤은 이제 그를 놀라게 하지 않았다. 라수는 차분하게 질문했다.

"저지할 수 있겠소?"

"이건 힘을 더하는 방법으론 안 되겠군요. 정면으로 저지하는 방법뿐인데, 그러기엔 저들의 수가 너무 많습니다. 시도는 해보겠습니다만 적절한 대비를 생각해 두는 편이 좋겠습니다. 병사들에게 나무를 붙잡도록 명령하십시오."

륜은 다시 눈을 감았다. 그리고 북부군을 향해 밀려오는 노도에 주의력을 쏟아부었다.

땅에 단단히 뿌리를 박은 나무들의 저항 때문에 파도의 위력은 그렇게 커지지 않았다. 북부군을 향해 몰려오는 물은 나가나 인간의 발목을 적실 정도의 높이에 머물렀다. 하지만 그것은 수십 평방킬로미터의 범위에서 일어나는 움직임이었고 따라서 그 물의 양과 내재된 위력은 가공할 정도였다. 륜은 몇 그루의 약한 나무들이 급류에 휩쓸려 기우는 것을 느꼈다. 륜은 가지고 있는 모든 능력을 동원하여 어떻게든 그 흐름의 방향을 바꿔보려 애썼다. 하지만 수십 명의 수호 장군들이 만들어내는 그 움직임을 변화시키는 것은 쉽지 않았다.

멀리서 물 흐르는 소리가 들려오기 시작했다. 나무에 물이 부딪치는 그 소리는 기묘하게 음악적이었다. 음악을 모르는 나가들이 그들의 여신의 힘과 그들이 가장 사랑하는 나무로 만들어낸 그 소리에 라수는 뭐라 표현하기 힘든 기묘한 감정을 느꼈다. 거대한 숲 전체가 내뱉는 신음 같은 그 소리를 주의깊게 듣던 라수가 병사들에게 나무에 매달리도록 명령했을 때 물이 마침내 북부군의 발 아래에 도달했다.

병사들은 발목을 잠기게 하는 것이 고작인 그 물을 얕보았다. 그리고 그런 착각은 꽤 많은 수의 병사들이 요란한 소리를 내며 나자빠지는 결과로 나타났다. 교위와 부위들의 쌍소리가 터져나왔고 그제야 병사들은 허겁지겁 나무에 매달렸다. 자세를 확보한 병사들은 나무를 꽉 붙잡은 채 발을 적시며 흘러가는 물을 홀린 듯이 내려다보았다. 물이 흘러가는 광경쯤이야 생애 동안 지겹도록 보았지만 키보렌의 밀림 아래를 흘러가는 그 흐름은 완전히 생경한 것이었다. 물은 살아 있는 생물체처럼 높이를 무시하며 흘러갔다. 언덕을 흘러올라가고 나무를 휘감아도는 그 물은 병사들을 겁먹게 만들었다. 뚜렷한 방향성을 보이며 흘러간 물이 불타는 숲과 부딪친 것은 잠시 후의 일이었다.

수증기가 거세게 폭발했다.

땅이 갑자기 입을 열어 구름을 토해 내는 것 같은 광경이었다. 산더미 같은 수증기들이 나무를 고문하며 피어올라 숲의 머리 위로 치솟았다. 사람들의 시야에서 하늘이 순식간에 사라졌다. 하지만 그들의 머리 위에 있던 하늘은 맑았고 그래서 수증기는 놀라운 변화를 보였다. 위에서 쏟아지는 황혼의 주홍빛을 받아 수증기는 붉게 물들었다.

눈을 뜬 륜은 그 모습에 탄성을 내질렀다.

꿈의 가장 깊은 지점에서 방금 현실로 뛰쳐나온 듯한 몽환적인 안개가 숲의 모든 지점에서 피어오르고 있었다. 륜의 눈에 보이는 것은 다른 자들의 눈에 보이는 주홍빛이 아니었다. 거기에는 무수한 열류의 교환이 있었고 명멸하는 열의 번득임이 있었다. 땅을 흐르던 차가운 물이 타오르던 불에 충돌할 때마다 삽시간에 뜨거운 증기로 바뀌어 부풀어올랐다. 그런 열의 연쇄 폭발을 배경으로 나무들은 더욱 기묘한 모습으로 바뀌었다. 물은 아래로 흐르고 있었지만 나무의 윗부분에는 아직까지 불이 타오르고 있었고, 그래서 숲의 모습은 마치 호수 가운데 돋아난 불타는 나무 같았다.

　저편에서 시우쇠가 걸어왔다.

　시우쇠는 물을 저벅저벅 밟으며 걸어왔다. 그의 발이 내딛어질 때마다 찰박거리는 소리 대신 달군 쇳덩이에 물을 뿌린 듯한 거칠고 급한 마찰음이 들려왔다. 발을 적신 채 나무를 붙잡고 있던 륜은 시우쇠의 발을 유심히 바라보며 말했다.

　"괜찮으십니까?"

　시우쇠는 피식 웃었다.

　"녀석들이 물을 솟구치게 하지 않는 이상 이 불을 당장 꺼버리기는 어렵겠군."

　"수증기가 치솟고 있으니 불도 곧 잡힐 겁니다."

　"그렇겠군. 그건 그렇고, 나무들이 기묘한 꼴을 당하고 있군. 밑동은 흐르는 물에 젖으며 윗동은 불타고 있으니."

　"당신 모습도 참 기묘합니다. 흐르는 물 가운데 두 다리를 딛고 서 있는 불덩이니까."

　"그렇겠군. 라수!"

라수는 피로한 눈을 들어 시우쇠를 바라보았다. 시우쇠는 말했다.

"어쩔 건가. 오늘 내에 결판을 보려는 계획인가?"

"이 정도면 하텐그라쥬에 대한 인사는 충분한 것 같군요. 오늘 밤 동안 수호 장군들에게 수증기로 불을 잡는 노고를 선물하는 것으로 만족할까 합니다……. 노고 맞지요?"

마지막의 질문은 륜을 향한 것이었다. 륜은 고개를 끄덕였다. 시우쇠는 높은 지대를 찾아 두리번거렸다. 잠시 후 적당한 위치를 발견한 화염의 화신은 다시 치익거리는 요란한 소리를 내며 걸어갔다. 라수는 병사들에게 먹을 것을 찾아보러 화재 지점에 들어가라는 명령을 내렸다. 병사들은 잠시 당황했지만 라수의 명령이 그렇게 황당한 것은 아니라는 것을 곧 알게 되었다. 불타는 숲 아래에는 물이 흐르고 있었기에 타죽을 일은 거의 없었고 불 때문에 주위 또한 환했다. 그들은 물 속에서 타버린 동물들을 건져내며 그것이 익사인지 분사인지 토론하는 시간을 보낼 수 있었다.

륜이 예상한 것처럼 하텐그라쥬에 진을 치고 있던 일흔한 명의 수호 장군들은 꽤 힘든 밤을 보내야 했다. 기체인 수증기와 액체인 물 중에서 다루기 어려운 것은 당연히 후자다. 수십 평방킬로미터의 범위에서 물을 끌어온 수호 장군들은 격심한 피로를 느꼈다. 흥분과 분노, 그리고 공포의 감정들은 그런 수호 장군들을 더욱 괴롭혔다. 인실롭은 눈이 가물거리는 것을 느끼며 하텐그라쥬 평의회에서 보내온 사절의 니름을 들었다.

그러나 사절은 몇 마디의 말로 인실롭의 눈이 번쩍 뜨여지게 만들었다.

〈여신이 하텐그라쥬에 있다고요?〉

〈예. 그렇습니다.〉

사절은, 그리고 사절을 보낸 의원들은 진실이 가장 완벽한 무기가 될 수 있음을 알고 있는 자들이었다. 그래서 사절은 가감없는 진실을 들려주었다. 인실롭은 비늘이 서는 기분을 맛보았다. 불행하게도 북부군의 공격에 맞서느라 오랜 시간 동안 긴장 상태에 빠져 있었던 인실롭은 그런 상황에 대처할 심적 여유를 가질 수 없었다. 그는 여신의 소재지가 탄로났다는 사실에 대한 충격을 감추는 것조차 힘들었다. 사절은 차분하게 닐렀다.

〈그 사실에 대한 귀하의 의견이 궁금합니다.〉

〈터무니없는 니름입니다. 여신은 불신자들에 의해······.〉

〈그만. 서로에게 지성이 있다는 것을 인정하지 않는 상태에서의 대화는 환영할 수 없습니다. 여신께서는 하텐그라쥬의 심장탑에 감금되어 계시는 겁니다. 그렇잖습니까?〉

인실롭은 기능 저하를 호소하는 두뇌를 채근하며 필사적으로 생각했다.

〈제가 그것을 인정하는 경우 어떤 일이 일어나는 겁니까?〉

〈당신들이 우리에게 전쟁의 이유로 제시했던 것을 그대로 돌려드리겠습니다. 여신은 해방되어야 합니다.〉

〈지금 당장 니름입니까?〉

〈당장은 곤란하겠지요. 북부군이 저 앞에 와 있으니.〉

〈그렇다면······ 저들을 물리친 다음에?〉

〈저들을 물리친 다음에도 그 힘이 필요합니까? 우리를 공격하는데 쓸 겁니까?〉

〈그 힘이 없으면 한계선을 넘을 수 없습니다.〉

〈왜 넘어가야 합니까? 한계선 위쪽에는 아무것도 없습니다. 그나마 있는 것은 거의 다 가졌습니다. 우리가 한계선을 넘어가야 하는 이유를 닐러보시죠.〉

인실롭은 힘겹게 이유를 떠올렸다.

〈제2의 북부군이 생길지도 모릅니다. 불신자들은 수백 년 동안 왕을 찾지 못했습니다. 하지만 전쟁이 발발하자마자 어디선가 적당한 인물을 찾아내어 가면을 씌운 다음 대호왕이라는 이름을 붙여주었습니다. 그리고 대호왕의 기치 아래에 우리와 싸울 준비를 갖추었습니다. 그들은 위험한 족속들입니다.〉

〈수백 년 동안 자신의 위험성을 드러내어 보이지 않다가 우리가 한계선을 넘어가자 그렇게 했지요. 그렇잖습니까? 그건 우리가 한계선을 넘어갔기에 생긴 일이잖습니까? 왜 원인과 결과를 뒤바꾸죠?〉

인실롭은 더 할 니름이 없었다. 그를 끝까지 밀어붙인 사절은 그쯤에서 인실롭에게 숨을 돌릴 여유를 부여하기로 했다.

〈일단 북부군을 물리친 다음에 그 힘의 소유에 대해 생각해 보도록 하지요. 하지만 나라면 행동을 조심하겠습니다. 비아스 마케로우가 우리에게 준 선물은 하나가 아닙니다.〉

〈그러면 또 다른 것이 있다는 니름이십니까?〉

사절은 빙그레 웃었다.

〈우리는 심장 파괴를 남용하지 않은 당신들의 자제력을 높이 삽니다.〉

결정타였다. 인실롭은 항복을 외치고 싶어졌다. 인실롭의 얼굴에 떠오른 좌절을 본 사절은, 그 자리에 세리스마가 있었다면 환호를 보냈을 제안을 꺼냈다.

〈당신들의 비밀을 존중하는 뜻에서 우리는 그것을 하텐그라쥬 평의회 최고의 기밀로 남겨둘 의향이 있습니다. 당신들이 이 전투 후에 여신의 힘을 포기한다면 말입니다. 갈로텍 대장군에게 전하십시오.〉

사절은 '그러지 않으면'이라는 니름을 꺼내지 않았다. 심장 파괴를 비밀로 지켜야 할 이유를 누구보다 잘 아는 자들에게 그럴 필요가 없기 때문이다. 인실롭은 이미 사절의 모든 조건을 받아들일 마음의 준비를 마쳤다.

"케이건. 뭘 하고 있는 거지?"

케이건은 아래를 바라보았다. 사모 페이가 마루나래와 함께 나무 아래에 서서 그를 올려다보고 있었다.

케이건은 거대한 나무 위의 가지들 사이에 드러누워 있었다. 수령이 얼마인지 짐작도 되지 않는 거대한 나무 위쪽에는 웬만한 집 두어 채라도 얹어놓을 수 있을 것 같은 공간이 있었다. 케이건은 사모에게 말했다.

"올라오시겠습니까, 폐하? 제가 내려갈까요?"

"올라가지."

사모가 나무 위로 오르는 방법은 독특했다. 사모는 마루나래의 등에 올랐고 그러자 마루나래가 훌쩍 뛰어 나무 위에 올랐다. 육중한 무게에 나무는 잠깐 신음을 토했지만 나무는 마루나래의 무게를 어렵지 않게 견뎌내었다. 마루나래는 꼬리를 나뭇가지에 감고는 몸을 길게 눕혔다. 사모는 나뭇가지에 걸리지 않도록 주의하며 대호의 등에서 미끄러졌다. 가지를 디딘 사모는 마루나래의 목에 몸을 기대며 앉았다.

"마루나래가 올라오니 이 위도 비좁군. 뭘 하고 있었지?"

"별을 보고 있었습니다. 별 모양이 낯설군요. 제게는 드문 일입니다."

"드물다니?"

케이건은 잠깐 침묵한 채 자신의 생각을 어떻게 표현할지 생각했다.

"저는 북부의 땅 대부분을 돌아다녔고 북부의 모든 밤하늘에 익숙합니다. 그래서 밤하늘이 낯설게 보이는 것은 꽤 오래간만에 경험하는 일입니다."

사모는 옆으로 손을 뻗어 마루나래의 거대한 턱 아래에 팔을 파묻듯이 한 채 그 턱을 쓰다듬었다.

"그러고 보니 남쪽은 처음이겠군."

"이렇게 남쪽으로 멀리 온 것은 처음입니다. 공작님을 데리러 왔을 때도 이렇게 멀리까지 오지는 않았습니다."

사모는 침묵한 채 나뭇가지를 바라보았다.

"우리는 곧 륜을 다시 만날 거야. 부탁하고 싶은 것이 있는데."

"말씀하십시오."

"언젠가 륜에게 해줬던 일을 다시 해줄 수 있을까."

"공작님을 한계선 북부로 데려가라는 말씀입니까?"

"그래. 그리고……."

"그리고?"

"그리고, 요스비에게 해줬던 일을 해줘."

케이건은 말 없이 사모를 바라보았다. 사모는 고개를 약간 들어올려 케이건의 이마 위를 바라보며 말했다.

"친구가 되어주라고."

"왜 제게 부탁하시는 건지 여쭤봐도 되겠습니까."

"너보다 더 적격인 자가 없으니까."

"저는 나가를 잡아먹습니다."

"알아."

"카라보라에는 제 오두막이 있습니다. 조리장이 꽤 큰 편입니다. 다루는 재료가 토끼 같은 것보다는 훨씬 큰 것이다 보니 그렇습니다. 커다란 세 개의 무쇠솥이 있고, 가끔은 그 셋을 한꺼번에 사용할 때도 있습니다. 그 속에 폐하의 동족을 집어넣고 삶습니다. 나가를 삶을 때 어떤 냄새가 나는지 아십니까? 나가는 육식 동물입니다. 냄새가 고약합니다."

사모는 가까스로 자제력을 잃지 않았다. 하지만 비늘이 부딪치는 것까지 억누를 수는 없었다. 그녀는 힘들게 말했다.

"요스비도 그걸 알고 있었나?"

케이건은 침묵했다. 사모는 눈을 감았다가 떴다.

"알고 있었군."

"예. 그래서 자신의 왼팔을 제게 잘라먹였습니다."

"왜 그렇게 했지?"

"제가 죽어가고 있었으니까요."

"죽어간다? 죽어가는데 왜 왼팔을 먹여야 하지?"

소드락을 복용하는 나가의 체내에는 소드락이 축적된다. 그리고 그런 나가를 먹는 케이건의 몸에는 더 많은 소드락이 축적된다. 그 축적이 한계에 도달했을 때, 유사 이래 단 한 명에게만 일어난 신비한 일이 발생했다. 육체의 영원한 재활성화. 그의 몸은 노화를 거부했다. 식물과 나가에게만 작용하는 소드락이 어떻게 해서 인간에게 작용하는가 하는 질문은, 이 경우 적절한 질문이 아니다. 시간을 뛰어넘어 함께 하고팠던 사람들에게 나가 고기를 먹여보는 실험 끝에 케이건은 그것이 오직 자신에게만 일어나는 일이라는 사실을 확인할 수 있었다. 따라서 그 질문은 '왜 케이건에게 작용하는가?'로 바뀌어야 한다. 그러나 케이건은 답을 알 수 없었다. 케이건은 그것이 작용한다는 것, 그리고 나가를 먹는 짓을 그만두면 작용이 멈춘다는 사실만 알고 있었다. 요스비를 알게 된 이후 케이건은 짧은 기간에 걸쳐 그 습관을 포기했던 적이 있다. 그때 케이건은 자신의 몸이 무너져내리는 것을 확인했다. 사태를 파악한 요스비는 소드락을 잔뜩 먹은 다음 왼팔을 잘라 거절하는 케이건에게 강제로 먹였다. 요스비의 이유는 단순명쾌했다. '너는 말이야, 살아 있는 편이 더 재미있을 것 같다고.' 케이건은 그것을 먹었다. 그럼으로써 천년이 넘는 세월을 살아오면서 처음 맞이했던 죽음의 위기를 벗어났다.

케이건은 말할 수 없었다. 사모는 알았다는 표정으로 말했다.

"아, 그렇군. 인간들은 빨리 늙어죽지. 늙어 죽어가고 있었던 것이군."

"비슷합니다."

"도대체 왜 그렇게 우리를 미워하는 거지? 설명해 주겠어?"

"제 소망을 짓밟고 제게 가장 소중했던 것들을 모조리 파괴했기 때문입니다."

"바라기의 칼자루는 하나야."

케이건은 사모의 얼굴을 물끄러미 바라보다가 자신의 목 뒤를 잠시 더듬었다. 바라기의 칼자루가 만져졌다. 사모는 고개를 끄덕였다.

"서로를 겨냥하는 두 개의 칼날도, 불구대천의 원수처럼 서로의 피를 탐내는 칼날도 하나로 합쳐질 수 있지 않을까."

"재미있는 해석이군요. 하지만 영웅왕이 이 검을 하나로 합친 것은 증오의 종말과 새로운 화합의 시작을 표현하기 위해서가 아니라 나가에게 팔 하나가 잘렸기 때문입니다. 저라면 이 검을 도저히 포기할 수 없는 증오의 표상으로 해석하겠습니다. 영웅왕은 팔이 없어져도 증오의 절반을 포기하지 않았습니다. 남은 하나의 팔로도 그의 모든 증오를 감당했습니다."

"너와 요스비는 우정이라는 하나의 칼자루 위에 모일 수 있었던 것 같은데."

"그는 나가가 아니었습니다."

케이건의 단정적인 말에 사모는 입을 다물었다. 그 말투는 기묘했다. 언성을 높인 것도 아니고 비꼬는 것도 아니었다. 마치 사실을 알려주는 듯한 말투였다. 하지만 그 내용은 은유나 비유에 해당하는 것이었다. 사모의 혼란스러움을 느낀 것처럼 마루나래가 귀를 쫑긋거리며 옆을 돌아보았지만 사모는 그 볼을 밀쳐내며 케이건을 주시했다. 케이건은 여전히 가르치는 듯한 그 묘한 어투로 말했다.

"그는 아젤키버였습니다. 가장 능숙한 사냥꾼은 사냥감의 모습을 훔칩니다. 아젤키버는 사냥감의 모습을 훔친 겁니다."

"아젤키버가 누구지?"

"예? 그토록 유명한 키탈저 사냥꾼을 모르신다는 말입니까? 모든 자들이 그의 이름을……."

자신이 과거와 현재를 뒤섞어버렸다는 것을 깨달은 케이건은 느닷없이 입을 다물었다. 혼란에 빠진 채 케이건은 사모를 바라보았고 가까스로 자신의 앞에 있는 자가 속한 시대를 떠올렸다. 그것은 '현재'였고, 그래서 케이건은 현재로 수렴했다. 사모가 말했다.

"그 사람, 키탈저 사냥꾼이었나? 하지만 요스비는 요스비야. 아젤키버가 아니야."

같은 시대에 속하지 않은 사람들을 알고 있는 하나의 사람. 통시적인 시점은 자신의 시대에 매인 시점과 공유되기 어렵다. 케이건은 자신의 해묵은 문젯거리를 재발견했고, 그것을 뭉개버렸다.

"제게는 그렇게 느껴집니다."

"그렇다면, 그 아젤키버라는 이름이 네 애정을 받을 수 있는 증거라면, 륜에게서 그를 발견해 줄 수는 없어?"

케이건은 지친 목소리로 말했다.

"명령하십시오. 폐하. 그것이 훨씬 간단합니다."

"명령하지는 않겠어. 명령은 너무도 간단하게 사람을 분리시켜. 내가 명령한다면, 너는 자신을 나가를 증오하는 너와 내 명령을 따르는 너로 나누겠지. 그리고 너는 낮에는 나가를 보호하고 밤에는 나가를 잡아먹겠지. 그러면서 내 명령을 떠올릴 거야. 그렇게 할 수는 없어. 륜은 용인이 되었어. 그 애는 물처럼 예리해졌어. 나가를 증오하는 북부군과 보낸 세월이 그를 어떻게 만들었는지 나는 곁에서 목격했어. 아마도 세상의 그 누구보다도 더 나가를 증오하는 사람일 것이 뻔한 너에게 그 애를 부탁하면서, 나는 네 증오를 남겨두고 싶지 않아. 케이건. 나는 네 증오를 사겠어."

"사시겠다고요?"

"그래. 뭘 주면 될까? 내가 뭘 지불하면 되지?"

"구매는 불가능합니다."

"나가가 불신자들의 왕이 되는 세상이야. 쉽게 단정하지 마."

케이건은 건조한 어조로 말했다.

"제 증오를 사시려면 폐하께서는 먼저 제 증오를 아셔야 합니다. 그런데 그것은 불가능합니다. 사람은 제 증오를 알 수 없습니다."

"네가 사람이 아니라고 말하는 거니?"

"질문하시는 겁니까? 하지만 폐하께서는 제 대답을 받아들이지 않으실 겁니다. 그러니 대답하지 않겠습니다."

"어떤 사과로도, 어떤 보상으로도 그 증오는 살 수 없는 거야?"

"단 한 사람은 그것이 가능했습니다."

사모는 무릎을 세워 그 위에 팔을 얹었다. 케이건이 말하는 그 사람이 누구인지 거의 짐작할 수 있었다. 그리고 케이건 또한 사모가 짐작한다는 것을 알면서 말했다.

"요스비는 제 증오를 거의 다 가져갔습니다. 하지만 그가 제 곁을 떠난 후 저는 다시 증오가 저를 붙잡았음을 알게 되었습니다. 그리고 요스비가 나가들에 의해 심장 파괴를 당했다는 것을 알게 된 지금, 저 자신도 제 증오의 크기를 알 수 없게 되었습니다. 저는 나가를 증오합니다. 제가 지금 말한 문장의 주어는 '증오'입니다. 제가 없어져도 제 증오는 남을 겁니다."

사모는 팔을 쓸어만졌다. 곤두선 비늘들이 그녀의 손바닥에 쓸리며 희미한 소리를 냈다.

"그렇게까지 너 자신에게 가혹할 필요가 있는 거야? 증오하기 위해 사는 것은 슬퍼."

말을 마친 사모는 깜짝 놀랐다. 케이건이 그녀를 똑바로 바라보고 있었다. 그 눈은 경악과 분노, 그리고 희미한 공포에 물들어 있었다. 사모가 주춤거리는 것을 본 케이건은 잠에서 깨어나는 사람처럼 눈을 몇 번 깜빡였다. 다시 입을 열었을 때 그의 목소리는 평상시처럼 평온했다.

"그건 언젠가 제가 제 누이에게 했던 말과 똑같군요."

"누이가 있어?"

"있었습니다."

"아, 미안해."

"괜찮습니다. 제 누이의 죽음은 슬픈 것이 아닙니다."

사모는 이상하다고 생각했다. 케이건의 누이가 죽었다면 그녀는 젊은 나이에 죽었을 것이다. 사모는 요절이 슬프지 않을 까닭을 짐작하기 어려웠다. 하지만 그녀에겐 더 궁금한 것이 있었다.

"네 누이가 누군가를 증오했던 모양이군. 그래서 너는 증오하기 위해 사는 것은 슬프다고 말해 줬고. 그런데 너는 왜 지금 그렇게 사는 거지?"

"그때 저는 나가에 대해 몰랐습니다."

사모는 거의 모멸감에 가까운 감정을 느꼈다. 그녀의 분노는 마루나래에게도 전해졌고 마루나래는 큼직한 머리를 들어올려 두 사람을 번갈아 바라보았다. 그렇게 케이건을 쏘아보던 사모는 한숨을 내쉬며 말했다.

"내 두 번째 부탁은 포기하겠어. 하지만 첫 번째 부탁은 들어줄 수 있겠지?"

"륜을 한계선 너머로 데려가는 것이라면, 그렇게 하겠습니다."

"그래. 알았어. 이만 내려가겠어."

사모는 마루나래의 등에 엎드려 그 털을 움켜잡았다. 마루나래는 나무 아래로 뛰어내렸다. 둔하고 낮은 소리가 울려퍼지며 마루나래는 부드럽게 착지했다. 마루나래와 사모가 저편으로 걸어가는 것을 내려다보던 케이건은 다시 나무 위에 드러누웠다. 이국적인 성좌가 떨어뜨리는 빛을 받으며 케이건은 자신을 과거의 시간 속에 방황하게끔 했다.

거대하고 무거운 생명체가 걸어오는 발소리를 들은 것은 조금 후였다. 케이건은 머리를 돌려 나무 아래를 바라보았다. 어둠 속에서 마루나래가 가까이 다가왔다. 그리고 그 위에는 사모 페이가 앉아 있었다. 마루나래를 멈추게 한 사모는 나무 위를 올려다보았다. 케이건은 아무 말 없이 그녀를 내려다보았다.

사모가 말했다.

"케이건! 나는 네가 꼭 두 번째 요스비를 만나기를 기원하겠어!"

사모는 케이건의 대답을 기다리지 않았다. 그녀는 마루나래를 돌아서게 한 다음 다시 걸어갔다. 케이건은 그 뒷모습을 뚫어지게 바라보았다.

비아스 마케로우는 눈을 떴다. 그녀의 시계는 퍽이나 이상했고, 잠시 동안 비아스는 자신이 어디에 있는 건지 알 수 없었다. 벽과 천장이라 짐작되는 것들은 도무지 벽과 천장으로 보이지 않았다. 짧지 않은 시간이 흐른 다음에야 비아스는 자신이 계단 중간쯤에 머리를 아래로 향한 모습으로 쓰러져 있음을 깨달았다.

그녀가 묘하게 생긴 벽이라 생각했던 것이 사실 천장이었고 벽이라 여겼던 것은 계단이었다. 아래로 주르륵 미끄러지는 것을 방지하기 위해 비아스는 조심스럽게 몸을 움직였다. 조금 후 비아스는 계단에 앉아 보다 정상적인 자세를 취할 수 있었다.

비아스는 다시 한 번 주위를 둘러보았다. 몽환의 산물 같은 풍경은 곧 그녀를 납득시키는 풍경으로 바뀌었다. 그녀는 심장탑 안에 있었고 시간은 밤이었다. 저편에 그녀의 사이커가 떨어져 있는 것을 발견한 비아스는 그것을 다시 집어들었다.

머릿속은 혼란스러웠고 무차별적으로 떠오르는 기억들 중 어떤 것도 현재 상태를 이해하는 것에 도움이 되지 않았다. 비아스는 참을성 있게 생각을 되풀이했다. 기이한 자세로 쓰러져 있었던 탓인지 몸 곳곳에서 통증이 느껴졌다. 비아스는 무거운 몸을 힘겹게 움직여 계단벽에 몸을 기댔다. 그리고 두 다리는 계단 위에 쭉 뻗었다. 그것만으로도 통증이 상당히 가셨다. 그리고 비아스는 다시 생각했다.

다 포기하고 어디론가로 걸어가고 싶은 충동을 느꼈을 때 비아스는 간신히 자신의 상황을 이해했다. 그녀는 심장탑으로 돌진했었고, 뜨거운 수증기 속에서 억지로 계단을 뛰어오르다가 기절했었다. 비아스는 자신이 몇 층에서 기절했는지 궁금했지만 밤의 심장탑 안쪽에서 자신의 높이를 짐작할 방법은 없었다. 비아스는 주위를 둘러보았다. 몇 계단 위쪽에 창문으로 보이는 것이 있었다. 비아스는 벽을 짚으며 힘겹게 일어난 다음 계단을 올라갔다.

창문을 통해 밖을 내다본 비아스는 실망감을 느끼며 창문 아래에 주저앉았다. 밖으로 보이는 건물들의 지붕들은 손 닿을 듯한 높이에 있었다. 아무리 높게 잡아도 3층 이상이 되지 않을 것 같았다. 비아스는 그 사실에 대해 이해하기 힘들 정도의 분노를 느꼈다.

분노는 비아스의 자양분이었다. 한 손으로는 사이커를 움켜쥐고 다른 손으로는 입을 움켜쥔 채 비아스는 자신을 다그치며 생각했다.

'평의회는 나를 배신했어. 가주 자리는 소메로 마케로우에게 뺏겼고. 내겐 평의회도, 마케로우 가문의 가주 자리도 남아 있지 않아. 마호가니 군단의 군단병들은…… 소용없어. 지금쯤이면 이미 하텐그라쥬 수비군에게 포함되어 있을 테지. 망할 쥬어 녀석은 벌써 지도그라쥬쯤으로 도망쳤을 테고! 그렇다면 내게 남겨진 것은 한 자루 사이커와 내 현재 위치뿐이군.'

자신도 모르게 '현재의 위치'라는 단어를 떠올린 비아스는 곧 그것에 집중했다. 그리고 자신이 쓸모 있는 개념을 찾아내었음을 깨닫고는 기뻐했다. 세리스마의 적극적인 방해 때문에 비아스는 일종의 요새라고 할 수 있는 심장탑에 의해 보호되고 있었다. 그녀의 적이 몇 명이나 될지 짐작하기도 어려웠지만, 지금 당장은 그들 중 누구도 그녀를 잡으러 올 수 없는 것이다. 그 시간이 길지는 않을 테지만 분명히 없는 것보다는 월등히 낫다. 비아스는 그 행운에 즐거워하며 기운을 되찾았다.

그러자 오래된 기억이 그녀에게 찾아들었다. 비아스는 고개를 한번 갸웃했다가, 다시 똑바로 세웠다. 그녀의 입매에 희미한 미소가 떠올랐다. 비아스는 조심스럽게 몸을 일으켰다. 예상보다는 통증이 크지 않았다. 비아스는 그제야 자신이 느꼈던 것이 육체적인 통증이라기보다 심리적인 것임을 알게 되었다. 비아스는 벽을 짚지 않고도 몸을 똑바로 세울 수 있었다.

비아스는 잠시 계단의 위와 아래를 번갈아 쳐다보았다. 결정을 도와줄 표지는 어디에도 없었고, 그래서 비아스는 우연에 맡긴 채 위쪽을 향해 걸어올라갔다. 얼마 있지 않아 비아스는 계단에서 빠져나왔고 심장탑 3층에 서게 되었다. 그녀가 바라던 곳이었다. 비아스는 다시 한 번 쾌감을 느끼며 발걸음을 옮겼다.

비아스는 커다란 문 앞에 도달했다.

그녀는 문을 밀었다. 수호자들이 모두 전선으로 떠나는 바람에 관리가 제대로 이루어지지 않은 것인지 문은 그녀의 손길에 약간 저항했다. 비아스는 팔에 힘을 주어 문을 밀어붙였다. 소름끼치는 소리가 길게 울리며 문이 열렸다. 비아스는 그 안으로 들어섰다.

해묵은 먼지와 양피지 냄새가 코를 자극했다. 비아스는 밤 속에 잠긴 특수 도서실을 죽 둘러보았다.

왜 이곳으로 온 것인지는 비아스 자신도 뚜렷하게 알 수 없었다. 그리고 비아스는 그 이유에 대해 고민하는 것을 그만뒀다. 비아스는 바닥을 내려다보며 어떤 가상의 흔적 같은 것을 찾아보려 했다. 그런 흔적이 남아 있을 리는 없지만, 비아스는 차가운 바닥 한쪽이 이상하게 시선을 끈다는 느낌을 받았다. 일종의 자기 최면에 불과한 망상일 것이다.

비아스는 그 차가운 바닥에 누워 있지 않은 자를 향해 닐렀다.

〈그때도 내겐 사이커 한 자루뿐이었다. 화리트. 하지만 나는 유벡스를 조각내고 네 명줄을 끊었지.〉

비아스의 머릿속에서 갑자기 하나의 문장이 형성되며 떠올랐다. 추억 어린 사냥터로 돌아온 사냥꾼. 비아스는 웃음을 터뜨렸다. 그 문장은 그녀의 취향에 맞았다. 곰곰이 생각해 본 비아스는 그것이 바로 자신의 이유였다고 판단했다. 최악의 상황이 어깨를 짓누르는 답답한 상황에서 비아스는 자신의 통쾌한 첫 번째 사냥이 이루어졌던 자리로 돌아온 것이다. 그 사냥을 되새기며 비아스는 활기를 되찾았다. 비아스는 가까운 책상으로 걸어가 그 위에 아무렇게나 걸터앉았다.

'좋아. 계획을 세워보자.'

비아스는 심장탑 안에 있는 유용한 것들의 목록을 재빨리 구성했다. 가장 먼저 떠오른 것은 카린돌이었다. 그녀 자신이 소메로에게 외쳐준 니름이었다. 하지만 비아스는 그것이 현실성이 없는 발상임을 곧 인정했다. 카린돌을 찾아내어 풀어준다 해도 그녀의 육에는 이미 영이 남아 있지 않다. 그리고 소메로가 닐렀던 것처럼 영이 남아 있다 해도 카린돌이 소메로에 대항하여 비아스에게 협조하리라고는 생각할 수 없었다. 비아스는 일단 카린돌을 풀어주면 수호자들이 힘을 잃게 된다는 사실을 기억해 둔 다음 더 이상 카린돌에 대해 생각하지 않았다. 그러자 다음으로 그녀의 머릿속에 떠오른 것은 심장병이었다. 그 생각에 비아스는 어쩔 줄 모를 정도의 기쁨을 느꼈다.

'이세리도! 아니, 소메로의 것을 먼저 깨트릴까?'

그녀는 하텐그라쥬의 모든 나가, 아니, 심장을 적출한 나가들의 생명을 좌지우지할 수 있었다. 비아스는 그 행운을 믿기 어려웠다. 그녀가 가진 유일한 두 가지로 지목되었던 사이커와 그녀의 위치 중 후자는 이루 측량하기 어려울 정도의 가치를 지닌 것이었다.

희열에 들떠 흥분하던 비아스는 문득 소메로가 자신을 저지하지 않았다는 것을 떠올렸다. 심장탑을 향해 도주했을 때 비아스는 소메로를 한 번 돌아보았다. 소메로는 슬픈 표정으로 그녀를 바라볼 뿐 아무런 제지도 하지 않았다.

'그 어리석은 년은 내가 자기 심장병을 향해 달려가고 있다는 생각도 할 수 없었나?'

비아스는 소메로를 비웃어주었다. 하지만 내심 비아스는 그런 행동이 주의력 없는 행동이라고 생각했다. 어쨌든 소메로는 비아스가 완전히 방심하고 있을 때 가장 효과적인 공격을 감행하여 그녀를 몰락시켰다. 그것은 예사로운 재주가 아니었고, 비아스가 안다고 믿었던 소메로의 모습에도 어울리지 않는 일이었다. 비아스는 찜찜한 기분 속에서 소메로가 왜 자신을 저지하지 않았는지에 대해 생각해 보았다. 답은 떠오르지 않았고, 그래서 비아스는 책상에서 내려섰다. 다시 한 번 바닥을 흘겨본 비아스는 두 번 다시 돌아보지 않은 채 특수 도서실을 나섰다. 소메로의 심장병이나 기타 유력자의 심장병이 어디에 있는지 비아스는 알지 못했다. 필요한 심장병의 위치를 파악하려면 지금부터 꽤 긴 시간의 탐색을 해야 할 것이다. 복도로 나선 비아스는 문득 소메로가 염두에 둔 것이 그것이 아니었을까 의심했다.

'무수히 많은 심장병 중에 하나의 심장병을 못 찾아낼 거라고?'

비아스는 그것이 소메로의 생각일 거라 믿었고, 그래서 다시 난폭한 미소를 지었다. 그녀는 언젠가 어떤 수련자와 나누었던 대화를 떠올렸다. 병이 수십억 개쯤 있을 줄 알았다는 그녀의 니름에 대해 수련자는 죽은 자의 심장병은 파기한다고 대답했다. 그녀의 기억대로라면 32층에 있던 갈로텍의 방에 도달할 무렵 이미 벽감에는 더 이상 심장병이 남아 있지 않았다.

'전쟁 때문에 많은 나가들이 죽었지. 그렇다면 찾아보아야 할 심장병의 숫자는 더욱 줄어들겠군.'

그렇다고 해도 그것은 길고 지루한 탐색이 될 것이다. 게다가 밤의 어둠 속에서 글을 읽는 것은 쉽지 않았다. 비아스는 잠깐 고민한 다음 다시 특수 도서실 안으로 들어갔다. 도서실 안을 뒤진 비아스는 조금 후 등롱 하나와 점화통을 찾아내었다. 등롱에 불을 붙인 비아스는 유쾌함까지 느끼며 도서실을 나섰다. 벽감이 있는 곳에 도달하여 등롱을 높이 들어올릴 때까지 그녀의 유쾌함은 계속되었다.

그리고 그 유쾌함은 끔찍한 경악과 분노로 바뀌었다.

그녀가 본 첫 번째 심장병에는 먹칠이 되어 있었다. 비아스는 그것이 손에 먹을 묻힌 다음 다급하게 문지른 것 같은 흔적임을 깨달았다. 그것은 여러 가지 상상을 가능하게 하는 흥미로운 모습이었지만 비아스는 어떤 흥미도 느끼지 못했다. 비아스는 다급하게 다른 심장병들을 바라보았다. 몇 개의 심장병에는 이름이 반쯤 지워져 있었고 어떤 것은 완전한 이름이 남아 있었다. 하지만 대다수의 심장병은 먹칠에 의해 이름이 지워져 있었다. 비아스는 그 사실이 의미하는 바를 절감하며 비늘을 부딪쳤다.

심장 파괴를 이용하여 누군가를 죽일 수는 있다. 하지만 그 자가 누구인지는 알 수 없으며, 확률이 낮기는 하지만 그 사람이 바로 자신이 될 수도 있다. 이곳 어딘가에서 그녀의 이름이 온전히 남아 있는 심장병을 찾아내지 못하는 한, 비아스는 먹칠이 되어 있는 심장병 중 어느 것도 깨트릴 수 없다.

등롱을 내팽개치고 싶은 것을 억지로 참느라 비아스의 팔에서 비늘이 사납게 부딪쳤다. 혹시나 하는 마음에서 비아스는 이름이 남아 있는 심장병들을 관찰했다. 하지만 온통 그녀가 알지 못하는 이름들뿐이었다. 단 한 번 비아스는 아는 이름을 발견했다.

그것은 저명한 대장장이 페니나 시에도의 심장병이었다. 화풀이 삼아 페니나를 죽일 수야 있겠지만 아무런 도움도 되지 않을 것이다.

비아스는 자신이 발견한 무서운 사실 앞에 더 이상 버티기 힘들다는 것을 느끼며 벽감 앞에 주저앉았다. 먹칠이 된 심장병을 노려보며 비아스는 격노했다.

'도대체 어떤 미친 녀석이 여기에 먹칠을 한 거지?'

비아스는 이 넓은 심장탑 전체를 뒤져 단 하나의 심장병을 찾아내는 것이 생각보다 훨씬 쉬운 일이 되었으며 동시에 쓸모없는 일이 되었음을 직감했다. 이름이 남아 있는 심장병만 조사하면 되므로 탐색해야 할 숫자 자체는 대폭 줄어들었다. 하지만 그중에서 자신의 심장병을 찾아내지 못할 경우 비아스의 모든 탐색은 수포로 돌아가게 된다. 비아스는 탐색을 할 것인지, 그렇지 않으면 탐색을 포기하고 그 시간을 보다 가능성 높은 일에 투자할 것인지를 고민했다. 곧 그녀의 뇌리에 분명한 사실이 떠올랐다.

'이 탑 어딘가에 카린돌의 몸이 있을 것이다. 그리고 탑의 꼭대기에는 세리스마가 있다.'

적어도 그 두 가지는 절대로 변할 리 없는 사실이었다. 비아스는 그 두 가지 중 하나를 목표로 삼아 어떤 계획을 짜낼 수 있지 않을까 고심했다. 그녀의 생각은 곧 후자로 집중되었다. 카린돌의 육체에 대해 할 수 있는 일이라고는 그것을 꺼내는 일뿐이다. 하지만 그럴 경우 수호자들은 힘을 잃을 테고 하텐그라쥬를 보호할 수 없게 된다. 비아스는 세리스마를 목표로 정했을 경우 어떤 계획이 가능한지에 대해 생각해 보았다. 하지만 역시 떠오르는 생각이 없었다.

비아스는 결국 자신의 행동을 약간 모호한 상태로 남겨두었다. 그녀는 심장탑 위쪽으로 올라가며 자신의 이름이 적힌 심장병이 있는지 찾아보며 그렇게 올라가는 동안 세리스마를 이용할 적당한 방법에 대해 고심해 보기로 했다. 결정을 내린 비아스는 다시 몸을 일으켰다.

세리스마의 방은 그냥 올라갈 경우에도 길고 힘든 목적지다. 거기에 탐색이 더해지니 니르기도 어려울 정도로 길고 고된 작업이 될 것이다. 자신감이 흐트러지는 것을 느낀 비아스는 재빨리 자신 속에서 분노를 일깨웠다. 분노가 그녀의 자양분이기 때문이다. 그리고 그것은 매우 쉬웠다. 비아스에겐 분노할 대상이 너무 많았다.

화재와 홍수로 만신창이가 된 키보렌에 아침 햇살이 떨어졌다.

륜은 착잡한 기분 속에서 키보렌을 바라보았다. 다른 나가의 도시와 달리 이곳은 그가 태어난 곳이었다. 물론 집안에서 대부분의 시간을 보낸 그에게 하텐그라쥬의 숲에서 느낄 수 있는 특별한 친숙함은 없었다. 그 숲은 다른 모든 숲과 마찬가지였다. 하지만 단 하나, 그가 기억할 수 있는 추억이 있었다. 그 비늘서는 탈출의 날, 륜은 이 근처 어딘가에서 가슴에 댔던 젖은 책을 팽개쳤다. 정확한 위치는 알 수 없었다. 주위를 자세히 둘러볼 여유가 없었기 때문이다. 하지만 그날 밤 도시에서 걸어온 거리를 떠올린 륜은 그 지점이 이 근방에서 그리 멀지 않은 지점이라는 것을 확신할 수 있었다. 그 추억을 되새기는 것은 화리트의 죽음을 떠올리게 했고 륜은 또다시 죄책감을 떠올리는 것에 실패했다. 륜은 속상하는 기분에서 멀어지기 위해 주위를 둘러보았다. 그의 자세 자체는 변하지 않았지만 류은 고개를 돌리지 않고도 북부군 전체를 둘러볼 수 있었다.

다른 병사들은 아침 식사를 마치고 각자의 무기를 점검하거나 하며 소일하고 있었다. 그들에겐 더 이상 양식이 남아 있지 않았고 당장 전투를 중단하고 대규모 사냥이라도 벌이지 않는 한 내일은 굶주린 채 싸워야 할 것이다. 하지만 그 사실에 대해 고민하는 병사들은 찾아볼 수 없었다. 그들은 이 전투 다음에는 아무것도 없다는 것을 알고 있었고 그것을 받아들인 지도 오래였다. 류은 그들이 그 사실에 대해 아무런 유감이 없으며 심지어 자랑스러움까지 느끼고 있다는 사실에 대해 서글픔을 느꼈다.

그때 그의 감각에 평범하지 않은 것이 포착되었다. 류은 그 느낌에 집중했다.

류은 경악했다.

류은 믿기 어려운 느낌에 다시 한 번 탐색했다. 하지만 그가 포착한 느낌은 틀리지 않았다. 류은 몸을 홱 돌렸다. 그리고 당황하여 쳐다보는 병사들 사이를 정신없이 달려갔다. 병사들은 잠시 후 더 당황했는데, 아스화리탈이 류의 뒤를 따라 달렸기 때문이다. 병사들은 더 이상 류에 대해 고민하지 않은 채 당면한 압사의 문제에 대해 집중했다. 그들이 실로 진지한 태도로 몸을 날렸기에 아스화리탈은 누군가의 발을 밟거나 하는 난처한 문제를 일으키지 않고 류을 따라갈 수 있었다.

아스화리탈이 쿵쾅거리는 소리는 라수 규리하를 기겁하게 했다. 라수는 고개를 돌렸고 그와 이야기를 나누던 괄하이드 역시 어리둥절하여 같은 방향을 쳐다보았다. 그리고 잠깐 동안 두 명의 규리하 사내들은 류이 드디어 아스화리탈의 신뢰를 잃고 쫓겨

다니는 것이 아닌가 하는 무서운 추측을 떠올렸다. 하지만 아스화리탈이 류을 짓밟지 않도록 주의 깊게 속도를 조절하며 쫓아가는 것을 본 그들은 그런 추측을 벗어버릴 수 있었다.

몇 번이나 쓰러질 뻔하며 정신없이 달려간 류은 갑자기 걸음을 멈추었다. 용인의 능력을 얻은 이후 처음으로 류은 자신의 감각이 틀렸기를 애타게 원했다. 숲 저편, 인간의 시각은커녕 나가의 시각으로도 볼 수 없는 곳에서 다가오는 자들을 보며, 류은 자신이 '본' 것이 잘못된 환상이기를 소원했다. 그러나 용인의 감각은 그의 소망을 배신했다.

숲 아래에서 일군의 무리가 걸어나왔다.

인간과 레콘, 도깨비, 그리고 딱정벌레가 걸어왔다. 모두 그가 아는 얼굴들이었지만 류은 반가움을 표시할 겨를도 없이 처절한 심정으로 그 뒤를 바라보았다. 그 뒤편에는 스물두 명의 두억시니가 걸어오고 있었다. 그리고 그들 가운데서 대호에 탄 나가가 걸어오고 있었다. 나가는 그에게 익숙한 가면을 쓰고 있었다.

극심한 좌절을 견딜 수 없었던 류은 무릎을 꿇었다. 앞쪽에서 걸어오던 자들은 류의 반응에 놀라고 의아해하다가 문득 생각났다는 듯이 뒤쪽을 바라보았다. 뒤쪽에 있던 나가는 대호에서 내려섰다. 그녀는 차분한 걸음으로 다가왔고 그동안 류은 계속해서 현실을 부정했다. 마침내 류의 앞에 도달한 대호왕은 한쪽 무릎을 꿇으며 류의 어깨에 손을 얹었다.

〈류. 오래간만이구나.〉

〈어떻게…… 도대체 왜 오신 겁니까?〉

사모는 대답할 필요가 없다고 생각했다. 류은 그녀 자신이 니르는 것보다 더 정확한 대답을 알 수 있었다. 그리고 류은 알았다.

〈케이건 드라카의 헛니름을 믿으시는 것이군요. 이건 쇼자인테 쉬크톨이 아닙니다. 누님이 죽는다 해서 제가 살아나는, 그런 것이 아닙니다.〉

〈헛니름이라기보다는 헛소리라고 해야겠지. 그리고 나는 북부의 왕이다. 내가 어디에 있어야겠어?〉

〈북부지요. 누님. 제발 돌아가세요! 대호왕은 이곳에 있어서는 안 됩니다. 하텐그라쥬를 공격한 자들 가운데 대호왕은 없어야 합니다. 그래야만 누님은 이 전쟁이 끝난 이후에 이곳으로 다시 돌아올 수 있습니다.〉

〈륜. 우리는 이미 돌아와 있어.〉

륜은 주먹으로 입을 틀어막은 채 사모를 바라보았다. 사모는 무릎을 펴 일어났다. 그리고 주위를 둘러보며 닐렀다.

〈우리가 추방되듯 떠나와야 했던 낙원에 이렇게 돌아왔구나. 뼈를 얼리고 살갗을 딱딱하게 만드는 추위 대신 찬란한 햇빛이 종일토록 쏟아지고, 비탄을 불러일으키는 불모의 황야 대신 아름다운 나무들이 가득한 땅. 그림자 속에서도 춤추는 열기를 발견할 수 있고 밤은 침전하는 목향에 물드는 곳. 이곳이야말로 나가의 낙원이겠지.〉

사모는 고개를 가로저었다.

〈아냐. 그렇지 않아. 키보렌은 낙원이 아니야. 하지만 나는 낙원에 돌아와 있어.〉

〈갈라졌던 두 개의 칼날이 하나로 합쳐져……. 도대체 그게 무슨 니름입니까? 바라기요?〉

〈나를 읽은 모양이구나. 그렇다면 나도 그게 무슨 니름인지 모

른다는 것도 알겠지. 하지만 대충은 알 것 같구나. 나는 너와 만
난 것이 즐거워. 무엇보다도 즐거워. 네가 키보렌을 떠났을 때
나는 너를 쫓아 키보렌을 떠났어. 그리고 네가 북부를 떠났을 때
나는 다시 그곳을 떠나왔어. 세상의 어느 곳이 낙원이지? 낙원은
어디에 있지? 륜. 내가 낙원에 있다면 그건 네가 이곳에 있기 때
문이야.〉

〈누님.〉

〈일어나, 륜. 일어나! 그렇게 무릎을 꿇고 나를 올려다보지
마. 내가 안을 수 있게 일어나.〉

륜은 일어났다.

사모는 천천히 그를 포옹했다.

그 포옹은 힘겨운 포옹이었으며 환희의 포옹이었다. 륜의 맥박
은, 그 고동치는 심장의 느낌은 사모에게 낯선 것이다. 하지만
꼭 끌어안고 있을 때 서로의 맥박은 구분되지 않는다. 사모는 그
것을 자신에게 없는 심장의 맥박으로 느꼈다. 온몸으로, 모든 정
신으로. 사모는 느닷없이 오래된 추억으로 되돌아갔다. 적출을
받기 전의 그녀에겐 맥박이 있었다. 잠자리에 홀로 누웠을 때 귓
가에서, 목에서, 아니, 어디인지도 알 수 없는, 안인지 밖인지조
차 알 수 없는 곳에서 다가오던——멀어지던 심장의 고동. 맥박
은 소리가 아니다. 사모는 다시 어려지는 것을 느꼈고 그것은 두
려운 추락감이었다. 그래서 사모는 더욱 세게 륜을 끌어안았다.
그럴수록 륜의 맥박은 더욱 분명하게 느껴졌다.

옆이나 뒤를 볼 수 없는 사람들의 포옹은 슬프다. 가장 가까이
있지만, 그 순간부터 서로의 얼굴을 볼 수 없다. 가장 가까운 이
별이다.

사모는 륜을 놓아주었다. 륜의 얼굴을 보기 위해서는 멀어져야 했다. 그 밀어냄이 사모의 근육에 일어나기 전부터 그것이 일어 나리라는 것을 알고 있었지만 륜은 자신도 모르게 그 밀어냄에 잠깐 저항했다. 용인이 아니면 느낄 수 없는 짧은 저항이었다. 그리고 륜은 사모를 마주보았다.

〈누님.〉

〈자, 륜! 일단 다른 사람들과도 이야기를 해보자. 어쩌면 모든 사람들이 즐거워할 수 있는 내일을 찾아낼 방법이 있을지도 모르 잖아?〉

륜은 어떤 반응도 떠올릴 수 없어 그저 미소를 지었다. 그 미 소는 사모를 만족시키지는 않았지만 그녀를 안심하게 했다. 사모 는 다시 한 번 충동적으로 륜을 끌어안은 다음 재빨리 그를 놓아 주었다. 륜은 그제야 수탐자들을 바라보았다.

티나한을 본 순간 륜은 웃음을 터뜨릴 뻔했다. 티나한은 가장 순박한 레콘의 욕망, 즉 무시무시하고 상대하기 어렵고 항상 경 계해야 하는 존재로 보여지길 바라는 유치하지만 탓하기는 어려 운 욕망을 그 어느 때보다 강하게 느끼고 있었다. 그리고 그런 욕망을 느끼는 것은 그 등에 업고 있는 아기 때문이었다. 륜은 물어보지 않고서도 그 아기가 모든 이보다 낮은 여신의 화신임을 알 수 있었다. 그리고 신생아가 태어날 때까지 기다려야 했기에 수탐이 길어졌다는 사실도 깨달았다. 신체가 아기일 거라 짐작하 지 못한 것은 륜 또한 마찬가지였기에 륜은 수탐자들이 느꼈던 것과 같은 놀라움을 느꼈다. 그리고 륜은 티나한의 마음속 깊은 곳에서 흥미로운 경향을 발견했다. 거친 사내로 보여지고 싶다는 욕망과 등 뒤에 있는 화신의 존재가 결합되어 티나한의 마음속에서는 독창적인 욕망이 자라나고 있었다. 티나한 자신은 깨닫지 못하고 있었지만, 그는 자신이 살아 움직이는 제단으로 취급되길 바라고 있었다. 어쨌든 제단은 존경받는 것이니까. 륜은 언젠가 티나한의 기분이 우울할 때 사용하기 위해 그것을 기억해 두기로 했다. 그리고 유모나 보모에 관련한 농담은 절대로 꺼내서는 안 된다는 것도 즐거움 속에서 기억해 두었다.

륜은 티나한의 등 뒤에 있는 아기에 대해서는 그다지 주의를 기울이지 않았다. 그 아기는 시우쇠와 마찬가지로 륜이 읽을 수 없는 상대였다. 그 조그마한 모습에 담겨 있는 것은 모든 이보다 낮은 여신이었다. 그래서 륜은 비형에게로 시선을 옮겼다.

비형은 즐거워하고 있었다. 그리고 륜은 비형의 즐거움에 약간의 어색함을 느꼈다. 비형은 사모와 륜이 다시 만났다는 사실에 무조건적으로 기뻐하고 있었다. 그 기쁨은 남매의 재회 뒷면에 감춰진 무수한 이유들과 무수한 뒷이야기, 그리고 무수한 상황들을 단숨에 날려버리는 순수하고 거대한 기쁨이었다. 그의 기쁨 앞에서 륜이나 사모가 경험하고 느끼고 고려해야 하는 많은 상황들은 티끌처럼 가벼운 것이 되어 둥실 사라져버렸다. 그리고 그런 즐거움은 륜에게 완전히 반가운 것은 아니었다. 그런 고민들, 재회를 순수하게 기뻐할 수 없게 만드는 고민들도 모두 륜 자신의 일부였기 때문이다. 따라서 비형의 즐거움은 륜의 일부에 대한 부정이기도 했다. 하지만 륜은 고마워하기로 했다. 그리고 륜은 케이건을 돌아보았다.

륜은 눈이 멀어버릴 것 같은 충격을 느꼈다.

'어떻게……!'

륜은 케이건을 안다고 생각했다. 하지만 용인의 능력을 얻은 이후에 다시 만난 케이건은 그가 전혀 모르는, 그리고 앞으로도 알기 힘든 사람이었다. 케이건의 팔이 그리는 단순한 선은 수백 개의 사건의 총합이었다. 그리고 그 하나하나의 사건들은 한 사람의 생에 한두 번밖에 있기 어려운 사건들이었다. 케이건의 어깨가 뻗어가는 선은 감정의 단층선이었다. 그곳에는 지독한 시간의 무게에 짓눌려 원래 살아 움직였던 것들의 모호한 부호밖에 될 수 없는 것들이 드러나 있었다. 산 자의 어깨에 있을 수 없는 화석들이 그곳에 있었다. 케이건의 눈에 대해서 륜은 할 니름도 말도 없었다. 그는 그 눈을 오랫동안 보기도 어려웠다.

한 사람이 한 권의 책이라면, 케이건 드라카는 거대한 도서관이었다.

아스화리탈의 용근을 먹은 이후로 륜이 누군가를 읽을 수 없었던 것은 이것이 세 번째였다. 첫 번째는 시우쇠였고 두 번째는 아기였다. 그들은 화신이었고 사람의 눈으로 읽어낼 수 없는 존재였다. 그리고 륜은 케이건에게서 세 번째로 난독성을 발견했다. 하지만 그것은 시우쇠나 아기와는 다른 경우였다. 시우쇠와 아기가 읽을 수 없는 문자로 씌어진 책이라면, 케이건은 도서관이었다. 서가에서 책을 뽑아 읽듯 륜은 케이건의 무엇이라도 읽을 수 있었다. 하지만 그 전체를 알려면 한없이 긴 시간이 필요할 것이다. 그런데 케이건은 일부가 아닌 전체의 존재였다. 따라서, 무엇이든 읽을 수 있음에도 불구하고 륜은 여전히 케이건을 알 수 없었다. 사람들 사이에 두드러짐 없이 서 있지만 사람이라고 보기 힘든 난독성 존재. 륜이 케이건에 대해 내릴 수 있는 정의는 그것뿐이었다.

그 모든 관찰과 이해는 수탐자들을 죽 둘러보는 찰나의 시간에 이루어졌다. 륜이 관찰을 끝냈을 때 수탐자들은 뒤늦게 다가와 반가움을 표현했다. 그리고 그때쯤 아스화리탈의 뒤를 따라온 괄하이드 규리하와 라수 규리하. 북부군의 다른 장수들도 도착했다. 그들은 사모 페이가 왔다는 사실에 놀라고 당황했다. 라수는 원망마저 내비치는 표정으로 말했다.

"폐하. 어찌하여 이곳에 오신 겁니까."

사모는 가면 아래에서 웃었다. 그 웃음은 물론 라수에게는 보이지 않았다.

"짐이 아직 너희들의 왕이더냐? 너희들은 왕을 내팽개치는 것을 취미로 삼는 자들이더냐?"

"어떤 말로도 용서를 구할 수 없을 겁니다. 그리고 용서를 구하지도 않겠습니다. 폐하는 저희들의 뜻을 모르실 분이 아니십니다."

"그래. 너희들이 제멋대로 떠나서 제멋대로 죽어버리면 두 번째 너희들을 만들어내라는 것이지. 그건 어쩐지 너희들이 여자들에게 항상 요구하는 일 같구나."

라수는 못말리겠다는 표정으로 대호왕을 바라보았다. 나가인 사모가 불신자의 태도를 비꼴 수 있다는 것은 그녀의 현명함을 드러낸다. 그리고 동시에 그들을 향한 그녀의 애정 또한 나타낸다. 관심이 없으면 알 수 없는 법이니까. 라수는 고개를 떨구었다. 륜 페이에 대해 경계심을 품었던 그도 사모 페이에 대해서는 그런 것을 느낄 수 없었다. 기묘한 일이었다.

"무엇이 기다릴지 알 수 없는 목적지 대신 출발점에 희망을 남겨둔 제 소심함을 그렇게 표현하시면 저로선 변명할 말이 없습니다."

"짐이 네 희망이라면 너는 희망과 함께 목적지에 도달했다. 그리고 네 다른 희망도 너에게 도달했다. 두 번째 화신께서 너희들에게 오셨다."

라수는 반가움에 고개를 번쩍 치켜들었다. 그리고 다른 장수들도 수탐자들의 면면을 살폈다. 관찰을 끝낸 라수는 아무런 놀라움도 표현하지 않은 채 티나한의 등 뒤에 있는 아기를 가리켰다.

"논리적으로 본다면 저 분이 모든 이보다 낮은 여신의 신체겠군요."

라수는 논리로 경악을 구축할 수 있었지만 다른 이들은 그렇지 못했다. 세미쿼 장군과 무핀토 장군은 기가 막힌 얼굴로 서로를 쳐다보았고 키타타 자보로 장군은 입을 벌린 채 뺨을 쓰다듬었다. 케이건은 고개를 끄덕인 다음 티나한에게 눈짓을 보냈다.

티나한은 아기를 등에서 내렸다. 아기를 품에 안으려던 티나한은 곧 생각을 바꿔 비형에게 건네었다. 비형은 히죽 웃고는 아기를 안아들었다. 케이건이 말했다.

"모든 이보다 낮은 여신의 신체였으며, 이름은 없습니다. 그리고 이제는 모든 이보다 낮은 여신의 화신이십니다."

라수는 여전히 놀라움 없는 얼굴로 무릎을 꿇었다. 뒤이어 괄하이드와 다른 장수들이 황급히 무릎을 꿇었다. 비형의 품에 안긴 채 그들을 죽 둘러보던 아기가 부리를 열었다.

"빛나는 아이들이 여기 모여 있구나. 로페산 삵쾡이 무핀토여. 사람들이 너를 얕은 자라 말하는 것에 지나치게 신경쓰지 마라. 물론 너는 깊이가 있는 사내는 아니다. 하지만 깊이가 있는 사내는 깊이가 있는 사람을 좋아하는 사람들을 즐겁게 해준다는 것 외엔 이렇다 할 장점이 없다. 그런 자들을 천시할 필요가 없는 것과 비슷한 정도로 부러워할 필요도 없다. 키타타 자보로. 사라진 씨족의 말예여. 네 복수에 씨족들이 찬성해 줄 것인가를 걱정하지는 마라. 어떤 자들은 군자연하며 너에게 씨족들은 네가 살아남아서 다시 씨족을 번성시키기를 원할 거라고 말하겠지. 헛소리다. 죽은 자는 죽은 자다. 그런 말에는 늙은 자와 죽은 자를 우상으로 만들지 않으면 살 수 없을 정도로 삶을 무시워하는 나약한 것들의 소리 없는 절규가 배어 있다. 네 하고 싶은 것을 마음껏 하거라. 초저녁 방랑자 세미쿼여. 임신했다는 이유로 네가 가장 싫어하는 사람이 된 네 부인은 여섯 달 전 순산했다. 네 아내는 그 아기에게 네가 남겨준 이름을 붙여주지는 않았다."

세미쿼의 얼굴이 환해졌다. 그리고 오직 무펀토만이 그 이상한 반응을 이해했다. 세미쿼는 고의적으로 괴상한 이름을 남겨주었다. 그런 괴상한 이름을 붙이는 것을 피하려면 다른 사람이 이름을 붙여야 하는데, 그의 부족에서 그럴 자격이 있는 사람은 아내의 오빠뿐이었다. 그는 훌륭한 남자고 부족의 전통에 따라 자신이 이름을 붙여준 아이를 친자식과 똑같이 키울 것이다. 세미쿼는 그 사실에 만족했다. 하지만 세미쿼는 아기가 부족들만이 아는 별칭으로 자신을 불렀다는 사실에 놀랐다. 물론 그가 가장 놀란 것은 아기의 커다란 목소리였지만. 아기의 말이 계속되었다.

"규리하의 변경백 괄하이드여. 왕의 적과 싸울 수 있게 된 그대를 축하한다. 하지만 그렇다고 하여 과거의 전쟁들을 부끄러워할 필요는 없다. 네가 싸우는 데 있어 필요한 것은 대도 한 자루면 족하다. 그 대도가 누구의 것인지는 중요하지 않다. 라수 규리하여. 전우를 의심하지 않는다는 괄하이드의 말에 지나치게 신경쓰지 마라. 그것은 전사인 네 형의 방식이다. 네 방식은 네 것이어야 한다."

라수는 고개를 들어 복잡한 시선으로 여신의 화신을 바라보았다. 그때 저편에서 불타는 목소리가 들려왔다.

"거기서 뭘들 하냐?"

사람들은 주춤거리며 고개를 돌렸다. 시우쇠가 그들을 향해 걸어오고 있었다. 시우쇠는 비형과 무릎을 꿇은 사람들을 번갈아 쳐다보더니 고개를 갸웃했다.

"저 도깨비를 왕으로 추대하는 거냐?"

사람들은 시우쇠의 엉뚱한 말에 당황했다. 라수가 똑바로 서서 설명했다.

"저희들은 모든 이보다 낮은 여신의 화신을 뵙고 경배를 드리는 중입니다."

"응? 모든 이보다 낮은 여신이 왔나? 어디에 있는데?"

"비형이, 여기 있는 도깨비가 안고 계신 분입니다."

시우쇠는 비형을 한 번 쳐다보고는 고개를 끄덕였다.

"그런가 보군. 뭘 안고 있는 것 같은 모습이군. 그런데 안겨 있다니. 아기인가 보지."

사람들은 시우쇠의 말이 의미하는 바에 당황했다. 그때 비형에게 안겨 있던 아기가 그들을 다시 놀라게 했다.

"라수. 누구를 향해 설명하는 거지? 시우쇠가 오기라도 했나?"

사람들은 경악한 표정으로 서로를 바라보았다. 케이건이 시우쇠를 향해 조심스럽게 말했다.

"시우쇠 님. 오래간만입니다. 저는 케이건입니다. 그런데 모든 이보다 낮은 여신을 보실 수 없으신 겁니까?"

"못 봐."

케이건은 고개를 휙 돌려 아기를 쳐다보았다. 아기는 씩 웃었다.

"시우쇠가 대답했니?"

케이건은 눈꺼풀을 꿈틀거렸다.

"그러면 듣지도 못하시는 겁니까?"

"그래. 못 들어."

그들은 그것을 믿을 수 없었다. 그들의 눈은 시우쇠와 아기 모두를 정확하게 포착할 수 있었다. 하지만 시우쇠와 아기는 서로를 보지도, 듣지도 못하며 마치 존재하지 않는 자에 대한 이야기를 하듯이 말하고 있었다. 그때 케이건이 문득 시모그라쥬에서 있었던 일을 떠올렸다. 그는 아기에게 질문했다.

"그래서 시우쇠 님은 고소리 의장을 통해 말을 전달하신 겁니까?"

"맞아. 나는 너를 보고 이야기를 나눌 수 있어. 그리고 시우쇠도 너와 똑같이 할 수 있고. 하지만 나와 시우쇠는 서로 그럴 수 없어. 저기쯤 있는 모양이군. 풀이 타고 있어."

타인을 통해서만 서로의 존재를 인지할 수 있는 두 신 사이에서, 사람들은 심한 당혹감을 느꼈다.

비아스는 몽롱한 기분 속에 자신의 발을 내려다보았다. 그녀의 눈에 들어오는 두 발은 몇 킬로미터 밖의 풍경처럼 느껴졌다. 그것은 너무 멀리 있었다. 그녀는 자신의 두 발에 의지를 전달할 방법이 없다는 느낌에 난처함을 느꼈다. 물론 분노 또한.

〈움직여, 이 도깨비 같은 발아! 움직이라고!〉

그녀의 니름에도 불구하고 두 발은 계단을 디딘 채 꼼짝도 하지 않았다. 묘하게도 그 발은 지루한 것처럼 보였다. 비아스의 정신 속 한 부분에서 누군가가 무턱대고 니르기 시작했다. 그녀의 정신 속에서 뛰쳐나온 그 참견꾼은 주의 깊은 세리스마가 또다시 심장탑 아래 쪽을 무더운 공기로 가득 채우고 있다는 것, 그 뜨거운 공기에 노출된 비아스 마케로우가 제대로 사고할 수도 없는 상태에 빠졌다는 것, 그리고 그것은 착각에 불과할 뿐 실제로 그녀의 신경과 근육은 정상적으로 반응하고 있으며, 그녀는 언제라도 자신의 두 발을 움직일 수 있다는 사실 등을 요란하게 닐렀다. 비아스는 경외감마저 느끼며 그 니름들을 경청했다. 그 니름들은 그럴듯하게 들렸다. 특히 그녀의 마음에 들었던 것은 그 마지막 주장이었다. 비아스는 그 주장을 따르고자 마음 먹었다. 하지만 다시 내려다본 그녀의 두 발은 어처구니없을 정도로 멀게만 느껴졌다. 눈으로 보이는 사실을 직면한 비아스는 그 주장을 의심했다. '내가 어떻게 저 발을 움직일 수 있다는 거지? 저렇게 멀리 있는 것을!' 비아스는 그것이 니름도 안 된다고 생각했다.

허리가 아파왔다. 비아스는 어렴풋하게 자신에게 허리라는 것이 있음을 떠올렸다. 하지만 그 부분이 왜 아픈 것인지 알 수 없었다. 비아스는 자신의 통증을 먼 지방의 모호한 풍문처럼 인식했다. 수다스러운 참견꾼이 다시 닐렀다. 그 참견꾼은 오랫동안 꼼짝도 하지 않고 서 있어서 허리가 아픈 것이며 따라서 그녀에게 필요한 것은 바닥에 앉아 몸을 편하게 하는 것이라고 조언했다. 비아스는 이제 그 참견꾼을 도저히 믿을 수 없다고 생각했다. '조금 전에는 걸으라고 하더니 이번에는 앉으라고 하는군.' 비아스는 현 상황이 세리스마가 일으킨 일이라는 것도 믿을 수 없게 되었다.

'이 모든 일은 틀림없이 화리트가 꾸민 일일 거야. 아니, 카린 돌인가? 그렇잖으면 냉동 장치에 들어가 있는 소메로인가? 그럴 가능성이 높군. 화리트는 유벡스가 산산조각냈으니까. 그리고 카린돌일 리도 없어. 카린돌은 가주가 되었잖아. 그렇다면 냉동 장치에 들어가 있는 소메로야.'

비아스는 자신의 추리에 매료되었다. 그녀는 정말 탁월한 추리가였다.

열이 계속해서 그녀의 몸 속으로 침투했다. 비아스는 뜨거워진 내장이 피부 아래로 비쳐보이지 않을까 생각했다. 끔찍하게 더운 날씨였다. 칭찬을 받고 싶었던 비아스는 그 뜨거운 날씨에 대해 추리했다.

'여러분. 날씨가 이렇게 더운 이유는 분명합니다. 그것은 수호자들이 여신의 이름을 훔쳤기 때문입니다. 모두들 잘 아시다시피 바람은 아래로 떨어지는 물로 대지와 대화하고 땅은 위로 치솟는 불로 바람과 대화합니다. 물은 아래로, 불은 위로. 그것은 더할 나위 없이 분명한 사실입니다. 그런데 수호자들이 여신의 이름을 훔쳤기 때문에 바람은 대화하는 법을 잊었습니다. 우주적 대화가 중단된 겁니다. 대화는 계속되어야 하고 땅은 계속해서 불을 토합니다. 날씨가 이렇게 더워진 이유는 바로 그것입니다. 감사합니다.'

모든 것은 수호자의 잘못이었다. 비아스는 골치 아픈 상황을 간단하게 해명한 자신에게 스스로 찬사를 보냈다. 모조리, 몽땅, 전부 다 수호자의 잘못이었다.

'그것들을 모두 찢어 죽여야 해.'

그러기 위해선 움직여야 한다. 비아스는 자신의 두 발을 내려다보며 다시 한 번 움직이라고 닐러보았다. 그러나 두 발은 꼼짝도 하지 않았다. 더위는 지독했다. 계단과 복도를 가득 메운 무겁고 뜨겁고 끈끈한 공기는 오래된 저주 같았다. 비아스는 자신의 발에 대해 명령하는 것을 그만뒀다.

오른발이 움직였다.

비아스는 놀라는 것과 비슷한 감정을 느끼며 그 발을 바라보았다. 그녀의 오른발은 한 계단을 올라가 윗계단을 딛고 있었다. 비아스는 어떻게 해서 그런 일이 일어났는지 생각했다. 움직이라고 명령하는 것을 그만두자 그런 일이 일어났다는 것을 떠올린 비아스는 한 번 더 같은 일을 시도해 보았다.

유감스럽게도, 오른발이 또다시 움직였다.

왼발이 움직여야 할 차례에 오른발이 움직이는 바람에 비아스는 균형을 잃었다. 오른발이 다음 계단을 디딘 순간 그녀의 몸이 서서히 오른쪽으로 기울다가 벽에 부딪쳤다.

비아스는 벽에 몸의 오른쪽 부분을 댄 채 왼발을 내려다보았다. 왼발을 움직이는 방법이 무엇인지 알 수 없었다. 게다가 지금처럼 벽에 몸을 기댄 채 왼발을 움직이려 하면 아래로 굴러떨어질 위험까지 있었다. 비아스는 먼저 벽에 기대고 있는 상반신을 똑바로 세우려 했다.

왼발이 움직였다.

가까스로 미끄러지는 대신 ─비늘의 마찰력이 도움이 되었다. ─비아스는 몸을 벽에 기댄 채 왼발을 다음 계단으로 옮겨놓을 수 있었다. 이제 오른발은 두 계단, 왼발은 한 계단을 올라간 채 비아스는 벽에 기대어 서 있었다. 비아스는 뭔가 진전이 일어났다고 생각하기로 했다. 이제 벽을 기대고 있는 몸을 똑바로 세울 방법만 찾아내면 될 것이다.

뜨거운 공기에 돌벽이 서서히 달궈지고 있었다. 비늘이 설 만큼 뜨거운 날씨에 비아스는 졸음을 느꼈다. 도대체 어떻게 하면 상반신을 움직일 수 있을까. 그 사실에 대해 고민하던 비아스는 어느새 잠에 빠져들었다.

북부군 병사들은 바쁜 일이 있는 척하며 걸어가면서, 혹은 아예 뻔뻔하게 나무들 사이에 서서 공터를 바라보았다. 하지만 대단한 풍경을 보지는 못했다. 공터 주위에는 스물두 명의 금군이 서 있었고 병사들이 보고 싶었던 것은 그 두억시니들의 안쪽에 있었기 때문이다. 하지만 병사들은 미련을 버리지 못한 채 계속 시선의 각도를 바꿨다. 그들 중에는 베미온 굴도하도 포함되어 있었다. 베미온은 계속 공터로 나가고 싶어했지만 키타타 자보로가 그를 계속 달래며 안으로 들어가지 못하도록 하고 있었다.

베미온이 다가가고 싶어하는 곳, 두억시니들의 안쪽에는 모두 아홉의 존재들이 앉아 있었다. 시우쇠, 아기, 페이 남매, 수탐자들, 그리고 규리하 사촌형제들이었다. 아기를 제외한 다른 모든 자들의 시선은 케이건의 배낭에 집중되어 있었다. 비형에게 안겨 있는 아기는 어디에도 시선을 맞추지 않았지만 케이건은 그녀가 바라보는 것이나 다름없다고 생각하며 배낭을 열었다. 그리고 그 안에서 접시를 꺼냈다.

접시를 본 티나한은 화가 치미는 것을 느끼며 몸을 부풀렸다. 케이건은 풀밭에 접시를 내려놓으며 말했다.

"여신께서 이곳으로 오자고 하셨습니다. 아무래도 아기의 몸이다 보니 누군가가 저 분을 이곳까지 데려오기는 해야 했습니다.

그렇지만 그보다 저희들은 이 접시에 대해 질문하기 위해 찾아왔습니다. 이제 두 분의 화신을 찾아내었습니다만, 세 번째 화신을 찾기 위해서는 이 접시가 깨져야 합니다. 그런데 깨지지가 않습니다."

케이건의 말을 듣던 시우쇠는 턱을 긁적거리며 말했다.

"안 깨진다고?"

"예. 온갖 방법으로 깨어보려 애썼습니다만 깨지지가 않았습니다. 어떻게 된 일입니까?"

"몰라."

케이건은 눈을 크게 뜬 채 시우쇠를 바라보았다. 다른 자들도 경악한 얼굴로 시우쇠를 바라보았다. 하지만 시우쇠는 한가로운 태도로 반복했다.

"모른다고. 하지만 뭐 상관없겠지."

"상관없다니요. 요스비는 셋만이 하나를 상대한다고 했습니다. 그런데……."

"너희들 도착하기를 기다리다 지쳐버린 라수가 지금 가진 것만으로 발자국 없는 여신을 구출하기로 결정한 지 오래니까."

케이건은 라수를 돌아보았다. 라수는 조심스럽게 말했다.

"틀린 말씀은 아닙니다. 예. 저는 더 견디기 어려웠고 그래서 수탐자들을 기다리는 대신 이곳까지 진격해 왔습니다. 행운이 겹쳤는지 그렇지 않으면 아직 불운이 찾아오지 않은 것에 불과한 것인지 모르겠습니다만 어쨌든 저희들은 이곳 하텐그라쥬 근방까지 오는 데 성공했습니다. 하지만 저곳에는 일흔한 명의 수호 장군들이 있습니다. 그들을 상대하는 것이 쉽지는 않을 겁니다. 세 번째 화신이 얼마나 가까이 있을지는 알 수 없지만, 혹 북부군에 포함되어 있을지도 모르는 일이니, 이왕이면 세 번째 화신을 찾아내면 좋겠군요."

시우쇠는 무슨 소리냐는 표정으로 라수를 바라보았다.

"목표가 그 자들은 아니잖아."

"예?"

"북부군의 목표는 수호 장군들을 다 때려잡는 것이 아니잖아. 발자국 없는 여신을 구출하는 것 아냐?"

"어. 물론 그렇습니다만 그러려면 하텐그라쥬를 점령해야 합니다."

"나는 그렇게 생각 안 해."

"다른 방법이 있습니까?"

"아기에게 물어봐."

시우쇠도 아기라는 호칭을 사용했다. 라수는 미심쩍은 표정으로 비형의 무릎을 바라보았다. 그러나 라수가 질문을 꺼내기 전에 케이건이 약한 탄성을 질렀다.

"그렇군요. 여신께서는…… 그런 것입니까?"

케이건의 질문에 시우쇠는 어깨를 으쓱였다. 케이건은 비형의 무릎으로 얼굴을 돌렸다. 시우쇠의 말을 듣지 못하는 아기는 잠자코 케이건을 마주보며 그의 말을 기다렸다. 두 신의 서로에 대한 기이한 불가지성에 대해 또다시 놀라움을 느끼며 케이건은 말했다.

"여신님. 시우쇠 님은 왜 접시가 깨지지 않는 것인지 모르겠다고 하셨습니다. 하지만 그 분은 저희들의 목표가 나가들과 싸우는 것이 아니라 발자국 없는 여신을 구출하는 것에 있다고 지적하셨습니다. 그리고 당신에게 그 방법에 대해 물어보라고 하셨습니다. 그런데 저희들이 최후의 대장간에서 이곳 하텐그라쥬까지 상상할 수 없을 만큼 빠른 속도로 이동해 온 사실을 생각해 본다면, 같은 일이 이곳에서 심장탑까지도 이루어질 수 있을 것이라고 추측됩니다."

"맞아. 그렇게 할 수 있어."

이번에는 비형과 티나한이 탄성을 질렀다. 그리고 그들을 읽은 륜 또한 상황을 이해했다. 괄하이드는 영문을 모르겠다는 표정을 지은 채 말했다.

"뭔가 좋은 일이 있는 모양이군. 상상도 할 수 없이 빠른 속도로 이동한다니, 그게 무슨 말이오?"

케이건은 대답했다.

"우리 목표는 결국 심장탑 안의 어딘가에 감금되어 있는 발자국 없는 여신의 신체를 해방하는 것입니다. 그렇게 하려면 누군가가 심장탑으로 들어가야 하지요. 그런데 여신께서 함께 계시면 우리는 무지무지한 속도로 움직일 수 있습니다. 그 속도는 너무 빨라서 다른 사람들이 제대로 볼 수도 없을 정도입니다. 간단히 말해서, 우리는 그냥 심장탑으로 다가가서 여신을 구출하면 됩니다. 나가들은 우리를 방해할 수 없습니다."

라수가 비명 같은 환호를 내질렀다. 괄하이드 또한 믿을 수 없다는 표정으로 아기와 시우쇠를 번갈아 쳐다보다가 아기에게 질문했다.

"그렇다면, 그렇다면 저기 있는 자들과는 안 싸워도 되는 겁니까?"

"그럴 필요 없어. 필요한 인원은 얼마 안 돼. 일단 나와 시우쇠가 가야 해. 그리고 나를 업을 자가 필요하겠군. 나와 시우쇠의 의사 소통을 도와줄 사람도 있어야겠고. 역시 수탐자 일행이 좋겠어. 그들이 동의해 준다면, 나와 시우쇠, 그리고 세 명의 수탐자들이 심장탑으로 돌진해서 여신을 구출하겠어. 그러면 끝이야."

괄하이드는 이런 행운에 대해 예감한 적조차 없었다. 그는 웃음을 터뜨렸다.

"허무할 정도로 간단하군요. 그렇다면……."

괄하이드는 말을 끊었다. 그리고 불안감을 느끼며 라수를 바라보았다. 그리고 괄하이드는 자신의 불안이 적중했음을 알게 되었다. 조금 전에 그가 들었던 것은 환호가 아니었다. 그것은 끔찍한 절규였다.

라수는 부들부들 떨며 땅을 내려다보고 있었다. 아기는 조금 전 키보렌 침입이 불필요한 행동이었다고 가르쳐준 것이다. 만약 그 사실을 보다 빨리 알았더라면 라수는 그저 두 번째 화신의 도착을 기다렸다가 수탐자들과 함께 키보렌으로 파견했을 것이다. 무수한 자들을 사지로 이끌고 들어올 필요도, 그리고 페로그라쥬와 악타그라쥬를 파괴할 필요도 없었다. 그저 기다리기만 해도 되었을 것을.

륜은 라수가 느끼는 모든 좌절감과 자기 혐오를 완벽하게 읽을 수 있는 유일한 사람이었다. 하지만 다른 자들 또한 정도의 차이는 있지만 모두들 라수의 비참한 심정을 느꼈다. 라수는 입술을 떨며 말했다.

"저는 제왕병자들과 같은 짓을 저질렀군요."

"라수."

괄하이드의 조심스러운 말은 라수의 고개를 들어올리지 못했다. 라수는 여전히 고개를 떨군 채 말했다.

"왕의 귀환을 기다릴 수 없어서 스스로 왕이 되어버린 그 얼간이들의 짓을, 바로 제가 저지른 것이군요. 여신을 구출할 자들의 도착을 기다리면 되었을 것을. 스스로 여신의 구출자가 되어버리려 결심하다니. 이 엄청난 오만은 결국 끔찍한 피를 부른 헛소동을 일으켰군요."

여신이 말했다.

"라수. 그만둬라."

라수는 고개를 들어 아기를 바라보았다. 아기는 그에게 시선을 맞추지 않은 채 말했다.

"영웅왕은 결국 망해 버릴 나라를 세운 거냐? 극연왕은 결국 사토 속에 묻혀버릴 길을 건설한 거냐? 너는 세상을 비웃으며 입매가 매서운 학자로 살았다. 그것은 세상 속으로 나가기 두려웠던 네가 선택한 타협안이고 다른 누구의 것도 아닌 네 방식이니 누가 너를 탓하겠느냐. 결국 끝까지 그 타협안을 지킬 수 없어 세상에 나왔지만 얻는 건 실패와 좌절뿐이니 실망할 수도 있겠지. 그래서 몸에 기름칠하고 죽어버리려고까지 했지. 그만둬라. 실패도 네 실패고 좌절도 네 좌절이라는 것을 인정해라."

"그 때문에 너무 많은 자들이 죽었습니다."

"그건 그 자들의 것이다."

"하지만 그 자들은 저를 믿었습니다!"

"그 희망은 그들의 것이지. 그 희망을 배신했다면 모르겠지만 너는 네가 할 수 있는 것들을 최선을 다해 수행했다. 그것이 결국 헛소동이라 하더라도 부족한 정보에서 비롯된 헛소동인데 누가 너를 탓하겠느냐?"

"페로그라쥬와 악타그라쥬의 사람들은 어떻게 해야 합니까? 그들은 죽을 필요가 없었습니다."

시우쇠가 라수의 질문에 대답했다.

"흥! 죽을 필요가 있어서 죽는 사람도 있느냐? 삶을 인정한다는 것은 삶의 기쁨이니 행복이니 하는 것들만 취사 선택하여 인정한다는 것이 아니다. 급작스러운 사고와 황당한 죽음도 모두 인정한다는 것이다. 윷가락 네 개는 한꺼번에 던져져야 한다. 그 중에서 배를 보이는 것, 혹은 등을 보이는 것만을 인정하겠다는 것은 윷놀이를 할 줄 모르는 자의 말이다. 페로그라쥬 사람들과 악타그라쥬 사람들이 분노한다면, 그 놈들은 놀 줄 모르는 자들이다. 그런 얼간이들에겐 신경쓰지 않아도 된다."

라수는 시우쇠를 돌아보았다. 그의 두 눈이 갑작스러운 적개심으로 불탔다.

"당신은 알고 있었지요?"

"뭘 말이냐?"

"제가 여신의 도착을 기다리기만 하면 된다는 것을, 공연히 북부군을 이끌고 죽음의 길로 들어서지 않아도 된다는 것을! 하지만 그 모든 사실을 알면서도 당신은 잔인하게도 나를……."

시우쇠는 노호했다.

"이 빌어먹을 자식아! 그러면 내가 모든 선택의 기로에 선 사람들 앞에 나타나서 이 길로 가라, 혹은 저 길로 가라고 가르쳐 줘야 된다는 거냐? 나는 그러지 않아! 너 정말 끝까지 살 줄 모르는 놈처럼 굴 테냐!"

라수는 입을 다물었다. 하지만 그의 얼굴은 여전히 의혹과 분노로 가득했다. 비형과 티나한도 라수의 심정에 어느 정도 동의했기에 침중한 표정을 지어보였다. 비형의 무릎에 있던 아기가 나직하게 말했다.

"라수. 시우쇠가 무슨 대답을 했는지 모르겠지만 그 성격이 있으니 좋은 말을 하지 않았을 수 있겠지. 그러니 네가 이미 들었던 말일 수도 있는 말을 해주겠다. 시우쇠는 내가 언제 도착할지 알 수 없었다. 너희들도 이제 알게 되었듯이 우리는 서로를 느낄 수 없으니까. 시우쇠는 너에게 언제가 될지 모르겠지만 좋은 방법이 있으니 영원히 기다리라고 말할 수는 없었겠지. 그건 죽으면 평안을 얻을 테니 빨리 죽으라고 하는 말과 별로 다를 것이 없다. 그렇게 말하는 대신 시우쇠는 네가 네 방식으로 살도록 내버려뒀다. 신에게 살도록 내버려뒀다고 화내지 마라."

아기의 말은 라수를 진정시켰다. 분노가 완전히 사라지지는 않은 상태에서 라수는 거칠게 말했다.

"그러면 빨리 이 희극을 끝내기를 부탁하는 것은 상관없겠습니까? 최소한, 이제 이 짓이 희극이 된 것만은 분명한 것 같으니까요."

"그래. 알겠다. 수탐자들의 대답을 듣고 싶구나. 케이건. 나와 함께 가겠느냐?"

케이건은 말 없이 고개를 끄덕였다. 비형 또한 찬성을 보냈고 티나한은 자신의 철창을 들어보였다. 시우쇠는 자리에서 벌떡 일어났다.

"가자!"

수탐자들과 페이 남매, 그리고 규리하 형제들은 당황했다. 그들은 이렇게 빨리 시작될 줄은 몰랐다. 하지만 필요한 인원들이 모두 갖춰진 마당에 더 이상 시간을 끌 필요가 없는 것은 분명했다. 티나한은 아기를 다시 등에 업었다. 아기는 티나한의 등에서 말했다.

"라수. 네가 저지른 일들이 모두 할 필요가 없는 무의미한 짓들이었다고 느끼지 말기를 부탁했다. 그리고 앞으로 할 일도."

"제가 무슨 일을 해야 합니까?"

"시우쇠와 내가 출발하면 너는 이곳을 떠나거라. 북부로 돌아가거라."

"이곳까지 와서…… 하텐그라쥬까지 와서 그냥 되돌아가는 것이군요."

"산 정상에 선 자들이 항상 하는 일이다. 그들은 도로 내려가지."

라수는 힘없이 웃었다. 아기는 부드럽게 말했다.

"돌아가는 일이 쉽지는 않을 것이다. 우리가 성공하면 수호 장군들이 힘을 잃을 테니 나가들 또한 전력을 상실할 것이다. 하지만 너에게는 시우쇠가 없다. 륜 또한 용인의 예민함은 여전히 가지겠지만 여신의 힘은 잃게 된다. 그러니 돌아가는 일이 쉽지는 않을 것이다. 어느 때보다도 북부군은 너를 필요로 한다. 우리가 떠나자마자 조속히 회군하거라. 우리는 너희들이 이곳을 떠나는 것을 돕기 위해 곧장 심장탑으로 가는 대신 저곳에 있는 자들에게 몇 가지 조치를 취하겠다. 지금부터 얼마 동안 하텐그라쥬에 주둔하고 있는 나가 군단들과 수호 장군들은 꽤 정신 없는 시간을 보내게 될 것이다. 그 틈을 타서 출발하여라."

사모가 질문했다.

"저희들은 여러분을 다시 볼 수 없는 겁니까?"

"아마도 다시 볼 수 있겠지만 그때는 다른 자들일 것이다. 일이 끝나면 우리는 전령할 것이고, 그러면 다시 만나게 될 때 너희들은 시우쇠라는 이름의 도깨비와 아직 이름이 없는 레콘의 아기를 볼 것이다."

"수탐자들은 어떻게 됩니까?"

"물론 수탐자도 더 이상 수탐자가 아니게 되겠지. 벌써 그렇지 않느냐? 그들은 이제 구출대다."

그 오래된 이름에 티나한은 웃음을 터뜨렸다. 비형 또한 즐거워하며 나늬를 불러들였다. 준비가 갖춰지자 이제 구출대가 된 수탐자들은 왕에게 인사를 보냈다. 그리고 아기는 출발을 명령했다.

구출대와 두 명의 화신은 눈깜빡할 사이에 사라졌다.

사모 페이와 괄하이드 규리하, 그리고 라수 규리하는 놀란 표정으로 주위를 둘러보았다. 어디에도 그들은 보이지 않았다. 그들의 시선이 륜에게 돌아갔을 때 륜은 놀란 표정으로 말했다.

"놀랍군요. 수탐자들의 물은……, 도무지 따라갈 수 없을 정도로 빠르게 움직입니다. 그들은 벌써 나가 진지 근처에 도달했습니다. 지금 잠시 멈췄는데…… 아마도 뭔가 상의 중인 듯합니다."

사모는 고개를 끄덕였다.

"그렇다면 우리도 서둘러야겠군. 대장군! 상장군! 회군 준비를 서두르시오."

괄하이드와 라수는 황급히 떠났다. 잠시 두억시니들 가운데 서서 사모는 생각에 잠긴 표정으로 땅을 바라보다가 륜에게 닐렀다.

〈나는 케이건 드라카에게 너를 북부까지 안전하게 데려가 달라고 부탁했어. 내가 너와 함께 가게 될 줄은 몰랐어. 그런데 이렇게 되었구나. 정말 기쁘군. 그런데 니름이야.〉

〈이곳에 남는 것 니름이십니까?〉

사모는 미소지었다.

〈북부군은 고향으로 돌아가야겠지. 하지만 우리들의 고향은 여기잖아. 나는 전쟁이 모두 끝난 후에 네가 이곳으로 돌아오길 바랐어.〉

〈저는 누님이 돌아오길 원했습니다.〉

〈그럼, 두 사람의 소망이 모두 이루어진 셈이군?〉

〈예…… 하지만 지금 당장은 북부군과 함께 돌아가는 편이 나을 것 같습니다. 나가들에게는 자신이 일으킨 일을 돌이켜보고 자신을 정리할 시간이 필요합니다.〉

〈우리가 그것을 도와줄 수 있을지도 모르지.〉

〈그렇다 해도 저는 떠나야 합니다. 저는 페로그라쥬와 악타그라쥬의 파괴자입니다. 누님은 그 가면을 벗으시면 더 이상 대호왕이 아니지만, 제 경우에는 그럴 수가 없습니다. 저는 누님 곁에 있을 수 없습니다. 니른 대로 그들이 좀더 침착해질 수 있게 되면, 그때 돌아오겠습니다.〉

사모는 거절했다.

〈아니. 그렇다면 나도 가겠어.〉

〈누님은 그러실 필요가 없습니다. 그 가면만 벗으면…….〉

〈싫어. 너를 북부로 보내고 이곳에 남아 있고 싶지는 않아. 함께 가자. 그리고 돌아올 때도 함께. 네 적출식, 쇼자인테쉬크톨, 그리고 전쟁. 그 모든 것들에서 우리는 항상 이별을 준비해야 했어. 이제 정말이지 이별을 준비하는 일은 싫어.〉

〈누님. 누님은 제가…….〉

〈응? 아, 그래. 나를 읽었군. 그래. 홀로 북부에 남아 있는 너는 나가들과 혈투를 벌였던 자들에게 둘러싸여 있게 될 테지. 그러면 안 돼. 네 곁에는 나가가 한 명 있어야 해.〉

류은 자신의 감정을 어떻게 표현해야 할지 알 수 없었다. 문득 류은 두억시니들 저편에서 다가오고 싶어하는 베미온 굴도하를 느꼈다. 지금까지 그를 보살피던 키타타 자보로도 회군 준비를 하느라 떠난 후였고 그래서 그는 홀로 있었다. 류은 미소지으며 베미온에게 손짓했다. 달려오는 베미온을 보며 류은 침착하게 닐렀다.

〈혼자는 외롭지요.〉

〈그래.〉

〈감사합니다. 누님.〉

〈고맙다는 말은 필요없어.〉

류은 사모의 얼굴을 똑바로 바라보기가 어색하다고 생각했다. 그래서 그는 베미온을 바라보았다. 그런데 베미온은 달려오지 않았다. 베미온은 공터 중간쯤에 선 채 멍한 표정으로 하늘을 바라보고 있었다. 류은 의아해하며 하늘을 탐색했다. 그리고 곧 고개를 홱 돌려 두 눈으로 하늘을 쳐다보았다. 류의 행동에 놀란 사모 또한 고개를 들어 하늘을 쳐다보았다.

거대한 하늘치가 그들의 머리 위로 다가오고 있었다.

남매는 놀란 표정으로 그것을 바라보았다. 모든 하늘치는 바라보는 것만으로 가장 냉철한 관찰자조차 경악시킬 수 있다. 하지만 지금 그들의 머리 위로 다가오는 하늘치의 모습은 경악 이상의 것이었다. 그것은 믿을 수 없을 정도로 낮게 날아오고 있었다. 아니, 높은 하늘에서 서서히 경사를 그리며 낮게 내려오고 있었다. 하늘치가 지금의 움직임을 계속 유지할 경우 그것은 정확히 그들의 머리 위에 내려서게 될 것이다. 사모는 언젠가 파름 평원에서 보았던 참상을 떠올리며 비늘을 세웠다. 그리고 륜은 사모의 기억을 느끼며 그 광경을 공유했다. 파름 평원의 생존자들인 스물두 명의 두억시니들은 혼란에 빠져 괴성을 내질렀다. 숲 저편에서는 북부군이 내지르는 것이 분명한 비명들도 들려왔다. 륜은 니름과 말로 동시에 외쳤다.

"〈아스화리탈!〉"

아스화리탈이 공터 저편의 숲에서 머리를 내밀었다. 륜은 지체 없이 그쪽으로 달려가려 했다. 그러나 그때 사모가 그를 제지했다.

〈잠깐. 륜. 내려올 생각이 아닌 것 같은데.〉

륜은 다시 하늘을 쳐다보았다. 하늘치가 그리던 강하의 궤도가 완만해지고 있었다. 그 비늘 서는 크기 때문에 여전히 두려울 정도로 위압적이었지만 륜은 용인의 모든 감각을 통해 하늘치가 곧 그들의 상공 200미터 지점에서 지상과 수평을 그리게 될 것이라는 것을 깨달았다. 륜은 그 움직임을 이해할 수 없었다. 그때 누군가가 그의 손을 붙잡았다. 륜은 아래를 내려다보았다.

베미온 굴도하가 그의 손을 꼭 붙잡고 있었다. 륜은 그가 떨고 있다는 것을 깨닫고는 억지로 미소를 지었다. 베미온을 위한 미소였지만 륜은 자신의 공포도 가시는 것을 느꼈다. 륜은 한 번 더 미소를 지었다. 그러고는 다른 손을 뻗었다. 사모는 륜이 자신의 손을 쥐는 것을 느끼고는 그를 돌아보았다. 륜의 미소를 본 사모는 의아한 얼굴이 되었다. 륜은 다시 하늘을 바라보았다.

하늘치는 이제 수평 궤도에 접어들었다. 그리고 갑자기 그것의 움직임이 완만해졌다. 그것은 정확하게 그들의 머리 위에서 멈췄다. 서로 손을 맞잡은 세 사람은 아직 완전히 가시지는 않은 두려움 속에서 하늘치를 응시했다.

그리고 세 사람은 갑자기 서로를 쳐다보았다. 사모가 먼저 닐렀다.

〈너도 본 것이군?〉

〈누님도 보셨습니까?〉

질문을 통해 서로의 관찰을 확인한 그들은, 그러나 여전히 믿을 수 없다는 심정으로 하늘을 바라보았다. 그런 광경은 쉽게 받아들일 수 있는 것이 아니었다. 하늘치의 등에서부터 누군가가 걸어내려온다는 것은, 그것도 마치 그곳에 눈에 보이지 않는 계단이 있는 것처럼 터벅터벅 걸어 내려온다는 것은 도무지 상식적이지가 못했다. 아니, 터벅터벅이라는 표현은 정확하지 않았다. 그 사람은 계단을 내려오는 가장 빠른 동작으로 내려오고 있었다. 하지만 높이가 거의 200미터였기에 그 동작은 꽤 오랫동안 계속되어야 했다. 갑자기 륜은 그들을 향해 걸어 내려오는 자가 눈에 익은 자임을 깨달았다. 거의 비슷한 시기에 사모 또한 그 자의 정체를 깨달았다. 그래서 남매는 동시에 같은 이름을 닐렀다.

〈오레놀 대덕?〉

오레놀 대덕의 움직임을 관찰한 두 사람은 그가 달리다시피 걸어 내려오는 그 가상의 계단이 그들에게서 조금 떨어진 숲에서 땅에 닿게 된다는 것을 깨달았다. 두 사람은 서로를 쳐다보고는 베미온과 함께 곧 그쪽을 향해 달려갔다.

나가 병사들을 바라보던 케이건은 갑자기 고개를 돌려 아기를 쳐다보았다. 그는 눈을 부릅뜬 채 말했다.

"어떻게 된 겁니까?"

비형과 티나한은 황급히 병사들을 바라보았다. 그들은 케이건이 병사들의 모습에서 어떤 의문의 소지를 발견했는지 알 수 없었기에 그것을 찾아보기 위해 주의를 기울였다.

두 화신과 수탐자들, 그리고 나늬는 언덕 위에 엎드린 채 나가들을 내려다보고 있었다. 그들이 있는 언덕은 노출된 땅이었고 비형은 케이건의 지시를 따라 주위를 뜨거운 도깨비불로 감싸 그들의 모습 전부를 언덕 위에 있는 뜨거운 바위 정도로 보이게 했다. 근방의 지리에 익숙한 자가 알아볼 가능성은 별로 없었다. 그들 모두가 엎드려 있었기 때문에 비형이 만들어낸 가짜 바위의 모습도 그렇게 크지 않았다. 그리고 시우쇠가 일으킨 불과 수호장군들이 끌어들인 홍수에 의해 지형이 꽤 바뀌어 있었기 때문에 언덕 위에 갑자기 드러난 바위는 주의 깊은 사람이 아니면 깨닫기 어려운 것이었다. 그래서 티나한은 도깨비불의 뜨거움을 감수할 만한 것으로 여기며 눈을 부릅 뜬 채 도깨비불 너머로 하텐그라쥬를 내려다보았다.

나가 군단의 모습은 분주했다. 그들은 시우쇠가 일으킨 불에 의해 타버린 나무들을 이용하여 목책과 방벽을 건설하고 있었다. 기병의 돌격을 저지하기 위한 것임이 분명했다. 수비전을 계획하는 것이라면 그것은 일견 합리적이다. 북부군은 장기전을 수행할 능력이 없기 때문이다. 하지만 자연력이 '자연스럽게' 일어나 정면으로 격돌하는 이런 전쟁에서 그런 노력은 쓸모없는 짓으로 보이기도 했다. 티나한과 비형은 케이건이 나가들의 그런 태도를

이상하게 여긴 것이라고 생각했다. 하지만 케이건의 질문은 나가
에 대한 것이 아니었다.

"우리가 어떻게 이곳에 온 겁니까?"

비형이 당황하여 말했다.

"케이건. 무슨 말이에요? 우리는 여신님의 능력으로 바람같이
이곳에 온 것 아닙니까?"

"나는 수단이 아니라 목적을 말하는 거요. 아무래도 내가 길잡
이 맞나 보군. 나는 어떻게 우리가 시우쇠 님에게 온 것이냐고
질문했소."

비형은 어리둥절하여 티나한을 바라보았고 티나한은 그 시선
을 어깨 너머로 돌려보냈다. 티나한의 등 뒤에 있었기 때문에 아
기 또한 엎드린 모습을 하고 있어야 했다. 아기는 부리를 닫은
채 케이건을 바라보았다. 케이건이 말했다.

"조금 전에 깨달았습니다. 우리는 이곳에 올 수 없습니다."

"하지만 왔잖아?"

"그럴 수가 없습니다!"

케이건은 목소리를 조금도 낮추지 않았다. 그는 나가들이 자신
의 목소리를 들을 리가 없다는 것을 잘 알고 있었다. 하지만 긴
장한 티나한의 깃털이 부풀어오르는 것은 문제가 될 수 있었다.
케이건은 그에게 주의 어린 눈빛을 준 다음 다시 아기에게 말했다.

"카시다 암각문 앞에서 저는 당신에게 질문을 했습니다. 시우
쇠 님을 찾아내려면 즈믄누리로 가야 한다고. 그때 당신은 시우
쇠 님이 땅을 딛고 있을 테니 즈믄누리로 가지 않아도 그 분을
찾아내실 수 있다는 식으로 말씀하셨습니다. 그러니 걱정하지 말
고 걸어가라고 하셨습니다."

"그렇게 말했어."

"그런데, 조금 전 당신은 시우쇠 님과 당신이 서로를 느낄 수 없다고 하셨습니다. 느낄 수 없는 상대를 어떻게 찾아낸다는 겁니까? 모순입니다. 그렇다면 결론은 카시다에서 하신 말씀이 거짓말이거나, 혹은 두 분이 서로를 느낄 수 없다는 것이 거짓말입니다. 전자가 거짓말일 가능성이 높다고 생각됩니다."

아기는 순순히 인정했다.

"그래. 카시다에서 한 말은 거짓말이었어. 나는 시우쇠가 어디 있는지 알 수 없어."

티나한은 볏을 뻣뻣하게 세웠다. 비형은 당황하여 시우쇠를 바라보았다. 하지만 시우쇠는 엎드린 모습 그대로 아래쪽만 바라볼 뿐 그들의 이야기에는 아무런 반응도 보이지 않았다. 케이건은 다시 아기에게 질문했다.

"그러면 우리가 어떻게 시우쇠 님을 찾아올 수 있었던 겁니까?"

"나는 북부군을 찾아왔어. 북부군이 있는 곳에 시우쇠가 있을 테니."

아기의 설명에 비형과 티나한은 만족한 표정을 지었다. 하지만 케이건은 의심 어린 표정으로 아기를 바라보았다. 신을 향하는 사람의 눈빛으로는 어울리지 않는 눈빛이었다.

"여신님. 그렇다면 왜 처음부터 그렇게 말씀하시지 않으신 건지 여쭤보고 싶습니다."

"상관없는 문제 아니야? 시우쇠가 있는 곳이 곧 북부군이 있는 곳이니까."

"불필요한 설명을 생략하신 거라는 말씀이십니까?"

"그래."

케이건은 절대로 믿을 수 없다는 표정을 지었다. 그 표정을 이해한 다른 수탐자들은 걱정스러운 낯빛을 떠올렸다. 케이건은 고개를 돌리며 낮게 말했다.

"여신이여. 거짓말을 하고 싶지는 않으니 말씀드립니다. 지금부터 어쩌면 저는 당신을 경계하는 언동을 보일지도 모르겠습니다. 아무래도 저는 당신을 완전히 신뢰하기 어렵군요."

"케이건!"

티나한이 분노한 어조로 속삭였다. 물론 말로 끝내는 것은 티나한에게 드문 경우였고 그는 두 손으로 땅을 짚으며 몸을 반쯤 일으켰다. 그러나 아기는 달래는 목소리로 말했다.

"티나한. 됐다. 진정하여라. 너희들의 길잡이를 믿어라."

"여신님. 저는 제 길잡이를 믿습니다. 하지만 케이건의 말은 너무……."

"괜찮다. 어쨌든 길잡이야. 뭔가 떠오르느냐? 북부군이 안전하게 퇴각할 시간을 벌려면 저들을 분주하게 만들어줘야 할 텐데."

"저곳에 지진을 일으키실 수 있으십니까?"

아기는 케이건의 과격함에 미소를 지었다.

"글쎄. 이 주위의 땅은 매우 안정되어 있다. 저 고대의 도시는 그 역사 동안 한 번도 그런 경험을 한 적이 없다. 그리고 지진의 여파는 북부군도 덮칠 텐데. 무엇보다 문제인 것은 심장탑 또한 위험하다는 점이지. 심장탑에는 사모 페이의 심장도 보관되어 있어. 네 왕이 위험하지 않은가?"

"여신님의 능력으로 이동하면서 제가 저 자들의 목을 칠 수 있을까요."

"불가능해. 그런 이동 도중에는 저 자들이 너를 건드릴 수 없는 것처럼 너 또한 저 자들을 건드릴 수 없어. 그리고 네가 자꾸 무시하는 것 같은데, 비형을 좀 생각해 보지?"

비형의 얼굴을 슬쩍 본 케이건은 피비린내 풍기는 계획을 전부 포기했다. 보다 온건한 계획을 떠올린 케이건은 그것을 아기에게 말했다. 케이건의 상상력은 비형을 감탄하게 했고 티나한을 어리둥절하게 했다. 아기는 케이건의 제안이 실현 가능함을 확인해 주었다. 그러나 아기는 단서를 달았다.

"그런데 그건 시우쇠의 도움이 필요한 일이군. 시우쇠에게 도움이 필요하다고 말하면 무슨 뜻인지 알 거야. 그렇게 말해 줘."

케이건은 자신이 세계 제일의 단거리 전령이 된 것 같다고 생각하며 손 닿는 거리에 있는 시우쇠에게 아기의 말을 전달해 주는 좀 우스꽝스러운 역할을 수행했다. 시우쇠는 이해했다.

"재미있는 생각이군. 시작 신호는 네가 해라. 나와 아기는 서로 이야기할 수 없으니까."

케이건은 어색한 기분을 느끼며 시작이라고 말했다. 그러자 시우쇠가 자리에서 일어났다.

"가자."

"안 하십니까?"

"했다. 가자."

수탐자들은 아기를 쳐다보았다. 아기는 미묘한 미소를 지은 채 케이건을 바라보며 말했다.

"끝났으니까 일어나라. 다음에 주위를 살펴볼 수 있게 되면 그곳은 심장탑일 거다."

수탐자들은 약간 어이 없는 기분을 느끼며 일어났다. 그리고 다음 순간 그들의 모습이 언덕 위에서 사라졌다.

숲을 빠져나왔을 때 류은 갑자기 쏟아져들어오는 엄청난 감정
에 비틀거렸다.

그곳에 오레놀이 있었다. 오레놀은 흥분해 있었다. 용인이 아
닌 자라 하더라도 대덕의 새된 목소리, 복잡하게 움직이는 두
손, 빠르게 움직이는 눈동자 등을 보면 그가 흥분해 있다는 것을
읽어낼 수 있을 것이다. 쉽게 흥분하는 사람의 몸동작과 정말 흥
분하여 평소라면 상상도 하기 힘든 모습까지 보여주는 사람의 차
이를 극명하게 깨달을 수 있는 류에게는 오레놀의 흥분이 압도적
으로 분명했다. 류은 균형을 잃고 비틀거렸다. 사모의 손이 재빨
리 다가와 그를 부축했다.

〈류?〉

〈아니요. 괜찮습니다. 가보시죠.〉

사모는 걱정스러운 표정으로 류을 바라보았지만 더 이상 니르
지 않고 조심스럽게 걸음을 옮겼다. 반대쪽으로 다가온 베미온
또한 한껏 걱정스러운 표정을 지으며 류을 부축하려 했다. 류은
그들을 안심시키기 위해 짐짓 기운차게 걸었다. 하지만 잠깐 동
안 류은 오레놀 대신 다른 사람들을 보려 애썼다. 대덕의 흥분은
그들에게도 전염되고 있었고 류은 한 번 걸러진 흥분에 먼저 익
숙해지기로 했다. 마침내 오레놀을 보아도 좋겠다고 판단한 류은
그의 얼굴과 목소리에 주의를 돌렸다.

"케이건 드라카 님 말입니다!"

라수 규리하가 대답할 것이다. 류이 그런 생각을 하자마자 라
수 규리하가 약간 짜증스러운 목소리로 말했다.

"그러니까 스님께서는 케이건 드라카 님이 오셨냐고 질문하신 것이군요?"

물론이지요! 오셨습니까?

"물론이지요! 오셨습니까?"

예. 조금 전에 모든 이보다 낮은 여신의 화신을 모시고 이곳에 오셨습니다.

"예. 조금 전에 모든 이보다 낮은 여신의 화신을 모시고 이곳에 오셨습니다."

조금 전? 그러면 지금 어디에 계십니까?

"조금 전? 그러면 지금 어디에 계십니까?"

륜은 자신이 '먼저 듣고' 있다는 사실에 놀랐다. 그가 듣고 나서 두 사람이 말했다. 륜이 가진 용인의 예민함은 그 어느 때보다 예리해져 있었다. 상대방이 하려는 말을 미리 짐작할 수 있는 그의 예민함은 이제 날카로워질대로 날카로워져서 그 억양과 어조마저도 미리 알아버리고 있었다. 그 결과로 륜은 말이 두 사람의 입 밖으로 나오기 전부터 그것을 '듣고' 있었다. 그래서 륜에게 두 사람의 대화는 마치 메아리가 치는 것처럼 들렸다. 라수가 말했다.

"그 전에 제가 질문 좀 하겠습니다. 스님은 도대체 어떻게 저 위에서 내려오신 겁니까? 저는 조금 전 스님께서 어디에도 없는 신의 신체였나 하는 생각을 해보았습니다."

오레놀은 폭발적인 웃음을 터뜨렸다. 그 웃음이 웃기기 때문이 아니라 강렬한 흥분과 실망감 때문에 뛰쳐나오는 것임을 깨닫는 데는 보통의 감각으로도 충분했고, 그래서 라수는 불쾌해하는 대신 미심쩍은 표정으로 오레놀을 바라보았다. 오레놀은 괴로워하며 말했다.

"저도 그랬으면 정말 좋겠군요. 하지만 그렇지 않습니다. 하늘
치 유적 탐사가 마침내 성공했습니다. 저는 참관인 자격으로 바
이소 계곡에 갔다가 엉겁결에 하늘치 등에 오르게 되었습니다.
그곳에서 다섯 번째 종족이 남긴 유산을 이용하는 법을 터득하게
되었습니다. 그리고 그 유산을 통해 우리가 끔찍한 재난에 직면
해 있다는 것을 깨닫게 되었고, 그래서 황급히 이곳으로 왔습니
다. 이것이 지금 할 수 있는 최대의 설명이고, 더 긴 설명을 요
구하면 당신의 목을 조르는 제 모습을 보게 될지도 모릅니다. 그
러니 대답하십시오. 케이건 드라카 님은 어디에 계십니까!"

오레놀의 눈을 들여다본 라수는 대덕이 절대로 농담을 하고 있
는 것이 아니라는 것을 알게 되었다. 그래서 라수는 오레놀의 말
에 의해 발생하는 무수한 질문들을 잠시 억눌러둔 채 대답했다.

"케이건은 두 분의 화신을 모시고 다른 수탐자들과 함께 하텐
그라쥬로 들어가셨습니다. 공작?"

라수의 시선을 받은 륜은 고개를 끄덕였다. 그에게는 라수의
말이 아직까지 메아리처럼 들렸다.

"지금 심장탑에 들어가셨습니다. 여신께서는 약속하신대로 뭔
가 조치를 취하셨습니다만 저는 그것에 대해서는 알 수 없습니
다."

대답을 하면서 륜은 뒤늦게 도달한 다른 장수들이 자신들이 듣
지 못한 이야기가 무엇인지 짐작하기 위해 대화에 귀를 기울이는
것을 느꼈다. 라수는 오레놀을 돌아보았다.

"들으셨……, 괜찮으십니까?"

라수는 갈라지는 목소리로 비명을 올렸다. 오레놀은 핏기가 가

신 얼굴로 라수를 멍하니 마주보고 있었다. 그렇게 상장군을 바라보던 대덕은 갑자기 어깨를 축 늘어뜨렸다. 잠시 후 그의 입에서 꽤나 평범한 말이지만 언제나 무시무시한 느낌을 주는 그 유명한 말이 흘러나왔다.

"늦었군요."

대덕의 말에서 배어나오는 좌절감은 그들 모두를 얼어붙게 만들었다. 사모는 자신도 모르게 류의 어깨를 꼭 끌어안았고 마루나래 또한 심상치 않은 기분을 느낀 듯 낮게 으르릉거렸다. 라수가 마치 도망칠 길 없는 악몽에서 깨어나고 싶은 사람처럼 거칠게 말했다.

"도대체 뭐가 늦었다는 겁니까, 스님?"

오레놀은 두 손으로 얼굴을 감싸쥐었다. 그의 손 사이로 공포의 예언이 흘러나왔다. 어울리지 않을 만큼의 명징성을 담고서.

"나가는 멸망할 겁니다."

주위를 둘러본 케이건은 가슴이 뛰는 것을 느꼈다. 난생 처음 보는 광경이었지만 그곳은 심장탑 안쪽이었다. 비형은 나늬의 뿔을 만지작거렸다. 상황이 워낙 다급하게 진행되고 일행이 순식간에 휙휙 움직이고 있었기에 비형은 나늬를 떼어놓을 수 없었다. 그리고 그 때문에 나늬는 독특한 경력을 얻게 되었다.

"넌 세계 최초로 심장탑에 들어와본 딱정벌레가 된 거야. 물론 네 주인은 세계 최초로 심장탑에 들어온 도깨비가 되었고. 기분이 어때?"

나늬는 수화로 몇 마디 대답했고 비형은 그 수화를 보며 빙긋 웃었다. 나늬는 덥다고 대답했다. 딱정벌레의 수화처럼 그곳의 기온은 끔찍하게 더웠다. 티나한 또한 더위를 느끼며 비형이 아직 도깨비불을 운용하고 있는 것이 아닌가 의심했다. 하지만 비형의 질문은 티나한의 추측이 잘못된 것임을 알려주었다.

"그런데. 왜 이렇게 더운 거죠?"

티나한은 의아해하며 다른 사람들을 둘러보았다. 대답은 그의 등 뒤에서 나왔다.

"이곳에서 나가들 사이에 알력이 있었다. 그래서 한 수호자가 이 탑의 꼭대기에서 더운 공기를 계속 아래로 내려보내며 농성을 하고 있다. 정도 이상의 더위도 추위 만큼이나 나가들에게 치명적이니까."

아기의 대답에 케이건은 짧게 고개를 끄덕였다. 시우쇠가 흥분하여 말했다.

"그런데 발자국 없는 여신은 어디에 있는 거야?"

케이건은 아기가 그 질문에 대답할 것을 기다리다가, 아기가 아무런 반응을 보이지 않는 것을 보고는 시우쇠의 말을 반복했다.

"여신님. 발자국 없는 여신의 신체는 어디에 있습니까?"

"몰라."

비형은 턱이 쑥 빠진 얼굴로 아기를 올려다보았다. 대답을 듣지 못하는 시우쇠는 초조한 표정으로 수탐자들을 둘러보았다. 케이건은 미간을 찡그리며 말했다.

"모르신다고요? 시우쇠 님의 경우와 같은 겁니까?"

"그래. 시우쇠의 경우처럼 나는 그 신체가 어디에 있는지도 알 수 없다."

"곤란하군요. 진작 말씀해 주셨으면 좋았을 텐데. 이 탑은 대단히 높습니다."

아기는 빙긋 웃었다.

"우리에겐 길잡이가 있잖아? 케이건. 네가 필요한 것이라면 뭐든 말해 주겠어. 이곳 하텐그라쥬에서 일어난 일들 중 네가 궁금해하는 것이 있다면 뭐든 질문해. 대답할 테니까. 그러면 너는 내가 알려준 것들을 통해 신체가 어디에 감금되어 있는지 짐작할 수 있을 거야."

케이건은 아기의 말에 내포되어 있는 의미를 깨달았다.

"당신이 스스로 짐작하실 수는 없는 겁니까?"

"그래. 신체나 화신에 관한 것이라면 나는 그럴 수 없어. 우회해서 생각하는 것조차 불가능해. 그러니까 네가 질문해야 해. 나는 알 수 없어."

케이건은 대화의 절반만 들으며 분노하고 있는 시우쇠를 잠깐 돌아보고는 그럴 법하다고 생각했다. 아기가 시우쇠를 곧장 보지는 못하더라도 시우쇠 주위에 있는 수탐자들은 시우쇠를 보고 있다. 아기가 땅 위에서 일어나는 모든 일을 안다면, 그녀는 시우쇠를 보고 있는 수탐자들의 시각도 알아야 한다. 그런데도 아기는 시우쇠가 어디에 있는지 알지 못했다. 케이건은 자신의 생각을 시험해보았다.

"아까 여신께서는 풀이 타고 있는 걸 보니 저기에 시우쇠가 있을 거라는 식으로 말씀하셨습니다."

"네가 시우쇠가 그곳에 있다고 말해 줬기에 짐작할 수 있게 된 거야."

"생각한 대로군요. 알겠습니다."

케이건은 이해했다. 그가 약간의 암시가 될 수 있는 것을 찾아낸다면 아기는 발자국 없는 여신의 신체가 어디에 있는지 짐작할 수 있게 되는 것이다. 케이건은 어떤 것이 암시가 될 수 있는지 생각해 보았다. 티나한과 비형은 케이건에게 대화를 맡겨두고는 주위를 경계했다. 케이건이 말했다.

"4년 전, 발자국 없는 여신의 감금이 발생한 시점을 전후하여, 이곳에 어떤 대규모의 장치가 운반된 적이 있습니까?"

"4년 전 하텐그라쥬의 유명한 대장장이 페니나 시에도가 제작한 커다란 금속 입방체가 이곳으로 옮겨온 적이 있었지. 그것은 51층으로 운반되어 설치되었어. 꽤 거대한 물건이라 옮기는 것이 정말 힘들었어. 그런데?"

케이건은 허무할 정도로 간단하게 문제가 풀렸음을, 그리고 아기의 말이 사실임을 알게 되었다. 신체나 화신에 대한 것이라면 아기는 우회하여 생각하는 것조차 불가능했다.

"발자국 없는 여신의 신체는, 아마도 어떤 구속력이 있는 장치에 의해 구속되어 있을 겁니다. 그것이 말씀하신 그 금속 입방체일 겁니다. 여신의 신체는 51층에 있습니다."

"아아, 그렇구나. 이해했어. 그러면 51층으로 올라가야겠군."

"꽤 다리가 아프겠군요."

"괜찮아. 곧 도착할 거야."

아기의 말대로 되었다.

수탐자들과 두 화신이 계단을 오른 순간 그들은 51층에 도착했다. 마치 즈믄누리로 돌아온 듯한 기분에 비형은 감탄하며 주위를 둘러보았다. 주위를 둘러보던 그의 눈에 기묘한 것이 들어왔다. 비형은 깜짝 놀라 케이건의 옷자락을 잡아당기며 말했다.

"저기 나가가 누워 있습니다."

케이건은 바라기를 움켜쥐며 그곳을 바라보았다. 어떤 여자 나가가 바닥에 엎드려 죽은 듯이 누워 있었다. 케이건은 낮게 속삭였다.

"비형. 만약을 대비해야 하니까 고개를 돌리시오."

비형은 긴장된 표정으로 고개를 돌렸다. 케이건은 티나한에게도 아기를 지키라는 식의 손짓을 보낸 다음 여자 나가에게 다가갔다. 여인의 모습을 살핀 케이건은 그 여자가 군인이며 꽤 높은 지위를 가지고 있을 거라고 생각했다. 바짝 다가간 케이건이 바라기를 뻗어 여인의 몸을 툭 건드렸지만 여인은 여전히 꼼짝도 하지 않았다. 티나한의 등 뒤에서 아기가 말했다.

"그 여인은 이곳의 열기 때문에 기절한 거다. 당장은 못 일어날 거야."

케이건은 고개를 끄덕이며 바라기를 위로 들어올렸다. 시우쇠가 말했다.

"뭐 하는 거냐?"

"목을 자를 생각입니다만."

"관둬! 여신을 구출하는 것이 급하다. 한가하게 그런 일을 하고 있을 시간이 없다!"

케이건은 그 말을 거부할까 하다가 비형을 떠올리고는 바라기를 다시 거둬들였다. 그리고 그들 앞쪽에 있는 문으로 다가갔다. 케이건은 바라기를 다시 움켜쥐며 조심스럽게 문을 밀었다. 그는 곧 문이 잠겨 있음을 알게 되었다. 시우쇠가 분노를 억지로 참는 목소리로 말했다.

"뭐 하는 거냐?"

"문이 잠겨 있습니다."

시우쇠는 두말없이 앞으로 성큼 걸어갔다. 그러고는 주먹을 잔뜩 끌어당겼다가 문을 후려쳤다. 케이건은 놀라며 몸을 돌렸다.

문은 산산조각이 나며 부서졌다. 하마터면 나뭇조각에 온몸이 찢어질 뻔한 케이건은 화를 내며 시우쇠를 바라보았다. 하지만 시우쇠는 그에겐 시선도 보내지 않은 채 방 안으로 들어갔다. 케이건은 시우쇠를 가리켜 성격이 불 같다고 말하는 것이 무슨 의미가 있는지 생각하며 그 뒤를 따라걸었다. 그 뒤를 이어 티나한과 아기, 비형과 나늬가 걸어들어갔다.

방 안으로 들어간 케이건은 시우쇠가 방 가운데서 몸의 불길을 피워올리며 주위를 둘러보는 모습을 발견했다. 그리고 그의 앞쪽에 있는 금속 입방체 또한 발견했다. 그것은 꽤 거대한 물건이었고 그 안쪽은 나가나 인간 크기의 사람 한 명은 무리 없이 집어넣을 수 있을 만한 공간이 있는 듯했다. 케이건은 그토록 큰 물건을 이 높이까지 잘도 옮겼다고 생각했다. 그때 시우쇠가 격노하여 말했다.

"제기랄, 도대체 어디 있어!"

케이건은 고개를 갸웃했다.

"여기 있잖습니까?"

"여기라니, 그게 어디인데?"

케이건은 어이 없다는 표정으로 시우쇠를 보다가 손을 들어 말 없이 입방체를 가리켰다. 시우쇠는 그의 손가락이 가리키는 방향을 바라보다가 분노를 참지 못해 떨리는 목소리로 말했다.

"저 금속 상자야? 젠장, 이제 보이는군."

이제 보인다고? 케이건은 그 말에 대해 생각했다. 그러나 시우쇠는 더 이상 기다리지 않은 채 앞으로 달려갔다. 시우쇠는 금속 입방체 앞쪽의 두 개의 문을 보다가 그것을 움켜잡았다. 그리고 그것을 활짝 열어젖혔다.

수탐자들은 입방체 내부에서 흘러나오는 냉기에 움찔했다. 케이건은 놀라워하며 말했다.

"그렇군. 냉기였어. 냉기로 신체를 얼려놓은 거야. 그런데 이건 도대체 어떤 기술이지?"

케이건은 눈을 가늘게 떠서 냉동 장치 안쪽을 바라보았다. 그곳에는 젊은 여자 나가가 얼어붙은 모습으로 서 있었다. 그녀의 몸은 금속벽에 기대어져 있었고 두터운 얼음들이 그녀의 다리를 감싸고 있었다. 허리 옆으로 늘어뜨려져 있는 두 팔 또한 두터운 고드름덩이에 의해 결박되어 있었고 위쪽에서 흘러내리다가 얼어붙은 것 같은 얼음들은 그녀의 머리를 벽에 고정시켜놓았다.

빙하에 사로잡힌 시체 같은 모습이었다. 비형은 동정심에 신음을 흘렸다. 티나한 또한 그 끔찍한 모습에 볏을 꼿꼿이 세웠다.

시우쇠는 절망적인 몸짓으로 냉동 장치 안을 들여다보다가 케이건에게로 고개를 홱 돌렸다. 눈동자 없는 그의 두 눈은 활활 불타며 케이건을 노려보았다.

"이 안에 있냐?"

'맙소사. 그것도 가르쳐줘야 하나.' 케이건은 다시 손을 들어 얼어붙은 나가의 얼굴을 가리켰다. 하지만 시우쇠는 고개를 가로저었다. 화신의 목소리가 좌절감 때문에 흔들렸다.

"안 보여."

케이건은 '풀이 타는 것'과 '금속 상자'가 이들의 한계임을 깨달았다. 아무리 주위에서 암시를 주고 가르쳐준다 해도, 그럼으로써 신체의 주위까지 다가가게 할 수는 있어도, 신체를 직접 보는 것은 불가능하다. 케이건은 신들이 왜 이런 기묘한 구속에 놓여 있는지 의문스러워했다.

시우쇠가 몸을 돌려 케이건을 정면으로 바라보았다.

"너는 보이지?"

"예."

"너는 보이지. 그래. 너는 다 볼 수 있지."

케이건은 눈을 가늘게 뜨며 화염의 화신을 바라보았다. 시우쇠의 코와 입으로 새파란 불길이 들락거렸다. 그는 얼굴을 찡그리고 있었고 그러자 원래도 친근함을 느끼기 힘든 그 모습이 더욱 소름끼치게 바뀌었다.

"너는 다 볼 수 있다고……, 너만이!"

갑자기 시우쇠가 두 팔을 높이 쳐들었다.

오레놀의 기이한 예언이 불러온 경직 상태에 놓여 있던 라수는 먼 곳에 들려온 굉음에 간신히 그 경직에서 벗어날 수 있었다. 라수는 고개를 돌렸고, 그리고 비명도 내지르지 못한 채 얼어붙었다.

심장탑의 윗부분이 통째로 폭발하고 있었다.

200미터나 되는 심장탑의 위쪽 30미터 정도가 가루가 되며 폭발했다. 흙먼지와 연기가 사방으로 퍼져나갔고 그 때문에 짧은 순간 심장탑은 기묘하게 생긴 버섯처럼 보였다. 하텐그라쥬의 상공에서 일어난 이 소름끼치는 재난에 륜은 육성과 니름 양쪽으로 비명을 내지르며 사모를 와락 끌어안았다. 그는 사모의 심장병이 당장 부서질 거라 믿었고 과거의 기억에 비늘을 세웠다. 그의 눈 앞에서 요스비의 마지막 모습이 너무도 선명하게 펼쳐졌다. 그러나 사모는 죽지 않았다. 륜은 믿을 수 없다는 표정으로 사모를 바라보았다. 질린 표정으로 심장탑을 바라보던 사모는 동생의 걱정을 이해하고는 간신히 미소를 지었다.

〈괜찮아. 나는 괜찮아.〉

〈사모. 저는 누님이 죽는 줄로만…….〉

〈나는 괜찮아.〉

경악한 사람들 사이에서 섬뜩할 정도로 차분한 목소리가 흘러나왔다. 오레놀은 심장탑을 바라보며 말했다.

"시작되었군요."

하텐그라쥬의 시민들과 수비군은 굉음을 듣지는 않았다. 하지만 심장탑은 도시 어느 곳에서나 눈에 들어오는 높이였고 몇 사람은 때마침 그곳을 보고 있었다. 그들이 터뜨린 절규 같은 니름이 번져나가고 얼마 있지 않아 광대한 하텐그라쥬 내에 있는 모든 나가들이 그 공포스러운 광경을 보며 비늘을 세웠다.

대략 50층에 해당하는 높이 아래의 심장탑은 언제나와 같은 모습이었다. 하지만 그 윗부분은 흙먼지로 변해 구름처럼 부풀어오르고 있었다. 마지막 나가가 그곳을 바라보았을 때 흙먼지의 구름은 아래를 향하고 있었고 그래서 마지막 나가가 받은 인상은 압도적인 크기의 야자수라는 것이었다. 묘하게도 야자수와 닮은 모습으로 흙먼지는 원추형의 삐죽삐죽한 가지들을 그리며 아래로 늘어뜨려졌다.

그리고 그들의 머리 위로 파편과 잔해들이 쏟아졌다.

나가들은 정신적 비명을 지르며 머리를 감쌌다. 모든 나가들이 내뿜는 니름 때문에 그곳은 나가들에겐 정신이 나가버릴 만큼 '소란스러운' 곳이 되었다. 하지만 그들 중 다른 나가들과 좀 다른 반응을 보이는 자들이 있었다. 수호 장군들, 특히 하텐그라쥬 출신의 수호 장군들은 비늘을 뻣뻣하게 세운 채 심장탑을 바라보았다. 그 광경에 의아해하던 인실롭은 문득 그 이유를 알 것 같다는 생각을 했다. 그는 가까이 있던 넋이 나간 듯한 표정의 수호 장군에게 닐렀다.

〈괜찮소! 당신 심장병은 안전한 모양이군.〉

그는 인실롭을 돌아보았다. 그의 몸에 있는 비늘들이 너무 곤두서서 그는 나가가 아닌 존재처럼 보였다.

〈심장병은 모두 저 높이 아래에 있습니다. 나는 심장병이 깨질까봐 걱정하는 것이 아닙니다.〉

〈그러면 다른 이유가……. 설마! 여신은 몇 층에 계십니까?〉

〈51층입니다. 저 정도 높이일 것 같은데요.〉

인실롭은 상대방과 똑같은 모습으로 바뀌었다. 경악에 사로잡혀 있던 그가 간신히 니름을 꺼내놓은 것은 꽤 긴 시간이 지난 후였다.

〈도, 돌격! 심장탑으로 돌격!〉

인실롭은 어떻게 해야 한다는 계획 같은 것은 가지고 있지 않았다. 그리고 그 시점에서 그에게 그런 것을 요구하는 것은 무리였을 것이다. 인실롭은 심장탑에 빨리 가야 한다는 생각 외엔 아무것도 할 수 없었다. 다른 나가들 또한 비슷한 기분을 느끼고 있었기에 그에게 설명을 요구하거나 대책을 질문하는 자는 없었다. 다섯 개 군단의 나가들이 동시에 심장탑을 향해 움직였다. 그리고 얼마 있지 않아 그들은 분노와 당혹에 휩싸였다. 당황한 그들 사이에서 평범하다고까지는 할 수 없지만 전통적이기는 한 대화가 오갔다.

〈여기는 아까 지나갔던 곳 아냐?〉

〈그런 것 같은데?〉

수호 장군들과 병사들은 이루 말할 수 없는 공포를 느꼈다. 그들은 밤의 숲속에서나 경험할 수 있는 상황에 자신들이 빠져 있음을 알게 되었다. 흔히들 '빙빙 돈다'고 니르는 바로 그 상황이었다. 심장탑을 향해 있는 힘껏 달렸지만, 그들은 계속해서 같은 곳으로 돌아오게 되었다. 하지만 시간은 밤도 아니었고 그들이 있는 곳은 숲속도 아니었다. 그들은 이해할 수 없는 상황에 정신적 비명을 지르며 주저앉았다.

하텐그라쥬에 있는 나가들 중 심장탑의 폭발에 놀라지 않은 나가는 극히 드물었다. 그들은 대개 기절해 버린 비아스 마케로우처럼 주위의 상황을 느낄 수 없거나 심장탑을 볼 수 없는 곳에 있었던 사람들이었다. 하지만 완전한 인식 능력을 소유하고 있으며 심장탑의 폭발을 목격할 수 있는 위치에 있었으면서도 놀라지 않은 나가가 한 명 있었다.

수호자 세리스마는 불쌍하게도 놀랄 겨를도 없었다.

갑자기 건물이 폭발했을 때 세리스마는 몸이 갈기갈기 찢기는 고통을 겪으며 위로 치솟아올랐다. 눈에 보이는 것은 거의 없었고 자신이 어떤 모습을 하고 있는지도 알지 못한 채 세리스마는 악몽 같은 시간들 속에서 고문당했다. 자신이 떨어지고 있는지 치솟아오르고 있는지조차 알지 못했던 그에게는 수만 년 정도의 시간처럼 여겨지는 시간이 지난 후, 세리스마는 겨우 자신의 몸이 더 이상 움직이지 않는다는 확신을 얻을 수 있었다. 그는 시력을 회복하기 위해 눈을 껌뻑거렸다.

그리고 세리스마는 주위의 풍경에 놀랐다. 그는 엄청난 시간이 흘렀다고 믿었지만, 폭발은 이제 겨우 사그라들고 있었다. 그리고 세리스마는 심장탑 51층에 쓰러져 있었다. 자신의 위치를 파악하는 데 있어 세리스마는 주위의 모습에 아무런 도움을 받지 못했다. 그의 주위에는 아무것도 없었다. 벽도, 천장도, 계단도. 존재하는 것은 바닥과 몇몇 사람의 모습, 그리고 냉동 장치뿐이었다. 세리스마는 그 냉동 장치에 의해 이곳이 51층이라는 사실을 알게 되었다.

하텐그라쥬의 심장탑은 51층 이상의 모든 것을 잃어버렸다.

하텐그라쥬의 높은 상공을 지나는 거센 바람이 먼지 구름을 흩어놓았다. 드러난 바닥에는 놀랍게도 별다른 잔해가 없었다. 폭발의 힘이 시작된 곳이 이곳이었기 때문이다. 그리고 세리스마는 그 폭발의 원인이 무엇인지도 알 수 있었다. 불덩이에 도깨비의 피부를 대충 씌워놓은 것 같은 저 앞의 존재가 아니면 누가 그런 짓을 일으켰겠는가?

'시우쉬다. 저 놈이 어떻게 여길?'

세리스마는 몸을 일으키려 했다. 하지만 그 간단한 행동은 세리스마의 의도대로 이루어지지 못했다. 세리스마는 고개를 숙여 자신의 몸을 보려 했다. 하지만 고개를 움직일 수 없었다. 세리스마는 그 사실에 당황했다. 그는 눈을 한껏 굴려 자신의 상태를 확인했다.

팔 하나는 어깨에서부터, 그리고 다른 팔은 팔꿈치에서부터 존재하지 않았다. 몸 곳곳에서는 기묘한 형태로 튀어나온 뼈들이 번득이고 있었고 다리쪽은 보이지 않았지만 그쪽 또한 그다지 고무적이지 못한 광경일 것이 분명했다. 세리스마는 자신이 심장탑

보다 더 심한 손상을 입었음을 알게 되었다. 고통이 없다는 사실은 그에게 기묘하게 느껴졌다. 신경의 어딘가가 잘못되었거나 세리스마의 두뇌가 엄청난 고통을 제대로 처리하지 못할 정도의 혼란에 빠진 것이 분명했다. 세리스마는 자신이 완전히 무력한 상태임을 알게 되었다. 그때 그의 눈에 저편에 쓰러져 있는 어떤 여인의 모습이 보였다.

여인은 그보다는 훨씬 양호한 모습을 하고 있었다. 폭발의 안쪽, 이곳 51층에 있었기 때문으로 여겨졌다. 세리스마는 그 여자가 누군지 알아보려 했지만 뒤통수를 이쪽으로 향하고 있었기에 알아볼 수 없었다. 머리를 움직일 수 없기에 더 이상의 시야는 제대로 확보할 수 없었고, 그래서 세리스마는 공포 속에서 청력에 주의를 기울여 보았다.

아기가 탐탁찮은 목소리로 말했다.

"이 과격한 짓은 시우쇠의 소행인가 보군."

티나한은 바닥에 주저앉아 있었다. 그의 머리 위에 있던 모든 것이 사라졌다. 바닥에 주저앉아 있었지만 서 있는 사람들과 비슷한 시야를 가질 수 있었던 티나한은 저 멀리 숲과 도시의 머리 부분들을 볼 수 있었다. 비형은 나늬의 등을 덮듯이 엎드린 채 몸을 떨고 있었고 케이건은 어처구니 없다는 표정으로 시우쇠를 바라보았다.

"왜 이러신 겁니까?"

"냉동 장치를 부술 수는 없으니까! 너를 부술 걸 그랬나?"

"그러지 않아주셔서 고맙군요."

"고마워할 것 없어! 그럴 수 없어서 안 그러는 것뿐이지. 나는 네녀석을 박살내고 싶으니까!"

시우쇠의 포효는 그대로 화염이 되어 그의 입가에서 출렁였다. 케이건은 고개를 갸웃했다. 그때 티나한의 등 뒤에서 아기가 말했다.

"마침내 셋이 모였다."

케이건과 티나한, 그리고 비형은 아기를 돌아보았다. 아기가 다시 우렁찬 목소리로 말했다.

"하나를 상대하기 위한 셋이 마침내 이 자리에 모였다. 이제 우리는 너를 일깨울 것이다."

케이건은 어리둥절했다. 아기의 말대로 그들이 여신을 구출하기 위해 온 것이 확실했지만, 셋은 아니었다. 이곳에 도달한 화신은 둘 뿐이었다. 비형이 떨리는 목소리로 질문했다.

"여신님. 말씀하신대로 발자국 없는 여신을 일깨워야겠지만, 셋은 아니잖습니까?"

"나는 발자국 없는 여신을 일깨우겠다고 말한 적이 없다."

수탐자들은 다시 당혹에 빠졌다. 그때 아기의 말을 전혀 듣지 못하는 시우쇠가 고함을 내질렀다.

"셋이 다 모였어! 이제 하나를 상대하겠다!"

케이건은 미심쩍은 표정으로 말했다.

"그 하나가 누군지 여쭤봐도 되겠습니까?"

"물론 너지!"

비형과 티나한의 눈이 크게 벌어졌다.

앞으로 내뻗은 시우쇠의 손가락은 케이건을 겨냥하고 있었다.

사모가 륜의 품에서 빠져나갔다. 당황한 륜이 허공을 붙잡으려 애쓰는 동안 사모는 오레놀의 곁에 순식간에 다가섰다. 그녀는 오레놀의 어깨를 붙잡아서는 친절하지 못한 방법으로 그를 돌려 세웠다.

"뭐가 시작되었다는 거야?"

오레놀은 멍하니 사모를 바라보았다. 대덕의 얼굴은 침착해 보였지만 그것은 침착성이 아니었다. 사모는 대덕이 감정적 공황에 빠져 있음을 깨달았다. 그녀가 다시 오레놀의 어깨를 흔들고나서야 오레놀은 입을 열었다. 그의 말투는 마치 잠꼬대 같았다.

"셋이 하나를 일깨울 겁니다."

"여신을 구출한다고?"

"오랫동안 갇혀 있던 신이 풀려날 겁니다."

"그러니까 여신을 구출한다는 말이야?"

오레놀의 얼굴에 문득 조소 같은 것이 떠올랐다가 사라졌다. 하지만 그 희미했던 조소는 오레놀에게 활력을 돌려주었다. 오레놀은 훨씬 명확한 어투로 말했다.

"아니요. 어디에도 없는 신입니다."

사모의 몸에서 비늘이 요란하게 일어났다. 하지만 그녀의 목소리는 낮았다.

"설명해 봐."

주위의 다른 사람들도 경악을 채 감추지 못한 표정으로 오레놀의 얼굴을 바라보았다. 오레놀은 차분하게 말했다.

"갇혀 있었던 것은 어디에도 없는 신입니다. 지금 저곳에 발자국 없는 여신이 계십니다. 그리고 모든 이보다 낮은 여신과 자신을 죽이는 신도 계십니다. 세 분이 모인 거죠. 셋이 하나를 상대합니다. 그 분들은 갇혀 있던 어디에도 없는 신을 해방할 겁니다. 그리고 변화를 재생산할 겁니다."

사모는 변화를 재생산한다는 것이 무슨 말인지 알 수 없었다. 그때 라수가 말했다.

"스님. 어디에도 없는 신이 어디에 갇혀 있었다는 말씀입니까?"

오레놀은 천천히 라수에게로 고개를 돌렸다. 하지만 그의 입에서 나온 말은 라수의 질문에 대한 대답이 아니었다.

"인간이 80년을 살면 장수한다고 말합니다. 100년을 살면 놀라운 일이라고 말합니다. 120년을 살면 아낌없는 축복의 대상이 됩니다. 하지만 천 년 이상을 살면 어떻게 되겠습니까? 그는 괴물이 됩니다. 사람들 사이에서 살 수 없는 존재가 됩니다."

라수는 불편한 표정을 지어보였지만 오레놀의 말을 가로막지는 못했다. 오레놀의 태도는 확고부동했다. 오레놀이 말하고 싶은 것을 전부 다 말할 것이며 방해는 절대로 받아들이지 않을 것임은 누구의 눈에도 분명했다.

"그런데 바로 그런 괴물이 우리들 곁에 있습니다. 이토록 슬픈 괴물이 있을까요. 헤아리기도 어려운 그 옛날, 그는 품었던 모든 희망에 배신을 당하고 가졌던 모든 것을 뺏긴 끝에 복수만 아는 괴물이 되었습니다. 그래서 그는 적을 사냥하여 먹어치웁니다. 괴물에게 어울리는 일이겠지요."

오레놀이 말하기 전부터 그 말을 들었던 륜은 경악에 호흡을 멈췄다. 사모 또한 입을 감싸쥔 채 뒤로 몇 발자국 물러났다. 오레놀은, 동정심이 가득하지만 비난의 눈초리도 채 숨기지 못한 시선으로 사모와 륜을 번갈아 바라보았다.

"나가가 그를 괴물로 만들었습니다. 그는 천 년이 넘는 시간 동안 우리들 속에 숨은 채 나가들을 사냥해 왔습니다. 이것이 하인샤 대사원이 그에 대해 알고 있는 사실이며, 대사원이 숨겨온 사실이기도 합니다. 사람이 천 년을 살 수는 없다고 말하고 싶겠지요. 물론 사람은 그렇습니다. 하지만 그 괴물의 몸 속에는 그 외에 다른 자도 있었습니다. 춤추는 자. 진정코 춤을 아는 자. 그 자가 괴물 속에 있었습니다. 그리고 그 자는 괴물과 함께 갇혀버렸습니다. 춤이 멈췄습니다. 그리고 그 때문에 모든 것이 멈춰버렸습니다."

오레놀은 심장탑의 부러진 윗부분을 돌아보았다. 그리고 사람들은 새롭게 알게 된 사실들에 대해 전율하며 대덕의 행동을 따라했다.

"그듸 저즈런 므흔 지잘 알외노라!"

시우쇠가 외친 아라짓 어는 케이건의 혼란을 가중시켰다. 내가 무슨 끔찍한 짓을 했다는 건가? 나가를 잡아먹은 것을 말하는 건가? 시우쇠는 다시 현대어로 바꿔 외쳤다.

"이 쳐죽일 놈의 자식아! 내가 지금 했던 말 기억나냐? 그래. 아라짓 어다! 1,500년 전의 말이다. 지금 이 말을 자유자재로 하는 사람은 아무도 없지. 오래된 말이니까. 하지만 권능왕 시대에도 이미 그런 사람은 없었어! 이 말은 천 년 전에는 이미 사라졌던 말이다. 그런데 그 이후로는 어떠냐? 사람들은 천 년 전의 말을 그대로 쓰고 있다! 제기랄, 너희들과 아무런 이야기도 나누지 않는 나가들마저 너희들과 말을 나누는 것에 문제가 없다. 그게 말이나 되는 소리냐! 언어가 고정되어 있지 않다면 말이다! 한계선 남쪽에 있던 나가들도 너희들과 똑같은 말을 쓴단 말이다!"

케이건은 그 말이 의미하는 바를 이해하기 어려웠다. 언어가 바뀌는 것이던가? 케이건은 간신히 그랬던 적이 있다는 것을 깨달았다. 한 때 말은 바뀌고 바뀌었다.

그가 살던 시절, 이미 고대 아라짓어는 상당한 학식을 쌓은 자들이나 이해할 수 있는 어려운 말이었다. 하지만 케이건은 그가 태어났던 시절의 말을 지금껏 무리없이 사용하고 있었다. 무려 천 년이 넘는 세월 동안.

케이건은 그것이 상식적이지 않은 사실임을 이해했다.

'그래. 북부와 교류가 없던 나가들마저 북부와 똑같은 말을 쓰고 있어. 그 둘의 마지막 교류가 있었던 것은, 남부와 북부가 뒤섞여서 같은 말을 썼던 것은 대확장 전쟁이 마지막이었군. 그렇다면 대확장 전쟁 이후로 언어가 조금도 바뀌지 않았다는…… 말이 되는군.'

"대확장 전쟁 이후로 아무것도 변하지 않았어! 나가들은 남부에. 북부인들은 북부에! 나가들은 항상 심장 뽑고 쥐 잡아먹으며, 그러다가 죽어가. 북부인들은 항상 왕을 찾아다니지만, 결국 왕 없이 죽어가! 더 이상 하늘에 용이 날지 않고 빌어먹을 왕은 항상 없었어! 이토록 엄청난 정체(停滯)를 모르겠냐! 우주가 숨막힐 정도로 멈춰져 있다는 것을 못 느끼겠냐고!"

케이건은 무의식 중에 그 말에 대해 반대하고 싶은 기분을 느꼈다.

'하지만 지금 모든 것이 바뀌고 있잖아?'

"그게 네가 저지른 짓이다! 이 끔찍한 정체를 바꾸기 위해 모진 일이 일어나야 했다. 간신히 나가들은 전쟁을 알게 되었어! 북부인들은 왕을 찾았고 하늘에는 용이 날아다녀! 남부와 북부가 서로를 쳐죽이고 있지만, 그것은 동시에 생성이다! 변화의 생성이란 말이다! 이 세계에 변화가 일어나고 있다고! 이런 엄청난 규칙 파괴를 일으키기 위해 발자국 없는 여신이 지불해야 했던 대가는 가혹한 것이다. 빌어먹을. 나는 규칙 파괴라고 했다. 원래 규칙은 그게 아냐!"

케이건은 갑작스럽게 입을 열었다.

"원래 규칙이 뭔데?"

"이 썩을 자식아. 좋은 질문이다. 윷놀이는 윷가락 네 개로 하는 거다!"

비형은 웃음을 터뜨릴 것 같다고 생각했다. 하지만 도저히 웃음이 나오지 않았다.

"그게 규칙이야! 윷가락 네 개가 던져져야만 말들이 움직여! 변화가 계속 일어난단 말이다! 윷가락 세 개로는 아무것도 못해. 그래서 발자국 없는 여신은 엉터리 윷가락을 만들어내야 했어. 너를 대신할 윷가락 말이다!"

케이건은 눈앞이 하얗게 변하는 것을 느꼈다.

"나를 대신할?"

"그래. 네 번째 윷가락. 자기 속에 갇힌 윷가락. 그 엄청난 시간 동안 전령하지 않고 한 사람의 몸 속에 숨어 있던 윷가락! 도대체 네가 지금까지 살아 있을 수 있는 것이 뭣 때문이었다고 생각하냐?"

"나는……, 나는 나가 체내의 소드락 때문에…… 소드락 중독으로……."

"헛소리 하지 마! 소드락은 더운 피 동물에게는 소용이 없어. 식물과 나가에게만 작용해! 그건 네가 만들어낸 기만적인 환상일 뿐이야. 만약 그게 환상이 아니라 실제로 작용했던 거라면, 그건 네가 그 효과를 바꿔버렸기 때문이겠지!"

케이건은 뒤로 물러났다. 시우쇠는 그를 따라가며 외쳤다.

"그 웃기는 접시는 속임수고 미끼일 뿐이야. 나의 도깨비들이 흔히 만들어내는 도깨비불처럼. 너만이 모든 화신을 찾아낼 수 있다. 깨지고 다시 붙는 접시야 눈속임일 뿐이지. 네가 나를, 아기를, 그리고 발자국 없는 여신이 있는 이곳을 찾아내었다. 우리는 서로를 찾지 못해. 아기는 시우쇠를 찾을 수 없었어! 시우쇠는 아기를 볼 수 없고! 너만이 모든 자를 찾아낼 수 있어. 바로 네가 자신을 죽이는 자를 죽음에서 다시 살려내며, 모든 이보다 낮은 자를 위로 떠오르게 하며, 발자국 없는 자의 발자국을 추적할 수 있어! 누가 그렇게 할 수 있겠나? 오직 바람만이 그렇게 할 수 있어."

파괴된 탑의 끄트머리에 몰린 케이건은 더 이상 물러나지 못했다. 그의 앞을 가로막듯이 선 시우쇠는 온몸에서 불길을 일으키며 노호했다.

"얼간아! 이제 기억을 떠올려라. 네 힘을 훔쳐 쓰던 녀석은 내가 태웠다. 이제 네 힘과 함께 앞으로 나와라!"

"내 힘을…… 훔쳐 쓰던?"

"유해의 폭포! 그 녀석이 어떻게 멀리 떨어져 있는 두억시니를 통해 의사 소통을 할 수 있었겠나? 그 녀석은 네가 한 눈 파는 사이에 네 힘을 훔쳐 쓰고 있었다. 바로 너의 힘이지. 너는 조금 전에도 그 힘을 썼어! 나가들을 빙글빙글 돌게 만든 건 우리 둘이 아니라 너다. 너는 바람이다. 네가 어디에도 없는 신이다!"

시우쇠는 고개를 뒤로 돌렸다. 그의 눈은 허공을 보는 듯이 방황했고 시우쇠는 그런 방황에 분개했다. 그는 다시 케이건을 쏘아보며 외쳤다.

"이제 내게 그들을 돌려줘! 나는 두 여신과 너무 오랫동안 헤어져 있었다. 다시 윷놀이에 참가해!"

"케이건 드라카는 극연왕의 오라버니입니다. 나가들을 쳐죽이는 일밖에 몰랐던 누이에게 염증을 내다가 결국 누이를 떠나버린 그 왕자 말입니다."

라수를 비롯한 역사에 해박한 사람들 몇 명이 탄성을 질렀다. 그리고 극연왕이나 그 오라버니에 대해 자세히 알지 못하는 사모도 갑작스럽게 오래된 의문 하나가 풀리는 것을 느끼며 외쳤다.

"왕자! 그래서……."

"예?"

사모는 언젠가 티나한도 품었던 의문을 조심스럽게 말했다.

"나는 이상하다고 생각했어. 그에게는 아내가 있었다고 말하더군. 그런데 아라짓 전사는 왕의 허락 없이는 아내를 얻을 수 없잖아. 나 이전에는 북부에 왕이 없었는데 케이건이 어떻게 아내를 얻을 수 있었는지 이상하다고 생각했어."

"예. 그 분 말씀이군요. 그렇습니다. 아라짓 전사는 물론 왕의 허락 없이는 결혼할 수 없습니다. 하지만 예외가 있는데, 왕족일 경우는 허락이 필요하지 않습니다. 왕족의 혈통은 번성하는 것이 좋다고 생각했기 때문입니다. 아라짓의 왕족들은 보통 가장 용감한 아라짓 전사이기를 요구받았고 그 요구를 거절하지 않았기에 전쟁터에서 많이들 죽었습니다. 그래서 더욱 그런 규칙의 예외가 필요했을 겁니다. 그 분은 아라짓 전사의 규칙을 어기지 않았습니다. 그 분은 한 번도 자신이 지켜야 할 것을 어긴 적이 없었지요. 우리에게도 그러셨습니다."

"우리라니, 하인샤 대사원을 말하는 거야?"

오레놀은 계속 설명했다. 그의 말투는 이제 설법하는 것처럼 들렸다.

"고대 아라짓의 왕가는 대사원의 수호자이기도 했습니다. 케이건 드라카는 아라짓의 마지막 왕족이고, 그래서 왕가의 일원으로서 우리들의 요구를 들어주었습니다. 우리는 대대에 걸쳐 그 분을 참 많이도 이용했지요. 물론 우리의 궁극적인 요구는 그 분을 다시 왕좌에 복권시키는 것이었습니다. 아마도 그 분은 우리들의 다른 요구를 들어주심으로써 그 요구를 피하려 하셨던 것으로 생각됩니다. 그 분은 왕좌에 앉으면 자신이 죽을 거라고 생각하셨던 것 같습니다. 죽는 것을 두려워하시는 분은 아닙니다만 그 경우, 죄송합니다. 폐하. 나가들을 더 이상 사냥할 수 없기 때문입니다. 그 분은 키탈저 사냥꾼이기도 하니까요."

사모는 질문했다.

"어떻게 아라짓의 왕자가 키탈저 사냥꾼이기도 한 거지?"

"누이에게서 도망친 다음 그 분이 자신의 몸을 의탁한 곳이 바로 키탈저 사냥꾼들의 품이기 때문입니다. 키탈저 사냥꾼들은 도망쳐온 흑사자의 자손을 용의 자손으로 받아들였습니다. 그 분이 아내를 만난 곳도 그곳이었습니다. 아, 용의 자손이라는 것은 키탈저 사냥꾼들이 자신을 지칭하는 말입니다. 그들이 모순의 힘을 믿었던 것도 모순이 용의 힘이라고 믿었기 때문입니다."

륜은 나가답게 식물로 태어나 식물의 가장 큰 적이 되는 용의 모순을 곧장 떠올릴 수 있었다. 사모는 고개를 끄덕이며 말했다.

"그렇다면 나는 왕의 자격이 없군. 케이건이야말로 진실로……."

오레놀은 재빨리 고개를 가로저었다.

"폐하. 당신은 누구도 정당성을 의심할 수 없는 북부의 왕입니다. 아라짓 왕가의 마지막 후손인 케이건 드라카 님이 당신을 지명했으니까요. 아라짓의 왕가는 혈족 계승에 대해 그렇게까지 까다롭지는 않았으며 오히려 유연한 편에 가깝습니다. 영웅왕은 레콘이었지요. 폐하의 정당성은 세상의 누구보다도 완벽합니다."

"잘 모르겠군. 그리고 지금 당장 궁금한 것은 그것이 아니야. 나가들이 멸망할 거라는 것은 도대체 무슨 이야기지? 갇혀 있던 신이 드디어 풀려나는 것이라면, 그건 다행스러운 일이 아닌가?"

오레놀의 얼굴이 굳었다. 그는 이를 악문 채 말했다.

"말씀드렸듯이 케이건 드라카는 어디에도 없는 신의 신체입니다. 천년이 넘는 세월 동안 함께 있어온 두 분은 이제 더 이상 둘이 아닙니다. 저는 하늘치 위에서 모두 읽었습니다. 복잡한 설명은 관두겠습니다만 이미 알고 있는 정보들과 희망이 구현되는 능력을 잘 조합시키면 정보 자체에서 다른 정보들을 얻을 수 있다는 정도로만 말하겠습니다. 어쨌든 그 분들은 더 이상 구분할 수 없는 존재가 되어 있습니다. 그렇다면 케이건 드라카에게서 어디에도 없는 신을 일깨운다는 것은, 케이건 드라카라는 나가 살육자에게 신의 힘을 부여하는 행위가 됩니다. 세상의 그 누구보다도 나가를 증오하는 신이 세상에 발을 딛게 되는 겁니다. 나가 살육신이지요."

사모는 눈 앞이 아득하게 바뀌는 것을 느꼈다. 그 암흑 속을 방황하던 사모의 시야에 갑작스럽게 무엇인가가 나타났다.

그것은 아래로 흐르고 있었다.

하텐그라쥬의 심장탑, 혹은 심장탑의 잔해 위에 우뚝 선 채, 케이건은 극연왕을 떠올렸다.

재위 전반기에는 나가들에게 맹공을 퍼부어 대확장 전쟁에서 나가들이 거둔 성과의 대부분을 무효화시켰고, 후반기에는 그런 자신을 까맣게 잊은 채 북부의 모든 극을 잇는 것에 평생을 바쳤던 왕.

케이건은 그의 누이를 생각했다.

케이건이 떠난 이후 극연왕은 세상의 모든 극을 이으려 했다. 그녀는 시구리아트 유료 도로당의 격언을 듣는 편이 좋았을 것이다. 길은 방랑자가 흘렸던 눈물을 기억할 수 있지만, 그러나 방랑자를 따라갈 수는 없다. 모든 길이 누이에게로 통했지만 케이건은 누이에게 돌아가지 않았다.

그가 지은 죄가 너무도 가증스러웠기에.

케이건이 갑자기 말했다.

"내가 어디에도 없는 신의 신체라는 것이군."

"그렇다! 네 녀석이 죽기를 거부했기에 그 긴 시간 동안 전령이 이루어지지 않았다. 이제 발자국 없는 여신이 깨어나면 우리는 네 속에 있는 그를 꺼낼 것이다!"

"그냥 죽여도 되는데."

케이건의 말에 시우쇠는 움찔했다. 케이건은 서늘한 표정으로 말했다.

"나를 죽이면 내 속에 있던 어디에도 없는 신은 다른 인간에게로 전령할 거야. 그냥 나를 죽이기만 하면 돼. 그런데 왜 셋이 모인 거지? 셋만이 하나를 상대하지. 그렇다면, 이곳에 셋이 모였다는 것은 이미 내가 하나라는 말이군."

시우쇠의 몸 곳곳에서 불이 피어올랐다. 시우쇠의 말을 들을 수 없는 아기는 케이건의 말에 집중했다. 케이건은 계속 말했다.

"나는 신체가 아니야. 이미 화신이야. 그런 것이지?"

시우쇠는 자신도 모르게 외쳤다.

"아냐!"

"그렇지 않아. 나는 화신이야. 죽지 않고 지금까지 살아온 것도, 너희 셋을 찾아낸 것도 그 때문이야. 내가 느끼는 나는 극연왕의 오라비가 아니라 어디에도 없는 신이야. 하지만 나는 나를 극연왕의 오라비였던 어떤 얼간이로도 느껴. 어떻게 된 걸까."

케이건은 생각에 잠긴 것처럼 턱을 받쳤다. 그 동작은 한가로워보이기까지 했다. 문득 케이건의 손이 등 뒤로 옮겨갔다. 그의 손이 바라기에 닿는 것을 보며 아기는 여린 깃털을 부풀렸다. 케이건이 지나가는 투로 말했다.

"둘이 하나로 합쳐졌군."

비형의 입에서 신음이 흘러나왔다. 그때 아기가 솜털을 떨며 말했다.

"비형. 티나한. 발자국 없는 여신을 깨워. 아직 셋이 아냐! 저 얼간이 같은 시우쇠가 모든 걸 망쳐버리기 전에 빨리 셋을 만들어야 해! 저 나가를 죽여! 어딘가로 전령시키라고!"

케이건의 눈이 스르르 움직였다. 비형은 그 눈길에 꼼짝도 할 수 없게 되었다. 그리고 티나한은 떨면서 냉동 장치를 바라보았다.

열대의 햇빛 속에서 얼음이 녹아 흘러내리고 있었다.

사모가 갑작스럽게 말했다.

"잠깐. 어떤 방법이 있을지도 모르겠어."

오레놀이 사모를 돌아보았다. 사모는 그곳에 있지 않은 누군가에게 말하듯이 말했다.

"그래. 기억나는군. 그는 내가 누구인지 알아야 한다고 닐렀지."

다른 사람들도 사모에게로 시선을 돌렸다. 류을 제외한 자는 아무도 왕이 말하는 그가 누구인지 짐작하지 못했다. 사모는 설명하는 대신 혼잣말처럼 말했다.

"케이건은 아라짓 전사이고, 그가 한 번도 자기가 지켜야 할 규칙을 어긴 적이 없다면……, 그렇다면 그는 내 명령에 복종해야 해. 왜냐하면—"

사모는 말을 끊지 않았다. 하지만 단어와 단어 사이의 그 짧은 순간, 누군가의 적의가 류의 감각에 포착되었다. 그것은 비탄과 실망, 자기 혐오에 가득 찬 것이었으며 분명히 피를 원하고 있었다. 인지하기도 힘든 짧은 순간 류은 등 뒤에 있는 누군가를 보았다. 그리고 류은 그 사람의 모든 것을 한꺼번에 느꼈다. 그것은 한 존재의 현재와 과거를 모두 인정해 버리는 것이며, 그 인정의 순간에서 류은 상대방의 미래까지 알게 되었다. 그 미래에 개입하기로 결정한 것은 류의 두뇌라기보다는 그 근육이었다. 류이 몸을 던지기 직전, 사모는 말을 맺었다.

"—나는 북부의 왕이니까."

작살검이 가슴을 관통했을 때, 류은 안도감을 느꼈다. 모든 것이 예상대로였기 때문이다.

그는 사모를 바라보았다.

사모는 부릅뜬 눈으로 그를 바라보고 있었다. 그녀가 떨리는 손을 내밀었을 때 류은 피를 토하며 무너졌다. 앞으로 내밀어진 사모의 손은 허공을 방황했고 류은 그녀의 발치에 쓰러졌다. 사모는 무릎을 꿇었다. 그리고 두려워하며 뻗은 손으로 류의 양볼을 만졌다.

〈류.〉

잘못 뻗어나온 기형의 나뭇가지인 양 류의 등에서 작살검이 흉측하게 뻗어나와 있었다. 사모는 그 끔찍한 모습에 비늘을 세웠다. 그때 류이 닐렀다. 〈고개를 드십시오. 누님!〉 피에 젖은 류의 두 볼을 만지던 사모는 무의식 중에 눈을 들어 공격자를 바라보았다.

사모가 외쳤다.

"키타타 자보로!"

아무도 움직일 수 없었다. 가슴을 찢고 폐부를 들어내는 듯한 미성의 외침. 그것은 태초에 세상을 열어버린 행위에 대해 가없는 혼돈이 내뱉었을 법한 비명이었다.

키타타 자보로 또한 들어올린 두 번째 작살검을 허공에 내버려둔 채 꼼짝도 하지 못했다. 물론 자보로 씨족의 말예는 잠시 멈출 계획 같은 것은 가지고 있지 않았다. 그러나 사모의 처절하리만큼 아름다운 비명은 그의 모든 사지를 결박하는 주박이나 다름없었다. 그래서 가까스로 움직일 수 있게 되었을 때 키타타는 변명을 해야 한다는 강박부터 해소했다.

"당신이 대호왕을 보호할 거라 믿었소. 공작. 하지만 내 목표는 대호왕이 아니라 처음부터 당신이었소."

류의 입에서 피거품이 새어나왔다. 하지만 사모의 무릎에 얹힌 그의 얼굴은 평온했다. 뒤돌아볼 필요를 느끼지 못했던 류은 사모의 품에 얼굴을 묻은 모습으로 말했다.

"알아요. 자보로 장군."

"안다고?"

"나는 용인입니다. 당신이 원하는 것을 너무 잘 알아요. 그리고 그것 때문에 내 몸은 당신의……, 요구대로 움직여버리게 되지요. 더군다나 당신은…… 누님을 보호하려면 움직이라는 식으로…… 생각했습니다. 그건 내가 도저히 거부할 수 없는……, 유혹적인 방식입니다. 조금 전…… 내 몸은 당신의 수족이나 다름없었습니다."

"도대체 왜!"

사모가 또다시 모든 자들을 굳어버리게 만드는 비명을 올렸다. 키타타는 호흡이 멈춰진 듯한 느낌에 황급히 왼손을 가슴으로 가져갔다. 살을 뜯어낼 듯이 가슴을 움켜쥔 키타타는 간신히 말을 할 자유를 회복했다. 그는 벌렁거리는 가슴을 누르며 힘겹게 말했다.

"나가 살육신을 놔두십시오. 폐하."

"뭐라고?"

"이곳. 침묵의 도시에서 나가의 파멸이 눈 뜨도록 내버려두십시오. 그것을 방해하지 마십시오."

괄하이드가 뒤늦게 노호하며 대도를 들어올렸다. 그러나 사모는 손을 들어 그를 제지했다. 괄하이드는 이해할 수 없다는 표정으로 대호왕을 바라보았다. 사모는 그에게 어떤 설명도 하지 않은 채 키타타 자보로를 쏘아보았다. 그녀는 본능적으로 그것이 유언이라는 것을 직감했다.

키타타 자보로는 더없이 차분하게 말했다.

"저를 용서하지 마십시오. 용서는 구하지 않겠습니다. 다만, 나가 살육신은 강림해야 합니다. 저곳에서 그가 죽음의 춤을 추도록 내버려두십시오. 현실적으로 저는 폐하나 다른 동료들을 당할 수 없습니다. 이곳에서 죽을 겁니다. 그것에 아무런 미련도 없습니다."

키타타는 작살검을 다시 곧추세웠다.

"그것이 자보로가 선택한 길입니다."

키타타의 작살검이 허공에서 섬뜩한 빛을 뿌렸다. 사모는 괄하이드의 대도가 휘둘러질 때 눈을 감았다.

제 17 장

생의 심오한 의문을 풀고 싶어하는 자들이 많다. 그 희망은, 당연하기에 특별히 언급되지 않는 전제를 가지고 있는데, 그것은 생에는 의문이 존재한다는 것이다. 자, 어떤 지혜로운 자에 의해 그 의문이 풀렸다고 가정해 보자. 그렇다면 그 자는 그때부터 의문 없는 생을 살아야 할 것이다. 그런데, 그것은 우리의 전제와 정면으로 대치되는 생이다. 의문 없는 생이 생일까? 우리는 여기서 두 가지 설명 중 하나를 택해야 한다. 우리의 전제가 잘못되었다는 것, 혹은 그 지혜로운 자가 사기꾼이라는 것.

—가이너 카쉬냅의 〈생각하는 동물들〉 서문.

독수(毒水)

티나한은 바람에 깃털이 흔들리는 것을 느꼈다. 거세고 거침없는 바람이었다.

심장탑 51층의 면적이 작은 편은 아니었다. 하지만 그 위에서 바라보는 하텐그라쥬와 키보렌의 넓이는 광대했고 그에 대비되는 51층의 면적은 티나한에게 세워놓은 막대기 위에 서 있는 듯한 아슬아슬한 느낌을 주고 있었다. 물론 그 위에 지나치게 거대한 존재들이 한데 모여 있다는 것 또한 그런 불안정을 가중시키고 있었다. 일찍이 지상의 어떤 구조물도 세 명의 화신을 한꺼번에 영접하지는 못했을 것이다. 티나한은 위안을 얻기 위해 철창을 꽉 움켜쥐며 케이건을 바라보았다.

케이건은 고개를 약간 숙인 채 생각에 잠긴 표정으로 바닥을 바라보고 있었다. 신뢰할 수 있는 길잡이, 능숙한 여행가, 좀 특별한 친절함을 가진 그의 동료는, 사람이 아니었다. 티나한은 그 개념을 받아들이기 어려웠다. 케이건이 상냥하고 부드러운 호인이었던 것은 아니지만, 티나한은 어떤 경우에도 케이건이 자신의 적이 될 수 있다고 생각하지 못했다. 문득 티나한은 그것이 기묘한 일임을 깨달았다. '어떻게?' 대부분의 경우 케이건의 언동은 잘 단련되고 충분히 안정된 인격을 느끼게 하는 것들이었지만, 때론 성난 하늘치보다 더 끔찍한 것을 직시하고 있는 듯한 느낌을 주기에 충분한 모습들을 보이기도 했다. 티나한은 파름 평원에서 하늘치를 불러내려 3,000명이나 되는 두억시니를 학살했던 케이건을 떠올렸다.

'왜 나는 케이건이 위험하다는 생각을 한 번도 하지 못했지? 내가 만난 그 누구보다 위험해질 수 있는 녀석인데.'

심지어 티나한은 지금도 케이건이 위험하다는 느낌을 받을 수 없었다. 세상의 그 무엇보다도 끔찍한 것을 상대하는 것처럼 긴장하고 있는 아기의 반응은 티나한에겐 쉽게 납득되지 않는 것이었다. 아기는 다시 소리 죽여 외쳤다.

"티나한! 얼음이 녹을 때까지 기다릴 수 없어. 빨리 전령시켜!"

"여신님. 꼭 그렇게 해야 합니까? 잘 이야기하면······."

"레콘이 대화를 이야기하는 건 거기에 물이 있다는 뜻이지. 저까짓 물 몇 방울이 너를 죽이지는 않아!"

티나한은 창피함에 볏을 붉게 부풀리며 냉동 장치에서 흘러나오는 물을 흘깃 바라보았다. 아기의 말대로 그런 물에 빠져죽을 리야 없지만, 심리적인 공포는 현상을 무시하는 탁월한 능력을 가지고 있다. 티나한은 깃털을 부풀리며 그곳에서 눈을 돌렸다.

그러자 케이건과 눈이 마주치게 되었다.

케이건의 두 눈은 아무런 감정도 담지 않은 채 그를 향해 고정되어 있었다. 마치 어린애가 나무작대기로 그린 낙서의 눈 같은 무의미하고 생기 없는 눈이었다. 티나한은 자신도 모르게 그 눈에서 호의와 이해를 찾아보려 애쓰며 미소지었다.

그때 시우쇠가 갑자기 움직였다. 시우쇠는 케이건이 티나한을 바라보는 틈을 노려 팔을 들어올렸다.

케이건의 팔이 잊혀진 전설의 도래처럼 움직였다.

눈길은 여전히 티나한에게 둔 채 케이건의 오른팔이 독자적으로 움직였다. 바라기를 문 그 오른손은 옆으로 내뻗어졌다. 티나한은 자신도 모르게 '쥐었다'가 아닌 '물었다'고 표현했음을 깨달았다. 그 오른손은 케이건의 어깨에 달려 있을 뿐인, 케이건과는 독자적인 뱀처럼 움직였다. 그리고 그 뱀은 입에 문 바라기를 시우쇠의 가슴에 겨냥했다.

시우쇠의 몸에서 거칠게 불티가 튀어오름과 동시에 화염의 화신은 뒤로 튕겨지듯 날아갔다.

시우쇠의 몸에서 돌개바람에 휘말린 꽃잎들 같은 불티가 튕겨져 날았다. 불똥과 함께 날아간 시우쇠의 몸은 51층의 바닥을 거의 가로질러 반대편 가장자리까지 도달한 후에야 겨우 땅에 떨어졌다. 시우쇠는 한쪽 무릎을 세우며 믿을 수 없다는 표정으로 케이건을 바라보았다. 티나한은 볏을 뻣뻣하게 세운 채 자신도 모르게 부리를 딱딱 부딪쳤다.

티나한을 바라보던 케이건은 그제야 고개를 돌렸다. 케이건은 먼저 시우쇠를, 그리고 바라기를 바라보았다. 시우쇠는 바닥에 주저앉은 채 온몸에서 불티를 날려올리고 있었다. 케이건은 고개를 갸웃거렸다. 그리고 시험삼아 취해 보는 듯한 동작으로 바라기를 두 손으로 움켜쥐었다. 케이건은 고개를 돌려 저 아래쪽의 하텐그라쥬를 바라보았다.

케이건은 바라기를 낮은 궤도로 힘껏 휘둘렀다.

티나한과 비형은 숨이 멎는 공포를 느꼈다.

케이건이 바라기를 휘두른 순간 천지를 진동시키는 굉음과 함께 하텐그라쥬의 한 구역이 폭발을 일으켰다. 폭발의 형태는 기묘했다. 도시의 건물과 대로, 광장 위로 길이가 수백 미터는 족히 될 호선이 번개처럼 치달으며 잔해의 장막이 비스듬히 뛰쳐올랐다. 하텐그라쥬라는 얇은 도깨비지가 바라기에 의해 찢어지는 것 같았다. 비형이 신음을 흘리며 주저앉았다. 그런 상황에서 입을 열 수 있는 종족은 아마도 도깨비뿐일 것이다.

"지금 뭐 하는 겁니까?"

케이건이 고개를 돌려 비형을 바라보았다. 그의 얼굴은 묘하게 비형과 비슷했다. 케이건 또한 자신이 행한 일에 대해 불가해함을 느끼고 있었다. 케이건은 특유의 친절한 태도를 발휘하여 비형과 자신 둘 다를 만족시키기로 했다.

"한 번 더 해 봅시다. 그러면 우리 둘 다 지금 무슨 일이 일어나는 건지 알게 될 것 같소."

비형이 거부의 외침을 외칠 틈은 없었다. 케이건은 다시 바라기를 움켜쥐고 허공을 향해 있는 힘껏 휘둘렀다.

보이지 않는 거대한 손톱이 한량 없는 적의로 땅을 할퀴는 듯했다. 건물은 무너진다기보다 터져버렸고 포석과 돌기둥, 건물의 처마 등이 폭풍을 일으키며 치솟았다. 그리고 그 뒤편으로 잔해와 흙먼지들이 지상에 내려선 구름인 양 꿈틀거리며 압도적인 힘을 가진 것 특유의 무겁고 느린 모습으로 서서히 번져나갔다. 비형은 눈을 질끈 감으며 고개를 돌렸다.

"그만두세요! 예?"

케이건은 비형을 흘깃 바라보고는 바라기를 얼굴 앞에 세워들었다. 그리고 그곳에 비친 자신의 얼굴을 바라보았다. 바라기의 두 개의 칼날에는 각자 얼굴의 반이 비치고 있었고, 그래서 그곳에는 세로로 쪼개진 케이건의 얼굴이 그를 마주보고 있었다.

더없이 참담한 심정으로 키타타 자보로의 사체를 내려다보던 괄하이드는 폭음에 놀라 고개를 돌렸다. 그리고 하텐그라쥬에서 일어나는 광경을 돌아보곤 다시 경악했다.

도깨비 감투를 쓴 태고의 야수가 산더미 같은 앞발로 하텐그라쥬를 할퀴는 것 같았다. 대지를 강타하는 그 어떤 것도 보이지 않았지만 하텐그라쥬는 잔혹하게 찢겨져 너덜거렸다. 건물의 기초를 이루고 있었을 육중한 돌들이 먼지처럼 가볍게 날아올라 허공을 수놓았고 흙먼지는 심장탑을 뒤덮을 만한 기세로 피어올랐다. 초월적인 재난에 사람들은 입을 다물지 못했다.

라수는 전쟁 동안 몸에 익은 습관대로 거의 반사적으로 뇌룡공을 돌아보았다. 특별한 질문을 꺼내지 않은 것 또한 몸에 익은 습관이다. 필요할 경우 륜은 언제나 라수의 질문을 듣기도 전에 대답했다. 하지만 사모의 무릎에 얼굴을 묻은 채 엎드린 뇌룡공의 모습을 본 라수는 그가 자신의 의문을 해결해 줄 상태가 되지 못한다는 것을 깨달았다. 라수는 다른 사람에게로 고개를 돌렸다.

오레놀이 신음을 흘리며 말했다.

"저건 나가 살육신의 강림을 알리는 신호인가 보군요."

"그가 나가를 다 죽일까요?"

"그 외에 다른 일을 할 수 있는지 잘 모르겠습니다."

흥분 속에서도 라수는 오레놀의 대답이 기묘하다고 생각했다. 오레놀은 신의 전능함을 말하는 대신 신의 무능함을 말했다. 한 가지 일밖에 할 줄 모르는 신이라는 것은 라수에겐 당혹스러운 개념이었다. 라수는 주먹을 쥐었다 폈다 하며 다급하게 말했다.

"그렇다면 그는 우리 북부군에겐 아무런 위해도 가하지 않는 겁니까? 스님. 저…… 소름끼치는 폭력은 우리와는 상관 없는 겁니까?"

"아마도 그럴 거라 생각됩니다."

라수는 키타타 자보로의 시체를 흘깃 바라보고는 말했다.

"그렇다면 저는 북부군의 안전한 퇴각을 위해 매진하고 싶군요."

괄하이드 규리하가 당혹한 표정으로 동생을 돌아보았다. 라수는 침착하게 말했다.

"북부군은 저를 따라 이 사지로 왔습니다. 지난 몇 달 동안의 행군이 역사상 가장 거대하고 동시에 그 거대함만큼이나 무의미한 행군이었음이 밝혀진 지금, 제가 할 수 있는 일은 그들을 한 계선 너머로 안전하게 돌려보내는 일이라고 생각됩니다."

"하텐그라쥬의 사람들이⋯⋯."

라수는 고개를 가로저어 대덕의 말을 중간에 가로막으며 말했다.

"저 하늘치에 우리도 올라갈 수 있습니까?"

대덕은 반사적으로 대답했다. 그는 자신이 발견한 놀라운 사실을 공유할 사람을 필요로 하고 있었다.

"원하기만 하면 됩니다. 저곳에 계단이 있습니다. 제가 타고 내려온 계단입니다. 당신도, 다른 누구도 그곳에 계단이 있기를 원하면 그 계단을 볼 수 있습니다. 그리고 딛고 올라갈 수 있습니다."

라수는 시험 삼아 대덕이 가리킨 방향을 바라보았다. 그리고 라수는 욕설이 튀어나오려는 것을 억눌렀다. 대덕의 말대로 그곳에는 계단이 있었다. 오레놀의 말은 계속되었다.

"처음 저 위에 올라갔을 때 우리는 유적을 만질 수 없었습니다. 지상에서 하늘치 유적을 바라보는 사람들이 그것을 볼 수만 있고 만질 수는 없다고 생각했기 때문이 아닌가 싶습니다. 그래서……."

"저 하늘치를 다시 북쪽으로 돌아가게 할 수도 있겠지요?"

"예? 아, 예. 가능합니다."

"알겠습니다."

그리고 라수는 대호왕을 바라보았다. 사모는 무릎에 놓인 륜의 머리를 두 손으로 감싸쥔 채 라수를 마주보았다. 라수의 얼굴은 딱딱하게 굳어 있었다. 그 표정은 내부의 긴장과 흥분을 감추고 있었지만, 바로 그 때문에 긴장과 흥분을 드러내고 있기도 했다. 감출 것이 없다면 감추지 않을 테니까.

"폐하. 회군을 윤허해 주십시오."

사모는 배신감과 동정심을 거의 동시에 느꼈다. 그러나 라수의 요구에는 부당함이 없었다. 그녀는 북부의 왕이었고 북부군은 나가를 도울 의무가 조금도 없다. 사모는 고개를 끄덕여야 한다는 것을 느꼈다. 그때 사모는 라수의 눈빛 속에서 기이한 의미를 발견했다. 사모는 그 의미에 놀랐지만, 이미 그녀의 고개는 위아래로 움직였다.

라수 규리하는 빠르게 지시를 내렸다. 상장군의 지시는 레콘의 목소리에 의해 증폭되어 북부군들 전체에 퍼졌다. 라수는 머리카락을 뒤로 쓸어넘긴 다음 대호왕을 향해 말했다.

"그럼, 이제 나가 살육신의 강림을 저지할 방법에 대해 이야기해 볼까요?"

사모는 웃음을 터뜨렸다. 그녀가 본 것은 정확했다. 라수 규리하는 북부군을 안전하게 퇴각시킬 의무를 다하려 하고 있었지만,

그 자신에 대해서는 좀 다른 계획을 가지고 있었다. 꽐하이드 대장군은 놀란 표정으로 사촌동생을 향해 말했다.

"무슨 말이냐. 너는 돌아가지 않는다는 뜻이냐?"

라수는 대호왕을 향해 말했다.

"만일 폐하께서 돌아가라 하시면 폐하께서는 재위 이후 처음으로 반란을 경험하실 겁니다. 제가 이곳을 놓칠 것 같습니까?"

사모는 어찌할 수 없는 미소로 얼굴을 물들인 채 라수 규리하를 바라보았다. 그곳에는 4년 동안 방황하다가 마침내 자신의 자리로 돌아온 학자가 역사에 길이 남을 대사건의 목격자가 되려는 희망에 가득 찬 눈을 빛내고 있었다. 사모는 고개를 조금 내저으며 다시 륜을 내려다보았다. 그녀의 얼굴에 다시 수심이 떠올랐다.

그녀와 륜 곁에서는 베미온이 손등을 물어뜯으며 어쩔 줄 모르는 표정으로 륜을 바라보았다. 그는 갑자기 손을 뻗어 륜의 팔을 붙잡았다. 베미온의 얼굴에 당혹감이 떠올랐다. 사모는 의아한 표정으로 베미온을 바라보았다.

"베미온 마립간?"

베미온은 끙끙거리며 말했다.

"움직이지 않아요."

사모는 무슨 말인지 모르겠다는 표정을 지었다. 베미온은 륜의 팔을 두 손으로 움켜쥔 채 잇소리를 내며 그것을 끌어올리려 했다. 하지만 그 팔은 땅에 고정된 것인 양 움직이지 않았다. 사모는 당황하여 륜의 몸을 움직였다. 그리고 사모는 놀라운 사실을 알게 되었다. 그녀의 무릎에 올려놓은 륜의 머리는 쉽게 움직였지만, 그 외 다른 부분들, 땅에 닿아 있는 부분들은 꿈쩍도 하지 않았다. 라수가 신음을 흘리며 말했다.

"어떻게 된 거야?"

사모는 황급히 고개를 숙여 륜의 머리에 대고 닐렀다.

〈륜. 륜?〉

대답은 없었다.

사모의 무릎에 얼굴을 묻은 채, 륜은 이 땅에 살았던 모든 용인들의 흔적을 읽었다.

그들 중에는 선한 자도, 악한 자도 있었고 어리석은 자도, 지혜로운 자들도 있었다. 태어났고 살아갔던 그들은 세계의 모퉁이마다 도저히 지워질 수 없는 흔적들을 남겨두었고 그 흔적들은 모두 륜이 품어안아야 할 것들이었다.

세계가 그를 향해 니르고 있었다.

지층의 비좁은 틈을 힘차게 흐르는 지하수의 맥류. 나무 우듬지를 기어올라가는 사마귀의 작디 작은 허파가 내뿜은 바람. 창공의 바람은 자유롭다. 타버린 동물의 배에서 흘러나오는 침출수. 역동적인 암반의 춤. 다음 동작은 아마도 2만 년 후. 아니, 1만 7000년 후. 저 나뭇잎의 추락 때문에.

륜이 가진 날카로움은 본능의 수준에서 발휘되고 있었다. 심장을 뛰게 하고 허파를 부풀리는 것처럼 륜은 자신의 상처에 대해 아무렇지도 않게 개입했다. 륜의 피가 상처 부위를 우회하면서 더 이상 실혈은 일어나지 않았다. 이미 흘린 피 또한 보충되었다. 륜의 몸은 눈을 깜빡이는 데 필요한 힘보다 더 적은 노력으로 흘려버린 피를 보충했다. 몸을 누인 땅으로부터 륜의 몸은 거침없이 물기를 흡수했고 물에 용해될 수 있는 모든 성분들 또한 물과 함께 흡수되었다. 식물이 그 뿌리로 양분을 빨아들이는 것과 유사한 작용이었다. 그리고 땅으로부터 흡수한 물질들을 육체에 더하기 위해 체내의 조성비가 눈 깜빡할 사이에 수십 번 이상 바뀌었다. 그 변화는 번갯불 같았다. 그 때문에 류의 몸은 유지에 필요한 모든 것을 '소화' 없이 얻어내고 있었다. 그리고 그것은 모두 상처 자체에 대한 죽음과 유리, 그리고 재생과 부활로 돌려졌다.

그 순간, 류은 지상에 한 번도 존재한 적이 없었던 생명체가 되어 있었다.

생물은 자신이 무생물로 바뀌는 것을 막는 기제를 가지고 있으며 그 능력이 다한 순간 무생물로 바뀐다. 그러나 몸에 꽂힌 작살검으로 바람을 느끼고 땅에 닿은 몸으로 양분을 흡수하며 흡수한 물을 태워 체내의 불로 변화시키는 류은 그 순간 경계에 걸쳐 있었다. 생물도 무생물도 아닌 존재. 하늘이 열린 이래 처음 꽃을 피운 나무. 그의 몸은 생명의 빠르고 긴박한 박자와 무기물의 장대하고 느린 호흡 양자를 모두 경험하고 있었다.

류은 자신의 몸이 자신을 구제하고 있다는 것을 모르고 있었다.

그것은 극도로 위험한 순간이었다. 누구나 알 듯 세상에는 놀라서 죽어버리는 사람이 있다. 자신이 죽었다고 믿는 순간 사람은 자신의 몸 상태가 어떠하건 죽어버릴 수 있다. 그리고 류이 처해 있는 위험은 자신의 생존성을 의심하는 것보다 더 심각한 것이었다. 류은 스스로를 둘러싼 자연의 흐름, 무기물의 흐름에 자신을 투사하고 싶은 견딜 수 없는 욕망을 느꼈다. 그것은 아름다웠고 심오했다.

죽음은 순박한 탈출이었다.

아스화리탈만이 류을 이해했다.

작살검이 류을 찌를 때 아스화리탈은 충격을 받았다. 하지만 이제 아스화리탈은 날개를 접은 채 류을 가만히 내려다보았다. 아스화리탈을 성장시킨 그 존재는 지금 경계에 걸쳐져 있었고 무엇으로든 성장할 수 있는 용은 류이 무엇으로 바뀐다 해도 괘념치 않았다. 용은 류이 그대로 멈춰버릴 가능성이 가장 높다고 생각했다. 형태 없는 뿌리로 대지와 직접 대화하고 영원성 속에 자신을 고정시키는 미래가 류의 앞길에 놓여 있었다. 그리고 아스화리탈은 그에 대해 아무런 유감도 느끼지 않았다.

　그러나 다음 순간, 용은 어떤 부름을 느꼈다. 용은 고개를 좌우로 돌려 자신을 부른 존재를 찾으려 했다. 수직 날개 뿌리부분에 돋아난 가벼운 털들이 용의 움직임에 따라 가볍게 흔들렸다. 하지만 아스화리탈의 시야 어디에서도 그런 존재는 보이지 않았다. 문득 용은 자신이 착각하고 있음을 깨달았다. 용을 부르고 있는 것은 지금—이곳이 아니었다. 용은 난처하다는 기분을 느꼈고 그에 따라 그의 분화공들이 가볍게 벌름거렸다. 그때 또다시 부름이 들려왔다.

　용은 그 부름을 거절할 수 없음을 알게 되었다.

　아스화리탈은 날개를 펴 지금이 아닌—이곳이 아닌 곳을 향해 날아갔다.

　용이 처음 도달한 곳은 6,800년 전의 라호친이었다.

　소리 없이 눈이 내리고 있었다. 쓸쓸한 풍경을 둘러보던 용은 그것이 쓸쓸하기만 한 것이 아니라 기이하기도 하다는 것을 깨달았다. 눈은 선혈처럼 붉은 빛이었고 거대한 설원은 보랏빛의 퇴적이었다. 색채 외에 다른 것들도 혼돈되어 있었다. 설원에서 기대하기 힘든 향기들이 용의 주위를 스치고 지나갔다. 썰물이 빠진 모래밭에서 풍겨나오는 내음, 막 껍질을 벗긴 나무에서 흘러나오는 방향 등이 풍경을 무시하며 사방을 적셨다. 그러나 용은 크게 괘념치 않은 채 자신을 불러낸 자를 찾았다.

아무도 보이지 않았다.

아스화리탈은 다섯 가닥의 꼬리를 설원에 뿌려둔 채 주위를 휙휙 둘러보았다. 어디에도 무정물들뿐이었다. 설원은 완만한 구릉들로 뒤덮인 채 한없이 멀어지고 있었고 하늘은 무거워 보였다.

아스화리탈은 잠시 주의력을 잃었다. 그런 방심 상태에 빠져 있었기에 용은 자신의 배 부분에서 갑자기 걸어나온 사람의 모습에 기겁했다.

아스화리탈은 세 장의 날개를 모두 펼쳤다. 번개가 튀어오르며 순식간에 아스화리탈의 날개들은 수백 미터의 벼락 줄기로 바뀌었다. 하지만 아스화리탈의 배에서 나온 사람은 태평하게 걸어갔다. 아스화리탈은 의아한 기분으로 자신의 앞쪽으로 걸어가는 그 사람을 바라보았다. 문득, 아스화리탈은 그 사람이 자신을 '관통'해야만 그런 자세로 걸어갈 수 있음을 깨달았다. 용은 긴 목을 구부려 그 사람의 얼굴을 옆에서 바라보았다.

주위의 풍경처럼 남자의 모습 또한 기괴했다. 아스화리탈은 그런 색깔의 사람을 본 적이 없었다. 분명히 인간으로 보였지만 그 얼굴은 초록빛이었다. 덥수룩한 남색 수염이 얼굴을 온통 뒤덮고 있어 용모는 알아보기 힘들었다. 짐승의 가죽으로 만들어진 두터운 옷은 조악하다 할 정도였지만 그 아래에는 땅딸막하지만 강인한 몸이 활기차게 움직이고 있었다. 발에는 커다란 눈신을 신어 눈밭에 발이 빠지는 것을 방지하고 있었고 내딛는 규칙적인 걸음은 남자가 눈신과 설원에 익숙함을 잘 드러내고 있었다. 그는 용의 존재를 조금도 눈치채지 못한 것처럼 걸어갔다. 용은 시험삼아 앞발로 남자의 어깨를 건드렸다.

아스화리탈의 발은 남자의 어깨를 지나쳤다. 어르신이 된 것 같다고 생각하며 용은 그 사실에 대해 숙고했다. 그때 규칙적으로 걸어가던 남자의 걸음이 멈췄다. 남자는 의아한 듯 주위를 둘러보았다. 그의 입이 열렸고, 매우 탁하지만 가까스로 알아들을 수 있는 목소리가 흘러나왔다.

"퀴도부리타?"

순간 아스화리탈은 남자가 누구인지 알게 되었다. 남자는 주위에 무관심한 기질 때문에 부족민들에게 하늘치라는 이름을 얻었다. 그의 부족은 '하늘치'를 싫어하지는 않았지만 태평하게도 용근을 먹지 않고 용으로 키워버린 그 무심함에는 당혹을 금치 못했다. 이 시절에도 용근은 잡초처럼 흔하지는 않았지만 6,800년 후처럼 희귀한 것도 아니었다. 그리고 하늘치의 부족은 모두 용근을 먹음으로써 완전 동화를 이루고 있었다. 그런 완전 동화는 라호친의 살인적인 환경에서 부족을 보호하는 지혜였다. 그들은 서로에 대해 한없이 예민했고 그 때문에 서로에 대한 어떤 종류의 분쟁도 일으키지 않았다. 서로에 대한 완벽한 이해를 통해 부족은 군생체를 이루고 있었고 바로 그 군생체의 힘으로 발톱과 이빨을 곤두세운 채 달려드는 라호친의 소름끼치는 환경에 대항하고 있었다. 하지만 하늘치는 자신에게 주어진 용근을 내버려두어 용으로 만들었고 그 용에게 퀴도부리타라는 이름을 붙였다. 부족민들은 그런 사태에 대해 적절하게 대처할 수 없었다. 그런 상황을 상상도 해보지 못했기 때문이다. 그래서 부족민들은 의혹과 불안 속에서 하늘치와 그의 용을 바라보았다. 남자는 부족민의 시선에 아랑곳하지 않았다. 그것은 그의 성벽, 그리고 그가 용근을 먹지 않아서 부족민들에 대해 무심함을 유지할 수 있기 때문에 가능한 것이었다.

하지만 지금 하늘치는 용근을 먹었다면 좋았을 거라 생각하고 있었다. 그와 크게 싸운 퀴도부리타가 어딘가로 도망쳤고 그래서 하늘치는 넌더리를 내며 그 어린 용을 찾아나선 길이었다. 용근을 먹었더라면 용이 어디에 있는지 찾아내는 것은 쉬운 일일 것이다.

하늘치는 멍한 표정으로 주위를 둘러보았다. 아스화리탈은 그가 자신을 보지 못한다는 사실을 다시 확인할 수 있었다. 하늘치는 문득 자신이 설원 한가운데 서서 스스로를 위험에 노출시키고 있음을 깨달았다. 그는 고개를 아주 조금 내젓고는 다시 걸음을 옮겼다. 아스화리탈은 그에게 퀴도부리타가 어디에 있는지 가르쳐주고 싶었다. 아스화리탈은 그것을 알 수 있었다. 그러나 그때 다시 부름이 들려왔다.

'미안. 아직 익숙하지가 않군. 네가 들었던 것은 메아리야. 6,800년 전의 과거에 부딪쳐서 돌아온 반향이지. 자, 다시 날아라.'

아스화리탈은 날개를 폈다. 다시 날아오르기 전 아스화리탈은 '하늘치'를 흘끔 바라보았다. 6,800년 후 남자의 이름은 퀴도부리타에 관련된 흥미로운 헛소문을 만들어낼 것이다. 아스화리탈은 그것이 재미있다고 생각했다.

다시 비행하던 아스화리탈이 날개를 접었을 때 어디선가 쾌활한 목소리가 들려왔다.

"키탈저 사냥꾼들의 사냥 기호야. 흑사자와 용."

"흑사자와 용이요?"

"둘 다 나가에 의해 멸종한 것들이지. 키탈저 사냥어로 읽으면 케이건 드라카가 되네. 그 친구가 사용하는 이름은 거기서 따온 걸세."

아스화리탈은 주위를 관찰했다. 그리고 용은 자신이 즈믄누리의 성주 서재에 있음을 알게 되었다. 하지만 그것은 정확한 표현이라 하기 어려웠는데, 성주의 서재는 용의 거체가 들어갈 만큼 크지 않았다. 그 때문에 아스화리탈의 몸 상당 부분은 서재 바닥에 가라앉아 있었고 따라서 서재에 있는 것은 아스화리탈의 머리와 목 일부분이었다. 라호친의 풍경과 달리 서재의 풍경은 훨씬 정상적이었지만, 아스화리탈은 사물들의 윤곽이 조금 기묘하게 번득이는 것을 확인할 수 있었다. 아스화리탈은 그 사실에 대해 다시 숙고했다. 그러나 스스로를 만족시킬 만한 대답을 얻을 수 없었고 그래서 아스화리탈은 도깨비들을 바라보았다.

용의 앞쪽에서, 두 명의 도깨비가 이야기를 나누고 있었다. 용은 그중 한 명의 얼굴을 알고 있었다. 즈믄누리의 성주 바우 머리돌이었다. 즈믄누리의 11대 성주이며, 살아 있는 성주다. 즈믄누리의 장대한 역사에도 불구하고 그 성주가 열한 명뿐이었던 것은 성주들 대부분이 어르신의 형태로 남아서—자신의 불운을 슬퍼하며—긴 세월을 다스리곤 했기 때문이다. 바우 머리돌은 아직 죽지 않았고 그 또한 다른 열 명의 성주들과 마찬가지로 죽은 직후에 성주 자리를 누군가에게 물려주고 어르신들이 할 법한 재미있는 일에 전념할 야망을 품고 있었지만, 아마도 그 야망은 실현되기 어려울 것이다. 아스화리탈은 바우 성주와 대화를 나누고 있는 도깨비를 본 적이 없었다. 하지만 아스화리탈은 그 도깨비를 알고 있었다. 즈믄누리의 무사장 사빈 하수언이었다. 그 직함은 만약의 경우 피를 볼 일이 도깨비에게 발생했을 때 그에게 그 책임이 있다는 무서운 의미였지만, 사빈은 크게 신경쓰지 않았다. 도깨비의 역사에서 그런 불운한 처지에 빠져야 했던 무사장은 한 명뿐이고 그 때문에 사람들은 즈믄누리의 무사장이 나설지도 모른다는 풍문만으로도 저 페시론 섬의 악당들이 맞이해야 했던 최후를 떠올리며 스스로 사태를 해결해 버렸다.

자신의 직업에 대해 만족스러워하지는 않지만 도깨비답게 거기서 불운의 소지를 발견하지도 않는 두 도깨비를 보며 아스화리탈은 흥미로운 기분을 느꼈다. 아스화리탈은 그들의 대화에 주의를 기울였다.

"그렇긴 하겠습니다만, 저라면 그런 위험한 곳에 들어갈 때의 동료가 제정신이라는 확증이 있는 편이 좋겠습니다. 혹 그 킴이 늘상 먹던 나가에 질린 나머지 별식으로 도깨비를 먹고 싶어하면 실로 곤혹스러운 일이지 않겠습니까?"

"그런 걱정은 하지 말게. 케이건의 분노는 모조리 나가들에게 돌려져 있어. 그리고 그에게 다른 분노를 살 수도 없어."

"분노를 살 수 없다고요?"

"그래. 서신에서 본 것처럼 그에겐 더 뺏을 수 있는 것도 없어. 나가들이 모조리 다 빼앗아 갔으니까. 좀 역설적으로 들릴지도 모르겠지만, 나가를 제외한 자들에게 있어서 케이건은 세상에서 가장 안전한 사람이라고 할 수 있지. 분노하게 할 수 없으니까."

사빈은 성주의 이야기를 이해할 수 없었지만 아스화리탈은 이해했다. 케이건은 안전하다. 나가를 제외한 자들에 대해서만. 그런데 케이건이 자신의 위험성을 드러내는 상대는 종족으로서의 나가다. 개인인 나가에게, 케이건은 때론 충성을 바치고 우정을 나누기도 했다. 사모 페이와 요스비가 그런 일탈의 대상이었다. 어떻게 그럴 수 있을까. 문득 아스화리탈은 6,800년 전에 보았던 '하늘치'를 떠올렸다.

그는 요스비를 닮았다.

아스화리탈은 그것이 기묘한 생각이라는 것을 스스로에게 확인해 주면서도 그 생각에 매료되었다. 요스비는 '하늘치'와 비슷하다. 문득 아스화리탈은 요스비에 대해 더 알고 싶다는 생각을 했다. 기다렸다는 듯이 다시 부름이 다가왔다.

'저 곳으로, 그때로.'

아스화리탈은 날아올랐다.

아스화리탈은 밤의 하텐그라쥬에 도달했다. 그리고 앞에는 심장탑이 우뚝 솟아 있었다. 하마터면 심장탑을 들이받을 뻔했던 아스화리탈은 수직 날개를 곧추세우며 동시에 두 장의 수평 날개를 비틀었다. 공중에서 멈춘 아스화리탈은 눈 앞에 한 나가의 얼굴이 있는 것을 발견했다.

창문을 통해 용을 바라보고 있는 것은 갈로텍이었다. 그러나 용은 갈로텍이 아무런 반응도 보이지 않는다는 것을 깨달았다.

갈로텍은 용에게 시선을 맞추지 않은 채 밤하늘을 바라보았다. 아스화리탈은 허공에 뜬 채 그를 물끄러미 바라보았다.

어떤 폭력적인 기분이 아스화리탈을 휘감았고 용은 갈로텍의 머리를 짓눌러주고 싶다는 욕망을 참기 힘들었다. 하지만 이제 용은 이 모험이 허락하는 것이 오직 관찰뿐임을 깨닫게 되었다. 아스화리탈은 홧김에 앞발을 휘둘렀지만 갈로텍의 상반신을 으깨고 심장탑에 심대한 타격을 주었을 그 공격은 허공을 갈랐다. 아스화리탈은 포기한 채 갈로텍을 바라보았다.

갈로텍이 갑자기 비늘을 조금 세우며 닐렀다.

〈용이라도 한 마리 날아올 것 같은 으스스한 밤이군요.〉

아스화리탈은 경이감을 느꼈다. 갈로텍은 비어 있는 공간을 바라보고 있었지만 그것이 그가 하고 있는 모든 행위는 아니었다. 아스화리탈은 갈로텍과 자신의 유사성을 발견했다. 그 유사성은 다른 시간과 다른 장소에 속한 두 사람 사이에 공명을 일으키고 있었다. 아스화리탈은 문득 자신을 사람으로 표현했음을 깨달았다. 아스화리탈은 자신이 누구인지 알 수 없었다.

'나는 누구지?'

아스화리탈의 시야에 들어오는 풍경 한 구석이 갑자기 일그러졌다.

그러자 다음 순간 아스화리탈은 파름 산에 있게 되었다.

용은 눈앞에서 쥬타기 대선사와 오레놀이 대화를 나누는 것을 보았다. 뭔가 깊은 생각에 빠져 있는 것처럼 보이던 대선사가 말을 했다. 아스화리탈은 그 말에 귀를 기울였다.

"그래. 내 꿈에 어디에도 없는 신이 현몽하셨다. 신께서는 내게 도탄에 빠진 세상을 구하기 위해 조만간 용의 모습으로 세상에 화신(化身)하실 거라고 알리셨다.”

순간 아스화리탈은 깨달았다.

공포 때문에 용의 모습으로 지금이 아닌 —— 이곳이 아닌 곳을 떠돌고 있지만 그는 용이 아니었다.

‘디듀스류노 라르간드 페이. 나는 륜 페이다.’

륜은 자신을 내려다보았다. 벼락이 번득이는 세 장의 날개와 다섯 가닥의 꼬리 대신 나가의 팔다리가 그곳에 있었다.

륜은 몸을 돌렸다.

저편에서 아스화리탈이 그를 바라보고 있었다. 그리고 그 앞에는 륜 자신이 등에 작살검을 꽂은 채 쓰러져 있었다. 순간적인 감정의 동요가 일어났지만 륜은 곧 자신을 진정시켰다. 아스화리탈이 희미하게 고개를 끄덕였다. 륜은 이해했다. 사람이 감당하기 힘든 이 무서운 여행에서 륜은 자신도 모르게 강력한 친구의 모습을 빌렸다. 아니, 그것은 여행도 아니었다. 진흙탕에 남겨진 발자국을 읽으며 지나간 동물의 모습을 추측하는 사냥꾼처럼 륜은 세계에 남겨진 자국을 읽으며 과거를 보고 있었다.

‘네 모습을 빌려줘서 고마워.’

용은 미소를 지었다. 물론 용에게는 입이 없었다. 그리고 눈 주위의 근육들 또한 미소를 짓기에 적합하지 않은 형태였다. 하지만 륜은 아스화리탈이 미소를 지었음을 깨달았다. 그 미소는 그 이름의 원래 소유자의 미소와 닮아 있었다. 륜은 웃으며 다시 주의를 기울였고, 하텐그라쥬의 심장탑을 바라보았다. 갈로텍은 세리스마와 대화를 나누고 있었다.

세리스마와 갈로텍은 요스비를 알고 있었다. 그래서 륜 페이도 요스비에 대해 알게 되었다.

'세상이 나에게 니르고 있어.'

류은 요스비를 직시했다. 인정하기 힘들었지만 마음속으로는 이미 짐작하고 있었던 것처럼, 요스비는 제정신이 아니었다. 요스비의 강력한 정신 억압 능력은 그 자신의 정신 구조에도 지속적이고 심대한 영향을 끼쳤고 어떤 의미에서도 그는 돌았다는 판정을 피하기 어려운 사람이었다. 하지만 그런 병리적 정신 상태였음에도 불구하고 요스비는 폭력적인 성격은 아니었다. 그것은 대부분의 이들에게 그저 유쾌하게 보이는 성격이었고 어떤 자들에게는 거부할 수 없는 매력으로 인식되었다. 케이건이 바로 그러했다. 그랬기에 흑사자와 용의 자손은 그 나가를 받아들였다.

그 순간, 류은 다시 날아올랐다. 오로지 편의를 위해 류은 당분간 그것이 어떤 여행이라는 착각을 유지하기로 했다.

류이 도달한 곳은 거대한 강을 낀 키보렌의 어떤 지점이었다. 강을 바라본 류은 그것이 무룬 강임을 깨달았다. 류은 주위를 두리번거렸다. 그때 어떤 목소리가 들려왔다. 류은 고개를 돌렸다.

구출대의 모습이 강변을 따라 그에게 다가오고 있었다. 류은 반가움에 두 팔을 펼쳤지만, 곧 자신이 그들에게 보이지 않는다는 사실을 깨달았다. 류은 그 사실을 인정하며 구출대를 바라보았다. 티나한은 무룬 강쪽으로 시선도 돌리지 않으려 했고 케이건은 머리를 그다지 움직이지 않으면서도 주위의 모든 것을 꼼꼼하게 관찰하고 있었다. 그리고 생각에 잠긴 것처럼 보이는 비형과 나늬가 그들과 함께 걷고 있었다. 비형이 갑자기 말했다.

"흑사자와 용……, 흑사자와 용……, 알았다! 나가들에 의해 멸종당한 것들이군요!"

‘흑사자와 용. 케이건 드라카.’ 륜은 생각했다. 뒤이어 티나한
이 말했다.

"키탈저 사냥꾼 식이야! 그래, 이제 생각났어! 전에 들어봤어.
키탈저 사냥꾼들 방식이야. 그 자들은 원수를 죽이고 그 간을 꺼
내어 씹어먹었다고 했어. 맞지?"

륜은 케이건이 고개를 끄덕이는 것을 보았다. 비형이 두려워하
는 표정으로 말했다.

"나가들이 도대체 당신에게 무슨 짓을 한 겁니까, 케이건?"

"왜 그런 생각을 하는 거요?"

"당연한 거잖습니까? 당신 이름이 나가에 의해 멸종당한 두 생
물이고, 그리고 그걸 나가에 의해 멸망한 자들의 언어로 표현했
고, 그러면서 나가에 의해 멸망한 자들의 방식으로 나가를 대하
고 있어요. 당신은 그들을…… 사냥해서 삶아먹는다고 했죠. 도
대체 나가들이 당신에게 무슨 짓을 했기에 이런…… 거의 경건하
기까지 한 방식으로 그들을 대하고 있는 겁니까?"

‘모든 것을 다 앗아갔지.’ 륜은 케이건을 바라보며 동정심에
숨이 끊어질 것 같았다. 륜은 케이건이 당한 일을 알 수 있었다.
세계가 그를 향해 니르고 있었기 때문에.

그때 륜은 부정의 의미를 들었다. 륜은 세계를 바라보았다.

‘그것이 아니라고?’

륜은 그것이 무슨 의미인지 알 수 없었다. 세계는 인내심을 가
지고 차근차근 설명했다. 륜은 그 설명을 들으며 서서히 이해했다.

‘잠깐. 케이건과 어디에도 없는 신은 현재 하나다. 케이건은
모두 뺏겼지만, 어디에도 없는 신은 그렇지 않다. 하지만 둘은
하나. 그렇다면……?’

류은 깨달았다. 그 순간 아스화리탈이 고개를 치켜들어 화염을 내뿜었다. 천공을 향해 치솟는 그 불기둥은 류에게 길잡이가 되었다. 류은 자신의 몸이 가볍게 떠오르는 것을 느꼈다. 류은 분명한 목적 의식을 가지고 그 불기둥을 향해, 지금—이곳을 향해 날아갔다.

라수는 깜짝 놀라서 하늘을 바라보았다. 아스화리탈이 갑자기 모든 힘을 다 해 불을 뿜어올렸다. 용이 뿜어올린 그 불기둥은 하늘치가 떠 있는 높이보다 더 높게 치솟아올랐다. 모든 사람들이 이 갑작스러운 행동에 놀라 고개를 들었지만 한 사람만은 그렇게 하지 않았다. 류을 내려다보고 있던 사모는 동생의 입이 움직이는 것을 발견했다.

"조용! 조용히 해 봐!"

왕의 명령에 사람들이 다시 아래를 내려다보았다. 아스화리탈 또한 그들과 함께 고개를 숙였다. 사모는 류의 입을 가리켰고 사람들은 입을 다물었다. 류에게 주의를 기울인 그들의 귀에 가느다란 목소리가 들려왔다.

"그에게…… 보여줘요."

"류? 류, 뭐라고 했니?"

"케이건에게…… 보여줘요. 그는 다 뺏겼지만, 모조리 뺏겼지만…… 인간들이 보관하고 있던 것이 있어요. 그건 우리 나가들에게…… 뺏기지 않았습니다. 그에게…… 그걸 보여줘요. 그가 모든 것을…… 다 뺏기지는 않았다는 것을 보여……."

"인간들이 보관하고 있던 것?"

"어디에도 없는 신이…… 인간에게…… 준……."

말이 이어지길 기다리던 사모는 문득 자신이 그 말을 들을 수 없다는 것을 알게 되었다. 무시무시한 추락감 같은 것을 느끼며 사모는 황급히 허리를 굽혔다. 류의 얼굴 가까이 얼굴을 가져간 사모는 숨이 멎을 것 같은 공포 속에서 류의 호흡을 살폈다.

사모는 안도했다. 류의 호흡은 미약하지만 끊어지지 않고 계속되고 있었다. 사모는 조심스럽게 동생의 볼을 쓸어만졌다. 그리고 북부의 왕은 고개를 들어 베미온을 바라보았다. 베미온은 어쩔 줄 모르는 표정으로 류과 사모를 번갈아 바라보았다.

"베미온 마립간. 걱정하지 마. 류은 살아 있다."

베미온은 그 말을 알아듣는 것 같지 않았다. 그는 계속해서 류의 몸을 움직여보려 애썼다. 사모는 그에게 뭔가 설명을 하려다가 포기하고는 오레놀을 바라보았다.

"대덕?"

오레놀은 흥분한 어투로 말했다.

"글쎄요. 무슨 의미인지 정확하게는 모르겠습니다만, 하텐그라쥬공께서는 케이건 드라카 님의 상실감이 어디에도 없는 신의 선물을 통해 치유될 것이라고 말씀하시는 것 같습니다. 나가에 대한 케이건 드라카 님의 증오심은 그의 모든 것이 나가에 의해 상실되었다는 것에 기반하니까요. 만약 케이건 드라카 님께 남아 있는 것이 있다면 그 증오심은 약화될지도 모릅니다. 하텐그라쥬공의 말씀은 케이건 드라카 님의 나가에 대한 증오가 인간에 대한 관심으로 바뀌게 될지도 모른다는……, 그런 의미로 하신 말씀 같습니다."

"그 선물이 뭐지?"

"모릅니다."

대호왕은 깜짝 놀랐다.

"모른다고?"

"신들이 그들의 선민 종족들에게 무엇인가를 줬다는 이야기가 있기는 합니다만. 예. 그런 것이 있을 거라는 가설이 있지요. 자신을 죽이는 신은 도깨비에게, 발자국 없는 여신은 나가에게, 그리고 모든 이보다 낮은 여신은 레콘에게 무엇인가를 준다고 하지요. 하지만 그것이 무엇인지는 모릅니다."

"그걸 아무도 모른단 말인가?"

오레놀은 당황한 표정이 역력하여 주위를 둘러보았다. 방황하던 그의 시선이 문득 부러진 심장탑에 이르렀다. 심장탑을 바라보던 오레놀은 자신도 모르게 말했다.

"어쩌면 수탐자들은 알지도 모르겠습니다. 화신들을 찾아다닌 그들이라면……."

사모는 류의 머리를 조심스럽게 내려놓았다. 류의 얼굴이 땅에 닿지 않도록 사모는 그 머리를 옆으로 살짝 돌려놓았다. 그리고 사모는 벌떡 일어나며 말했다.

"그렇다면 내가 그들에게 묻고 오겠다."

괄하이드가 경악하여 외쳤다.

"위험합니다! 폐하. 제가 묻고 오겠습니다."

그리고 라수 규리하도 끼어들며 말했다.

"잠깐만. 스님. 스님께서는 아까 알던 사실들을 조합해서 모르는 사실을 알게 되는 방법이 있다고 하셨습니다. 그 방법이 하늘치의 등 위에 있다고요?"

오레놀은 난처한 표정으로 고개를 가로저었다.

"그건, 어. 그 방법은 자신이 이미 알고 있는 사실들을 정리해

보는 것이라고 생각하십시오. 하지만 이 경우에는 추론의 시작이 될 정보가 하나도 없습니다. 아마 쓸모가 없을 거예요."

사모는 마루나래에게 눈짓을 보냈다. 마루나래가 성큼 달려왔고 사모는 그 목의 갈기를 붙잡으며 말했다.

"그래도 시도해 보라! 그리고 짐은 수탐자들에게 물어보겠다. 그만, 말하지 마. 대장군. 하텐그라쥬를 짐보다 더 잘 아는 자는 여기에 없다. 그대는 북부군을 책임져야 한다. 대장군은 책임지고 북부군을 안전하게 하늘치의 등 위로 옮기도록."

괄하이드는 땅바닥에 있는 륜을 바라보며 난처한 표정을 지었다.

"하지만 하텐그라쥬 공은 움직이지 않는 것 같은데요. 공작은 어떻게 하실 생각입니까?"

사모는 주춤하며 륜을 내려다보았다. 그때 아스화리탈이 가볍게 앞발을 움직였다. 사모와 사람들은 놀랐지만 아스화리탈은 왼쪽 앞발을 부드럽게 륜의 등 위에 올렸다가 다시 내려놓았다. 사모는 그 뜻을 이해했다.

"하텐그라쥬 공에 대해서는 신경쓰지 않아도 좋다. 아스화리탈이 그를 지킬 것이다."

괄하이드에게 말하고 있었지만 사모의 눈은 까마득한 곳에 있는 아스화리탈의 얼굴을 향하고 있었다. 하지만 아스화리탈은 조금 전 보여준 행동 이외에 더 이상의 다른 다짐을 보여주지 않았다. 뭔가 안심될 만한 행동이나 눈짓을 기대하던 사모는 아쉬움을 느끼며 말했다.

"그리고, 괄하이드 규리하. 그대는 인간이다. 어디에도 없는 신이 인간에게 준 것이 무엇인지는 모르지만 그건 짐에겐 없을

것이다. 하지만 그대나 다른 인간들에겐 있을 것이다. 그대는 그
것을 찾아내야 한다. 그것이 짐이 그대에게 내리는 명령이다. 짐
이 아직 그대의 왕이고, 그대가 충성의 서약을 귀히 여기는 변경
백이라면, 괄하이드 규리하. 짐의 말을 따르라.”

왕을 바라보던 괄하이드는 갑자기 손을 비틀어 자신의 대도를
거꾸로 쥐어 올렸다. 칼자루를 위로 향하게 들어올린 대장군은
그 주먹을 앞으로 내밀어 왕을 향했다.

“이 대도는 폐하의 것입니다. 저는 폐하를 따릅니다.”

“고맙다. 짐의 변경백이여.”

그리고 사모는 라수 규리하의 얼굴로 시선을 옮겼다.

“이런 부탁이 정말 기묘하다고 생각되지만, 그래도 간곡하게
부탁하겠다. 그대는······.”

“저는 학자입니다. 폐하. 저도 폐하만큼 어디에도 없는 신이
인간에게 준 것이 무엇인지 알고 싶습니다. 스님과 함께 고민해
보겠습니다.”

“고맙다. 라수. 나가를 살려줘서······, 고마워.”

“그건 제 호기심의 문제입니다.”

사모는 라수에게 미소를 지어준 다음 마루나래의 등에 올랐다.
마루나래는 곧장 숲으로 뛰어들었다. 그리고 갈바마리와 다른 두
억시니들이 으르렁거리며 왕의 뒤를 따라 바람처럼 달렸다. 라수
는 왕과 금군이 사라진 방향을 바라보았다.

그들은 알지 못했지만 왕의 뒤를 따라 달리기 시작한 사람이
세 명 더 있었다. 도깨비 감투를 쓴 그들의 모습은 그들 자신에
게도 보이지 않았다.

바닥 끄트머리에 있던 시우쇠는 몸을 일으켰다. 화염의 화신은 케이건을 바라보며 말했다.

"그 힘으로 무엇을 할 것인가."

케이건은 여전히 바라기의 두 칼날을 바라보았다. 화신은 분노하여 외쳤다.

"그 힘으로 무엇을 할 것인가!"

케이건은 바라기를 천천히 아래로 내렸다. 그는 냉동 장치와 수탐자들, 아기를 차례로 돌아보았다. 그리고 케이건은 시우쇠를 향해 말했다.

"나는 최후의 아라짓 전사이며 마지막 키탈저 사냥꾼이다. 그다지 사교적이지 못하다는 사실 이외에 그들의 공통점을 하나 들어본다면, 양자 모두가 나가들에 대해 받아낼 것이 있다는 사실이 그것이다."

케이건은 자신의 말을 경청하는 표정으로 말했다. 그리고 스스로에게 보내는 듯한 동작으로 고개를 끄덕였다.

"내가 원하는 것은 나가들의 절멸이다. 그것일 수밖에 없다."

"그들은 발자국 없는 여신의 아이들이다! 네가 어떻게 우리를 이곳으로 모이게 한 그녀를 실망시킬 생각인가! 그것이 그녀의 은혜에 대한 네 보답인가?"

"나가의 보답은 무엇이었나!"

케이건의 목에서 핏대가 부풀어올랐다. 케이건은 끓어오르는 격분을 가눌 수 없다는 듯 광포하게 외쳤다.

"내 희망에 대한 나가의 보답은 무엇이었나! 그들은 내 조국을 멸망시켰다. 그들은 내 아내를 찢어 죽였다. 그들은 내 희망을 가장 잔인한 형태로 짓밟았다! 이 몸! 이 추한 몸뚱이를 제외한 내 모든 것을 파괴했다! 나는 이 몸을 나가의 제삿날에 올릴 번제물로 바쳐도 좋아. 몸을 불사르는 그 불꽃 속에서 나는 웃을 것이다! 입술을 놀릴 수 있는 마지막 순간까지 나가의 죽음에 대해 기쁨의 웃음을 터뜨릴 것이다!"

케이건의 무자비한 분노는 화염의 화신마저 주춤하게 했다. 시우쇠는 낮게 으르렁거리며 말했다.

"그것은 지금의 일이 아니다. 그리고 너의 일도 아니다. 너는 어디에도 없는 신이지 복수심에 미친 케이건 드라카가 아니 —."

"내가 곧 케이건 드라카다! 그리고 내가 살아 있는 이상 어떤 나가도 그것이 옛날 일이었다고, 자신과는 아무 상관도 없는 일이라고 말할 수 없어! 그들이 나라는 것을 만들어내었으니까!"

맞불이 부딪치는 것처럼 시우쇠 또한 분노했다. 시우쇠는 냉동 장치를 가리키며 외쳤다.

"그래서 모든 나가를 죽이겠다고? 그녀를 종족 잃은 신으로 만들겠다고?"

케이건은 말 대신 행동으로 대답하기로 결정했다. 그는 다시 바라기를 높이 들어올렸다. 비형이 비명을 질렀지만 케이건은 억제할 수 없는 분노를 담아 하텐그라쥬를 또다시 도륙했다. 그 모습을 본 시우쇠는 노호하며 두 팔을 들어올렸다.

키보렌 가운데를 걸어가는 세 명의 나가가 있었다. 주위를 둘러싼 풍경은 나가에게 한없는 만족감을 주는 것이었지만, 그래서 좌우의 두 나가는 마음 편한 산책이라도 나서는 것 같은 태도를 보이고 있었지만, 가운데서 걸어가는 나가는 그다지 만족스럽지 못한 얼굴로 주위를 두리번거렸다. 더군다나 가운데 있는 나가는 꽤나 나가답지 않은 일을 하고 있었다. 그는 어색한 기분을 느끼며 입 주위를 손으로 감쌌다. 그리고 좌우에 있는 두 나가들이 멍하니 바라보는 것을 무시하며 입을 열어 고함을 질렀다.

"달비 부위! 달비 부위이이이!"

좀 처절하기까지 하다.

키보렌의 대수호자 키베인은 갑자기 달려가버린 데오늬 달비를 찾아 대나무 군단을 잠시 떠난 상황이었다. 대장군 갈로텍이 안전하게 허물벗기를 마치고 대나무 군단에 복귀한 이후, 원래부터 데오늬에 대한 특별한 경계심을 품고 있지 않았던 대나무 군단의 군단병들은 이제 데오늬가 무슨 짓을 하건 아무런 신경도 쓰지 않았다. 그래서 키베인은 데오늬가 또 어딘가로 달려 가버렸다는 니름을 좀 늦게 전해 들었다. 키베인은 걱정 때문에 그녀를 찾아나서려 했고 그러자 군단병들은 '걱정할 필요 없다. 때 되면 돌아올 것이다.'라는 등의, 도무지 포로를 대상으로 하는 니름이라고 생각되기 어려운 니름들로 키베인을 만류했다. 키베인은 그 상황이 꽤나 우습다고 생각했는데, 장수들은 고집을 부리며 데오늬를 찾아나서는 그에게 두 명의 호위를 붙여야 한다고 결정했기 때문이다. 물론 그것은 대수호자에 대한 예우의 표현이었지만 키베인은 키보렌에서 호위가 필요한 것은 오히려 불신자 쪽이 아닐까 하는 생각을 지우기 힘들었다. 호위 중 한 명이 대수호자의 생각을 뒷받침하는 니름을 꺼내었다.

〈대수호자님. 그냥 군단으로 돌아가셔서 기다리시면 돌아올 텐데요. 지금쯤 이미 돌아왔을지도 모르지요.〉

키베인은 자신의 생각을 표현해 보기로 했다.

〈코노리. 어쩐지 당신은 나보다 데오늬에 대해 덜 걱정하는 것 같군요?〉

〈네? 그야 대수호자님께서는…….〉

〈아니, 아니. 그런 니름이 아닙니다. 당신은, 그리고 다른 사람들도 그런 것 같은데, 모두들 내가 더 중요한 인물이라서 나를 더 걱정하는 것이 아니라 내가 더 불안하다고 생각하는 것 같아요. 맞습니까?〉

코노리는 억울하다는 표정으로 키베인을 바라보았다. 그러나 그녀가 닐렀을 때 그 니름은 정직했다.

〈어. 솔직히 그런 느낌이 있는 것 같습니다.〉

키베인은 그녀를 위해 미소를 지으며 닐렀다.

〈예. 나도 그렇습니다.〉

대수호자의 니름에 코노리와 또 한 명의 병사 가이쥬도 미소 지으며 훨씬 정직한 태도로 닐렀다.

〈이상하다고 생각됩니다만, 저희들은 대수호자님이 길을 잃거나 물에 빠지거나 할지도 모른다는 걱정은 됩니다만 데오늬 달비가 그럴 거라는 생각은 들지 않는군요. 데오늬 달비는…….〉

〈기다리고 있으면 뛰어올 것 같지요?〉

코노리와 가이쥬는 정신적 웃음을 터뜨렸다. 키베인은 부드럽게 닐렀다.

〈그래도 현실적으로 키보렌에서 더 위험한 쪽은 불신자여야 하지 않겠습니까. 음. 나는 현실적으로 생각하고 싶습니다.〉

〈무슨 니름이신지 알겠습니다.〉

코노리는 고개를 끄덕였다. 그리고 가이쥬는 먼 곳을 지그시 바라보는 시선으로 닐렀다.

〈하지만 정말 그녀가 위험에 처해 있을 거라고는 생각되지 않는군요. 대수호자님.〉

〈가이쥬. 이곳에는 그녀가 북부에서 보지 못한 위험한 동식물들이 많습니다. 그녀가 자신의 무지 때문에 위험에 처할 가능성이 전혀 없다고는 니르기 어렵습니다.〉

〈하긴 위험할지도 모르겠군요. 그녀 때문에 키보렌이 위험할지도 모르겠습니다.〉

〈예?〉

가이쥬는 말 없이 손을 들어 바라보고 있던 방향을 가리켰다. 고개를 돌린 키베인은 신음을 흘렸다.

저편에 나무 등걸에 걸터앉아 있는 한 소녀의 모습이 있었다. 데오늬 달비였다. 그녀는 꽃을 한 무더기 무릎에 엎어둔 채 그것을 주물럭거리고 있었다. 민첩하게 움직이는 데오늬의 손이 무엇인가를 만들어내고 있는 것은 분명했지만 그것은 나가의 사회에는 존재하지 않는 물건이었기에 키베인은 그것이 무엇인지 짐작하지 못했다. 하지만 키베인은 그것이 데오늬의 머리 위에 있는 물건과 같은 것이리라 짐작했다.

그때 꽃줄기를 휘던 데오늬가 그들의 발소리를 듣고 고개를 들었다. 반가운 표정을 떠올리던 데오늬는 갑자기 자신의 손에 든 것을 떠올리고는 그것을 등 뒤로 와락 숨겼다. 그러고는 다시 고개를 돌려, 그제야 그들을 발견했다는 표정을 지어보였다.

"어머? 안녕하세요. 대수호자님?"

가이쥬와 코노리는 데오늬가 듣지 못하는 폭소를 터뜨렸다. 키베인은 한숨을 내쉬고 싶은 것을 참으며 데오늬에게 다가갔다.

"예. 달비 부위. 뭐하고 있는 겁니까?"

"아무것도 하지 않고 있습니다. 대수호자님."

"등 뒤에 뭔가를 감추는 일만 제외하고 말이죠."

데오늬는 어떻게 그토록 부당한 의심을 하느냐는 표정으로 말했다.

"제 등 뒤에 뭔가가 있다고 의심하십니까. 대수호자님?"

"예. 아마도 당신 머리 위에 있는 것과 같은 거라고 생각합니다."

자신의 머리 위를 만져본 데오늬는 한숨을 내쉬고는 순순히 등 뒤에 숨긴 것을 내놓았다. 그것은 데오늬의 머리 위에 있는 것, 그러니까 '가지가 달린 꽃들을 서로 얽어매어 만들어진 둥그스름한 고리'의 만들다 만 물건이었다. 키베인은 고개를 갸웃했다.

"그게 뭡니까?"

"아스화리탈은 무겁습니다. 대수호자님."

키베인은 놀라거나 당황하는 대신 마음을 차분하게 가라앉혔다. 그는 능숙한 솜씨로 데오늬의 말을 되짚어갔고 두 병사는 숙련가의 솜씨가 펼쳐지는 광경을 흥미롭게 바라보았다. 그 결과로 그들은 아스화리탈이 무겁다는 것이 왜 문제가 되는지 알게 되었다. 데오늬의 말이 '이것은 화관이다. ―꽃으로 만드는 머리장식이다. ―꽃과 나무를 사랑하는 당신들을 약올리려고 일부러 꺾은 것은 아니다. ―내가 그렇게 무신경한 사람으로 보이나? ―꽃은 원래 꺾여 있던 것들이다. ―이렇게 많은 꽃이 한꺼번에 꺾인 것은 무거운 것이 짓밟고 지나갔기 때문이다. ―코끼리보다도 훨씬 큰 것. ―나는 그것이 아스화리탈이라고 생각한다. ―아스화리탈은 크고 무겁다.'는 의미임을 알게 된 두 병사는 긴장하여 서로를 쳐다보았다. 그들 중 가이쥬가 재빨리 닐렀다.

〈대수호자님. 아마 정찰병들이 확인을 했을 겁니다. 하지만 일단은 빨리 군단으로 돌아가는 것이 좋겠습니다.〉

〈알겠습니다.〉 "달비 부위. 빨리 군단으로 돌아가는 편이 좋겠습니다. 아스화리탈이 근처에 있다면 곧 전투가 시작될지도 모릅니다."

"알겠습니다. 대수호자님. 그런데……."

"예?"

데오늬는 미완성의 화관을 들어올렸다.

"아직 완성하지 않았는데요. 대수호자님."

"당신에겐 머리가 하나잖습니까. 달비 부위. 두 번째 것도 필요한가요?"

"이건 허물벗기를 무사히 마친 것을 축하드리는 의미로 대장군께 드릴 것입니다. 대수호자님."

키베인은 그 생각이 대단히 매혹적이라고 생각했다. 다행히도 키보렌의 대수호자는 갈로텍을 곤경의 늪으로 빠트리는 것이 그다지 점잖지 못하다는 것을 되새길 수 있었다.

대나무 군단으로 돌아온 키베인은 데오늬를 만류한 것이 옳은 결정이었음을 확인할 수 있었다. 갈로텍은 대단히 분노한 상태였고 화관 같은——나가에게는 모욕이 될 수도 있는——물건을 점잖게 받아들이는 포용력을 기대할 만한 상태는 분명 아니었다. 갈로텍은 대수호자를 보자마자 닐렀다.

〈대수호자님. 지금 하텐그라쥬와 북부군 사이에 무슨 일이 일어나고 있는지 아십니까?〉

키베인은 걱정스럽게 닐렀다.

〈전투가 벌써 시작되었습니까?〉

〈그건 분명히 아닙니다. 그걸 전투라고 할 수는 없지요. 하지만 그것이 무엇인지는 모르겠습니다.〉

갈로텍의 니름이 무슨 뜻인지 알 수 없었던 키베인은 대장군의 설명을 기다렸다. 대장군은 무의식 중에 비늘을 부딪치며 닐렀다.

〈도무지 이해할 수가 없는 일이 펼쳐지고 있습니다. 지금 하텐그라쥬 외곽에는 하늘치가 머물고 있습니다. 그리고 북부군은, 그걸 어떻게 이해해야 할지 모르겠습니다만, 허공을 밟으며 차근차근 하늘치의 등 위로 올라가고 있습니다.〉

〈예? 하늘치의 등 위라고요? 허공을 밟으며?〉

〈예. 그렇게 하고 있습니다. 어쨌든 정찰병들은 그들이 귀하다고 생각하는 모든 것에 걸고 그 보고가 사실이라고 맹세하더군요. 저는 뇌룡공이 하늘치를 정신 억압한 것이 아닌가 하는 황당한 생각마저 해보았습니다. 그리고 하텐그라쥬에서도 뭔가 심상찮은 일이 일어나고 있는 것 같습니다. 정찰병들은 하텐그라쥬 방향에서 이해할 수 없는 열폭풍을 보았다고 닐렀습니다. 하지만 어느 정도 이상 가까이 다가갈 수 없기에 그쪽에서 일어나는 일은 아직 알 수 없습니다.〉

뇌룡공 류 페이의 가공할 감지 능력 때문에 정찰병들은 어느 정도 이상 북부군에게 다가갈 수 없다는 사실을 오래 전에 깨달은 상태였다. 키베인은 갈로텍의 니름을 이해했다. 그는 무서운 기분을 느끼며 닐렀다.

〈그들이 설마 하텐그라쥬에 하늘치를 떨어뜨리려는……〉

〈그렇다면 그 등 위에 타지는 않을 겁니다.〉

대답이 빨랐기 때문에 키베인은 갈로텍 또한 그런 가설을 생각해보았음을 알 수 있었다. 키베인은 고개를 끄덕였다.

〈아, 그렇군요. 그렇다면 그들은 하늘치의 높이를 이용할 생각인 걸까요? 위에서 아래로 공격하는?〉

갈로텍은 무슨 황당한 니름이냐고 되물으려다가 겨우 키베인이 전쟁 초기부터 참전한 자신과는 다르다는 것을 떠올렸다.

〈대수호자님. 북부군은 투사 무기를 별로 가지고 있지 않습니다. 소드락을 복용한 우리가 눈깜짝할 사이에 거리를 좁히는 것을 목격한 북부군은 이 전쟁 초기에 투사 무기를 이미 포기했습니다. 따라서 그들 자신의 몸을 던질 작정이 아닌 바에야 그들이 높이를 이용할 생각인 것 같지는 않습니다.〉

〈아, 그런가요. 그렇다면, 글쎄요. 왜 올라가는 걸까요?〉

갈로텍은 관자놀이 주변의 비늘을 조금 세우며 닐렀다.

〈정말 이상한 생각입니다만, 저는 그들이 북부로 돌아갈 아주 기이한 귀환 수단을 얻은 것이 아닌가 하는 생각이 듭니다.〉

〈북부로 돌아간다고요? 그렇다면 그들이 벌써 여신을······.〉

〈아니요. 저는 아직 수력을 통제할 수 있습니다. 여신은 그대로 계십니다.〉

〈그렇다면 그들이 전쟁을 포기하고 돌아간다는 니름입니까? 여기까지 와서?〉

갈로텍은 잠시 니름을 멈춘 채 키베인을 마주보았다. 그는 내키지 않는 투로 닐렀다.

〈그렇게 생각하기도 어려운 것이 사실입니다.〉

갈로텍의 침중한 니름에 키베인은 덩달아 침중해졌다. 그때 키베인은 이 대화가 좀 이상한 것임을 깨달았다. 갈로텍에게는 주퀘도 사르마크라는 짝을 찾기 어려운 참모도 있거니와 대나무 군단의 다른 수호 장군들 또한 갈로텍의 고민에 동참해 줄 수 있는 충분한 자격이 있다. 어쨌든 갈로텍은 신명을 봉인당한 수호 장군에게 자신의 고민을 털어놓지 않아도 무방하다. 키베인은 갈로텍을 새로운 눈으로 바라보았다.

〈대장군님. 그런데 왜 제게 그런 니름을 하는 겁니까? 니르신 내용에 관심이 없다는 니름은 아닙니다만, 사르마크 상장군이나 다른 수호 장군들과 의논하셔야 하는 것 아닙니까?〉

갈로텍은 침울하게 닐렀다.

〈대수호자님. 당신은 제 제안에 아직 대답하지 않으셨습니다. 지금 대답해 주셨으면 좋겠습니다. 모든 나가들의 목숨을 통제하는 절대 지도자가 될 용의가 있습니까?〉

〈그 질문을 지금 하시는 이유가 뭔지 물어보기 두렵군요.〉

〈예. 짐작하시는 대로입니다. 만약 그럴 용의가 있으시다면 대나무 군단의 하텐그라쥬 입성은 당신의 지휘 하에 일어나는 일이어야 합니다. 그 즉시 대수호자님께서는 지도그라쥬와의 인연을 잃게 될 겁니다. 대신 하텐그라쥬의 구원자가 되실 수 있겠지요. 그럴 용의가 없으시다면 하텐그라쥬 입성은 제 지휘 하에 이루어지는 일입니다. 그 경우 다음 번의 기회를 얻기는 어려울 겁니다. 제 생각대로 북부군이 귀환하는 거라면 그들은 다시는 똑같은 일을 재현할 수 없을 겁니다. 물론 그들이 하늘치를 완전히 통제한 것이라면 두 번째 키보렌 침략을 시도할 수 있을지 모르겠습니다만, 그들은 더 이상 병력을 모을 수 없을 겁니다. 저는 조심스럽게 군대에 의한 하텐그라쥬 공격은 재현되지 않을 거라 판단합니다. 따라서 하텐그라쥬의 구원자가 될 기회는 이것이 마지막입니다. 어쩌시겠습니까?〉

키베인은 거부감이 자신을 가득 채우는 것을 느꼈다. 그러나 감정에 의해 대답하고 싶지는 않았기에 키베인은 갈로텍의 니름을 다시 곱씹어보았다. 그때 키베인은 갈로텍의 니름에서 한 사람의 처신이 축소되거나 무시되고 있다는 사실을 깨달았다. 키베인은 갈로텍을 바라보며 자신의 귀를 가리켜보였다. 그리고 대수호자는 육성으로 말했다.

"만약 제가 대나무 군단을 이끌고 위기에 빠진 하텐그라쥬를 구하러 가는 것이라면, 저 뇌룡공에 맞먹는 위대한 수호자 갈로텍은 그때 무엇을 하고 있었던 겁니까?"

갈로텍은 약간 지체한 다음에 대답했다.

"보다 훌륭한 지도자를 인정하고 따르는, 보다 못한 자에게는 쓸모 있는 것임이 분명한 미덕을 발휘하고 있을 겁니다. 아마도 대수호자를 잘 보필하는 것이겠지요."

"그 다음에는? 당신은 전쟁이 이곳에서 끝날지도 모른다고 생각하는 모양이군요. 당신의 입장은 뭐지요? 이것이 제가 하텐그라쥬의 구원자가 될 마지막 기회라면, 동시에 당신이 발을 뺄 마지막 기회이기도 하군요. 그렇다면 당신은 이것이 전후의 영웅이 되는 것을 모면할 마지막 기회라고 생각하고 있는 겁니까?"

갈로텍은 약간 놀란 표정으로 키베인을 바라보았다. 키베인은 그의 판단과는 좀 다른 인물이었다. 갈로텍은 새로운 존경심과 새로운 경계심을 동시에 느끼며 조심스럽게 말했다.

"말씀하신대로 오늘 이 전쟁이 끝난다면, 전쟁 동안 형성된 나가 사회의 권력 구조는 그대로 고정되겠지요. 그것을 변화시킬 기회는 오늘이 마지막일 겁니다. 예. 영웅은 몹시 바쁜 존재지요."

그 자신이 다른 자들에게 이용당하는 영웅이기에 키베인은 갈로텍의 말을 쉽게 이해할 수 있었다. 전쟁이 갈로텍의 지휘 하에 오늘 끝난다면 또 다른 눈부신 전과를 올려 갈로텍의 위치에 도전할 만한 경쟁자 같은 것은 등장하기 어려울 것이다. 따라서 갈로텍은 자신의 의사와 상관없이 모든 자들의 이용 대상이 될 수밖에 없다. 모든 야심가들이 전후의 나가 사회 재편에서 자신의 유용한 도구로 갈로텍을 노릴 테니까. 키베인은 갈로텍을 똑바로 바라보며 말했다.

"다른 계획을, 자신의 계획을 가지고 있습니까?"

"가지고 있습니다."

"당신은 책임감을 가지고 있는 사람이군요."

"무슨 말씀입니까?"

"이 전쟁 때문에 당신 자신의 계획을 방해받고 있지만, 이왕 맡은 전쟁은 다른 사람을 앞에 내세워서라도 훌륭히 끝낼 생각인 것이군요."

"저는 대장군입니다."

"당신의 계획이 무엇인지 물어봐도 되겠습니까?"

"말하고 싶지 않습니다. 개인적인 일입니다. 다만, 대수호자님. 제 제안을 받아들이실 경우를 가정하여 말씀드리겠습니다. 그 경우 저를 북부의 총독으로 임명해 주시면 좋겠습니다."

"총독?"

"점령지 사령관, 식민지 총독, 뺏은 땅 지키는 사람입니다. 북부를 제 관할 하에 둘 수 있도록 해주십사 부탁드리는 겁니다. 저는 북부에서 찾아야 할 것이 있습니다."

"분명 당신은 이 모든 일을 시작한 사람들 중 한 사람이었지요. 당신은 혹시 북부에서 뭔가를 찾기 위해 이 전쟁을 일으킨 겁니까?"

갈로텍은 키베인을 외면하며 말했다.

"개인적인 일입니다. 제 질문에 대해 대답해 주시는 것에 그것이 필요하십니까?"

키베인은 잠깐 고민했다. 그러나 처음부터 별로 고민할 필요는 없는 문제였다. 그의 입장은 극단적인 선택밖에 허락하지 않는 것이었다. 갈로텍이 자신의 계획 때문에 전후에 벌어질 권력 경쟁에 참가할 뜻이 별로 없다면 키베인으로서는 갈로텍의 지지를 받는 편이 잔여 수명을 보존하는 것에 도움이 된다. 그런 지지를 거부할 경우 그는 야심가들의 사냥감이 될 가능성이 높다. 그리고 나가 전체의 입장을 보더라도 대답은 마찬가지였다. 전후의 권력 공백 사태는 무서운 내전을 부를지도 모른다. 나가들에게는 지금 너무도 강력한 힘이 허락되어 있다. 물론 갈로텍은 그런 내전을 억제할 수 있는 가장 강력한 힘을 가지고 있지만 키베인의 경우도 그에 못지 않은 권리를 가지고 있다. 어쨌든 그는 하텐그라쥬와 지도그라쥬 양자의 지지를 받는 대수호자이므로. 키베인은 결정했다.

"제안을 따르겠습니다."

그것은 미묘한 대답이었다. 그리고 갈로텍은 그 미묘함을 깨달을 수 있었다. 키베인은 제안을 '받아들인다'고 말하는 대신 '따르겠다'고 말했다. 갈로텍은 적절한 대답을 고를 수 있었다.

"미안합니다."

"아니요. 별말씀을. 제가 당장 할 일은 별로 없을 것 같습니다만?"

"그렇습니다. 돌아가서 쉬십시오."

키베인은 갈로텍에게 인사하고 그의 곁을 떠났다. 조금 떨어진 곳에 있던 보라크 군단장과 수호 장군들이 갈로텍에게 다가가는 모습이 보였다. 갈로텍이 그들을 어떻게 하여 대수호자의 군대로 만들지 상상해 보는 것은 나름대로 상상력을 자극하는 맛이 있기는 했지만 커다란 흥미는 느껴지지 않았다. 키베인은 그보다는 데오늬에 대한 걱정을 느꼈다. 머리에 화관을 쓰고 있는 데오늬는 주위의 어떤 자제력 부족한 나가를 자극할 가능성이 농후했다. 그래서 키베인은, 자신의 손에 들어온 무수한 나가의 도시들과 강력한 군대와 유사 이래 어떤 지도자들에게도 주어진 적이 없는 완벽한 지배력에 대해 생각하는 대신, '북부군 부위 대나무 군단 포로'인 한 소녀를 걱정하며 바쁘게 걸음을 옮겼다.

갈로텍은 그다지 많은 니름을 소비하지 않고서도 의도했던 바를 성취할 수 있었다. 보라크 군단장과 대나무 군단의 수호 장군들은 대수호자의 체면을 생각하여 하텐그라쥬 해방 전투를 대수호자 키베인에게 바치자는 갈로텍의 제안에 쉽게 찬성했다. 그들은 오히려 갈로텍이 대수호자에게 좋은 예의를 보여준다고 찬사를 보내기까지 했다. 그들에게 몇 가지 지시를 내린 갈로텍은 군단 전체를 서서히 움직이도록 명령했다. 뇌룡공의 경이적인 감각 때문에 병력을 분산시키는 것은 아무런 의미가 없다는 것이 갈로텍의 판단이었고, 그래서 대나무 군단은 지금까지 이동해 왔던 것처럼 한데 뭉쳐 하텐그라쥬로 향했다. 급격하게 전투 상황이 발생하더라도 소드락 복용 시간만 있으면 수호 장군들은 충분히 대처할 수 있을 것이다. 갈로텍은 대충 그 정도로 생각한 다음 자신의 고민 속으로 빠져들었다. 그러자 주퀘도가 그에게 말을 걸어왔다.

"갈로텍."

"주퀘도. 대금을 듣고 싶은 겁니까?"

"그렇게 해주면 좋겠지. 하지만 용건은 그게 아니야. 네 속에 있는 것의 문제를 좀 이야기하고 싶은데."

갈로텍은 비늘을 부딪쳤다. 주퀘도는 갈로텍의 입을 이용해 한숨을 내쉬었다.

"어떻게 표현해도 좀 웃기는 일이 되겠지만 적당한 단어가 없으니 그냥 되는 대로 말하겠어. 난 지금 강변에 서서 홍수에 떠내려온 오래된 익사체들을 보는 기분을 느끼고 있어. 난생 처음보는 것 같은 친구들이 카린돌이라는 홍수 때문에 꾸역꾸역 몰려나오고 있군. 보통의 경우 스스로도 자신을 제대로 느끼지 못한 채 잠만 자고 있던 친구들이야. 지금 그런 해묵은 군령들이 위로 올라오고 있어. 네가 조금만 아래로 내려온다면 그 자들을 볼 수 있을 거야."

갈로텍은 아찔한 기분을 느꼈다.

"밀려나온다고요?"

"그래. 밀려나와. 그 외에 다른 방법으로는 표현하기가 어렵군. 내려와서 카린돌과 이야기 좀 나눠보지 않겠나?"

"저를 죽일 겁니다. 지금 그 여자에게 신경쓸 여유가 없습니다."〈도대체 화리트는 뭘 하고 있는 거지.〉

"음. 너는 그렇게 쉽게 말하지만, 이 아래의 북새통을 보고나서도 그렇게 말하긴 어려울걸."

"이 위까지 올라올 것 같습니까?"

"이 기세가 꺾이지 않는다면, 조만간 그렇게 될 거야. 한 가지

고무적인 사실이 있긴 하지만."

"그게 뭐죠?"

주퀘도는 손을 움직여 턱을 긁었다. 하지만 비늘의 감촉은 주퀘도를 별로 만족시키지 못했고 그래서 주퀘도는 손을 도로 내려놓았다.

"이미 말했지? 해묵은 군령들이 위로 올라오고 있다고. 그런 영들조차도 별 어려움 없이 위로 올라오고 있어. 그런데 카린돌은 올라오는 길을 찾아내지 못하고 있어. 네 말대로 화리트가 그녀를 억제하고 있나봐. 그렇다면 그것은 이미 말했듯이 고무적인 사실이지. 하지만 바꿔말한다면 화리트의 억제조차도 이제 거의 효력이 다하고 있다는 의미이기도 해."

"언제쯤이면 앞으로 나올 수 있겠습니까?"

"몇 달 뒤? 며칠 뒤? 그렇지 않으면 몇 분 후? 이봐. 나는 이런 것 들어본 적도 없어. 도무지 짐작할 수가 없군."

"혹 화리트는 올라오지 않았습니까?"

"아, 그래. 화리트는 올라오지 않았어. 카린돌을 억제하려면 저 아래에 있어야 하는 것이 아닐까 싶군. 쳇. 끼워맞추는 식의 가설들뿐이로군."

갈로텍은 자신이 느끼고 있는 것이 분노인지 우울인지 공포인지조차 알 수 없었다. 카린돌은 그를 죽이겠다고 선언했고 갈로텍은 그 선언의 진실성을 조금도 의심하지 않았다. 화리트의 표현처럼 거대한 증오나 거대한 분노처럼 결국 카린돌이 겉으로 드러나게 된다면 그녀는 기필코 갈로텍을 죽일 것이다.

문득 갈로텍은 피로감을 느꼈다.

전쟁은 분명히 그 끝을 보이고 있었고 그를 대신하여 전후의 나가들을 이끌 사람 또한 정해 둔 상태에서, 이제야말로 완전히 병탄된 북부에서 세페린의 살해자를 찾아나설 수 있게 된 상황에서 갈로텍은 내면의 문제에 시름하고 있는 자신을 용납하기 어려웠다.

'내 속에 너를 담고 싶었다. 그래서 그 녀석의 제안을 받아들였다.'

오래 전, 샤나가 달 뒤로 숨는 날, 적출식을 끝내고 허탈감에 괴로워하다가 다른 대부분의 청년들이 취하는 행동을 그대로 모방했던 한 수련자가 있었다. 고향을 떠나 방랑을 시작하는 것은 적출식을 끝낸 나가 청년들의 의식 같은 것이다. 비록 그 방랑이 그대로 인생이 되어버리는 다른 청년들과 달리 고향으로 돌아와 수호자의 길을 걷게 된다는 차이점이 있긴 하지만, 수련자들 또한 그 의식에 동참하는 것은 마찬가지다. 예를 들어 저 화리트 마케로우 또한 그런 방랑을 떠나는 것처럼 위장하려 했다. 갈로텍은 그렇게 다른 청년들과 함께 하텐그라쥬를 떠났다. 하지만 그의 상실감은 단순히 자신의 몸 속에 있다가 더 이상 그렇지 않게 된 어떤 장기에 국한된 것은 아니었다. 그는 누이와의 연결을 완전히 잃었음을 알게 되었다. 지나치게 오랜 방랑 끝에 마침내 한계선 근처까지 도달하게 된 갈로텍은 그곳에서 얼어죽어도 나쁘지 않을 거라 생각하며 무계획하게 방랑했다. 하지만 동사의 운명 대신 그는 한 늙은 군령자를 만났다. 그 군령자는 한계선 지대를 이용하는 무뢰배의 일원이었고, 어떻게 보더라도 변변찮은 인물이었다. 그를 뒤쫓는 자를 피하기 위해 남쪽으로 지나치게 많이 내려올 만큼. 하지만 추적자들을 완전히 따돌리는 것에 정신이 팔려 있던 그 늙은 군령자가 내놓은 제안은 갈로텍에게 너무나 매혹적이었다.

'그래. 나는 나 자신을 너의 신전으로 꾸미고 너를 모시고 싶었다. 그러나 지금 그 신전은 어중이떠중이들의 굴혈이 되었고, 네가 있어야 할 자리에는 무서운 괴물이 몸부림치고 있구나. 그것이 나 갈로텍이다. 이보다 근사한 희극이 있을지 모르겠구나.'

갈로텍은 비명을 지르고 싶었다. 하지만 그러는 대신 갈로텍은 나가 살육자를 떠올렸다. 그것은 언제나 그의 가슴 속에서 분노의 불길을 지필 수 있는 마법의 이름이었다. 갈로텍은 이를 악물며 말했다.

"일단은 화리트를 믿고 내버려둡시다. 적당한 대안이 떠오르지 않는군요."

"그러면 너는 뜻밖의 순간에 죽을지도 몰라."

갈로텍은 난폭하게 말했다.

"그러면 당신들에게는 곤란하겠군요. 갑자기 죽는 바람에 전령도 못할 테니."

"전령하지 마."

"예?"

"이 짓은 이제 그만둬야 해. 다른 녀석들이 들을지도 모르겠지만, 상관없어. 나는 더 이상의 전령에 찬성하지 않아. 만일 네가 위험에 처하면, 너를 도우려고 애쓰겠지만 전령하려고 애쓰지는 않을 거야."

"유료 도로당에게 복수했기 때문입니까?"

"천만에! 네녀석은 나를 다시 유료 도로당에게 데려다줘야 해. 나는 그들에게 사과해야 하니까. 이미 말했지 않나? 그것은 잘못된 일이었어. 그리고 그것이 잘못이라는 것을 알기에 나는 지금 사과하고 싶다. 다시 그들에게 사과하기 위해 이 몸에서 저 몸으로 떠돌며 수백 년을 보내지는 않겠어. 그건 이중의 기만이야."

"주퀘도."

"함께 북부로 가자."

"예?"

주퀘도는 활기차게 말했다.

"카린돌이 너를 장악하려 한다면 내가 가만히 있지 않겠어. 우리 둘이서 그 여자를 눌러버리자고! 그리고 함께 북부로 돌아가자. 전쟁도 곧 끝날 것 같으니 이제 우리 일이나 하자. 너는 네 목적을 위해, 그리고 나는 유료 도로당에게 사과하기 위해서 북부로 가자. 두 사람이 있어도 식사는 한끼만 해도 되니 우린 싸울 일이 없는 길동무가 될 거야."

"길동무요?"

"많이 격상시켜준 거다. 원래는 그냥 전속 악사라고 말하려고 했다. 대금은 꼭 챙겨라!"

갈로텍은 웃음을 터뜨렸다. 그리고 자신의 웃음에 놀라 더 크게 웃었다. 주위의 병사들이 당황한 표정으로 바라보았지만 갈로텍은 신경쓰지 않은 채 말했다.

"예. 주퀘도. 북부로 갑시다."

카루는 믿을 수 없다는 심정으로 하텐그라쥬 외곽을 바라보았다. 하텐그라쥬 수비군의 모습은 어처구니없을 정도로 희극적이었다.

〈저 친구들이 도대체 뭘 하고 있는 거야? 왜 자꾸 빙글빙글 도는 거지? 이봐, 스바치. 저걸 좀 봐.〉

스바치는 낑낑거리며 그에게 다가왔다. 그의 등에는 찢어진 나가의 육신이 붙들어매어져 있었고 그래서 스바치는 힘들어하고 있었다. 창가로 다가오는 스바치를 보며 카루는 닐렀다.

〈교대할까?〉

〈아직은 괜찮아. 조금 더 가서.〉

카루는 스바치의 등 뒤를 바라보았다.

〈수호자 보트린. 당신은 어떻습니까?〉

스바치의 등 뒤에 묶여 있던 처참한 모습이 나가가 닐렀다.

〈나는 괜찮아요. 스바치가 힘들겠군요.〉

카루는 심장탑으로 들어서기 전에 떠올렸던 생각을 다시 떠올렸다. 보트린을 내버려둔 채 그들 둘만 올라오는 편이 훨씬 쉬웠을 것이다. 하지만 그들이 하텐그라쥬 전역에 걸쳐 혼란이 일어난 틈을 타 마케로우 저택에서 보트린을 빼내어 왔을 때 보트린은 다른 어느 곳보다 여신이 감금되어 있는 냉동 장치로 가길 원했다. 그리고 카루와 스바치는 지금부터 그곳으로 갈 작정이라는 니름을 한다는 실수를 저질렀다. 보트린은 그들에게 자신을 데려다 달라고 애원했다. 그들은 그 요구를 거절할 수 없었다.

창가에 도달한 스바치는 창밖을 보며 카루만큼 당황했다. 심장탑의 그 높이에서 그는 하텐그라쥬 수비군의 모습을 정확하게 볼 수 있었다. 그리고 그 모습은 그가 보았던 그 어떤 광경보다도 황당한 것이었다. 하텐그라쥬 수비군들은 필사적으로 빙글빙글 돌고 있었다. 그때 보트린이 그들의 모습을 묘사해 달라고 요구했다. 카루는 눈에 보이는 대로 닐렀고 그러자 보트린이 대답했다.

〈그건 아마도 어디에도 없는 신이 획책한 일일 겁니다. 지금

262

저 위에는 세 분의 화신이 모두 모여 계신 모양입니다. 아마도 방해하지 못하도록 그렇게 한 것이겠지요.〉

〈북부군이 발자국 없는 여신을 구출하기 위해 그 분들을 데려온 것이겠지요. 그렇다면 우리가 올라갈 필요는 없는 것 아닐까요?〉

보트린은 부정했다.

〈아니요. 그렇다면 이상합니다. 지금 밖에서는 끔찍한 재난이 펼쳐지고 있다고 하지 않았습니까?〉

〈예. 보이지 않는 번개가 수십 개씩 땅을 때리고 있는 것 같습니다. 가주들은 모두 자기 집에 틀어박혀서 어쩔 줄을 몰라하고 있습니다. 그녀들의 문제가 그거지요. 언제나 위기가 닥치면 자기 집밖에 생각할 수 없다는 것.〉

〈그 분들은 책임감이 강해서 그럴 겁니다. 아무런 책임을 질 필요가 없는 남자들이 그 분들을 비웃을 권한은 없을 겁니다. 어쨌든, 하텐그라쥬를 대상으로 그런 재난이 펼쳐질 이유가 없습니다. 발자국 없는 여신을 감금한 것에 대해 그 분들이 여신을 대신하여 분노하고 있는 것이 아니라면.〉

스바치는 비늘 서는 기분을 맛보며 닐렀다.

〈우리는 우리의 죄악 때문에 그 분들의 징벌을 받는 것입니까?〉

〈우리의 죄는 분명히 대가를 치루어야 할 겁니다. 하지만 그 징벌을 왜 여신이 직접 내리도록 하지 않는 걸까요. 그 분들은 여신을 구출해 내어 그 분께 우리들을 넘겨줄 수 있습니다.〉

〈그 니름이 옳은 것 같군요.〉

카루는 보트린을 데려온 것이 역시 옳은 결정이었다고 생각하며 닐렀다.

〈왜 그 분들은 아직 여신을 해방시키지 않는 걸까요?〉

〈저로서는 짐작하기 어렵습니다. 하지만 지금 저 위에서 뭔가 심상치 않은 일이 일어나고 있음은 분명합니다. 어서 빨리 여신께 가고 싶군요.〉

스바치는 그 니름에 동의했다. 그는 다시 기운을 끌어모아 계단을 밟았다.

티나한은 비형의 목덜미를 붙잡아 나늬의 등에 집어던졌다. 그리고 무턱대고 고함을 질렀다. "나늬! 날아올라!" 마지막 순간까지도 티나한은 나늬가 자신의 말을 알아들을 것인지 걱정했다. 하지만 나늬는 기다렸다는 듯이 날아올랐다. 그 겉날개가 펴지는 것을 확인한 순간 티나한은 펄쩍 뛰어 계단이 있던 곳으로 향했다. 티나한이 50층으로 내려가는 계단에 뛰어들자마자 등 뒤에서 폭음이 들려왔다.

티나한의 대처는 그렇게까지 절실한 것은 아니었다. 시우쇠가 만들어낸 산더미 같은 불은 소기의 목적을 달성하지 못했다. 시우쇠는 그것을 냉동 장치 쪽을 어림하여 집어던졌다. 하지만 그 불덩이는 허공에서 느닷없이 불어온 돌풍에 부딪쳐 튕겨올랐다. 불덩이는 길게 늘어나며 심장탑에서 하늘로 치솟는 불기둥을 형성했다. 시우쇠는 불의 으르릉거림으로 자신의 실망감을 토해 내며 자신의 몸 전체에서 불을 일으켰다. 케이건은 시우쇠가 냉동 장치에 달려들 작정이라는 것을 깨달았다. 케이건은 재빨리 말했다.

"그만둬. 시우쇠."

시우쇠는 걸음을 멈췄다. 그는 케이건을 향해 포효했다.

"셋이 너를 상대할 거다!"

"그래. 그렇게 해. 얼마든지 그러라고. 하지만 먼저 나가들이 다 죽고 나서."

"절대로 안 돼!"

케이건은 고개를 살짝 가로저었다.

"하텐그라쥬 수비군을 빙글빙글 돌게 만든 것이 내 능력이라고 했었지?"

시우쇠는 말이나 글로 표현될 수 없는 포효를 내지르며 달렸다. 하지만 냉동 장치를 향해 달린 시우쇠는 갑자기 걸음을 멈출 수밖에 없었다. 그는 가장자리로 달리고 있었다. 시우쇠는 격분하여 케이건을 바라보았다. 케이건은 고개를 끄덕였다.

"정말 그렇군."

시우쇠는 분노를 참지 못한 채 두 팔을 높이 들어올렸다. 그의 몸 전체에서 불길이 피어오르며 몸을 따라 위로 치솟았다. 손바닥에 이른 불길은 허공으로 치솟아 구를 형성했다. 케이건은 허리를 낮추며 바라기를 잡아당겼다. 하지만 시우쇠는 불덩이를 집어던지지 않았다. 대신 그것을 계속하여 부풀렸다. 케이건은 시우쇠가 무엇을 할 작정인지 깨닫고는 눈살을 찌푸렸다.

하텐그라쥬의 하늘에 두 번째 태양이 영글기 시작했다.

나늬에 탄 채 심장탑 주위를 선회하던 비형은 숨이 턱 막히는 기분을 느꼈다. 시우쇠는 감당할 수 없는 거대한 열을 한 순간에 개방시켜 심장탑을 통째로 부술 작정이었다. 그때 한 바퀴를 돈 비형의 눈에 하텐그라쥬의 외곽이 눈에 들어왔다. 비형은 또다시 경악했다. 하텐그라쥬 외곽에서 거대한 대호가 용맹한 모습으로 달려오고 있었다. 순간 비형은 이곳에 사모의 심장병이 있을 거라는 사실을 떠올렸다.

"시우쇠 님! 그만둬요! 이곳에는 심장병들이 있잖습니까? 케이건! 당신은 아라짓 전사이지 않습니까! 왕을 보호해야 하잖습니까?"

비형의 외침은 나늬의 날갯짓 소리를 통과하지 못했다. 비형은 목숨을 걸고 다시 바닥에 착륙할 준비를 했다.

언덕을 뛰어오른 순간 마루나래가 갑자기 멈춰서는 바람에 사모는 하마터면 그 등에서 떨어질 뻔했다. 간신히 마루나래의 털을 움켜잡은 사모는 당황하여 닐렀다.

〈왜 그러는 거야, 마루나래?〉

마루나래는 물론 입을 열어 대답하지는 않았다. 하지만 몸으로 대답했다. 마루나래는 온몸의 털을 빳빳하게 세운 채 경계심 가득한 시선으로 전방을 바라보았다. 사모는 마루나래를 따라 언덕 아래를 내려다보았다.

도시의 모습과 나가 군단의 모습이 한꺼번에 사모의 눈에 들어왔다. 사모는 군단의 모습에 놀라 쉬크톨을 움켜쥐었다. 그녀는 마루나래가 병사들의 모습에 긴장하는 거라고 생각했다. 하지만 잠시 후, 사모는 아무래도 자신의 추측을 포기해야겠다고 생각했다.

병사들의 모습은, 그 상황에 포함되어 있는 절실함과 긴박감을 제외하고 본다면 더할 나위 없이 웃기는 모습이었다.

사모는 도무지 그들의 모습을 이해할 수 없었다. 수호 장군들과 병사들은 계속해서 심장탑을 향해 달려가려 애썼다. 사모는 그들의 니름도 들을 수 있었다.

〈심장탑으로 가야 해!〉

하지만 그들은 계속해서 원래의 위치로 돌아오고 있었다. 그들 자신도 스스로의 어처구니 없는 모습을 이해하고 있는 듯했고 그래서 격분에 찬 니름들이 두서없이 들려왔다. 그들의 난처한 상황을 이해하기 위해 사모는 먼저 웃음을 억눌러야 했다. 간신히 자신을 진정시킨 사모는 그제야 아기가 했던 말을 떠올렸다.

〈이것이 북부군의 안전한 퇴각을 위해 여신께서 취하신 조처인가?〉

사모는 그것 외에 다른 대답이 없음을 깨달았다. 그리고 그 조처에 우선 감사했다. 하지만 사모는 자신 또한 그곳에 뛰어들었다가는 비슷한 꼴이 될 거라는 강력한 예감을 느꼈다. 사모는 어찌해야 좋을지 모르겠다는 표정으로 주위를 둘러보았다. 그녀의 뒤를 따라온 금군들도 이런 희한한 구경거리는 처음 본다는 듯이 황당해 했다. 갈바마리는 아예 두 입을 쩍 벌린 채 말했다.

"간다."

"온다."

사모가 예상했던 일이 일어났다. 갈바마리의 두 머리가 서로를 어처구니없다는 듯이 쳐다보았다.

"간다!"

"온다!"

사모에게는 갈바마리의 싸움을 말릴 여유는 없었다. 주위를 두리번거리던 그녀의 눈에 심장탑 상층부가 들어왔고 다음 순간 사모는 헛바람을 삼켰다. 그 위에는 이루 형언할 수 없을 정도로 강력한 열기가 집중되고 있었다. 사모는 그것이 시우쇠가 일으키는 일임을 당장 깨달았다. 그리고 그 의도 또한 짐작할 수 있었다.

〈심장탑을 파괴할 작정인가?〉

사모는 빙글빙글 돌고 있는 수비군들을 바라보며 비늘을 세웠다. 심장탑이 파괴된다면 그녀 자신은 물론이거니와 하텐그라쥬의 모든 시민들도 다 죽게 될 것이다. 사모는 페로그라쥬와 악타그라쥬의 처참한 모습을 떠올렸다.

〈안 돼! 다른 방법이 있을 거야. 그들에게 알려줘야 해! 어디에도 없는 신이 인간에게 준 것을 보여줘야 한다고!〉

사모는 무턱대고 앞으로 달려가려 했다. 하지만 마루나래가 거부했다. 마루나래는 언덕 위에 선 채 꿈쩍도 하지 않았다. 사모는 대호를 채근했지만 대호는 아랑곳하지 않았다. 사모는 간곡하게 니르다가 육성으로 바꿔 말했다.

"저곳에 들어가면 우리도 저렇게 된다는 거지? 하지만 가야해!"

마루나래는 그 소리에 반응을 보이긴 했다. 귀를 움직인 것이다. 하지만 그뿐, 더 이상의 움직임이 보이지 않았다. 좌절하는 사모에게 갈바마리의 고함이 들려왔다.

"간다!"

"온다!"

왈칵 화가 치밀어오른 사모는 고개를 획 돌려 갈바마리를 쏘아보았다. 그러나 고함을 지르기 전, 사모의 머릿속에 아주 기이한 상상이 떠올랐다. 사모는 그것이 니름도 되지 않는다고 생각했다. 그러나 자기 자신과 싸울 수 있는 존재의 의미는 분명히 각별했다. 사모는 결국 손해될 것이 없다는 심정에서 갈바마리를 불러들였다. 그리고 자신의 가장 신뢰하는 금군에게 보통 사람이라면 웃어버릴 명령을 전달했다.

갈바마리는 웃지 않았다. 대신 사모의 명령을 충실하게 수행했다. 갈바마리가 언덕 아래로 걸어 내려가는 모습을 보며 사모는 조심스럽게 마루나래에게 개념을 전달했다.

'마루나래. 따라갈까?'

마루나래의 앞발이 움직였다.

사모는 환호를 내질렀다. 그녀의 거의 황당하기까지 한 계획에 마루나래가 동의했다. 그리고 사모는 마루나래의 판단을 확신했다. 그래서 그녀와 마루나래, 그리고 금군들은 갈바마리의 뒤를 따라 걸어갔다.

그들은 하텐그라쥬 외곽을 '똑바로' 가로질렀다.

빙글빙글 돌고 있던 나가들은 거의 정신이 나가버릴 것 같은 충격 속에서 그들을 바라보았다. 사모 페이와 두억시니들의 모습 자체도 경악스러운 것이었지만 그들이 심장탑을 향해 똑바로 걸어간다는 것은 그들을 황당한 기분에 빠져들게 하였다. 사모는 군단병들을 구출할 것인지를 잠깐 고민했지만 곧 그만두기로 했다. 그래서 사모는 갈바마리의 등만을 계속 바라보았다.

그리고 그들 앞에서, 갈바마리는 계속 그들을 엉뚱한 방향으로 이끌었다. 세상의 그 어떤 길잡이에게도 없는 독특한 능력이 그에게는 있었다.

"오른쪽으로 간다!"

"왼쪽으로 간다!"

사모는 갈바마리의 뒤를 따라가며 쾌활하게 외쳤다.

"그래! 그렇게 하라고!"

오레놀은 먼저 똑똑한 교위들과 장수들에게 상세한 설명을 해주었다. 잠시 후 그들 중 대덕의 말을 완전히 이해한 자들이 나타났고 그들은 하늘치의 등까지 이르는 거대한 계단을 보게 되었다. 물론 그들이 본 계단의 모습이 똑같지는 않았지만 어쨌든 그들은 하늘치의 등으로 오를 수 있게 되었다. 오레놀은 그 자들에게 다른 자들을 가르치도록 지시했다. 그럼으로써 하늘치의 등에 오르는 방법을 전달하는 시간을 단축시켰다.

모든 북부군이 하나의 계단에서 병목 효과를 일으키는 일 같은 것은 발생하지 않았는데, 그것은 당연한 일이었다. 그들 한 사람 한 사람이 각자 자신만의 계단을 밟고 올라갔기 때문이다. 따라서 북부군은 날아오르는 새떼와 같은 모습으로 하늘치의 등 위로 걸어 올라갔다. 따라서 그들을 지체시킨 것은 정체가 아니라 다른 문제 때문이었다. 북부군의 시간을 소모시키는 것은 도통 소망할 줄 모르는 존재들이었다. 그들은 자신의 소망을 무가치한 공상으로 치부해 버리는 일에 지나치게 익숙한 자들이었고, 그래서 하늘치의 등에 이르는 계단을 보지 못했다. 다른 사람들이 함께 계단을 올라가며 그들을 이끈다면 큰 도움이 되겠지만 한 사람은 하나의 계단만 밟을 수 있었고, 그래서 그들은 어떻게든 자신의 계단을 만들어내어야 했다. 어느샌가 북부군의 퇴각은 소망할 수 있는 능력의 시험이 되고 있었다.

가장 끈질긴 교위와 가장 입이 험악한 부위들이 소망할 줄 모르는 자들을 다그치는 모습을 보며 오레놀은 잠시 숨을 돌릴 시간을 얻었다. 그러자 그 곁에 서서 모든 북부군이 각자의 계단을 따라 하늘로 걸어올라가는 장대한 모습을 바라보던 괄하이드가 말했다.

"그런데 이제 올라가야 하지 않으시겠습니까? 왕께서 부탁하신 일을 하시려면."

"예. 이제 그래도 될 것 같습니다. 하지만 저 높은 계단을 밟아 올라가는 것은 힘이 너무 들 것 같군요. 저는 조금 전 즈라더라는 분께 부탁을 해두었습니다. 함께 올라가시겠습니까?"

"아니요. 라수를 데려가십시오. 그가 더 도움이 될 겁니다. 저는 병사들을 다 올려보내고 마지막에 올라가도록 하겠습니다."

레콘 즈라더는 자신의 도끼를 등에 맨 다음 오레놀과 라수 규리하를 양쪽 겨드랑이에 끼었다. 그리고 마음속으로 자신이 올라갈 계단을 그렸다. 다른 사람에게는 보이지 않았지만 즈라더가 보게 된 계단은 한 단의 높이가 20미터 가까운 거대한 것이었다. 다른 종족에게는 도무지 계단으로 보이지 않을 거대한 물건을 만들어낸 즈라더는 씩 웃은 다음 위로 뛰어올랐다. 허공을 밟고 올라가던 인간 병사들의 부러움을 받으며 즈라더는 단숨에 하늘치의 등 위에 올랐다. 라수 규리하는 먼저 올라와 있던 병사들이 손으로 다리를 주무르면서도 자신들이 있는 곳에 경외감을 느끼며 주위를 두리번거리는 모습을 보았다.

라수 규리하는 위화감 같은 것을 느꼈다. 하늘치의 등 위는 사람들의 역사에서 가장 신비로운, 절대로 다가설 수 없는 비경으로 인식되어온 장소였다. 그리고 풀 한 포기도 나무 한 그루도 없는, 그리고 살아 있는 평야의 모습은 그런 비경의 느낌을 충분히 전달하고 있었다. 하지만 지금 그곳에는 키보렌에 들어온 이후로는 몸단장도 제대로 하지 않아서 지저분한 모습을 하고 있는 데다 높은 계단을 올라오느라 지쳐버린 병사들이 주저앉아 두런 거리고 있었다. 라수는 그것이 마침내 품에 안게 된 꿈의 여인에 게서 현실의 악취를 맡는 것 같은 불쾌한 경험이라고 생각했다. 하지만 라수는 곧 그런 생각을 떨쳐내었다. 땅바닥에 앉아 있는 병사들은 단순히 지친 병사들이 아니라 승리자들이었다. 그들은 역사상 그 누구도 해낼 수 없었던, 아니 그런 일을 생각도 해 본 적이 없는 행군을 끝까지 따라온 자들이었다. 그리고 하늘치 또 한 사람들의 단순한 부주의에 의해 그 신비를 훼손당할 가냘픈 존재도 아니었다. 라수는 반드시 그러리라 확신하며 오레놀을 바라보았다. 오레놀은 즈라더에게 말하고 있었다.

"올라오다가 좋은 생각을 떠올렸습니다. 즈라더. 피곤하지 않다면 내려가서 계단을 만들지 못하는 사람들을 저희들처럼 데려와줄 수 있겠습니까? 다른 레콘들과 함께 말입니다."

"알았어."

즈라더는 곧장 몸을 돌려 뛰어 내려갔다. 그때 저편에서 병사의 모습으로 보이지 않는 사람들이 반가운 표정을 지으며 다가왔다. 그들 중 한 사람이 말했다.

"스님! 올라오셨군요. 그런데 우리 대장은 어디에 있습니까?"

"아아, 롭스. 티나한은 다른 수탐자들과 함께 하텐그라쥬로 들어갔습니다. 만약 제 생각이 맞다면 지금 그 분은 심장탑에 계실 겁니다."

"음. 그러면 모두들 태운 다음에 심장탑으로 다가가도록 하겠습니다. 아래에는 얼마나 남았습니까?"

"이제 곧 다 올라올 겁니다. 하지만 심장탑으로 다가가는 것은 좀 걱정되는군요. 지금 거기서는 무서운 일이 벌어지고 있습니다.”

롭스는 피식 웃었다.

“스님. 이곳에서는 물론 발 아래의 광경이 잘 안 보이긴 합니다만, 심장탑의 경우는 예외입니다. 심장탑은 우리들이 있는 높이보다 몇 십 미터쯤 낮을 뿐이니까요. 이곳에서는 그쪽이 아주 잘 보입니다.”

오레놀은 아차 하는 표정을 지으며 심장탑 쪽을 바라보았다. 라수 또한 고개를 돌렸다. 그리고 그들은 깜짝 놀랐다. 오레놀은 자신도 모르게 말했다.

“저게 뭡니까?”

부러진 심장탑 상공에서는 기괴한 일이 벌어지고 있었다. 그것은 일견 구멍처럼 보였다. 허공에 뚫린 경계 없고 형체 없는 구멍이었다. 경계를 뚜렷이 보기는 어려웠지만 그것의 크기는 무지무지했다. 그리고 그 구멍 내부에서는, 상상력을 발휘한다면 불길과 번개라고 생각할 수도 있는 무엇이 흐릿하게 번득였다. 오레놀은 그 구멍 아래를 바라보았다. 그 아래는 심장탑이 있었고 그곳에는 이 먼곳에서도 뚜렷이 알아볼 수 있는 시우쇠가 두 팔을 하늘로 들어올린 채 서 있었다. 롭스가 턱을 긁적이며 말했다.

“음. 스님. 저는 스님이 올라와서 설명해 주길 바랐습니다. 저는 그 기둥 읽는 일에 도통 소질이 없어서요.”

라수가 말했다.

“저 모습은 악타그라쥬에서 시우쇠 님이 가짜 태양을 만들어낼 때의 모습을 연상시키는군요. 하지만 저건 도무지 불덩이라고 생각되지는 않는데요.”

오레놀이 바쁘게 말했다.

"알겠습니다. 그러면 기둥을 읽어야겠습니다. 라수. 당신도 좀 도와주십시오."

라수는 고개를 끄덕이고는 걸어갈 준비를 갖췄다. 그리고 라수는 뭔가가 잘못되었다는 것을 알게 되었다. 오레놀이 당황한 얼굴로 그를 마주보고 있었다. 그러나 오레놀은 곧 자신의 머리를 탁 쳤다.

"어디로 가실 필요는 없습니다. 기둥을 가져오면 되니까요. 당신의 앞쪽에 다섯 개의 기둥이…… 아니, 꼭 기둥일 필요도 없군요. 그냥 벽이어도 상관없겠습니다. 당신이 읽을 수 있는 글이 새겨진 구조물이 나타나길 원하십시오. 일단은 당신이 잘 아는 책의 내용으로 시작해 보지요."

라수는 고개를 가로저었다. 그의 생각대로, 하늘치 등 위에서 만나게 될 신비는 충분히 풍요로운 것이었다.

"익숙해질 시간이 절실히 필요한 것 같습니다만, 지금 가장 부족한 것도 시간이겠지요. 알겠습니다."

라수는 적당한 크기의 벽을 시험삼아 상상해 보았다. 그러자 훌륭한 부조로 장식된 벽이 그의 앞에 나타났다. 벽에는 음각으로 정교하게 글이 새겨져 있었다.

라수는 그 글이 무엇일지 알고 있었고, 읽어본 다음 자신이 제대로 했음을 깨달았다.

자신의 가장 소름끼치는 작품으로 자평하는 『왕국의 몰락』서문이 황공하리만큼 훌륭한 글씨로 새겨져 있었다. 라수는 그 훌륭한 글씨가 혹 자신의 허영을 상징하는 것이 아닌가 의심하며 조심스럽게 오레놀의 눈치를 살폈다. 하지만 오레놀은 아무것도 볼 수 없다는 표정으로 말했다.

"성공하셨습니까?"

라수는 오레놀이 자신의 벽을 보지 못한다는 사실에 감사하며 고개를 끄덕였다. 오레놀은 말했다.

"말씀하신 대로 시간이 없으니 한 번만 말하겠습니다. 처음에는 단어를 몇 개씩 바꿔보십시오. 구조물도 만들었으니 단어를 바꾸는 것쯤은 간단할 거라고 생각할지도 모릅니다만 꼭 그렇지는 않습니다. 자신이 잘 알고 있는 글의 일부가 바뀌면 그것을 오류라고 생각하게 되니까요."

라수는 자신의 글을 사용한 것이 다행이라고 생각했다. 다른 사람의 글을 바꾸는 것은 어렵겠지만 자신의 글을 바꾸는 것은 간단할 거라고 여겼기 때문이다. 오레놀의 설명은 계속되었다.

"전체 문장을 자유자재로 변화시킬 수 있게 되면 그 다음은 행간의 의미들을 보다 뚜렷하게 하고 그 의미들을 이용하여 전체 논리를 체계화하십시오. 예. 아마도 책을 정독하는 것과 비슷하다고 생각하실 겁니다. 저도 그렇게 생각합니다. 다른 방법이 있을지도 모르겠습니다만 제가 터득한 것은 이 방법뿐입니다. 책을 읽는다는 것은 그 책을 그대로 암기하는 것이 아니라 책을 이용하여 자신의 머릿속에 또 한 권의 책을 만들어내는 것과 비슷하다고 생각됩니다. 다만 당신이 만들어낸 구조물은 그 머릿속의 책을 현실로 시각화시켜줍니다. 그러다가 당신이 예상치 못한 문장들이 등장하게 되는 것을 보게 될 겁니다. 그것은 아마도 당신의 직관력이 찾아낸 문장이거나 결론일 겁니다. 그렇잖으면 문장들 자체가 스스로 이끌어낸 결론일 수도 있지요. 그런 문장들을 이용하여 다시 전체의 일을 반복하십시오. 당신은 당신이 알고 있는 것들을 완벽하게 체계화할 수 있을 겁니다."

말이 이어지길 기다리던 라수는 그런 일이 일어나지 않으리라는 것을 알게 되고는 황급히 말했다.

"그걸로 끝입니까?"

"끝입니다. 간단한 일처럼 들리겠지만 그 효과에는 놀라실 겁니다. 익숙해지면, 당면 과제에 부합하는, 혹은 도움이 될 거라 생각되는 글이나 문장을 새겨놓고 해보십시오."

"알겠습니다. 그런데 마지막으로 하나만 묻겠습니다. 하늘치는 도대체 뭡니까? 스님은 이미 그것을 알게 된 것 같으니 설명해주시면 좋겠군요."

오레놀은 다급한 심사를 드러내며 빠르게 말했다.

"이제 영원히 우리 곁을 떠나버린 우리의 장형(長兄)이 우리들을 위해 남겨둔 유산입니다. 우리는 이제야 그들에 대해 알게 되었기에 그들을 다섯 번째 종족이라고 부를 수밖에 없지만, 사실 그들은 첫 번째입니다."

그리고 오레놀은 곧 허공을 응시했다. 라수는 대덕이 자신의 글을 읽고 있다는 것을 깨닫고는 더 이상 방해할 수 없다는 것을 알게 되었다. 그래서 라수는 자신이 만들어낸 왕국의 몰락을 다시 바라보았다.

얼마 있지 않아 라수는 자신이 완전히 오해했음을 깨달았다. 다른 사람의 글을 바꾸는 것보다 자신의 글을 바꾸는 것이 훨씬 어려운 일이었다. 라수는 오기가 치밀어오르는 것을 느끼며 자신의 논리를 스스로 공격하기 시작했다.

지평선 안쪽에 있는 모든 자들은 하텐그라쥬의 부러진 심장탑 꼭대기에 엉그는 불덩이를 볼 수 있었다. 조금 전까지 그것은 불이었다. 하지만 지금 그것은 불 이상의 불이 되었다. 심장탑 주위를 날던 비형은 입을 다물지 못했다.

　사람들의 눈에 그것은 심장탑 상공의 하늘에 나타난 거대한 구멍처럼 보였다. 불은 빛과 열을 방사한다. 하지만 시우쇠가 극도로 집중시킨 불은 이제 빛과 열을 탐욕스럽게 삼키고 있었고, 그 빛과 열을 연료 삼아 검게 불타오르고 있었다. 그 때문에 검은 구멍이 거대해질수록 심장탑 위는 오히려 싸늘해졌다. 케이건은 그 공포스러운 구멍을 바라보며 말했다.

　"저것은……."

　알고 있었던 사실. 혹은 방금 알게 된 사실. 케이건은 말했다.

　"네가 두억시니들의 신을 죽일 때 사용했던 그 불이군. 그걸로 나를 죽이려고?"

　"너도 죽기를 바라는가!"

　"아니. 나는 원하지 않아. 할 일이 있으니까. 그리고 인간들이 자신의 신보다 더 우월해진 것 같지도 않군. 내가 원하지 않는다면 너는 저 무서운 불로도 나를 어떻게 할 수 없어. 두억시니들의 신은 원했기 때문에 죽을 수 있었지. 그런데 내가 지금 무슨 말을 하고 있는 거지?"

　시우쇠는 잠시 노기를 억누른 채 케이건을 바라보았다. 케이건의 얼굴에는 농담하는 기색이 없었다. 그는 자신의 말에 시우쇠보다도 더 혼란스러워하고 있는 것처럼 보였다. 시우쇠는 슬픔

속에서 말했다.

"너는 자신들의 신보다 더 위대해진 첫 번째 종족과 그들의 신에 대해 이야기하고 있다. 자신들의 신보다 더 위대해진 그 첫 번째 종족은 다른 종족들에게는 어쩔 수 없이 오만하게 보였다. 열등한 것은 우월한 것을 이해하기 힘드니까. 하지만 그들이 정말 오만한 자들이었다면 어느새 자신의 완전성을 구속하는 족쇄가 되어버린 자신들의 신을 그토록 세심하게 보살피지는 않았을 것이다. 그는 자신이 그들을 위해 할 수 있는 일이 하나밖에 남지 않았음을 알게 되었다. 그래서 그는 우리 네 명의 도움을 얻어 영원히 소멸했고, 그것으로서 자신이 보살피던 첫 번째 종족을 완전에 이르게 했다. 너는 자신을 보지 못하는 신에 대해 이야기하고 있다."

"자신을 보지 못하는 신?"

케이건은 그 말을 난생 처음 들어본다고 생각했다. 하지만 그의 또 다른 부분은 그 말에서 익숙함을 느꼈다. 그리고 다른 감정들도. 케이건은 유래를 알 수 없는 자신의 감정에 당황했다. 시우쇠가 말했다.

"그래. 우리의 도움을 받아 그는 영원히 사라졌고 첫 번째 종족은 완전한 빛에 이르렀다. 그리고 그들이 지상에 남겨둔 불완전성의 찌꺼기들은 서로 뭉쳐 두억시니가 되었다. 그들이 지상에 흘린 눈물이지. 유해의 폭포는, 비록 자신이 찌꺼기임을 알게 되었지만 그의 다른 부분들이 정녕 신보다 위대해졌음을, 그리고 결코 두억시니가 신을 잃은 것이 아니라는 것을 알게 되고는 기쁘게 죽음을 맞이했다."

케이건은 갑작스러운 기억의 요동을 느꼈다. 그가 전혀 알지

278

못하고 그 긴 세월 동안에도 경험하지 못했던 일에 관한 기억들이 갑자기 그의 정신 속에서 부상했다. 케이건은 어떤 신의 마지막 모습을 바라보고 있던 자신의 모습을 떠올렸다.

그것은 비통한 기쁨과 처절한 환희의 순간이었다.

한 명의 신이 죽어가고 있었다. 그러나 그 우주적 슬픔의 순간에서, 신은 다가오는 소멸을 두려워하는 대신 자신이 가르치고 보살핀 종족이 이루어낸 것을 보며 기뻐하고 있었다. 케이건은 주위에 있는 다른 신들이 죽어가는 신을 부러워하고 있음을 깨달았다. 그리고 자신의 감정 또한 그들과 다르지 않다는 것을. 케이건은 그 기억의 거대함에 질려 뒷걸음질치고 싶었다. 거기에는 너무도 큰 기쁨과 너무도 큰 슬픔이 혼재했다.

갑자기 그의 등 뒤에서 다른 목소리가 들려왔다.

"신이 한 종족을 위해 할 수 있는 마지막 일은 그것이잖겠는가?"

케이건은 고개를 돌렸다. 티나한이 계단에서 머리를 내민 채 그를 바라보고 있었다. 그리고 그의 등 뒤에서 아기가 애타는 목소리로 말했다.

"시우쇠가 너에게 자신을 보지 못하는 신에 대해 이야기해 주었겠지. 그래. 케이건. 그것이 신이 할 수 있는 마지막의 일, 최선의 일이다. 자신이 보살피던 종족들이 마침내 기쁨의 목소리로 '신은 죽었다.'고 말할 수 있게 해주는 것. 그 환희의 순간을 생각해 봐. 케이건. 너의 인간을 떠올려! 네가 그들을 위해 해줄 수 있는 일들을 생각해!"

"나의 인간?"

"그래! 너의 인간 말이다!"

"……나의 인간이라는 것은 없다."

"케이건!"

케이건은 아기에게서 시선을 옮겨 허공을 바라보았다.

"나는 가진 것이 없다. 내게 남은 것이 있다면 나가뿐이다. 잡아먹어야 할 나가들. 너무 많다. 너무. 그토록 많이 잡아먹었는데, 아직도 이렇게 많다."

케이건은 쉰 목소리로 말했다.

"너무 많다."

케이건의 눈에서 갑자기 광채가 번득였다. 케이건은 고개를 들어 하늘에서 형성되는 구멍을 바라보며 빠르게 말했다.

"내가 원하지 않으면 저 불로도 나를 죽일 수는 없다. 너는 저 끔찍한 불로 이 심장탑을 가루로 만들어버릴 생각이겠지. 발자국 없는 여신의 영이 깃든 몸을 파괴해서 그녀를 어딘가의 다른 나가에게 전령시킬 생각이겠지. 관둬. 심장탑을 박살내면 네 생각대로 발자국 없는 여신은 어딘가로 전령하겠지. 하지만 심장탑이 파괴되는 순간 하텐그라쥬의 모든 나가들도 죽고 말아. 그녀는 이곳에서 훨씬 떨어진 도시의 나가에게로 전령할 수밖에 없겠지. 그런데 그녀는 너희 둘을 찾아낼 수 없어. 너희들 또한 그녀를 찾아낼 수 없고. 모든 자를 찾아내는 것은 나뿐이야. 셋이 모일 수 없어. 너희들은 다시 헤어지게 될 거야."

시우쇠는 폭소를 터뜨렸다.

"멍청아! 이 도시에는 심장 적출을 아직 하지 않은 나가도 있다. 그리고 저기서 빙글빙글 돌고 있는 녀석들 중에는 다른 도시 출신의 나가들도 있고! 이곳에도 여신이 전령할 나가는 무궁무진……."

순간 시우쇠는 멈칫하며 케이건을 살펴보았다. 케이건이 그토록 간단한 사실을 깨닫지 못할 리가 없었다. 시우쇠는 의혹을 느꼈다. 결코 반갑지는 않은 어떤 깨달음이 찾아들었을 때 시우쇠는 분노의 비명을 지르며 허공을 바라보았다.

검은 구멍이 보이지 않았다. 시우쇠는 격분을 참지 못하여 닥치는 대로 몸의 불을 피워올렸다. 시우쇠는 그곳에 자신이 만든 불이 그대로 남아 있을 것이라는 사실을 잘 알고 있었다. 케이건이 그것을 소멸시킬 수는 없다. 하지만 케이건은 그것을 잠시 감출 수는 있었다. 시우쇠의 시선을 빙빙 돌게 만들면 간단한 일이었다. 케이건은 입으로 아무 말이나 중얼거리며 그런 일을 시도했고, 성공했다. 티나한과 비형에게는 시우쇠가 자꾸 엉뚱한 방향을 바라보고 있는 것처럼 보였다.

케이건은 바라기를 들어 시우쇠를 겨냥했다.

"원하는 대로 다 해주겠어. 나가들을 다 죽인 다음에 나를 너희들 마음대로 해. 그때까지는, 나를 방해하지 마. 너희들과는 상관없는 문제 아냐? 나는 레콘이나 도깨비들을 다 죽이겠다고 말하는 것이 아냐. 내 식성은 단조롭지. 비늘 덮인 것들만이 내 목표야."

카루는 잠시 고민하다가 결국 질문을 하는 편이 가장 좋다고 생각했다. 그래서 그는 질문했다.

"죄송합니다. 도대체 저곳에서 무슨 일이 벌어지고 있는 겁니까?"

덕분에 카루는 목이 끊어질 뻔했다. 잔뜩 긴장하고 있던 티나한은 갑자기 들려온 목소리에 놀라 엄청난 속도로 철창을 휘둘렀다. 만약 궤도가 적절했다면 그 철창은 날카로움이 아닌 순수한 힘에 의해 카루의 목이나 허리쯤은 쉽게 절단했을 것이다. 하지만 카루는 계단 아래쪽에 있었고 티나한은 약간 높게 휘둘렀다. 자신의 머리 위를 벼락처럼 지나가는 파국에 카루는 기겁하며 사이커를 움켜쥐었다. 하지만 급박한 순간, 카루는 레콘을 상대로 철의 대화 따위나 신청하는 얼간이 짓은 현명하지 못하다는 것을 상기할 수 있었다. 그는 떨리는 목소리로 말했다.

"도대체 이게 무슨 짓입니까?"

다행히도 카루는 자신이 올바른 선택을 한 것임을 알게 되었다. 티나한은 그를 쪼개버릴 생각이 없었다.

"망할, 기척 좀 내고 말할 것이지! 놀랐잖냐!"

"저는 헛기침도 내고 발소리도 내고 그외 생각나는 모든 짓을 다 해본 다음에 말한 겁니다."

티나한은 머쓱한 표정으로 좀더 자세히 카루를 바라보았다. 그때 계단 아래쪽의 어둠에 조금 익숙해진 티나한은 카루의 등 뒤에 있는 스바치의 모습을 발견했다. 티나한은 그 또한 자신처럼 누군가를 업고 있다는 것을 깨달았다. 하지만 스바치의 등 뒤에 업혀 있는 것은 실로 무시무시한 것이었다. 티나한은 어이없다는 듯이 말했다.

"너희들은 도대체 뭐냐?"

"카루라고 합니다. 저 친구는 스바치, 그리고 업혀 있는 사람은 수호자 보트린입니다."

"수호자라고!"

티나한은 새로운 경계심을 느꼈다. 하지만 카루는 재빨리 손을 내저었다.

"아니, 잠깐. 적이 되고 싶지 않습니다. 당신이 북부군이며 여신을 구출하기 위해 온 사람이라면."

티나한은 눈 앞에 있는 나가가 자신과 같은 목적을 가졌다는 식으로 말하고 있음을 깨달았다. 이해하기 어려웠지만 티나한은 잠시 폭력을 유보해 둔 채 말했다.

"나는 티나한이다. 발자국 없는 여신을 구출하고 너희들의 수호자들로부터 여신의 힘을 박탈하기 위해 화신들을 찾아서 이곳으로 모셔온 사람들 중 하나다. 그러니까 네가 말하는 것이 그리 틀리지는 않는군."

카루는 잠시 스바치를 돌아보았다. 그러고는 다시 고개를 돌려 티나한에게 말했다.

"그러면 수탐자입니까?"

"우리를 아나?"

"보트린이 닐러줬습니다. 그는 들을 수는 있지만 지금 상태가 좋지 못해 말할 능력은 없습니다. 알겠습니다. 당신들을 환영합니다. 우리들 또한 여신의 구출을 바랍니다. 그런데…… 지금 그런 일이 일어나고 있는 겁니까?"

티나한은 그만 말문이 막히는 것을 느꼈다. 그는 도대체 어떻게 사태를 설명해야 할지 알 수 없었다. 레콘의 대답이 늦어지자 카루는 용감하게도 그의 곁으로 다가왔다. 카루는 티나한처럼 계단에 엎드린 채 살금살금 기어 올라간 다음 계단 끝에서 고개를 내밀어 51층을 바라보았다.

얼마 동안 카루는 숨도 제대로 쉴 수 없었다. 계단 위의 광경은 초자연적이었다. 하늘에는 도무지 무엇인지 알 수 없는 구멍이 불타오르고 있었다. 그리고 그 구멍 아래에서 한 인간과 시우쇠일 것으로 생각되는 불덩어리 도깨비가 서로를 노려보고 있었다. 시우쇠와 케이건의 모습 사이로 카루는 냉동 장치를 확인할 수 있었다. 그곳에 어린 차가움 때문에 카루는 카린돌의 모습을 명확하게 구분할 수 없었다. 카루가 다시 아래쪽으로 몇 계단을 내려왔을 때 티나한의 등 뒤에 있던 아기가 속삭이듯 말했다.

"그렇지 않아. 간단하게 말해 준다면 어디에도 없는 신의 화신이 너희 나가들을 모두 죽이고 싶어한다. 그래서 그는 발자국 없는 여신이 풀려나는 것을 저지하고 있다. 셋이 하나를 상대하기 때문이야."

카루는 놀라움을 금할 수 없었다. 스바치와 보트린 또한 경악했다. 카루는 여러 가지 놀라움 중에서 가장 간단한 것부터 해결하기로 했다. 그는 아기를 유심히 바라보며 질문했다.

"혹 당신이⋯⋯."

"나는 모든 이보다 낮은 여신이다."

"아! 그렇군요. 여신을 뵙게 된 것을 무한한 영광으로 생각합니다. 그런데 왜 어디에도 없는 신의 화신이 나가를 다 죽이고 싶어하시는 겁니까? 나가들이 여신의 힘으로 인간들을 죽였기 때문입니까?"

"일단 질문하지 말고 내 말 잘 들어라. 카루. 냉동 장치가 어느 쪽에 있는지 정확하게 말해다오. 방향과 거리를 상세하게."

카루는 의아해하다가 아기가 전혀 시선을 맞추지 않은 채 말한다는 것을 깨달았다. 카루는 아기가 장님이라고 생각했다. 하지만 곧 그것이 화신에게 어울리지 않는 일이라는 느낌을 받았다. 머리가 혼란스러워진 카루는 질문을 포기하고는 다시 고개를 내밀어 확인했다. 냉동 장치의 위치를 확인한 카루는 아래로 내려와 손가락으로 방향을 가리켰다.

"이쪽 방향으로 20미터쯤 떨어져 있습니다."

"정확하게 20미터냐? 중요한 일이다. 너는 정확하게 냉동 장치 앞에 설 수 있는 거리를 말해야 한다."

카루는 다시 고민한 다음 말했다.

"그 거리면 적당할 것 같습니다."

"알았다. 이곳에 있는 티나한은 사정 때문에 저곳에 갈 수 없다. 너를 그곳으로 빠르게 이동시켜 줄 테니 냉동 장치 안에 있는 나가를 죽일 수 있겠나?"

계단 아래쪽에 있던 스바치가 고개를 홱 쳐들었다. 그는 경악에 찬 표정으로 아기를 노려보았다. 그리고 스바치의 등 뒤에 있던 보트린 또한 놀라움에 찬 니름을 토해 내었다.

〈도대체 저 화신께서는 무슨 말씀을 하시는 거지?〉

카루 또한 그것이 궁금했고 그래서 아기에게 질문했다. 아기는 말했다.

"저 몸이 죽으면 발자국 없는 여신은 그 몸에서 빠져나와 다른 나가의 몸으로 옮겨갈 수 있다. 그러면 그 다른 나가가 발자국 없는 여신의 화신이 되어 우리 둘과 함께 어디에도 없는 신의 화신을 저지할 수 있다. 둘은 하나를 상대할 수 없다. 셋이 되어야 한다. 지금 네가 그렇게 하지 않으면 어디에도 없는 신의 화신은 너희들을 다 죽일 거다."

카루는 아기의 말을 이해하기 위해 애썼다. 그리고 스바치는 분노에 찬 표정으로 모든 사람들을 쳐다보았다. 카루는 스바치를 돌아보았다.

〈스바치.〉

〈내가 말하겠어! 잠깐 기다려.〉

스바치는 아기에게 말했다.

"무슨 말씀인지 알겠습니다. 모든 이보다 낮은 여신이여. 하지만 심장을 적출한 나가를 빠르게 죽일 수 있는 방법은 없습니다. 어쨌든 도깨비의 불이나 레콘의 힘이 없다면 말입니다. 카루는 시간을 꽤 잡아먹어야 할 텐데, 어디에도 없는 신이 그가 그녀를 죽일 때까지 가만히 구경하고 있겠습니까?"

"그녀? 여자인가 보군. 그리고 심장을 적출한 나가라면, 네 말대로 어렵겠군."

아기는 불만에 찬 신음을 흘렸다. 스바치는 마음속으로 안도의 한숨을 내쉬고 말했다.

"조금만 기다리면 안 되겠습니까? 얼음은 곧 다 녹을 겁니다. 그리고 그녀의 체온도 올라갈 테고요."

"어디에도 없는 신이 시간을 줄지 모르겠다."

"그럴 생각이 없는 것 같군요."

다시 계단 위를 살피던 카루가 말했다. 아기는 무슨 의미인지 알 수 없었다. 케이건이 이끌어주지 않는 이상 그녀는 냉동 장치나 그 안의 신체를 정확하게 볼 수 없었다. 하지만 티나한은 카루의 말을 정확하게 이해했다. 그는 좌절감 속에서 말했다.

"케이건이 냉동 장치의 문을 다시 닫았습니다."

냉동 장치의 문을 다시 닫은 케이건은 시우쇠를 쳐다보았다. 시우쇠는 노기충천한 모습이었지만 시각이 왜곡되어 있기에 그의 모습을 제대로 확인하지 못하고 있었다. 케이건은 문득 시우쇠를 그대로 아래로 밀어 떨어뜨리면 어떨까 하는 생각을 해보았다.

하지만 그렇게 한다고 해서 화염의 화신이 죽을 것 같지는 않았다. 혹 죽는다 하더라도 이곳에는 시우쇠가 전령할 도깨비가 하나 있었다. 케이건은 비형을 찾아보았다.

비형은 나늬와 함께 아래로 내려서려 하고 있었다. 케이건은 단조롭게 손짓했다. '내려오지 마시오.' 비형은 거부하듯 고개를 가로저었다. 케이건은 잠깐 고민하다가 바라기를 천천히 들어올려 자신의 왼팔 위에 얹었다. 그 뜻은 명백했다. 나늬가 크게 후퇴했다. 비형을 쫓아버린 케이건은 이제 티나한이 남았음을 상기하고는 주위를 두리번거렸다. 바닥을 본 케이건은 빙긋 웃었다. 그 웃음은 순진했다. 케이건은 오른발을 한 번 굴러 바닥에 고여 있던 물을 찰박거리게 했다. 경쾌한 소리와 함께 물방울이 튀어 올랐다. 케이건은 티나한이 절대로 다가오지 않으리라는 것을 확신했다.

그를 방해할 자는 없었다. 케이건은 천천히 가장자리로 걸어갔다. 하텐그라쥬의 전경을 죽 둘러본 케이건은 한 지점을 선택했다. 그는 바라기를 천천히 들어올렸다. 그 동작에는 물감을 잔뜩 묻힌 붓을 들어올리는 거장의 손길 같은 충만함이 있었다.

'나가는, 모두 죽을 것이다.'

파괴적인 붓질을 하려던 케이건은 갑자기 동작을 멈췄다.

그의 눈에 심장탑을 향해 달려오고 있는 일군의 무리가 들어왔다. 케이건은 바라기를 도로 내려놓았다. 그리고 얼굴을 찡그렸다. 그의 손끝이 떨렸다. 거기에는 나가가 있었다. 케이건은 난폭한 동작으로 다시 바라기를 들어올렸다. 그러나 끝내 바라기를 휘두르지는 못했다.

케이건은 아래를 향해 떨리는 목소리로 말했다. 그리고 그 목소리가 사모의 귀에 들리도록 바람에 그것을 실어 보냈다.

"돌아가십시오. 폐하."

마루나래의 등 위에 있던 사모는 깜짝 놀라서 위를 쳐다보았다. 사모는 까마득하게 높은 곳에 있는 케이건을 보고는 또다시 놀랐다. 케이건은 보통 말하는 정도의 어조로 말하고 있었다. 그런 목소리가 들릴 거리가 아니었다. 사모는 이해할 수 없는 기분 속에서 대답했다.

"케이건 드라카. 지금 무엇을 하고 있지?"

사모는 자신의 목소리가 들리지 않으리라고 생각했다. 하지만 케이건의 대답은 그녀의 귓가에 대고 이야기하는 것처럼 또렷하게 들려왔다.

"저는 나가를 죽일 겁니다. 폐하께서는 돌아가십시오."

사모는 더 이상 고민할 여유 없이 다급하게 말했다.

"허락하지 않는다."

"네까짓 나가가 감히 나에게 허락하느니 마느니 한단 말이냐!"

케이건은 폭발적인 괴성을 내질렀다. 그것은 하늘을 울리게 하는 대갈이었다. 갈바마리와 금군들은 켁켁거리며 뒤로 물러났고 마루나래는 털을 꼿꼿하게 세운 채 으르렁거렸다. 사모는 그 음성에 놀랐다. 그것은 그녀가 아는 케이건의 목소리였지만 너무도 생경하게 느껴지는 목소리이기도 했다. 그녀가 대답을 못 하고 있을 때 케이건이 다시 말했다.

"무례를…… 용서하십시오. 폐하. 제발 이곳을 떠나주십시오."

사모는 케이건이 혼란스러운 상태에 빠져 있음을 깨달았다. 하지만 케이건의 일부는 분명히 아라짓 전사로서 사모를 왕으로 여기고 있었다. 사모는 그 사실에 매달리기로 했다.

"케이건 드라카. 짐의 아라짓 전사여. 너의 왕이 하는 말을 들어라. 짐에게 설명하라."

"설명이라고요?"

"설명하라. 너는 내가 적으로 규정한 자와 싸우고 내가 친구로 규정한 자를 보호해야 하지 않느냐? 네가 어찌하여 내 명령도 없이 적을 규정하는 것인지 설명하라."

케이건은 입술을 떨었다. 그의 왕이 요구하고 있었다. 케이건은 왼손을 아래로 뻗었다.

사모는 마루나래가 갑자기 멀어지는 것을 느꼈다. 아래를 내려다본 사모는 깜짝 놀랐다. 그녀의 몸이 위로 떠오르고 있었다. 마루나래는 등 뒤의 무게가 갑자기 사라지자 어리둥절하여 위를 쳐다보다가 기겁하여 펄쩍 뛰어올랐다. 놀라운 도약력에 의해 마루나래는 사모와 같은 높이까지 이르렀지만, 대호에게는 안전하게 사모의 몸을 붙잡을 손이 없었다. 성급하게 발을 뻗으려던 마루나래는 그 동작이 사모를 파괴하고 말 것임을 깨닫고는 다시 발을 잡아당겼다. 땅에 내려선 마루나래는 무서운 포효를 뿜어올렸다. 그동안에도 사모의 몸은 계속 떠올랐다. 갈바마리가 갑자기 비명처럼 외쳤다.

"계단을!"

"올라간다!"

갈바마리는 심장탑 안으로 뛰어들었다. 입을 열어 말할 수는 없었기에 마루나래는 포효로써 갈바마리를 축복한 다음 그 뒤를 따라 달렸다. 그리고 그들 뒤로 다른 두억시니들이 달렸다.

사모는 곧 불안감을 버리기로 했다. 케이건이 그녀를 죽일 작정이라고는 생각하기 어려웠다. 그것을 원했다면 조금 전 하텐그 라쥬를 상대로 저지른 폭력을 그녀에게 사용하는 것으로 충분했을 것이다. 그래서 사모는 추락에 대해 생각하지 않기로 했다. 대신 사모는 케이건의 얼굴을 똑바로 노려보려 애썼다. 케이건은 그녀의 시선을 조심스럽게 받아내었다. 나늬에 탄 비형이 한 번 그녀의 곁을 지나치며 그녀를 걱정스럽게 바라보았다. 사모는 비형에게 묻고 싶은 것이 있었지만 날개 소리 때문에 이야기를 할 수 없었다. 그래서 사모는 비형에게 미소를 지어 준 다음 다시 케이건의 얼굴을 직시했다. 그녀의 발이 심장탑 51층에 내려서게 되었을 때도 사모는 아래를 내려다보지 않을 수 있었다.

케이건은 바라기를 다시 등 뒤에 걸었다. 그리고 사모 앞에 무릎을 꿇은 채 머리를 조아렸다.

"폐하를 내려다볼 수는 없었습니다."

어디에도 없는 신의 힘으로 자신을 끌어올린 거냐고 묻고 싶었지만 사모는 그러지 않았다. 그녀는 눈 앞에 있는 자를 자신의 전사인 한 인간으로만 취급하기로 결심했다.

"알았다. 설명하라."

계단에 엎드려 있던 카루는 가슴이 답답해지는 것 같은 기묘한 느낌을 받았다. 그는 가면을 쓴 여인을 뚫어지게 바라보았다. 카루는 그 가면을 보고 그녀가 대호왕이라는 것을 추측할 수 있었다. 하지만 카루는 그 이상의 느낌을 받았다. 카루는 자신이 그녀를 알고 있다는 강력한 느낌을 받았다. 뭐라 말할 수 없는 불안 속에서 카루는 조금 전 케이건이 그녀를 나가라고 불렀다는 사실을 떠올렸다.

'설마?'

그때 보트린의 니름이 들려왔다.

〈카루. 스바치. 냉동 장치를 무력화시키는 방법을 알려드리겠습니다.〉

카루는 뒤를 돌아보았다. 보트린이 계속 닐렀다.

〈그 방법이 카린돌을 구하는 데 도움이 될지도 모르겠습니다.〉

스바치가 다급하게 닐렀다.

〈어서 닐러주십시오!〉

〈금속 상자의 왼쪽에 있는 돌출물을 유의해서 보면 항아리가 세 개 들어있습니다. 그중 가장 큰 항아리를 파괴하면 됩니다. 그러면 냉동 장치는 쓸모가 없어지게 됩니다.〉

스바치는 그 사실을 육성으로 바꿔 속삭였다. 아기가 말했다.

"그렇다면, 좋다. 내가 너희들 중 누군가를 이동시켜주겠다. 그 항아리를 파괴해라. 누가 그렇게 하겠느냐?"

"제가 하겠습니다."

스바치가 대답했다. 그는 보트린을 묶고 있던 줄을 풀기 시작했다. 아기가 다시 말했다.

"어쩌면 어디에도 없는 신에 의해 죽게 될지도 모른다. 그리고 잠시만 기다려라. 지금 사모 페이가 그와 이야기를 하고 있다. 어쩌면 그녀도 위험해질지 모르거니와……."

아기의 말은 숨죽인 비명에 의해 중단되었다. 티나한과 스바치, 아기, 보트린은 놀란 표정으로 카루를 바라보았다. 카루는 믿을 수 없다는 듯이 말했다.

"정말 사모 페이입니까?"

"대호왕 말이냐? 그렇다."

카루는 고개를 휙 돌려 대호왕과 케이건을 바라보았다. 그리고
다른 자들 또한 기회를 엿보며 그들의 말에 귀를 기울였다.

케이건을 오로지 아라짓 전사처럼 대하는 사모의 태도는 효과
가 있었다. 케이건은 아라짓 전사로서 말했다.
"폐하. 나가들은 폐하의 전사가 가진 모든 것을 앗아갔습니다.
그들은 제 희망을 이용하여 저를 철저히 배신했습니다."
"네 희망이 무엇이냐?"
"제가 원한 것 말씀이십니까?"
"그래. 네가 원했던 것이 무엇이냐? 짐에게 말하라."
케이건은 고개를 들어 사모를 바라보았다. 그의 눈에서 희미한
의혹이 피어올랐다. 사모는 자신을 억누른 채 차분하게 그를 마
주보았다.
"네가 원했던 것이 무엇이냐?"
"사랑하기 위해 사는 삶."
사모는 잠시 동안 아무 말도 하지 못한 채 케이건을 바라보았
다. 케이건의 목소리는 단조로웠고 그 말에는 뚜렷한 인상을 남
기려는 어떤 기교도 내포되어 있지 않았다. 하지만 사모는 그 말
이 귀 속에 쾅쾅 울린다는 느낌을 받았다. '사랑하기 위해 사는
삶?' 사모는 그런 말이 어떻게 나가를 다 죽이려는 자의 입에서
나올 수 있는지 알 수 없었다. 그녀는 간신히 말했다.
"설명하라."
케이건은 갑자기 과거를 바라보는 눈으로 사모를 바라보았다.
그의 목소리에는 시간의 무게가 덧씌워졌고 사모는 태고로부터
들려오는 목소리를 듣게 되었다.

"그들은 이렇게 말합니다. 오늘은 세 놈을 잡았지. 마지막 새끼의 아가리를 찢어놓고 그 입에 오줌을 눴지. 말도 못하는 입에 뭐라도 쓸모가 있어야 할 것 아냐. 제 누이의 전사들. 저는 그것들이 싫었습니다. 제 누이를 살육의 여왕으로 이끄는 광전사들이 싫었습니다. 그 자들 가운데, 유혈로 자신을 둘러 스스로를 파괴의 여왕으로 선언한 제 누이가 있었습니다. 그 손에 이 혐오스러운 검을 움켜쥔 채."

사모는 그 이야기를 쉽게 이해할 수 없었다. 머릿속으로 정신없이 생각해 본 후에야 사모는 케이건이 아라짓 전사와 극연왕에 대해 이야기하고 있다는 것을 깨달을 수 있었다. 마치 그녀가 이해했다는 것을 안다는 듯이 케이건은 부드러운 얼굴로 고개를 끄덕였다. 그는 말했다.

"저는 자신에게 물어보았습니다. 왜 사랑할 수 없을까?"

사모는 다시 충격을 받았다. 케이건은 계속 말했다.

"왜 이해할 수 없을까? 입장을 바꿀 수는 없을까? 길지 않은 생, 가슴에서 피비린내를 풍기며 살아야 할 이유가 있을까? 우리의 서로 다른 겉모습은 광적인 증오의 원인이 아니라 다시 없이 커다란 축복이 아닐까? 사람은 새로움 속에 살아간다. 모든 것은 항상 바뀌어 사람들에게 다가온다. 그렇다면, 우리는 비늘이 덮인 저 남부의 이방인들을 우리의 의식과 지혜를 발전시킬 새로운 자극으로 이해해야 하지 않을까? 그들은 우리의 적이 아니라 가장 고마운 선물이 아닐까? 대상이 없는 사랑은 없다. 그리고 새로운 대상은 새로운 사랑을 약속한다. 남쪽에서 온, 비늘 덮인 그들은 나의 또 다른 형제며 혈육이다. 그리고 축복이다. 나는 그들을 사랑하고 싶다. 그들은 얼마나 고마운 자들인가. 우리는 사랑할 수 있는 상대를 하나 더 얻었다."

케이건은 스스로에게 보내는 조소로 얼굴을 일그러뜨렸다.

"나는 그들을 진정으로 사랑하고 싶다."

사모는 이런 거대한 사랑을 이해할 수 없었다. 다르다는 것이 증오의 원인이 아니라 거대한 축복의 원인이 될 수 있는, 혹은 그러했던 사람이 그녀의 눈앞에 있었다. 사모는 니를 수 없는 감동 속에서 케이건을 바라보았다. 케이건의 얼굴이 갑자기 고통스럽게 일그러졌다. 그는 무서운 추억을 바라보는 자의 눈으로 사모를 바라보았다. 그의 손이 미세하게 떨렸다.

"그리고…… 그런 제게 어떤 나가가 다가왔습니다."

케이건은 한참 동안 말을 잇지 않았다. 사모는 감히 그를 다그칠 엄두를 내지 못했다. 케이건의 침묵은 건드릴 수 없는, 건드리는 것만으로도 고통을 받을 것 같은 비탄을 담고 있었다.

갑자기 케이건의 입이 열렸다.

"그 나가의 말은 정말 친절하게 들렸습니다. 제가 들었던 그 어떤 목소리보다 아름다운 목소리로 그 나가는 말했습니다. '이해합니다.' 정말 이해하는 것 같았습니다. '당신의 뜻을 이해합니다. 우리는 모두 알고 있습니다. 이 슬픈 사태를 해결할 방도는 하나뿐이라는 것을.' 그 나가는 더 이상 말하지 않았습니다. 단지 고매한 침묵으로 저를 설득했을 뿐입니다. 하지만, 그 침묵과 더불어 제시된 손짓의 의미는 분명했습니다. 왕국 아라짓에서 손가락 두 개를 이용한 그 손짓을 모르는 자는 아무도 없습니다! 빌어먹을! 그 놈들은 인간처럼 다섯 개의 손가락을 가지고 있습니다. 의미가 너무 분명합니다! 예. 간단한, 너무도 직설적인 손짓이었습니다. 저는 결심했습니다. 그리고 스스로 옳은 일을 하고 있다는 확신 속에서 살육밖에 모르는 누이를 비난하고 그녀의 검을 훔쳐 그녀를 떠났습니다. 제 누이를 떠나는 길에서 제가 생각했던 것은 누이와의 아름다웠던 추억들이 아니었습니다. 저는 득의양양하여 생각했습니다. 이제 나가들과 우리 사이를 갈라놓는 저 저주받을 아라짓 전사들은 정체성의 수수께끼를 느껴야 할 것이다."

사모는 바라기의 실종이 어떻게 해서 일어난 일인지 알게 되었다. 그리고 그 일에서 나가가 수행한 역할에 대해 이루 니르기 어려운 혐오감을 느꼈다. 그 나가는 북부에서 나가들을 사랑하고 이해하기를 원하는 유일한 사람을 가증스럽게 속였다. 죄책감에 고개를 가로젓던 그녀의 눈이 문득 시우쇠에게 머물렀다. 시우쇠는 저편에 가만히 선 채 그녀와 케이건을 바라보고 있었다. 케이건의 말이 계속되었다.

"예. 그렇게 되었습니다. 아라짓 전사들의 혼란을 틈타 나가들의 반격이 아라짓을 거세게 강타했습니다. 바라기를 잃은 제 나라는 몰락하기 시작했습니다."

케이건은 다시 침묵했다. 그는 이제 아라짓의 무력한 몰락을 바라보고 있는 듯했다. 영웅왕의 검 아래에 이룩되었던 강력한 왕국은 그 검을 잃고 초라하게 시들어갔다.

"믿기 어려웠습니다. 살육귀들이 사라졌음에도 불구하고 새로운 사랑과 새로운 이해는 나타나지 않았습니다. 오히려 왕국의 몰락이 다가오고 있었습니다. 저는 증오의 기억이 너무 깊었기 때문이라고 믿었습니다. 하지만 가장 깊은 마음속으로는 제가 나가에게 속았음을 알고 있었습니다. 단지 인정하고 싶지 않았던 것이었습니다. 하지만 저 때문에 쓰러져가는 조국의 이름은 제

머릿속을 불태우는 악몽이 되어 돌아왔습니다. 저는 나가를 사랑하고 싶었습니다. 하지만 저 때문에 사랑하는 조국이 멸망했습니다. 아라짓의 가장 가증스러운 배신자. 왕국을 훔친 도둑. 그것이 저였습니다. 결코 조국으로 돌아갈 수 없었습니다. 저는 조국이 죽어가는 것을 바라보고만 있어야 했습니다. 그것은 전사의 죽음도 아니었습니다. 영웅왕의 나라는 병자처럼 볼품없이 말라 죽어가고 있었습니다. 저는 아무것도 할 수 없었습니다."

케이건의 얼굴에 갑자기 살기가 피어올랐다. 그의 손은 떨림을 멈춘 채 서서히 가슴으로 올라왔다. 사모는 그 움직임을 불안 속에서 바라보았다. 케이건은 어깨 뒤로 손을 넘겨 바라기의 칼자루를 움켜쥐었다.

"하지만 나가들을 잡아먹을 수는 있었습니다. 그것은 저를 받아들인 키탈저 사냥꾼들의 방식이었습니다. 용의 자손인 저는 그렇게 했습니다."

바라기를 움켜쥔 케이건의 손이 하얗게 물들었다. 사모는 불현듯 케이건이 첫 번째 나가 살육과 그 고기를 먹은 일을 회상하고 있음을 깨달았다. 그녀의 몸에서 비늘이 일어났다. 하지만 몸이 느끼는 공포와 무관하게 그녀의 마음은 한없는 동정심으로 가득 차 흔들렸다.

"예. 저는 한계선 근처에서 힘없이 어슬렁거리는 나가를 잡았습니다. 그리고 그것을 삶았습니다. 그것으로써 저는 제 두 번째 장례식을 스스로 주관했습니다. 사랑했던 것을 잃었고, 사랑하고 싶었던 것도 잃었습니다. 나가의 고기가 제 목을 넘어갈 때 저는 제 속에서 울려퍼지는 단말마를 들었습니다. 처음 몇 번 동안은 그 소리 때문에 미칠 것 같았습니다. 하지만 곧 그 소리는 들리지 않게 되었습니다. 저는 제 속의 무엇이 완전히 죽었음을 알게 되었습니다."

사모의 눈에 은루가 고였다. 고통스러운 추억에 이르른 케이건은 빠르게 말했다.

"제 고통을 아는 자는 한 사람뿐이었습니다. 제 아내, 왕국의 도둑을 받아들인 그녀는, 고통이 무엇인지 아는 사람이었습니다. 별비의 가슴을 헤치고 그 간을 꺼내어 씹었던 그 여인은 그것을 알고 있었습니다. 바라기의 완전한 회수와 골칫덩이가 된 배신자를 제거하길 원했던 나가들은 저를 추적하는 대신 제 아내를 추적하기로 결정했습니다. 제 아내는 그 비늘 덮인 차가운 동물들을 사랑하고 싶은 생각은 없었지만, 제가 한 때 그것을 원했다는 이유만으로 그들에게 갔습니다. 제가 죽어간다는 것을 알았기 때문이지요. 그래서 저를 옛날의 케이건으로 돌려놓으려 했습니다. 나가를 사랑하고 싶어하는 자로. 기다리던 나가들은 제 아내를 붙잡아 찢어 죽였습니다."

사모는 그만하라고 외치고 싶었다. 하지만 그 말은 그녀의 목에서 흘러나오지 않았다. 그리고 사모는 니를 수도 없었다. 케이건은 처연한 표정으로 고개를 떨구었다.

"그것이 나가들이 제게 한 일입니다. 폐하. 저는 그들을 죽일 겁니다."

사모는 가슴이 올올이 찢겨지는 듯한 고통을 느끼며 케이건을 바라보았다. 어떤 말도, 어떤 니름도 흘러나오지 않았기에 사모는 주먹을 움켜쥐었다. 그녀는 굳은 결심을 한 채 가면을 붙잡았다. 시우쇠가 흠칫했고 계단에 있던 자들의 상당수가 신음을 흘렸지만 사모는 그것을 깨닫지 못했다.

사모는 가면을 벗었다. 그리고 나가의 얼굴로 케이건을 바라보았다.

"더 이상 가면은 필요 없어. 이곳에는 왕과 아라짓 전사는 필요 없어. 내가 할 수 있는 사과와 내가 할 수 있는 속죄만이 있을 뿐이야. 케이건 드라카. 고개를 들어 나를 봐."

케이건은 천천히 고개를 들었다. 그는 동요 없는 시선으로 사모를 바라보았다. 사모는 은빛 눈물로 볼을 적신 채 그를 마주보고 있었다.

"케이건. 나는 너에게 사과하고 싶어."

케이건은 아무런 표정도 없는 얼굴로 사모를 바라보았다. 아주 짧은 순간, 케이건의 얼굴에 또 다른 얼굴이 나타났다가 사라졌다. 눈물 때문에 제대로 볼 수 없었던 사모는 그것을 보지 못했다. 케이건은 고개를 갸웃했다. 그는 시선을 낮추어 사모의 손에 들린 가면을 바라보았다. 그리고 그는 다시 사모의 얼굴을 바라보았다. 케이건의 얼굴에 또다시 다른 얼굴이 나타났다. 케이건은 죽어가는 자의 목소리처럼 희미하게 속삭였다.

"나가."

케이건의 몸이 치솟았다.

사모는 자신의 목이 찢어지리라는 것을 깨달았지만 눈을 감지는 않았다. 그녀는 눈을 똑바로 뜬 채 케이건을 바라볼 생각이었다. 하지만 시야를 가리는 은루 때문에 그녀가 볼 수 있었던 것은 많지 않았다. 그래서 사모가 들었던 것은 끔찍한 소음뿐이었다.

사모는 자신이 아무렇지도 않다는 것을 느끼고는 눈을 비볐다. 시야가 회복되자 사모는 케이건이 누군가와 싸우고 있음을 알게 되었다. 그것은 '알게 된' 것이지 본 것이 아니었다. 사모는 케이건과 싸우고 있는 상대를 제대로 보지 못했다. 그를 제대로 볼 수 있는 자는 아무도 없을 것이다. 시우쇠나 아기, 그리고 맞서 싸우고 있는 케이건조차도 그를 제대로 보지 못했다. 아기는 티나한의 등 뒤에서 신음을 흘렸다.

"세상에!"

계단에서 뛰쳐나가는 나가를 본 순간 아기는 그와 사모를 구하기 위해 그들을 급속하게 움직이게 했다. 하지만 사모는 움직이지 않았다. 어느 방향으로든 한 걸음만 움직였다면 그녀는 안전하게 아기에게로 끌려왔을 테지만 사모는 바라기의 공격에 자신을 내맡기듯 꿈쩍도 하지 않았다. 힘은 주어졌으되 방향이 주어지지 않은 셈이다. 그래서 아기가 행한 일의 영향을 받은 것은 계단에서 뛰쳐나간 나가, 즉 카루뿐이었다. 그런데 카루는 아기의 의도대로 계단으로 돌아오지 않았다. 카루는 아기의 힘을 받으며 방향은 자신이 결정했다. 그리고 카루는 번갯불 같은 속도로 움직이며 케이건을 공격했다. 그것은 전적으로 계단에서 뛰쳐나갔을 때 그가 삼킨 소드락 덕분이었다.

카루는 '볼' 수 있었다.

지독하게 왜곡되어 백일몽에 가까운 모습이었지만 카루는 케이건과 사모의 모습을 볼 수 있었다. 소드락의 급가속 상태에서 항진된 신체 능력이 그런 기적을 일으키고 있었다. 그 기적은 극히 제한적이었다. 카루의 공격은 번번이 엉뚱한 곳으로 빗나갔다. 그가 제대로 보지 못하고 있는 것은 분명했다. 하지만 주위에 호전적인 사이커가 춤추고 있다는 사실은 케이건을 자극하기에 충분했다. 케이건은 노호하며 바라기를 휘둘렀다. 카루가 아기의 의도대로 움직였다면 케이건 또한 카루를 볼 수 없었겠지만, 카루는 아기의 의도를 무시하며 움직이고 있었고 그래서 케이건은 흐릿한 환상 같은 모습의 카루를 볼 수 있었다. 하지만 그의 공격 또한 엉뚱한 허공을 갈랐다. 카루의 속도는 지나치게 빨랐다. 그래서 그들은 계속 빗나가는 공격을 교환했다.

카루가 자신의 의도를 무시하며 움직인다는 것을 깨달은 순간 아기는 카루를 움직이는 짓을 그만두려 했다. 카루에게 해가 될 가능성이 높았기 때문이다. 하지만 아기는 그럴 수 없었다. 케이건과 카루는 이미 싸움에 빠져들었고 만약 아기가 카루에게 가하고 있는 빠르기를 제거한다면 카루는 당장 목이 떨어지고 말 것이다. 아기는 어쩔 수 없이 카루에게 계속 힘을 가했다. 그 결과로 벼락의 경주 같은 싸움이 펼쳐졌다. 스바치가 몸을 벌떡 일으키며 외쳤다.

"저를 냉동 장치로 보내주십시오!"

그 소리에 놀란 케이건이 계단을 돌아보았다. 아기는 퍼뜩 스바치를 돌아보았다. 스바치 또한 소드락을 삼키려 하고 있었다. 아기는 외쳤다.

"안 돼! 못 본다!"

스바치는 입에 넣었던 소드락을 재빨리 뱉어내었다. 그는 놀란 표정으로 아기를 바라보았다가, 곧 헛손질을 하고 있는 카루를 보았다. 스바치는 이해했다는 듯이 빠르게 고개를 움직였다. 아기는 조금 전 카루가 가르쳐준 방향으로 주의 깊게 스바치를 움직였다.

스바치는 눈깜짝할 사이에 냉동 장치 앞으로 이동했다. 시야가 순식간에 바뀌는 바람에 스바치는 잠깐 동안 자신이 어디에 있는

지 알지 못했다. 그러나 그의 시야에 냉동 장치가 들어온 순간 스바치는 이해했다. 그는 황급히 냉동 장치의 왼쪽으로 움직였다. 그때 그의 등에 업혀 있던 보트린이 닐렀다.

〈스바치! 조심하십시오!〉

스바치는 고개를 홱 돌렸다. 그 순간 엄청난 힘을 지닌 손아귀가 그의 목을 움켜쥐었다. 그의 머릿속이 순식간에 캄캄해졌다.

케이건이 타오르는 눈으로 스바치를 노려보고 있었다. 그의 오른손은 바라기를 들어올리고 있었다. 무수한 나가의 생을 종결시킨 그 공포의 검이 곧 스바치의 두개골을 향해 내려쳐질 판국이었다.

"죽어라!"

"그만둬!"

허공에서 카루의 비명이 들려왔다. 동시에 케이건의 왼발 조금 옆의 바닥이 폭발하듯이 부서졌다. 허공에서 다시 카루의 분개한 비명이 들려왔다. 케이건은 으르렁거리며 스바치의 몸을 확 밀어젖히고 그 자리를 피했다. 곧 그가 서 있던 바닥이 보이지도 않는 사이커에 의해 찢어졌다. 스바치는 짧은 순간 안도감과 해방감을 느꼈다. 그의 발 아래에 더 이상 바닥이 없다는 사실을 깨달을 때까지.

스바치는 심장탑 아래로 추락하고 있었다.

보트린을 업고 있었기에 스바치의 무게 중심은 뒤쪽에 있었다. 몸이 완전히 뒤집어지기 직전, 스바치는 사이커를 들어올렸다. '성급하면 안 돼.' 아래로 추락하는 그 짧은 순간 스바치는 나가에게서나 기대할 수 있는 극도의 냉정 속에서 세심하게 사이커를 겨냥했다. '성급하면 안 돼.' 시야에서 냉동 장치가 사라지기 직전, 스바치는 자신의 발을 겨냥하듯이 그것을 집어던졌다. 다음 순간 그의 눈에 들어오는 것은 넓은 하늘과 하텐그라쥬의 뒤집힌 모습이었다. 스바치는 사이커가 제발 제대로 날아갔기를 바라며 그 뒤집힌 세상을 바라보았다. 무서운 속도로 그의 몸이 아래로 추락했다.

〈제발, 카린돌을 구해 주세요!〉

그 순간 스바치는 자신의 발쪽에서 놀라운 속도로 날아오고 있는 뒤집힌 딱정벌레를 보았다. 스바치는 눈을 부릅떴다. 이해할 수 없는 일이었지만 스바치는 하텐그라쥬의 하늘에서 도깨비가 그를 향해 날아오고 있다는 사실을 인정해야 했다. 다행히 보트린이 그를 도와주었다. 〈수탑자입니다!〉 스바치는 허우적거리며 손을 내뻗었다. 희망에 찬 그의 부릅뜬 눈에 도깨비의 얼굴이 크게 들어왔다. 다음 순간 스바치는 극한 좌절감을 느꼈다. 마지막 구원이라고 믿었다가 느낀 좌절이었기에 그 좌절은 더욱 컸다.

도깨비의 얼굴은 공포에 질려 있었다. 그 공포의 의미는 자명했다. 도깨비는 스바치의 등에 업힌 보트린의 피투성이 몸을 보고 있었다.

카루는 스바치가 떨어지는 것, 그리고 그의 손에서 뭔가가 날아와 냉동 장치에 부딪히는 것을 보았다. 하지만 시야는 여전히 왜곡되어 있었고 그래서 카루는 스바치가 냉동 장치를 파괴했는지 알지 못했다. 카루는 분개하며 다시 케이건을 바라보았다. 그때 카루는 케이건이 자신의 목소리를 들었음을 깨달았다. '내가 왜 이야기를 못한다고 생각했지?' 카루는 자신의 어리석음을 저주하며 사모에게 닐렀다.

〈페이! 도망가십시오!〉

눈물을 닦아내던 사모는 케이건과 싸우는 상대가 자신을 향해 니르는 것을 듣고는 깜짝 놀랐다.

〈카루? 너인가?〉

〈그렇습니다! 도망치십시오!〉

사모는 다시 케이건을 바라보았다.

〈안 돼! 나는 그에게 사과해야 한다. 나는…….〉

"케이건 드라카."

케이건은 사모를 돌아보았다. 조금 전까지 그녀를 바라보던 충성스러운 얼굴이 아니었다. 그는 적을 발견한 아라짓 전사의 격노와 사냥감을 향한 키탈저 사냥꾼의 집중력으로 그녀를 노려보았다. 그는 사모를 향해 덤비려 했다. 하지만 그때마다──헛손질이긴 하지만──카루의 공격이 그의 궤도를 바꿔놓았다. 케이건은 피를 토하듯 외쳤다.

"죽일 테다!"

"케이건 드라카. 내가 너의 눈물을 마시도록 허락해 줘."

케이건은 갑자기 한 대 맞은 듯한 표정으로 사모를 바라보았다. 사모는 은루에 젖은 볼에 웃음을 띠우며 말했다.

"부탁이야. 나는 나가 한 명에 불과할지도 모르지. 하지만 동시에 나는 너의 왕이잖아? 내가 너의 눈물을 다 마시고 죽으면, 나가를 용서해 주지 않겠어?"

어디로든 달려가려 했지만 그때마다 아래로 추락하는 방향으로 움직이게 되는 자신의 처지에 격분하고 있던 시우쇠는 사모의 말에 놀랐다. 시우쇠는 사모를 돌아보며 화염의 신음을 흘렸다.

"네가 신의 눈물을 마시겠다고?"

티나한의 등뒤에서 아기 또한 부리를 벌린 채 멍한 표정으로 사모를 바라보았다. 사모는 계속해서 흘러나오는 은루를 훔치며 웃었다.

"륜은 말했어. 어디에도 없는 신이 인간에게 준 것을 너에게 보여주라고."

"내가 준 것?"

케이건이 멈춰섰다. 카루는 그를 공격하려다가 잠시 기다리기로 했다. 그는 주의깊게 케이건의 주위를 달리며 사태를 관찰했다. 그리고 그제야 카루는 자신의 몸을 점령한 고통을 인지했다. 그의 옷은 너덜너덜해져 있었고 몸 곳곳의 비늘이 시커멓게 타버렸다. 아기의 힘에 의해 움직이면서도 자기의 의도대로 방향을 바꿔버린 카루는 급격한 마찰에 의해 험한 꼴을 당한 상태였다. 카루는 고통을 억누르려 애쓰며 사모의 말에 귀를 기울였다.

"그래. 네가 준 것. 다른 신들도 그들의 선민 종족에게 무엇인가를 준다고 하던데."

케이건은 무의식적으로 대답했다.

"자신을 죽이는 신은 도깨비들에게 불을 주었다. 도깨비들은 그들의 신만큼이나 불을 자유로이 쓸 수 있다. 모든 이보다 낮은 여신은 레콘에게 무기를 준다. 성년이 된 레콘은 최후의 대장간에서 자신의 무기를 받는다. 발자국 없는 여신은 수호자들의 신명, 즉 이름을 주었다."

"그런 것이군. 알았어. 그렇다면 너, 아니, 어디에도 없는 신이여. 당신 또한 당신의 인간들에게 무엇인가를 주었을 겁니다."

"나의 인간 같은 것은 없다."

사모는 한숨을 내쉬었다.

"그렇다면 나는 왕으로서 내 전사 케이건 드라카에게 말해 주겠다. 케이건 드라카. 어디에도 없는 신이 그의 인간에게 준 것은 왕이다."

"왕이라고?"

케이건의 고개가 갸웃했다. 사모는 확신을 담아 말했다.

"그렇다. 너는 인간들의 눈물을 마시게끔 왕을 선물했다. 그리고 최후의 아라짓 전사이자 아라짓의 마지막 왕족인 네가 지명한 나는 너의 적법한 왕이다. 나는 너의 눈물을 마시겠다. 그리고 나가에 대한 너의 증오와 함께 죽겠다. 너는 그것을 알고 있었다. 너는 아직도 나가를 사랑하고 싶었던 거다."

"모욕적일 정도의 헛소리군."

"그렇지 않아. 오레놀 대덕은 신들이 변화를 재생산할 거라고 말했지. 지금까지는 변화가 없었어. 우리는 아직도 대확장 전쟁 당시의 말을 사용하고, 대확장 전쟁 당시의 생활 방식 그대로 살고 있어. 아무것도 바뀌지 않았어. 그렇다면 너 또한 그 옛날의 너 그대로일 거야. 다르다는 것을 기쁨과 감사의 대상으로 여길 줄 아는 너. 나가를 사랑하고 싶었던 너. 네 속 가장 깊은 곳의 너는 그대로일 거야. 너는 요스비를 사랑했다."

케이건이 숨막힌 사람처럼 말했다.

"요스비."

"그래. 너는 요스비를 사랑했어. 그걸 부정하지는 않을 거야."

케이건의 어깨가 부들부들 떨렸다. 그의 눈에서 의심과 불안이 흘러나왔다. 사모는 말했다.

"그래서 너는 나를 준비했어."

"준비했다고!" 거의 비명이었다.

"그래. 너는 나를 준비했어. 너는 위기에 처한 북부를 위해 나를 왕으로 만들기도 했지만, 그보다는 다시 나가를 사랑하기 위해서 나를 준비한 거야. 왜 나가일까? 북부의 왕으로 나가라니? 나가일 수밖에 없지. 나가가 아닌 다른 자는 불가능해. 너는 나를 희생하여 네 눈물을 지우고 다시 나가들을 사랑해야 하니까."

"내가……, 내 눈물을 마실 왕을……, 준비했다는 것이군."

"바뀐 것은 없어. 너는 나가를 사랑해."

사모는 환하게 웃으며 두 팔을 벌렸다. 조건 없는 수용의 자세였다. 거기에는 자신의 죽음조차 수용하는 당당함이 있었다.

"나를 준비해 준 것에 대해 감사하겠어. 이제 내가 네 눈물을 마시고 죽겠어."

티나한은 가슴이 터져버릴 것 같은 느낌을 받았다. 륜을 위해 죽으려 했던 사모는 이제 모든 나가들을 위해 죽으려 하고 있다. 그녀는 진정코 왕이었다.

카루에게는 사모의 말이 기이하게 들렸다. 너무 빠르게 움직이기 때문에 소리가 그를 제대로 따르지 못했다. 하지만 그 의미는 알 수 있었고, 카루는 그것을 용납할 수 없다고 생각했다. 그는 다시 케이건을 겨냥했다. 하지만 그 순간 사모의 말이 그를 주춤하게 했다.

"그 대신, 나가들을 살려줘. 그들을 사랑해 줘."

카루는 충격 속에서 비늘을 세웠다. 타버린 비늘들이 그를 고통스럽게 했다. 하지만 카루는 사모에게서 눈을 떼지 못했다. 모든 나가가 살아나게 된다고? 카루는 격심한 번민을 느꼈다. 계속되는 사모의 말은 그의 번민을 더욱 부채질했다.

"나가라는 나무에 삭풍을 불게 하지 마. 이 영원한 여름의 땅 키보렌에 겨울의 폭풍을 가져오지 마. 내가 단풍이 되겠어. 내가 낙엽이 되겠어. 케이건. 그렇게 하면 되는 거지?"

티나한은 눈앞이 부옇게 변하는 것을 느끼며 거칠게 볏을 흔들었다. 그렇게 내버려둬도 되는 것인가? 이것은 모든 나가들을 살려내기 위해 지불되어야 하는 대가인가? 티나한은 판단할 수 없었다. 하지만 그는 한 가지 사실만은 분명하다고 생각했다. 사모의 죽음은 평생을 따라다닐 아픔이 될 거라는 무서운 예감. 티나한은 그것이 싫었다.

지상의 그 어떤 존재보다 빠르게 움직이면서 카루 또한 같은 생각에 빠져들었다. 나가들의 생존이라는 거대한 요구 앞에서도 카루는 그것을 허용할 수 없는 이유를 찾기 위해 번민했다. 그는 그런 이유를 정말 찾아내고 싶었다. 카루는 다시 사모를 바라보았다. 그때 카루는 사모의 근처에서 무엇인가가 움직이는 것을 보았다. 왜곡된 시각을 저주하며 카루는 그것을 똑바로 보기 위해 애썼다.

티나한이 폭풍처럼 외쳤다.

"안──돼──!"

사모는 놀라서 티나한을 바라보았다. 티나한은 철창을 움켜쥔 채 계단에서 뛰쳐나오고 있었다. 그 순간 격통이 사모의 가슴을 관통했다. 사모는 휘청거리는 몸을 가누려 애쓰며 가슴을 내려다보았다. 그녀의 가슴 가운데서 피에 젖은 사이커의 칼날이 음습한 빛을 뿌리고 있었다. 사모는 흐르는 눈물을 내버려둔 채 고개를 뒤로 돌렸다. 그곳에 한 나가가 서 있었다. 은빛에 물든 그녀의 얼굴을 바라보며 사모는 그 이름을 닐렀다.

〈비아스 마케로우.〉

티나한이 계명성을 내질렀다.

격노에 찬 레콘이 내지를 수 있는 가장 거대한 계명성이 심장탑 위를 휩쓸고 지나갔다. 아무런 의미도 없는 외침일 뿐이었지만 동시에 무궁한 의미를 담고 있기도 했다. 빠르게 움직이고 있던 카루는 하마터면 날려갈 뻔했다. 케이건과 사모, 그리고 비아스 마케로우도 몇 발자국씩 물러났다. 거대한 계명성을 내뿜은 티나한은 그대로 깃털을 빳빳하게 세운 채 비아스를 노려보았다. 비아스는 그 눈을 마주보았다. 그리고 거의 태고까지 소급될 수 있는 공포를 느꼈다. 그 눈은 한 가지 의미만을 담고 있었다. 그녀의 남은 생명은 티나한이 철창이 닿는 거리까지 오는 데 걸리는 시간과 똑같았다. 그리고 그 시간은 매우 짧았다.

비아스는 주저없이 왼팔로 사모의 머리를 감싸안았다. 그리고 그녀의 가슴에서 사이커를 뽑아들었다. 사모의 몸이 크게 꿈틀거렸다. 비아스는 뽑아든 사이커를 옆으로 돌렸다. 사이커의 칼날 끝이 사모의 목에 겨누어졌다. 티나한이 처절하게 외쳤다.

"그―만―둬―!"

"다가오지 마!"

비아스는 고함을 지르면서 동시에 사모의 목을 찔렀다. 사모는 온몸의 비늘을 부딪치며 입을 벌렸다. 비아스는 사모의 목을 거의 관통할 정도로 사이커를 찔러넣은 채 외쳤다.

"누구라도 움직이면 목을 끊어버리겠다!"

티나한은 주춤하며 뒤로 한 발자국 물러났다. 온몸의 깃털이 부풀어 있었지만 티나한은 차마 달려들지 못했다. 비아스는 자신이 상황을 통제한다는 느낌에 희열을 느꼈다. 그때 비아스는 누군가가 그녀를 바라본다는 느낌을 받았다. 고개를 돌린 비아스는 희열이 싹 가시는 것을 느꼈다. 그곳에서는 온몸의 불을 활활 일으키며 시우쇠가 그녀를 노려보고 있었다. 잠시도 마주할 수 없는 눈빛이었다. 비아스는 비늘을 세우며 고개를 돌렸다. 그러나 그녀가 느껴야 하는 공포는 아직 시작도 되지 않은 셈이었다.

"쿠루루루룽!"

티나한은 고개를 돌렸다. 계단을 뛰어올라온 마루나래가 산노인의 격분을 담은 포효를 뿜어내고 있었다. 땅을 딛고 사는 생물이라면 하나 예외없이 장송곡으로 받아들일 수밖에 없는 죽음의 노래였다. 심지어 나가에게도 사정은 마찬가지다. 산노인이 뿜어내는 포효에는 계명성에나 견줄 만한 진동이 있었고 그것은 나가의 몸을 휩쓴다. 비아스는 의도와 상관없이 몸의 비늘들이 서로 부딪치는 것을 느꼈다. 그 뒤를 이어 갈바마리가, 그리고 두억시니들이 뛰어올랐다. 이 까마득한 높이까지 단숨에 달려오느라 지쳐 있었지만 그들은 눈앞의 모습에 격분을 참지 못했다. 그들 앞쪽에서 갈바마리는 양팔을 긴장시켜 뿔을 발사하듯 뽑아내었다. 그것은 그대로 바닥을 뚫어버렸다. 갈바마리는 창 같은 두 개의 뿔, 그리고 머리 사이의 손과 다리 사이의 손 모두를 비아스에게로 향하며 외쳤다.

"사모 페이!"

"놔줘!"

그러나 비아스는 더 이상 공포를 느끼지 않았다. 화염의 화신과 화가 볏끝까지 치민 레콘, 그리고 대호와 스물 둘의 두억시니. 그 어떤 담대한 자라도, 심지어 영웅왕이라 하더라도 두려움 없이는 마주볼 수 없는 적수들이 그녀에 대한 증오를 활활 불태우고 있었지만 비아스는 어떤 공포도 느끼지 않았다. 비아스 마케로우의 정신은 그런 경우 그녀 고유의 방식으로 움직인다. 그래서 비아스는 분노를 느꼈다. 그녀는 분노하고 또 분노했다. 비아스는 사모의 볼에 얼굴을 파묻듯이 한 채 닐렀다.

〈친구가 많군, 그래?〉

〈비아스…… 비아스. 제발…… 왜 이러는 거야?〉

〈여기 있을 때도 온갖 남자들을, 데리고 자지도 않을 남자들을 죄 끌어들이더니, 제 버릇은 어쩔 수 없군. 별의별 괴물들을 다 끌어모았군.〉

카루는 그 니름을 들으며 니르기 힘든 혐오와 적개심이 몸을 불태우는 것을 느꼈다. 그리고 고통 또한 느꼈다. 카루는 자신이 언제라도 비아스의 목을 찢어버릴 수 있음을 알고 있었다. 하지만 비아스와 사모는 바짝 붙어 있었고 카루의 왜곡된 시야로는 그 둘을 정확하게 구분할 수 없었다. 카루는 자신의 서툰 손놀림이 비아스가 아닌 사모를 찌르게 될 것을 두려워 했다.

사모가 닐렀다.

〈비아스. 이러지 마. 이건…… 이건 나가 전체의 쇼자인테쉬크톨이야. 나는 하나의 가문이 아닌 나가 전체의 핏값을 씻어야 해. 나는 그에게 죽어야 해.〉

〈쇼자인테쉬크톨? 미친년. 그건 내가 꾸민 일이야!〉

사모는 그 사실을 짐작하고 있었다. 하지만 본인의 니름으로 듣는 것은 그녀를 한없는 슬픔으로 몰아갔다. 비아스는 난폭하게 닐렀다.

〈화리트는 내가 죽였어. 그리고 덤으로 네년도 하텐그라쥬에서 쫓아버렸지. 모든 나가들이 내게 감사했어! 나 비아스 마케로우

에게! 알기나 해? 그건 내가 한 일이라고!〉

〈비아스.〉

〈이제 그년들이 나를 죽이려고 해. 감히 나를…… 내게 왜? 나는 그들을 위해 너를 쫓아보냈어. 얼간이 수호자들의 압제에서 그들을 해방했고 심장 파괴의 비밀도 가르쳐줬어. 나는 그들을 위해 뭐든 다했어. 그런데 어떻게 나를? 배덕한 년들. 내가 어떻게 해줬는데. 은혜도 모르는 비에나가들!〉

사모는 아무 니름도 나오지 않았다. 비아스 또한 더 이상 그녀에게 니를 생각이 없었다. 비아스는 고개를 들어 케이건을 바라보았다.

"당신이 나가를 다 죽일 건가?"

케이건은 대답 없이 비아스를 바라보았다.

"이 년이 걸림돌이지? 내가 죽여주겠어. 나가를 다 죽여!"

티나한은 기가 막혀 말도 나오지 않았다. 비아스를 물끄러미 바라보던 케이건이 억양 없는 목소리로 말했다.

"나가를 다 죽이라고 했나. 그 이유는?"

"당신 또한 당해 봤잖아! 다 들었어. 나가들이 어떤 것들인지 잘 알고 있겠지! 이젠 나도 알아. 은혜도 모르는 것들. 나에게 보냈던 그 많은 선물과 환호를 쉽게도 망각한 채 나를 힐난하고 희생하려 했어. 얼간이를 가주로 내세워 나를 잡아먹으려고 했어. 용서할 수 없어! 싸구려 종족들, 죽여버려!"

케이건은 고개를 한 번 끄덕였다.

"내게 더 이상 사랑을 보내지 않는 것을 보느니 차라리 내가 죽이겠다는 것이군."

비아스는 목의 비늘을 부딪쳤다.

"그래! 불만 있나!"

케이건은 대답 없이 고개를 가로저었다. 비아스는 기세 있게 외쳤다.

"이제 할 말은 다 했어. 이 년을 죽일 테니, 신인지 뭔지인지 하는 너. 나가를 멸절시켜!"

티나한은 비명을 내질렀고 카루는 될대로 되라는 심정으로 사이커를 잡아당겼다. 그때 비아스가 곤혹스러운 니름을 내뿜었다.

〈이게 뭐야?〉

카루는 멈칫했다. 비아스는 팔을 계속 움직이려 애썼다. 하지만 사모의 목에 꽂힌 사이커는 마치 돌에 꽂힌 것 마냥 움직이지 않았다. 그때 허공에서 거친 외침이 들려왔다.

"됐다! 붙잡았다. 그룸! 토카리!"

비아스는 어깨가 찢어지는 통증을 느꼈다.

비아스는 사이커를 놓으며 뒤로 휘청 물러났다. 고개를 한껏 좌우로 돌린 비아스는 두 자루의 작살검이 자신의 좌우 어깨를 꿰뚫고 있는 것을 보았다. 그때 보이지 않는 무엇이 그녀의 허리에 부딪쳤다. 비아스는 뒤로 벌렁 쓰러졌고 그 순간 작살검이 그녀의 어깨를 완전히 관통하며 살을 찢어발겼다. 비아스는 니름과 육성 양쪽으로 끔찍한 비명을 질렀다. 비아스의 온몸에서 비늘이 부딪치는 모습은 그녀를 마치 수천만 마리의 곤충떼로 이루어진 사람처럼 보이게 만들었다. 비아스는 공포에 휩싸인 눈으로 사모를 바라보았다.

사모는 기이한 모습으로 서 있었다. 두 팔을 뒤로 축 늘어뜨린 채 상당히 기울어 있는 그녀의 모습은 당장 쓰러지는 것이 마땅해 보였다. 하지만 사모는 쓰러지지 않았다. 비아스는 상황을 깨달았다. 그때 사모의 주위에서 무엇인가가 나타났다.

코네도 빌파가 사모의 몸을 안은 채 서 있었다. 그의 오른손에는 4번 의수인 집게가 붙어 있었고 그 집게는 비아스의 사이커를 강력하게 움켜쥐고 있었다. 허공에서 또 다른 두 사내가 나타났을 때 티나한은 비로소 환희에 찬 함성을 내질렀다. 그룸 빌파와 토카리 빌파가 그의 아버지에게서 사모를 받아 부축했다.

"발케네 도둑놈들!"

티나한의 외침에 코네도는 씩 웃었다. 그는 사이커를 움켜쥔 자신의 오른손을 통째로 분리해 버리고는 그곳에 다른 의수를 끼워넣으며 말했다.

"도둑이라면 이쯤은 돼야지."

"그래, 잘했다!"

아버지가 의수를 갈아끼우는 동안 그룸과 토카리는 걱정스러운 눈빛으로 사모의 몸을 조심스럽게 눕혔다. 그들은 사이커를 뽑아도 되는지 알 수 없다는 표정으로 아버지를 바라보았다. 코네도는 잠깐 고민하다가 어차피 뽑아야 할 것이라고 생각하고는 고개를 끄덕였다. 그룸 빌파는 그것을 붙잡고 단숨에 뽑았다. 사모의 몸이 급격하게 경련했다. 토카리는 황급히 옷을 찢어 사모의 상처를 감쌌다.

땅에 쓰러진 채 무서운 저주를 토해 내던 비아스는 안간힘을 다해 일어나려 했다. 하지만 두 팔이 제대로 움직이지 않았기에 비아스는 일어날 수 없었다. 비아스는 다시 저주를 토해 내었다. 사모의 상처를 싸매던 토카리가 짜증이 섞인 얼굴로 그녀를 돌아보았다. 갑자기 토카리의 얼굴이 기이하게 바뀌었다. 비아스는 그 표정이 무엇을 의미하는지 알 수 없었다. 그때 무엇인가가 그녀의 어깨에서 튀어나온 작살검을 붙잡았다.

비아스는 엄청난 통증에 미친 듯한 비명을 내질렀다. 그 비명은 티나한마저 깃털을 눕히게 만들었다. 작살검을 붙잡은 것은 그대로 그것을 끌어당겼고 비아스는 산 채로 불타는 것 같은 고통을 느꼈다. 비아스는 황급히 고개를 돌렸다.

〈세리스마!〉

엉망으로 부서진 세리스마가 땅에 쓰러진 채 작살검을 잡아당기고 있었다. 그의 두 다리는 그를 지탱할 수 없을 정도로 부서져 있었다. 그에게 남아 있는 것은 팔꿈치까지밖에 남지 않은 한쪽 팔뿐이었다. 세리스마는 그 반토막 팔로 땅을 할퀴며 기어갔다. 그리고 입으로는 비아스의 몸을 관통한 작살검을 물고 있었다. 그 끔찍한 모습에 티나한과 빌파 삼부자는 공포를 느꼈다. 뱀이 상처 입은 동물을 질질 끌고가는 듯한 모습이었다. 비아스는 처절하게 닐렀다.

〈세리스마! 무슨 짓이야. 이거 놔!〉

세리스마는 아랑곳하지 않고 몸을 다시 끌어당겼다. 반밖에 남지 않은 팔로는 그 자신의 몸조차 끌어당기기 힘들 터이지만 세리스마는 기적적인 힘을 발휘하고 있었다. 그리고 고통을 견딜 수 없었던 비아스가 작살검이 당겨지는 대로 다리를 구르며 그의 뒤를 따라가고 있기도 했다. 세리스마는 바닥에 그 자신과 비아스의 핏자국을 길게 남기며 가장자리를 향해 기어갔다.

〈세리스마! 이 짓 멈춰!〉

〈비아스. 나와 함께 가자.〉

〈미친놈! 이거 놔!〉

세리스마는 비아스의 니름에 아랑곳하지 않은 채 닐렀다.

〈카루. 그곳에 있다면. 너에게 진심으로 사과한다.〉

카루는 그 니름을 전해 들었다.

〈세리스마.〉

〈그리고, 카루. 부탁이 있다. 내 니름을 말로 전해다오. 나는 말할 수 없다.〉

카루는 그 니름을 따랐다. 그 덕분에 사람들은 허공에서 들려오는 목소리에 의해 세리스마의 의지를 전해 들을 수 있었다.

"모든 이보다 낮은 여신이여. 자신을 죽이는 신이여. 그리고 어디에도 없는 신이여. 저는 세리스마라고 합니다. 그리고 여신 감금을 계획한 자입니다. 저는 그것에 대해 용서를 구하거나 하지는 않겠습니다. 예. 이제 저는 제신(諸神)께서 저희들의 계획을 이용하신 것을 압니다. 발자국 없는 여신께서는 제 계획을 이용하여 다른 신들을 이곳에 모이게 하신 것이지요. 하지만 저는 제 계획이 여신께 도움이 되었다는 이유로 용서를 구하지 않는 것은 아닙니다. 저는 그것을 죄라고 생각하지 않습니다."

티나한이나 빌파 삼부자는 얼굴을 찡그렸지만 시우쇠는 당연하다는 표정을 지었다. 카루를 통해서 세리스마는 계속 말했다.

"토끼가 표범에게 불살(不殺)의 도덕을 말하는 것이 무슨 소용이 있습니까? 토끼도 그 말에는 웃을 겁니다. 저는 태어난 대로, 생긴 대로 살라는 소리를 하는 것이 아닙니다. 그것이야말로 죄입니다. 자기는 약하니까 표범에게 먹혀야 된다고 믿는 토끼입니다. 토끼는 자신을 부정의 대상이 아닌 긍정의 대상으로 바꿉니다. 표범보다 약한 부정적이고 수동적인 자신을 선택하는 대신 표범보다 작아서 잽싸게 토끼굴로 뛰어들 수 있는 긍정적이고 능동적인 자신을 선택합니다. 도망치는 토끼는 아름답기까지 합니다. 자신이 할 수 있는 모든 일에 어떤 제한도 두지 않습니다. 저도 제가 할 수 있는 일에 제한을 두지 않으려 했습니다. 자기 자신이라는, 세상에서 완전히 긍정할 수 있는 유일무이한 대상에게 제한과 족쇄를 두는 것이 죄입니다. 저는 제가 할 수 있는 일을 했다는 이유로 제신들과 제 계획 때문에 죽어간 북부의 모든 사람들 앞에서 용서를 구하지 않습니다."

티나한은 더 참지 못하고 외쳤다.

"빌어먹을, 네 말은 헛소리다! 그렇다면 능력만 되면 누구든 다른 사람들을 닥치는 대로 죽여도 된다는 거냐!"

"그것이 제 죄입니다."

"뭐라고?"

"그것이 제 죄입니다. 저 자신의 마지막 한 부분에 끝까지 제한을 두었다는 것이 제 죄입니다. 저는 저의 마지막 한 부분을 긍정하지 못했습니다. 저는 그것을 죄로 생각합니다."

티나한은 그것이 뭐냐고 묻지 않았다. 어쩐지 짐작할 수 있을 것 같았기 때문이다. 카루가 다시 말했다.

"다름을 긍정할 수 있는 능력. 저는 그것에 제한을 두었습니다. 그리고 똑같은 제한에 빠져 있는 비아스의 모습을 견딜 수 없습니다. 자기와 다른 세상 따위 부정해 버리고 없애버리려는 그 모습을 견딜 수 없습니다. 저는 이 여인과 함께 가겠습니다. 마지막으로, 케이건 드라카. 부탁하겠습니다."

케이건은 꿈틀거리며 기어가는 세리스마를 바라볼 뿐 아무런 반응도 보이지 않았다. 카루는 최대한 세리스마의 니름을 정확하게 말로 바꾸려 애쓰며 말했다.

"제가 듣고 이해한 것이 맞다면, 당신은 한 때 그렇게 할 수 있었습니다. 다르다는 것을 긍정과 기쁨의 대상으로 여길 수 있었습니다. 다시 한 번 그렇게 하십시오. 저처럼 되지 마십시오."

세리스마의 말을 더 이상 들을 수 없게 되었다. 니름으로 저주와 폭언, 애원을 토하던 비아스가 그것을 육성으로 토하기 시작했기 때문이다. 비아스는 두 팔이 파괴되었다 하더라도 자신의 힘이 다 부서진 세리스마의 힘보다 앞선다는 것을 알고 있었다. 하지만 어깨를 쥐어뜯는 통증은 계속해서 그녀를 배신했고 세리스마에게서 벗어나려 할 때마다 비아스는 거꾸로 그에게 협력했다. 그리고 그런 자신을 믿을 수 없어했다. 그녀는 발로 땅을 밀며 계속 가장자리로 향하고 있었다.

"세리스마, 그만둬요! 제발 살려주세요!"

그리고 세리스마가 끄트머리를 넘어갔다.

비아스의 두 다리가 허공을 긁는 모습을 마지막으로 세리스마와 비아스는 심장탑 아래로 사라졌다. 티나한은 저 아래로 떨어지며 들려오는 비아스의 비명을 들었다. 그 비명은 오래 계속되지 않았다. 끔찍하면서도 묘하게 부드러운 소리가 들려왔을 때 티나한은 고개를 돌렸다.

사모 주위에는 많은 자들이 몰려섰다. 그들은 사모와 케이건을 번갈아 바라보았다.

아기를 업은 티나한, 마루나래, 그리고 두억시니들과 빌파 삼부자. 처음부터 모든 상황을 본 자들뿐만 아니라 뒤늦게 합류한 자들도 기묘하게 긴장된 분위기를 느끼며 케이건을 바라보았다. 다만 토카리는 정신없이 사모의 상처를 싸맸다. 자신의 아버지와 형과 마찬가지로 토카리 역시 나가를 치료하는 것보다는 죽이는 쪽의 기술에 더 익숙해 있었고 그래서 상처 입은 나가를 치료한다는 일에 대해 낯설음을 느꼈다. 다행히도 카루의 목소리가 들려왔다.

"여신님! 저를 멈춰주십시오!"

아기는 카루에게 가하던 힘을 없앴다. 빌파 삼부자처럼 카루가 갑자기 허공에서 나타났다. 그 모습은 처참했다. 옷은 거의 남아 있지 않았고 몸 전체가 상당 부분 검게 타버린 상태였다. 하지만 카루는 고통을 억누르며 토카리에게 다가섰다. 토카리는 잠깐 경계했지만 티나한이 말했다.

"괜찮아. 아군이다."

토카리는 알았다는 눈짓을 한 다음 카루에게 호의적으로 고개를 끄덕여 보였다. 카루는 타버린 손가락을 힘들게 놀리려다가 포기하고는 토카리에게 말했다.

"제 허리에 있는 주머니에서 소드락을 꺼내주십시오. 주머니도 타버렸지만 안에는 괜찮은 것이 남아 있을지도 모르겠습니다. 그걸 페이에게……."

토카리는 잿더미가 되다시피한 주머니를 조심스럽게 다루었다. 그리고 그 안에서 타버리지 않은 소드락을 꺼냈다. 토카리는 한 알을 사모의 입에 밀어넣은 다음 또 한 알을 들어 카루를 바라보았다. 카루는 고개를 끄덕였고 토카리는 그것을 카루의 입에 넣어주었다.

사모가 진저리를 치며 눈을 떴다. 마치 그때를 기다렸다는 듯이 케이건이 말했다.

"사모 페이."

사모는 몸을 일으키려 애썼다. 토카리와 그룸이 조심스럽게 그녀를 앉힌 다음 부축했다. 사모는 케이건을 바라보았다.

"케이건."

"그게 아니다."

"뭐?"

케이건은 그 광경을 바라보았다. 실로 기묘한 광경이었다. 인간들과 레콘, 나가, 그리고 대호와 두억시니들. 그들이 앉아 있는 사모의 주위를 둘러싼 채 그를 마주보고 있었다.

"너는 진실로 왕이다. 너는 인간의 왕이고 레콘의 왕이고 도깨비의 왕이다. 그리고 대호의 왕이며 두억시니들의 왕이다. 그리고 조금 전 너는 나가의 왕이 되려 했다."

사모는 목을 쓰다듬으며 희미하게 말했다.

"아직도 그럴 의향을 가지고 있어."

"하지만, 그건 아니다."

사모는 상처의 고통에 비늘을 세우며 케이건을 바라보았다. 케이건은 타이르는 듯한 어조로 말했다.

"이미 설명하지 않았나? 수호자의 신명은 다른 종족에게 쓸모가 없다. 레콘의 무기는 다른 종족이 쓸 수도 없거니와 자신의 무기를 건드리게 하는 레콘도 없지. 도깨비의 불 또한 마찬가지다. 하지만 왕은 모든 종족의 왕이다. 대호왕 사모 페이."

"모든 종족의?"

"어디에도 없는 신이 인간에게 준 것은 왕이 아니다."

사모는 처연한 얼굴로 케이건을 바라보며 반복했다.

"왕이……."

"아니다. 사모."

"그렇다면 뭐지? 어디에도 없는 신이 인간에게 준 것이 무엇이지?"

케이건은 생각에 잠긴 표정으로 고개를 조금 숙였다.

그들에게서 좀 떨어진 하늘치의 등 위에서 똑같은 질문이 제기되고 있었다. 오레놀은 라수의 진전에 감탄을 금하지 못했다. 라수는 이미 자신의 석벽을 사용하는 방법을 상당 부분 깨달았으며 능숙한 사용을 보여주었다. 라수가 보는 것을 볼 수 있었던 것은 아니지만 오레놀은 라수가 툭툭 꺼내어놓는 말들에 의해 라수가 얼마나 빠르게 추리를 하고 있는지 알 수 있었다.

원래부터 라수는 강력한 의심을 할 줄 아는 사람이었다. 자기 자신의 논리를 의심한다는 힘든 고비를 넘긴 라수는 거리낄 것이 없다는 듯이 회의와 의심을 풀어내었다. 라수는 석벽의 변화가 자신의 추리를 따라잡기 힘들어한다는 인상마저 느꼈다. 하지만 라수는 사유를 늦추지 않았다. 오레놀은 아예 자신이 다루고 있던 다섯 개의 기둥을 내버려둔 채 경이에 찬 표정으로 라수를 바라보았다.

갑자기 라수가 기진맥진한 표정으로 주저앉았다.

오레놀은 놀랐지만 다가가도 되는지 알 수 없었기에 초조함을 억누르며 기다렸다. 라수는 멍한 표정으로 앞쪽을 바라보고 있었다. 오레놀은 그곳에 라수의 석벽이 있을 거라 짐작했다. 라수의 입이 천천히 열렸다.

"세상에……."

"상장군님?"

라수는 오레놀을 흘깃 돌아보았다. 오레놀은 더 이상 참을 수 없었다.

"어디에도 없는 신이 인간에게 준 것이 무엇인지 알아내셨습니까?"

라수는 어리둥절한 표정으로 오레놀을 바라보다가 다시 자신만이 볼 수 있는 석벽을 바라보았다. 그의 입에서 다시 말이 흘러나왔다.

"세상에……."

그의 입을 주시하고 있던 오레놀은 폭력적인 충동마저 느꼈다.

케이건은 다시 고개를 들어 사모를 바라보았다.

"모른다."

"모른다고!"

"모른다. 그런 것은 아마 없을 것이다."

사모는 실망감에 찬 표정으로 티나한의 등 뒤에 있는 아기를 바라보았다. 하지만 아기는 부리를 닫은 채 아무 말도 하지 않았다. 사모는 다시 저편에 고립되어 있는 시우쇠를 바라보았지만 역시 신통한 대답을 얻지 못했다. 케이건 또한 사모의 시선을 따라 시우쇠를 보았고 눈길이 부딪치자 시우쇠는 적의를 감추지도 않은 채 난폭하게 으르렁거렸다. 케이건은 어깨를 가볍게 으쓱였다.

"그런 것은 없다. 그리고 내가 알 바도 아니고."

"케이건, 제발!"

"인간에게 준 것은 모른다. 하지만 나가에게 줄 것은 있는 것 같군."

사모는 끔찍한 기분을 느꼈다. 케이건은 방심한 듯한 얼굴로 시우쇠를 돌아보았다.

"이를 테면 이런 것일까."

시우쇠는 흠칫하며 두 주먹을 쥐어올렸다. 하지만 케이건은 시우쇠를 보는 대신 고개를 더 들어올렸다. 그는 고개를 옆으로 약간 기울여 저 먼 곳을 바라보았다. 그가 바라보는 곳은 광대한 하텐그라쥬의 외곽 지대였다. 다른 사람들과 화신들의 시선도 케이건을 따라갔다. 하지만 그곳에는 눈길을 붙잡을 만한 특별함이 없었다. 그러나 케이건은 그 지점을 뚫어지게 바라보았다.

다음 순간, 도시 외곽의 상공, 비어 있는 허공에서 무엇인가가 출현했다.

티나한은 그것을 '무엇인가'로밖에 표현할 수 없었다. 그것은 움직임이었고, 어떤 모습도 갖추지 않았다. 티나한은 눈을 부릅뜬 채 그것을 바라보았다.

다음 순간 땅과 하늘이 폭발적으로 부풀어올랐다.

티나한은 기겁하여 깃털을 부풀렸다. 하늘의 한 지점이 아래로 빠르게 녹아내림과 동시에 땅이 위로 치솟았다. 그것은 독이 잔뜩 올라 주체할 수 없는 두 마리 뱀처럼 사납게 꿈틀거리며 서로를 향해 돌진했다. 곧이어 두 뱀은 서로의 머리를 물어뜯었다. 하늘과 땅이 삽시간에 연결되며 시커멓게 소용돌이쳤다.

"회오리!"

티나한은 자신의 좋은 시력으로 그 회오리가 나무들을 닥치는 대로 잡아뽑아 위로 들어올리는 것을 보았다. 믿기 어려운 광경이었다. 땅에 단단히 뿌리를 박은 나무를 그대로 뽑아낼 수 있는 회오리는 거의 없다. 하지만 그 회오리는 잔디밭을 파헤치는 갈퀴처럼 밀림을 파헤쳤다. 고목들이 회오리를 타고 빙글빙글 돌았다. 땅의 잔해를 닥치는 대로 휘감아올리며 그 회오리는 기이한 모습으로 부풀었다. 마치 납작해지는 것 같았다. 그리고 회오리는 갑자기 폭발적으로 성장했다. 엄청나게 먼 곳이었기에 그 움직임을 볼 수 있을 뿐 가까이 있다면 너무나 빨라서 제대로 볼 수도 없었을 것이다. 그 회오리는 옆으로 무한히 팽창했다. 그 성장을 따라 그들의 얼굴이 빠르게 움직였다. 그리고 회오리는 어떤 회오리도 보여주지 못하는 모습으로 바뀌었다. 갈바마리가 그 광경을 간략하게 정리했다.

"여기를"

"둘러쌌다."

회오리는 거대한 바람의 장이 되어 광대한 하텐그라쥬를 둘러쌌다. 이제 그것은 직경이 몇 킬로미터도 넘는 거대한 회오리가 되었다. 그들의 머리 바로 위에서는 햇빛이 내려쬐고 있었지만 하텐그라쥬 외곽쪽의 하늘은 시커멓게 몰려든 구름으로 밤이 찾아온 듯 어두웠다. 티나한은 깃털을 부풀리며 케이건을 바라보았다.

케이건은 회오리를 조용히 바라보고 있었다. 그때 산사태 같은 소리가 사방에서 들려왔다. 회오리를 다시 주의 깊게 바라본 티나한은 결코 달갑지 않은 결론을 얻었다.

회오리가 하텐그라쥬를 향해 좁혀지고 있었다.

도시 외곽에 있는 집들이 날아오는 나무들에 부딪쳐 파괴되었다. 건물들이 파괴되며 바람에 휘말려 올라갔고 그 때문에 회오리는 한층 가공할 것으로 바뀌었다. 돌덩이들이 인정사정없이 서로 부딪치며 회오리 안에서 번갯불이 쉴새 없이 으르릉거렸다. 땅이 가련하게 몸을 떨었다. 몸서리쳐지는 소음들이 모든 곳을 가득 메웠다. 반파된 벽과 지붕이 곳곳에서 날아다녔다. 회오리는 하텐그라쥬를 집어삼키며 심장탑을 중심으로 꾸준히 좁혀들고 있었다.

티나한은 외쳤다.

"케이건! 멈춰!"

케이건은 생기 없는 표정으로 티나한을 바라보았다. 그의 표정에는 긍정도 부정도 존재하지 않았다. 다만 어떤 소음이 들리기에 돌아보는 정도의 관심밖에 없었다. 그리고 그 시선도 오랫동안 계속되지 않았다. 갑자기 케이건은 몸을 돌려 냉동 장치를 바라보았다. 그것을 바라보던 케이건은 그 쪽을 향해 걸어갔다. 티나한이 다시 외쳤다.

"하텐그라쥬를 다 부술 작정인가!"

"우선은."

그 간단한 대답이 티나한을 얼어붙게 만들었다. 케이건은 누구도 돌아보지 않은 채 말했다.

"셋이 하나를 상대하지? 저걸 가져가야겠군."

"안 돼!"

빌파 삼부자와 두억시니들이 앞으로 달려갔다. 하지만 케이건은 뒤를 돌아보지 않았다. 다음 순간 갈바마리는 그룹 빌파와 정면으로 부딪쳤다. 비슷한 충돌이 곳곳에서 일어났다. 냉동 장치 주변의 물 때문에 움직일 수 없었던 티나한이 신음처럼 말했다.

"빙글빙글 돌고 있어."

코네도 빌파가 이를 갈며 갈바마리를 바라보았다.

"갈바마리! 아까 그것! 다시 해봐!"

그룹 빌파와 엉킨 채 주저앉아 있던 갈바마리가 두 얼굴 모두에 멍한 표정을 지은 채 코네도를 바라보았다. 코네도는 욕설을 내뱉으며 말했다.

"왼쪽! 오른쪽!"

갈바마리가 이해했다는 표정으로 일어났다. 간신히 갈바마리가 이해했지만 코네도는 늦었다는 느낌을 감출 수 없었다. 케이건은 이미 냉동 장치 앞쪽에 서 있었다. 게다가 갈바마리는 시간을 더욱 지체시켰다. 갈바마리의 두 머리는 서로 자신이 왼쪽으로 가겠다고 다투었다. 사모가 간신히 입을 열어 두 머리가 지향해야 할 바를 가르쳐주었을 때 케이건은 냉동 장치를 살펴보고 있었다.

케이건은 고개를 갸웃했다. 심장탑 왼쪽의 금속 돌출물에 사이커가 한 자루 박혀 있었다. 사이커가 아무리 예리하다지만 금속을 도깨비지처럼 꿰뚫을 리는 없었다. 케이건은 좀더 자세히 관찰했다. 그 결과 사이커가 돌출물 속에 있는 어떤 항아리를 파괴한 채 걸려 있는 것임을 알게 되었다. 케이건은 그 항아리가 깨진 것이 마음에 들지 않았다. 그는 다시 냉동 장치의 앞쪽으로 돌아와 문을 살폈다. 문은 금속의 차가움으로 그를 마주볼 뿐이었다. 케이건은 그 문을 열었다.

문이 열리자마자 물이 급격하게 쏟아져나왔다.

케이건은 뒤로 물러나려 했지만 그때 물과 함께 무엇인가가 앞으로 쓰러졌다. 아무런 대비도 하지 않았던 케이건은 자신의 가슴으로 쓰러지는 그것을 반사적으로 붙잡았다. 그리고 그것이 놀랍도록 차갑다는 것을 알게 되었다. 물 또한 차갑기는 마찬가지였다. 케이건은 비틀거리며 뒤로 물러났다.

그리고 케이건은 자신의 품에 안겨 있는 나가 여인을 내려다보았다.

갑작스러운 상황에 놀란 것은 다른 사람들 또한 마찬가지였다. 시우쇠의 눈에서는 불똥이 튀었고 아기는 솜털이나마 빳빳하게 부풀렸다. 갈바마리도 잠시 싸우는 것을 멈춘 채 그 모습을 바라보았고 아무도 그를 재촉하지 못했다.

케이건은 완전히 젖어 있는 그 여인을 내려다보았다. 냉동 장치가 고장났고 그 때문에 얼음이 녹아 여인이 풀려난 것임을 알았지만, 잠깐 동안 케이건은 아무런 반응도 보이지 못한 채 여인을 내려다보고 있었다. 냉동 장치에서 흘러나온 물은 그의 정강이를 적신 채 바닥으로 퍼져나갔다. 더 이상 물이 쏟아지지 않게 되었을 때 케이건은 그녀를 다시 얼려야 된다는 것을 깨달았다. 하지만 무엇인지 알 수 없는 것이 여인의 얼굴에 있었고, 그래서 케이건은 다시 그 얼굴을 뚫어지게 바라보았다.

케이건이 평범한 나가 여인의 얼굴일 뿐이라고 생각했을 때 여인이 갑자기 눈을 떴다.

그 눈 속에서 빛이 번득였다고 생각한 순간 케이건은 모든 것이 바뀌었음을 알게 되었다. 케이건은 주위를 둘러보았다.

정신 질환자를 미치게 할 수 있는 풍경이 펼쳐져 있었다.

광선으로 구성된 세계였다. 질량은커녕 면적조차 존재하지 않았다. 직선, 곡선, 꺾인 선, 꿈틀거리는 선, 진저리치는 선, 유쾌한 선, 우울한 선, 가인의 고요한 한숨에 흔들리는 난초 같은 선. 보이는 것은 오로지 선밖에 없었다. 가없는 암흑을 배경으로 선으로 만들어진 면적과 선으로 만들어진 질량이 그곳에 있었다.

케이건은 상당한 거부감을 느끼며 그 선들을 하텐그라쥬와 연관지었다.

응축되었다가 위쪽으로 거대하게 폭발하는 저 선의 무더기는 시우쇠인 듯하다. 선은 시우쇠의 분노인지 시우쇠의 몸에서 뿜어져 상승하는 열기인지 뚜렷이 구분지을 수 없는 것을 시우쇠의 머리 위에 구현하고 있었다. 그리고 저편에 덩어리진 선들은 티나한인지 마루나래인지 뚜렷하지 않았다. 아마도 두억시니들일 거라 생각되는 선의 기괴함은 똑바로 바라보기도 힘들 정도였다. 케이건은 시선을 보다 먼 곳에 던졌다. 선들이 미쳐 날뛰고 있는 모습이 보였다. 두억시니들의 선과 달리 그 선들은, 정신없이 춤추고 있음에도 불구하고 오히려 담백함을 담고 있었다. 간단한 목적 하나만을 위해 움직이고 있기 때문이다. 주위를 죽 둘러본 케이건은 그 광분한 선들이 하텐그라쥬를 삼키기 위해 몰려드는 회오리라고 판단했다.

먼 곳을 바라보던 케이건은 시선을 가까이 끌어당겨 품 속을 내려다보았다.

나가의 아이가 그를 올려다보고 있었다. 그 아이는 선으로 구성된 다른 모든 사물과 달리 케이건처럼 면적과 질량을 제대로 보유하고 있었다. 몇 살이나 되었는지 짐작하기 어려웠지만 아이의 비늘은 아직 유연했고 케이건은 팔뚝을 통해 아이의 작은 심장이 그 몸 속에서 통탕거리고 있음을 느낄 수 있었다. 케이건을 바라보던 아이가 가볍게 눈인사를 하며 말했다.

"안녕?"

케이건은 마주 고개를 끄덕여주고는 아이를 내려놓았다. 아이는 어린 생물 특유의 불안하면서도 용케 쓰러지지는 않을 거라고 예상되는 동작으로 잠시 자신의 균형을 회복하려 애썼다. 겨우 똑바로 서게 된 나가의 아이는 케이건을 올려다보았다. 케이건은 바라기를 들어올렸다. 아이는 감식하는 듯한 눈으로 그 동작을 바라볼 뿐 두려움이나 증오는 보이지 않았다. 케이건은 어쩐지 그 얼굴이 낯익다고 생각했다. 하지만 케이건조차도 그 긴 사냥의 세월 동안 어린 나가를 잡아먹은 적은 단 두 번뿐이었다. 나가 아이의 얼굴이 낯익을 리가 없었다. 케이건은 어깨를 한 번 으쓱이고는 아이의 목을 뎅겅 잘랐다.

아이의 목에서 분리된 머리는 존재하지도 않는 바닥에 부딪힌 다음 데굴데굴 굴러갔다. 케이건은 무관심한 시선으로 그 머리를 잠시 바라보았다.

먼 곳을 바라보던 케이건은 시선을 가까이 끌어당겨 품 속을 내려다보았다.

나가의 아이가 그를 올려다보고 있었다. 그 아이는 선으로 구성된 다른 모든 사물과 달리 케이건처럼 면적과 질량을 제대로 보유하고 있었다. 몇 살이나 되었는지 짐작하기 어려웠지만 아이의 비늘은 아직 유연했고 케이건은 팔뚝을 통해 아이의 작은 심장이 그 몸 속에서 통탕거리고 있음을 느낄 수 있었다. 케이건을 바라보던 아이가 가볍게 눈인사를 하며 말했다.

"안녕?"

케이건은 마주 고개를 끄덕여주고는 아이를 내려놓았다. 아이는 어린 생물 특유의 불안하면서도 용케 쓰러지지는 않을 거라고 예상되는 동작으로 잠시 자신의 균형을 회복하려 애썼다. 겨우 똑바로 서게 된 나가의 아이는 케이건을 올려다보았다. 케이건은 바라기를 들어올렸다. 아이는 감식하는 듯한 눈으로 그 동작을 바라볼 뿐 두려움이나 증오는 보이지 않았다. 케이건은 어쩐지 그 얼굴이 낯익다고 생각했다. 하지만 케이건조차도 그 긴 사냥의 세월 동안 어린 나가를 잡아먹은 적은 단 두 번 뿐이었다. 나가 아이의 얼굴이 낯익을 리가 없었다. 케이건은 어깨를 한 번 으쓱이고는 아이의 목을 뎅경 잘랐다.

아이의 목에서 분리된 머리는 존재하지도 않는 바닥에 부딪힌 다음 데굴데굴 굴러갔다. 케이건은 무관심한 시선으로 그 머리를 잠시 바라보았다.

먼 곳을 바라보던 케이건은 시선을 가까이 끌어당겨 품 속을 내려다보았다.

나가의 아이가 그를 올려다보고 있었다. 케이건은 이제 이 짓을 그만두기로, 최소한 보류해 두기로 결정했다. 아이는 아이다운 미소를 지으며 말했다.

"잘 생각했어."

"영원히 다시 시작할 건가."

"그래. 그러니 목을 자르는 짓은 이제 그만두지. 아이고 어른이고 상관하지 않는군."

"상관해 본 적은 없어. 너는 도대체 누구지?"

아이는 커다란 웃음을 대답 삼아 케이건에게 보내주었다. 그리고 아이는 두 팔을 기이하게 흔들며 뛰어갔다. 케이건은 그 모습을 물끄러미 바라보았다. 달려가던 아이는 고개를 돌려 그를 멍하니 바라보았다. 어린애가 이해할 수 없는 어른의 반응을 탓하기라도 하듯 쳐다보는, 그런 눈빛이었다. 어떤 선 위에 멈춰선 아이가 말했다.

"뭐해?"

"아무것도."

"바보야, 아저씨?"

"취미는 아니지만."

"바보가 되는 취미를 가진 사람은 없어. 필요해서 그러기는 하지만."

케이건은 모호한 기분 속에서 아이를 바라보았다. 그것은 아이가 말하기 어려운 대답이었다. 케이건은 다시 아이의 얼굴을 들여다보았다. 기시감이 더욱 짙어졌고 그것은 케이건에게 알 수 없는 불안을 선사했다. 결국 케이건은 질문했다.

"너는 누구지?"

"그건 아직은 중요한 문제가 아니야."

"그러면 중요 사항부터 논의해 보지."

"몇 개나?"

"식후에 처리하기 적당한 만큼."

"아저씨 식후? 내 식후?"

"별 차이는 없겠군."

아이는 의표를 찔렸다는 듯이 크게 웃었다. 나가의 식사 간격은 인간의 그것보다 월등히 길어질 수 있다. 아이는 그것을 자랑하려 했지만 케이건은 아이가 어른처럼 큰 생물을 삼키지는 못할 거라고 지적했다. 나가 아이는 웃음을 멈추고 말했다.

"그러면 두어 개만 시험해 볼까?"

"거기에 어떻게 하면 너를 죽일 수 있는가 하는 것도 포함되나?"

"원한다면 그것도 포함시킬게."

"좋아. 그럼 동의해."

"이리와."

케이건은 바라기를 등 뒤의 고리에 걸고는 아이에게 걸어갔다.

바닥은 없었고 선들뿐이었지만 케이건은 아랑곳하지 않고 걸어갔다. 케이건은 자신의 발 아래에서 선들이 파문처럼 번져가는 모습에도 별 관심을 두지 않았다. 케이건은 아이의 옆에 섰다. 그러자 아이가 다시 걸었다. 케이건은 어쩔까 하다가, 아이의 보조를 맞추며 걸었다. 주위를 흐르는 선에 손을 집어넣어 선들의 흐름에 동요를 만들던 아이가 말했다.

"용의 수호는 했어?"

"아니. 사모가 거부했어."

대답을 완전히 끝낸 후에야 케이건은 멈칫했다. 케이건은 충격과 격분에 싸인 눈으로 아이를 내려다보았다. 선들을 흔들리게 하는데 정신이 팔려 있던 아이는 조금 후에야 걸음을 멈추고는 케이건을 이상하다는 눈으로 돌아보았다. 케이건은 쉰 목소리로 말했다.

"요스비?"

"요스비는 죽었어. 알고 있잖아?"

"알고 있었어. 하지만 나는 죽은 자가 보내는 사어를 보았어."

"그럼 그 사어의 반대편에 누가 있었는지 몰랐던 거야?"

"모호해."

아이는 손을 위로 쭉 뻗고는 그것을 이리저리 흔들었다. 바람에 흔들리는 나뭇가지 같은 모습의 팔 위에 손이 나뭇잎처럼 흔들렸다. 광선들이 아이의 손을 흔드는 바람을 대신하고 있는 듯했다. 아이는 그렇게 나무 놀이를 하며 말했다.

"내일이 오늘보다 나을 거라는 어떤 가능성도 없다면, 사람이 할 수 있는 일은 뭐가 남을까?"

아이의 말은 케이건이 원하던 것이 아니었다. 케이건은 불만스러운 듯이 말했다.

"내일을 계속 오늘로 만들면 돼."

"오늘이 솟아나오는 샘은 내일이야. 키다리 아저씨. 샘물이 샘으로 환유될 수 있는 건가? 논점을 회피하지 마."

"가능성이 있다고 자신을 속이는 방법도 있지."

"나쁘진 않군. 실제로 그렇게 하면서 자기가 지혜롭다고 생각하는 사람도 많지. 하지만 아저씨는 그보다는 더 똑똑할 텐데?"

"케이건 드라카라고 불러."

"무뚝뚝하기는. 그런 말은 세수할 때 물 속에 비친 사람에게나 해줘. '안녕하시오. 나는 케이건 드라카요. 그렇게 인상 쓰는 이유가 뭐요? 내게 불만 있으면 말해 보시지.'라고. 그러고 있으면 정말 어울릴 것 같아."

"너 계집아이니?"

"흐응."

아이는 신음인지 긍정의 대답인지 구분짓기 어려운 소리를 내며 계속 팔을 좌우로 흔들었다. 아이에 대한 관심을 잃은 케이건은 광란하는 광선들을 바라보았다. 광선으로만 표현되고 있음에도 불구하고 그것이 가진 끔찍한 파괴력은 여실히 드러나고 있었다.

키베인은 자신에게 있지도 않은 심장이 얼어붙는 느낌을 받으며 등 뒤를 바라보았다.

치명적인 회오리가 숲을 불태우며 다가오고 있었다. 물론 그곳에는 화염이 없었다. 하지만 나무들은 바스라지고 갈라지고 조각나며 타들어 갔다. 키베인의 눈에 하텐그라쥬를 구성하는 물질적, 정신적 유산들이 직경 10킬로미터짜리 맷돌에 부어넣어지고 있음은 분명했다. 그 맷돌을 빠져나온 것에서는 어떤 하텐그라쥬도 발견하기 힘들 것이다.

공포에 질린 대수호자는 그를 부르는 소리를 듣지 못했다. 누군가가 그의 어깨를 두드렸을 때에야 대수호자는 고개를 돌렸다. 데오늬 달비가 말하고 있었다. 키베인은 청각에 주의를 기울였다.

"대수호자님!"

"예, 달비 부위?"

"다리가 아픈 것이 낫습니다. 대수호자님!"

데오늬가 명랑하게 외쳤다. 키베인은 조금도 화내지 않으며 대답했다.

"내 생각도 그래요. 9할 이상 동의합니다. 그리고 다리가 왜 아파야 하는 건지 알게 되면 나머지 1할의 동의도 기쁨 속에서 당신에게 바치겠습니다. 다리가 왜 아파야 하지요?"

"저 탑을 올라가야 하니까요! 대수호자님!"

키베인은 데오늬가 말하는 저 탑이 무엇인지 확인하기 위해 두리번거리지는 않았다. 그럴 필요가 없었다. 그래서 키베인은 곧장 하텐그라쥬의 심장탑을 바라보았다.

그리고 키베인은 데오늬의 말을 이해했다.

회오리는 지독하게 거대해서 한눈에 그 규모를 파악할 수도 없었다. 하지만 키베인은 좁혀드는 회오리의 중심에 심장탑이 있음을 주저없이 인정했다. 그리고 거기에 대한 어떤 회의도 품지 않기로 했다. 이런 저런 고민을 해보는 것은 그 시점에서 도무지 도움이 되는 일이 아니었기 때문이다. 하텐그라쥬의 심장탑이 좁혀드는 회오리의 중심점이라면, 그곳은 회오리에서 가장 먼 곳이기도 하다. 따라서 저 죽음의 회오리가 다가오는 것을 앉아서 바라보고 있는 것보다는 심장탑을 향해 달리는 편이 옳았다. 게다가 그 시점에서 심장탑이 가진 가치는 그것만이 아니었다. 심장탑의 꼭대기로 거대한 하늘치가 접근하고 있었다.

키베인은 자신의 머릿속에 떠오른 니름도 되지 않는 상상에 잠시 압도되었다. 키보렌의 대수호자는 묻기 싫다는 느낌이 분명한 어조로 데오늬에게 질문했다.

"저 위로 올라갈 수 있을 거라고 생각하십니까?"

심장탑은 그 윗부분에 상당한 타격을 입고 부러져 있었지만 아직도 웅장한 위용을 자랑하기에 충분한 높이로 솟아 있었다. 해일처럼 덮쳐오는 회오리 앞에서 그 부러진 꼿꼿함은 오히려 자랑스럽다. 그리고 심장탑을 향해 다가드는 하늘치의 높이는 남아 있는 심장탑의 꼭대기에서 몇 십 미터 위였다. 심장탑 꼭대기는 비정상적으로 낮게 날고 있는 하늘치에게 가장 가까워지는 장소였다. 하지만 남은 거리를 뛰어넘기 위해서는 여전히 레콘의 능력이나 자기 기만이 필요했다.

그러나 데오늬는 그 사실에 아무런 구애도 받지 않는다는 듯 힘차게 고개를 끄덕였다.

"해야 합니다! 대수호자님!"

키베인은 그보다 나은 대답을 상상할 수 없었다. 그는 침착을 되찾았다.

"안된 일인지 잘된 일인지 모르겠습니다만, 우리는 최초의 등정자는 아니게 될 겁니다. 이미 북부군이 저 위로 올라갔습니다. 허공을 밟고서 말입니다. 어쩌면 우리도 허공을 밟아서 하늘치의 등에 오를 수 있을지도 모르지요. 당신 말이 맞습니다. 해야 합니다."

키베인은 모든 정신을 집중시켜 강력하게 닐렀다.

〈갈로텍 대장군!〉

갈로텍이 저편에서 그를 바라보았다. 말 위에 올라타 있는 갈로텍의 모습은 병사들을 사이에 두고서도 뚜렷하게 보였다.

〈대장군! 북부군이 하늘치의 등 위로 올라갔다고 했지요? 우리도 어쩌면 그 흉내를 내야 할지 모르겠습니다!〉

하늘치와 심장탑, 그리고 다가오는 회오리를 빠르게 둘러본 갈로텍은 대수호자의 니름을 이해했다. 하지만 갈로텍은 그 의견에 찬성하지 않았다.

〈혹 하늘치의 등 위로 올라갈 수 있을지 모른다 해도 심장탑이 파괴되면 하텐그라쥬 출신의 심장을 적출한 나가는 다 죽을 겁니다. 우리는 심장탑과 함께 살아나야 합니다.〉

갈로텍의 지적은 정확했다. 대수호자는 신음을 흘렸다. 갈로텍의 니름이 계속되었다.

〈하지만 일단 저곳으로 가야 한다는 데는 대수호자님께 동의합니다. 어차피 이곳에 있을 수는 없고, 아무래도 저곳이 중심점인 듯하군요. 그리고 심장탑을 지킨다는 이유에서도 저곳에 있어야 할 겁니다.〉

그리고 갈로텍은 지체없이 명령했다.

〈모두들 소드락을 복용하라! 심장탑으로 간다!〉

병사들은 각자의 소드락을 꺼내어 입에 털어넣었다. 그리고 가공할 가속 속에서 심장탑을 향해 달려갔다. 가지고 있던 소드락을 꺼내어들던 키베인은 데오늬를 떠올리고는 비늘이 서는 느낌을 받았다.

언제나 누구보다 앞장서서 달려가는, 그래서 다른 사람들로 하여금 그녀를 뒤쫓아다니게 만드는 그녀는 나가가 아닌 인간이다. 소드락의 효과를 얻을 수 없는 몸을 가지고 있다. 하지만 인간의 주력으로 다가오는 회오리보다 더 빠르게 뛴다는 것은 아무래도 위험한 모험이었다. 키베인은 더 이상 생각하지 않았다. 주위의 병사들이 하나둘씩 소드락을 복용하고 번갯불로 바뀌어 사라지는 것을 보던 데오늬는 자신의 몸이 갑자기 위로 떠오르는 것을 느꼈다. 고개를 돌린 데오늬는 키보렌의 대수호자가 자신을 안아올렸다는 것을 알게 되었다.

"엄마한테 물어봐야 해요! 대수호자님!"

키베인은 데오늬가 도대체 어떤 중간 과정을 생략했는지 묻는 것조차 두려워졌다.

"……일단 살고 나서 자당께 여쭤봅시다!"

데오늬는 그 말에 키베인의 등 뒤를 바라보았다. 까마득한 높이로 치솟은 바람의 장막이 형체 없는 야수처럼 그들을 향해 달려오고 있었다. 데오늬는 눈을 동그랗게 떴다.

데오늬를 안고 달리는 대수호자를 본 다른 나가 병사들은, 주춤하면서도 인간 포로들에게 손을 내밀었다. 바르사 돌 교위는 깜짝 놀란 표정으로 자신에게 내밀어진 손을 바라보았다. 나가는 성마른 어조로 말했다.

"업히시오."

바르사는 뭔가 제대로 된 감사의 말을 할 여유도 없이 나가에게 업혔다. 소드락의 힘에 의해 나가는 무거운 그를 업고서도 놀랄 만큼 민첩하게 달려갔다. 하지만 회오리의 맹포한 기세는 그들의 속도마저도 느린 것으로 여겨지게 하기 충분했다. 나가의 등에 업힌 채 바르사는 두 가지 생각만을 계속했다. 자신이 나가의 조력을 받을 것이라고는 꿈에도 생각하지 못했다는 것과, 그리고 그 나가가 제발 달리기에 깊은 조예를 가지고 있으면 좋겠다는 것. 회오리는 그들의 발을 잡아챌 듯 으르릉거리며 다가왔다.

나가 소녀는 아이 특유의 감성으로 케이건이 자신에 대한 관심을 잃었음을 깨달았다. 아이는 케이건의 곁으로 다가가 그 바지를 잡아당겼다. 광선의 회오리를 보던 케이건은 고개를 숙여 아이를 보았다.

아이는 새삼 케이건의 키에 놀란 것처럼 정신없이 올려다보다가 뒤로 두어 발짝 통통 튀듯이 물러났다. 그 덕분에 아이는 턱이 뒤로 젖혀질 듯한 상태에서 벗어나 케이건을 바라볼 수 있게 되었다.

"요스비는 죽었어. 그건 요스비가 아니야."

"그럼 누구지."

"보트린이라는 수호자가 있었어. 냉동 장치 안에 갇혀계신 여신을 사랑했지. 하지만 적극성을 가지고 있지 못했던, 물론 그를 위해 변호하자면 나가 사회에서 한 여성을 사랑하는 남성이라는 것이 좀 기괴한 관념이었다는 것을 말해 줄 수도 있을 테지만, 어쨌든 소심했던 그는 간혹 냉동 장치를 열어 신체의 모습을 보는 것으로써 자신과 타협했어. 그리고 그 덕분에 여신은 간혹 외부에 대한 영향력을 행사할 수 있었지."

"여신이 요스비를 알고 있었나?"

"요스비는 저번 신체였어."

"그랬나. 그러면 여신은 간혹 요스비의 기억과 능력을 이용할 수도 있었겠군."

"맞아."

"그 사어를 보낸 건 발자국 없는 여신이었군."

"선물 하나 할게."

아이는 주위를 흐르는 광선을 두서없이 끌어모아 뭉쳤다. 그리고 그것을 꽃다발이라도 되는 양 케이건에게 내밀었다. 케이건은 무의식적으로 손을 내밀었다. 하지만 광선은 그의 손에 닿자 소리 없이 폭발하여 사방으로 날아갔다. 아이는 까르륵 웃었다. 케이건은 손을 끌어당겨 허리에 얹고는 아이를 내려다보았다.

"그래. 그건 가짜였어."

케이건은 아이가 광선의 속임수를 말하는 건지 요스비가 가짜였다고 말하는 것인지 알 수 없었다. 아마 중의적인 의미일 것이다.

"그런 장난을 통해 발자국 없는 여신은 나로 하여금 다른 두 화신을 찾아내게 했군. 이해했어. 그런데 용의 수호는 무슨 의미지."

아이는 방글방글 웃을 뿐 케이건의 말에 대답하지 않았다. 케이건은 답을 찾아내는 일이 자신에게 맡겨졌음을 깨달았다.

그는 생각했다.

"조금 전 사모는 내 눈물을 마시고 죽기를 원했지. 내가 사모에게 용의 수호를 맹세했다면, 나는 사모를 죽이는 대신 자신의 목숨을 끊어야 하지."

케이건은 이해했다.

"여벌 화살이군."

"여벌 화살? 으음. 그래. 최악의 경우 너 자신이 죽으면 어디에도 없는 신은 어딘가로 전령할 수 있을 테니까. 다시 윷가락이 네 개가 되는 거지. 하지만 나는 그 여벌 화살이 시위에 얹히지 않기를 바랐어."

"너는 발자국 없는 여신이냐?"

"아니."

"그렇다면 너는 도대체 누구지?"

"네가 아는 대로 말해 봐."

"나가 계집아이처럼 보이지만, 그 겉모습이 본질과 어떤 관련을 가지고 있다는 확신을 갖기 어렵군. 이런 독특한 장소에서는."

"그거 말고. 이렇게 하면 돼? 이런 표정을 지을까?"

아이는 갑자기 기이한 표정을 지었다. 어린이가 어른의 표정을 억지로 흉내내는 듯한 얼굴이었고, 당연히 꽤 우스꽝스러웠을 뿐만 아니라 조금도 도움이 되지 못했다. 케이건은 말했다.

"그만둬. 꼴사나우니까. 그래. 어디서 본 것 같은 얼굴이라고 생각했어."

아이는 꼴 사납다는 말에 비늘을 부딪쳤다. 그녀는 약간 쌀쌀맞게 말했다.

"누구랑 닮았지?"

"몰라."

"바보."

아이는 조그마한 손을 자신의 가슴에 얹으며 말했다.

"나는 그리미 마케로우. 카린돌 마케로우와 스바치의 딸이야. 내 어머니는 아까 아저씨 품에 쓰러진 그 신체였어. 내력이 참

대단하지? 아저씨의 시간에서 나는 아직 어머니의 배 속에 있는 알이야."

"내 시간? 그러면 네가 미래에서 왔다는 거냐?"

그리미는 그 질문에 대답하지 않은 채 손을 들어올렸다.

"내가 누구와 닮았는지 모르겠다면, 가르쳐주지. 저쪽에 있잖아."

케이건은 그리미가 바라보는 곳을 쳐다보았다.

티나한은 눈을 끔뻑거렸다. 하지만 그 동작을 통해 그가 원했던 것은 이루어지지 않았고, 티나한은 여전히 조금 전과 똑같은 광경을 바라보고 있었다. 티나한은 다른 사람들을 돌아보고는 그들 또한 그 만큼 놀랐다는 사실을 알게 되었다. 코네도 빌파가 멍한 목소리로 말했다.

"어디로 간 거야?"

시우쇠 또한 격노한 목소리로 비슷한 내용을 외쳤다. 티나한은 고개를 홰홰 내저었고 그러자 수염볏이 출렁거렸다. 티나한은 보고 싶지 않다는 시선으로 냉동 장치를 바라보았다.

냉동 장치는 조금 전과 그대로였다. 그 앞에는 물과 함께 한 명의 나가 여인이 정신을 잃은 채 쓰러져 있었다. 조금 전까지 그녀를 안고 있던 케이건은 어디로 갔는지 보이지 않았다. 모든 사람들이 당황한 표정으로 심장탑 51층의 바닥을 둘러보았지만 그곳에는 어차피 사람이 숨을 만한 장소도 없었다. 사모가 힘겹게 말했다.

"갈바마리. 다시 해 봐. 저 여인에게로 가 보자."

갈바마리는 다시 사람들을 양쪽으로 안내했다. 그들은 케이건이 만들어놓은 맴돌이 지대를 빠져나왔다. 시우쇠가 고함을 버럭 질렀고 그래서 사모는 갈바마리에게 상세한 지시를 내린 다음 시우쇠에게 걸어가게끔 했다. 갈바마리가 시우쇠에게로 걸어가는 동안 사람들은 당혹한 표정으로 카린돌 마케로우를 내려다보았다. 하지만 티나한은 그들에게서 조금 떨어진 뒤편에 서 있었다. 카린돌 마케로우 주변의 바닥은 온통 물바다였다. 티나한은 그쪽을 보고 싶지도 않았다.

그래서 티나한은 비형을 가장 먼저 발견했다.

"비형!"

사람들은 레콘이 내지르는 비명에 깜짝 놀랐다. 믿고 싶지 않았지만 그것은 분명히 공포에 질린 비명이었다. 사람들은 무엇이 레콘을 겁나게 한 것인지 알기 위해 고개를 들어올렸다. 다음 순간 그곳에 있는 각 종족들은 자신의 방식으로 경악을 표시했다.

전대미문의 광경이 그들을 향해 날아오고 있었다.

딱정벌레 나늬가 비틀거리며 힘겹게 날아오고 있었다. 딱정벌레는 자꾸만 아래로 떨어지려 했고 그때마다 안간힘을 다해 자신의 고도를 회복했다. 나늬가 그토록 힘겨워 하는 것은 당연했는데, 지금 그 등에는 일반적인 탑승 인원을 초과한 인원이 타고 있었다. 그들 중 두 명은 조금 전 아래로 떨어졌던 스바치와 보트린이었다. 카루는 그들의 모습에 환호를 올리지도 못했다. 그들의 앞쪽에는 피에 흠뻑 젖은 비형이 타고 있었다. 그리고 누구의 눈에도 비형의 모습은 정상으로 보이지 않았다. 비형은 온몸을 부들부들 떨고 있었고 그 눈은 서서히 뒤집히고 있었다.

갈바마리의 인도를 받아 그들에게 걸어오던 시우쇠가 난폭하게 외쳤다.

"빌어먹을! 하텐그라쥬가 박살나게 생겼군."

티나한의 등에 업혀 있던 아기는 시우쇠의 목소리를 듣지는 못했다. 하지만 그녀는 시우쇠가 느끼고 있는 우려를 정확히 느낄 수 있는 유일한 존재였다. 비형이 자기 통제를 잃고 아킨스로우 협곡에서 벌어진 일을 하텐그라쥬에서 재현한다면, 시우쇠는 견딜 수 있겠지만 아기가 깃들고 있는 육이나 발자국 없는 여신이 깃들고 있는 신체는 그 불을 견딜 수 없을 것이다. 따라서 가까스로 한 자리에 모이게 된 세 명의 화신은 다시 뿔뿔이 흩어져야 한다. 케이건이 사라진 마당에 그런 일이 벌어진다면 그들의 계획은 완전히 수포로 돌아간다. 시우쇠는 당장 결심했다. 그의 손에서 불길이 일렁거렸다. 티나한이 야수적인 감각으로 위험을 깨닫고는 고개를 홱 돌렸다. 그는 몸을 부풀리며 외쳤다.

"뭐 하는 겁니까!"

"저대로 태워야 해! 너무 위험해! 저 녀석이 미쳐버리면 너희들은 물론이거니와 신체들도 다 죽는다. 가까스로 한 자리에 모인 신들이 다시 흩어지게 돼!"

다음 순간 시우쇠는 그곳에 행동파가 자신만이 있는 것은 아니라는 사실을 알게 되었다.

티나한은 두 번 생각하지 않고 그대로 몸을 날렸다. 조금이라도 생각을 했다면 도저히 그럴 수 없었을 것이다. 하지만 그 시점에서 티나한을 인도한 것은 레콘의 오만함뿐이었다. 레콘은 자신이 하려는 일에 대한 방해를 용서하지 않는다. 심지어 자기 자신이라도.

그래서 티나한은 나늬의 등 위까지 뛰어올랐다.

그룸 빌파와 토카리 빌파가 동시에 비명을 내질렀다. 티나한은 공중에서 몸을 뒤집었다. 그리고 딱정벌레의 가공할 날개를 피하면서도 정확한 순간에 비형의 몸에 손을 뻗었다. 실로 묘기라 할 만한 광경이었다. 비형의 몸은 티나한의 품에 안겼다. 시우쇠는 두 손으로 일으키고 있던 불을 황급히 취소할 수밖에 없었다. 그는 분노에 찬 포효를 내뿜었다. 제대로 보이지는 않았지만 시우쇠는 티나한의 등 뒤에 아기가 업혀 있음을 알고 있었다. 그는 아기를 불태울 수 없었다.

나늬는 갑자기 몸이 가벼워진 것을 느끼고는 자신도 모르게 상승했다. 티나한은 다리를 구부려 간신히 나늬의 날개를 피하며 다시 51층의 바닥에 내려섰다. 쿵! 요란한 소리와 함께 착지한 티나한은 오로지 시우쇠를 한 번 노려보기 위해 지체했다.

"누가 그렇게 내버려둔대! 가만히 있어. 움직이면 철의 대화다!"

시우쇠는 이 무례에 기가 막혀 잠시 동안 아무 말도 못했다. 티나한은 대답도 기다리지 않은 채 갑자기 사람들을 헤치며 달려갔다. 그의 품 속에서 비형은 여전히 부들부들 떨고 있었다. 도깨비의 입에서 말도 아니고 신음도 아닌 기괴한 말들이 흘러나왔다. 티나한은 비형의 몸이 서서히 뜨거워지는 것을 느꼈다. 그 열기는 지나칠 정도였다. 티나한은 깃털이 타는 냄새를 맡았다. 하지만 레콘의 달리기는 멈추지 않았다.

사람들의 눈 앞에서 또다시 전대미문의 광경이 펼쳐졌다.

티나한은 냉동 장치 앞에서 멈춰섰다. 그리고 비형을 바닥에 내려놓았다. 이미 뜨거워진 비형의 몸이 물웅덩이에 닿자 수증기가 거세게 피어올랐다. 그 수증기는 그대로 티나한의 얼굴을 뒤덮었지만, 티나한은 아랑곳하지 않았다. 대신 그는 두 손으로 물을 움켜쥐었다.

그리고 그 물로 비형의 몸에 묻은 피를 정신없이 닦아내었다.

사람들, 그리고 신들과 두억시니와 대호는 충격 때문에 아무 말도 하지 못했다. 그 때문에 들리는 것이라고는 찰박거리는 물소리뿐이었다. 티나한은 거의 무아지경에 빠져 비형의 몸을 닦았다. 그런 동작이 얼마나 계속되었을까, 티나한은 비형의 눈이 자신을 똑바로 바라보고 있음을 깨달았다. 아직까지 몸의 떨림이 멎지 않았지만, 비형은 웃고 있었다.

"비형."

"티나한. 우리는 케이건과 너무 오랫동안 함께 있었던 것 같죠?"

"제기랄. 괜찮아?"

"괜찮습니다. 그런데 케이건은 어디에 있지요?"

티나한은 대답할 말이 없었다. 그는 모호하게 고개를 이리저리 움직였다. 그의 눈이 한쪽 방향에 고정되었다. 비형은 그 눈길을 따라갔고 다른 사람들 또한 그쪽을 바라보았다.

조금 전까지 있지 않았던 사람이 서 있었다.

거대한 양날 도끼를 든 레콘이 온몸을 부풀린 모습으로 그들을 바라보고 있었다. 빌파 삼부자와 사모 페이는 그가 레콘 즈라더라는 것을 알아보았다. 즈라더는 격심한 혼란을 뚜렷이 드러내는 얼굴로 티나한을 바라보고 있었다. 그의 심정도 이해할 만하다. 물로 누군가의 몸을 씻어주는 레콘이라니, 도깨비 선짓국 만든다는 이야기만큼이나 황당한 장면이었다. 즈라더는 자신의 감정을 어떻게 정리해야 할지 짐작도 할 수 없었다. 혐오해야 하나? 그렇지 않으면?

즈라더는 경의 어린 동작으로 묵례했다.

"수탐자 티나한. 나는 즈라더요. 그리고 내 아내는 당신의 아내요."

그것은 레콘이 다른 레콘에게 바칠 수 있는 최대의 경의였다. 그것은 물론 말 그대로 아내를 내어주겠다는 의미는 아니다. 혹 티나한이 신부 탐색 도중 그의 아내를 뺏기 위해 싸움을 건다면 즈라더는 그의 창에 찔려죽을지언정 공격하지는 않는다는 의미다. 티나한은 해야 할 대답을 알고 있었지만, 너무 놀란 나머지 조금 늦게 말하고 말았다.

"즈라더. 내 철은 절대로 당신에게 말을 걸지 않을 거요."

티나한은 무슨 일이 있어도 즈라더를 공격하지 않겠다는 대답을 훌륭하게 해내었다. 즈라더와 티나한 모두 자신들이 평생 할 일이 없다고 생각했던 말을 꺼낸 직후라 아무도 입을 열지 못했다. 조금 후에야 즈라더가 약간 갈라지는 목소리를 가다듬으며 엄숙하게 말했다.

"티나한. 당신의 평생 숙원이 이루어졌다는 말을 전하는 사람이 나인 것을 크나큰 영광으로 생각하오. 고개를 들어 위를 보시오."

티나한은 그렇게 했다. 그러고는 환희에 찬 함성을 내질렀다.

도시 외곽에 도달했을 때 키베인은 걸음을 멈추고 말았다. 하텐그라쥬 수비군을 괴롭히고 있던 문제는 이제 대나무 군단의 병사들을 괴롭히고 있었다. 거의 포기한 채 주저앉아 있던 하텐그라쥬 수비군들 또한 다가오는 회오리에 놀라 다시 달리고 있었기에 그 지점에서는 끔찍할 정도의 혼란이 벌어지고 있었다. 모든 자들이 제멋대로의 방향으로 달렸기 때문에 서로 부딪히는 사람들이 속출했다. 그들은 화를 내다가 다시 공포에 휩싸여 달렸지만, 도무지 예상할 수 없는 방식으로 서로의 머리를 들이받는 꼴을 되풀이할 뿐이었다. 희극의 광경이라 보기에는 너무 끔찍한 그 광경에 키베인은 비늘을 세웠다. 그때 저편에서 누군가가 그를 향해 닐렀다.

〈대수호자님 아니십니까?〉

키베인은 데오늬를 내려놓고는 니름이 들려온 곳을 바라보았다. 수호 장군의 모습을 한 누군가가 그를 향해 아는 척을 했다. 하지만 키베인이 다가가려 하자 그는 황급히 손을 내저었다.

〈아니, 더 가까이 오지 마십시오. 그러면 틀림없이 어디가 어딘지 모르게 되실 겁니다.〉

키베인은 주춤하며 뒤로 물러났다. 수호 장군은 안도하며 닐렀다.

〈저는 수호 장군 인실롭입니다. 하텐그라쥬 수비를 책임지고 있었습니다만, 지금은 도저히 제 책무를 말씀드리기 어렵군요.〉

〈도대체 이곳에서 무슨 일이 벌어지고 있는 겁니까?〉

〈맴돌이입니다. 밤의 숲에서 벌어지는 그런 일입니다. 그런 일이 왜 백주대낮에 일어나는지는 저도 모르겠습니다. 아마 화신들 중 누군가가 우리들을 이곳에 묶어놓기 위해 벌인 일 같습니다. 어쨌든 몇 발자국만 더 달려오시면 똑같은 처지가 되실 겁니다. 아, 대장군님!〉

말에 탄 갈로텍이 키베인의 옆에 도달했다. 갈로텍은 달려오면서 인실롭의 니름을 들은 듯 설명을 요구하지 않은 채 맴돌이 현상이 일어나는 지대를 살폈다. 하지만 그 또한 그런 괴이한 사태를 설명하거나 호전시킬 방법 같은 것은 떠올릴 수 없었다. 갈로텍은 등 뒤에서 다가오는 회오리를 돌아보고는 비늘을 부딪쳤다. 니름을 듣지 못하는 데오늬는 놀란 표정으로 나가들이 벌이고 있는 기괴한 소동을 바라보았다.

그녀는 누군가가 격한 충격 속에서 자신을 바라보고 있다는 것을 알지 못했다.

케이건은 무릎을 꿇었다. 턱이 덜덜 떨렸고 얼굴은 창백하게 변했다. 케이건은 저 편에 있는 광선들 사이로 보이는 한 여자를 보며 미칠 것 같은 격분과 고통, 애정과 분노를 동시에 느꼈다. 케이건은 자신이 느끼고 있는 감정이 무엇인지조차 제대로 알 수 없었다.

그의 눈에 들어오는 여인은 평범한 인간 여인이었다. 아마도 북부군에 속한 병사인 듯했지만 무장은 가지고 있지 않았다. 투구 대신 머리에 쓰고 있는 것은 황당하게도 화관이었다. 케이건은 그 화관을 이루고 있는 꽃을 알고 있었다. 원추리였다.

케이건은 신음을 흘렸다.

"여름……."

불과 몇 십 미터 앞쪽의, 분명히 시야에 닿을 거리에 있었지만 여인은 그를 보지 못하는 듯했다. 케이건은 그 사실에 사무치는 억울함을 느끼며 그리미를 돌아보았다. 그리고 그제야 케이건은 그리미가 누구를 닮았는지, 그리고 냉동 장치에서 떨어진 신체의 얼굴이 왜 낯익었는지를 알게 되었다. 종족의 차이는 뚜렷했지만 그 얼굴에는 과거 그의 아내였던 여인의 얼굴이 그대로 담겨 있었다.

그리미는 빙긋 웃었다.

"나늬들이 특별한 거야 전통이지만 이번 나늬는 정말 특이해."

"이번······ 나늬?"

"그래. 저 나늬의 이름은 데오늬 달비야. 그리고 저 나늬는 미모가 아니라 달리기로 모든 종족들을 따라오게 만들어. 정말 인상적인 특징이야."

케이건은 그리미의 말을 이해하는 것이 두려워졌다. 그래서 그는 다른 질문을 꺼내었다.

"네가 어떻게 그녀를 닮은 거지?"

"나? 나는 보늬야. 보늬와 나늬가 닮은 거야 당연하지. 자매잖아. 그리고 내가 보늬인 것도 이상할 것이 없지. 보늬는 모든 종족에게 다 태어나니까. 우리 어머니도 보늬였어. 유료 도로당의 당주는 이름도 보늬였다지? 하지만 나늬는 인간에게서만 태어나지. 그리고 데오늬 달비는 이 시간의 나늬야."

그리미는 마침내 케이건이 두려워하며 꺼내지 못했던 말을 꺼내었다. 케이건은 떨리는 눈으로 그리미를 바라보았다. 그리미는 빙긋 웃었다.

"그래. 어디에도 없는 신이 인간에게 준 것은 나늬지."

케이건은 갑자기 알게 된 사실에 충격을 금치 못했다. 그는 혼란과 두려움 속에서 그리미의 말을 부정했다. 하지만 그 말은 계속 그에게 되돌아왔다. 무엇보다도 끔찍했던 것은 케이건이 그것을 알고 있었다는 사실이었다. 그렇다. 케이건은 알고 있었다. 어디에도 없는 신이 인간에게 준 것은, 오로지 인간에게서만 태어나는 한 사람, 나늬였다.

그때 데오늬가 갑자기 그를 향해 달려오기 시작했다. 케이건은 전율하는 두 팔을 앞으로 힘껏 내밀었다. 그리미는 말없이 그 모습을 바라보았다.

데오늬 달비가 갑자기 달리는 것을 본 키베인은 비늘이 서게
놀랐다. 그런데 조금 후 키베인은 더욱 놀랐다. 데오늬는 혼란을
일으키고 있는 나가들 사이를 똑바로 가로질러 달려가고 있었다.
모든 나가들을 혼란으로 몰아가는 현상은 그녀에게는 아무런 영
향도 끼치지 않는 듯했다. 키베인이 그 상황을 해석하려 했을 때
갈로텍은 이미 그 상황을 이용하기로 결심했다.

〈모두들 저 인간을 따라가라! 공격하지 마! 따라가라! 그녀는
맴돌지 않는다! 심장탑으로 가! 모두들 심장탑으로 가!〉

나가들은 반신반의하면서도 데오늬를 따라갔다.

심장탑에 도달해서 하늘치의 등 위에 올라갈 생각을 하고 있던
데오늬는 갑자기 누군가에게 부딪치고는 깜짝 놀랐다. 그녀는 누
군가의 가슴에 얼굴을 묻고 있었다. 데오늬는 고개를 들어 위를
쳐다보았다.

어떤 인간 남자가 그녀를 안은 채 내려다보고 있었다. 데오늬
는 그 눈이 참 이상하다고 생각했다. 그 눈은 그녀를 잘 안다고,
그리고 그 사실을 다시 없는 기쁨으로 여기고 있다고 말하고 있
었다. 하지만 그 눈은 한없이 슬프기도 했다. 데오늬는 그 슬픔
을 걷어내어 주고 싶다고 생각했다. 하지만 동시에 데오늬는 그
런 일은 절대로 불가능하다는 기이한 확신을 느꼈다.

그 남자가 갑자기 옆을 돌아보았다. 데오늬 또한 그렇게 했다.
그들의 곁으로 나가들이 달려가고 있었다. 나가 병사들은 그들을
한번씩 돌아보았지만 해코지를 하지는 않았다. 갈로텍이 공격하
지 말라고 명령했기 때문이다. 그들은 그대로 케이건과 데오늬의
곁을 지나쳐 심장탑으로 달려갔다.

케이건이 보고 있던 것은 데오늬가 보고 있던 것과 달랐다.

케이건은 광선의 세계가 희미해지는 것을 보았다. 이제 그의 눈에는 광선들과 하텐그라쥬의 모습이 서로 뒤섞여보였다. 그 가운데서 그리미 마케로우가 그를 바라보고 있었다. 그리미 마케로우는 가볍게 손을 흔들었다.

"이제 떠나야겠군요. 마지막으로 말씀드린다면, 저는 그리미 마케로우가 아닙니다."

"아니라고?"

"예. 하지만 조금 전 보셨던 것은 그녀의 모습과 언동이 맞습니다. 그녀는 대단한 천재지요. 저는 그녀를 보는 것이 즐겁습니다. 그녀는 저의 존재를 깨닫고는 제게 자신의 모습을 하고서 당신을 찾아가 달라는 부탁을 했습니다."

"그렇다면 너도 미래에서 왔다는 거냐?"

"그렇다고 말할 수도 있지요. 하지만 저는 당신이 잘 아는 사람입니다."

"내가 잘 아는 사람?"

그리미 마케로우, 아니 그녀의 모습을 가지고 있던 자는 빙긋 웃었다. 그리고 갑자기 사라져버렸다.

광선의 세계는 더 이상 존재하지 않았다. 케이건은 주위를 빠르게 둘러보았다. 그를 둘러싸고 있는 것은 뚜렷한 형태와 정상적인 질감으로 가득찬 것이었다. 하지만 그의 가슴에 안겨 있는 여인의 느낌은 더 이상 느껴지지 않았다. 케이건은 데오늬를 찾았다.

데오늬는 케이건의 품에서 빠져나와 조금 떨어진 곳에서 그를 바라보고 있었다. 그녀의 눈은 혼란으로 가득했다. 데오늬는 다시 다가올 것처럼 발을 꿈틀했지만, 다음 순간 냉막한 예의로 그 발걸음을 멈췄다. 고개를 가로저은 데오늬는 차분하게 말했다.

"저는 데오늬 달비입니다. 누구십니까?"

케이건은 입술을 깨물었다. 꽉 움켜쥔 그의 두 주먹이 떨리고 있었다. 원추리 화관을 쓴 채 그를 바라보고 있는 그녀는 여름이었다.

케이건은 그녀를 안아야 했다.

그러나 다음 순간 케이건의 눈에 다가오는 회오리의 모습이 들어왔다. 케이건은 처참한 여름의 마지막 모습을 떠올렸다. 그의 입이 반사적으로 움직였다.

"가라."

"네?"

케이건은 눈을 감으며 말했다.

"가라. 회오리가 오고 있다."

조금 떨어진 곳에 있던 키베인이 퍼뜩 정신을 차려 뒤를 돌아보았다. 회오리는 이미 도시의 상당 부분을 잠식하며 다가오고 있었다. 키베인은 잠시 케이건의 눈치를 살폈지만 케이건은 두 눈을 감은 채 고개를 떨구고 있었다. 키베인은 데오늬의 손목을 움켜쥐었다. 데오늬는 한 번 휘청하다가 키베인을 따라 달리기 시작했다. 하지만 그녀는 계속 고개를 갸웃거리며 케이건을 돌아보았다.

케이건은 키베인과 데오늬가 한없이 멀어질 때까지 꼼짝도 하지 않은 채 그렇게 서 있었다. 가없는 슬픔이 그의 가슴을 미어지게 했고 새롭게 알게 된 사실은 그의 몸을 뒤흔들었다. 그는 이제 자신이 인간에게 준 것이 무엇인지 알고 있었다.

'나는 그들에게 나늬를 주었다.'

"그 쌍신검, 나가 살육자의 검이지?"

케이건은 눈을 떠 앞을 바라보았다. 아무도 없는 대로 한가운데 말에 탄 나가가 서 있었다. 나가는 한량없는 증오로 비늘을 부딪치며 그를 노려보고 있었다. 여느 때라면 그 분노에 공명하여 함께 분노했을 테지만, 케이건은 말없이 나가를 바라보았다. 나가가 말했다.

"나는 갈로텍이다. 세페린의 오라비지."

갈로텍은 그 사실이 세상의 그 무엇보다도 중요하다는 듯이 말했다. 하지만 케이건은 그 말을 이해할 수 없었다. 잠시 케이건의 반응을 기다리던 갈로텍은 케이건이 세페린을 모른다는 것을 깨달았다. 미쳐버릴 것 같은 분노가 그를 휘감았다. 갈로텍은 말에서 내려섰다. 그의 내면에서 주퀘도가 입을 제어하려 애쓰고 있었지만 갈로텍은 입을 내어주지 않았다. 갈로텍은 입을 내어줄 수 없었다. 그는 격분하여 외쳤다.

"머리를 재생시킨 나가를 기억하나!"

"기억해. 네가 그녀의 오라비라는 거냐?"

"그렇다! 내가 세페린을 부활시켰다. 그런데 네놈은 내 누이를 두 번 죽였어!"

갈로텍은 사이커를 뽑아들었다. 그리고 그것으로 케이건을 똑바로 겨냥했다.

"너를 찾아 이 전쟁을 일으켰다. 북부의 저 비늘 서는 땅을 방랑하며 오로지 너만을 찾았다. 그런데 우습게도 이곳 하텐그라쥬에서 너를 만나는군."

케이건은 천천히 세페린에 대해 생각해 보았다. 다시 나타난 그녀는 두억시니만도 못한 존재였다. 케이건은 갈로텍을 바라보았다. 저 나가가 그녀를 재생시켰다고? 자신의 누이를 복수밖에 기억하지 못하는 괴물로 만들었다고?

케이건은 부드럽게 말했다.

"어쩐지 우리는 서로 닮은 것 같군."

갈로텍은 케이건의 말에 기가 막혔다. 그는 격분하여 닐렀다.

〈그 검을 뽑아!〉

너무도 분노한 갈로텍은 그만 말 대신 니름을 사용했다. 그 순간 주퀘도는 입을 빼앗았다. 갈로텍의 입에서 절망에 찬 외침이 튀어나왔다.

"멍청아, 카린돌이 오고 있다!"

다음 순간 갈로텍은 온몸이 뻣뻣해지는 것을 느꼈다.

하늘치의 등 위에서, 티나한은 벅찬 감동을 가누지 못했고, 그 때문에 상당히 괴로워했다. 그는 자신이 하늘치의 등을 밟고 있다는 사실에 기쁨을 억누르지 못했다. 자신이 최초의 등정자가 아니라는 사실은 티나한에게 괴로움이 되지 않았다. 레콘은 자신이 원하기에 숙원에 매달리며, 다른 사람보다 먼저 성공하기 위해 노력하지는 않는다. 그래서 티나한의 기쁨은 조금도 훼손되지 않았다. 하지만 그의 곁에는 걱정과 번민이 지나치게 많았기에 티나한은 자신의 기쁨을 마음대로 표현할 수 없었다. 그래서 티나한은 차라리 즈라더를 돕는 것이 낫겠다고 판단하고는 아래로 내려갔다.

심장탑 꼭대기에서 즈라더는 나가들에게 계단을 만드는 법을 설명해 주며 간혹 자신의 설명을 이해하지 못하는 나가들을 직접

옮겼다. 티나한과 다른 레콘들 몇 명이 가담하자 점점 자신의 발
보다는 레콘에 의해 올라가게 되는 사람들의 수가 더 많아졌다.
그리고 다른 사람들은 심장탑 꼭대기에서 계속 올라오는 나가들
을 맞이하느라 정신이 없었다. 대호왕이 올라오는 자를 모두 받
아주라고 명령했기 때문이다. 나가들은 경계심을 감추지 못한 채
올라섰지만 북부군은 말없이 회오리를 한 번 가리켜보였다. 나가
들은 비늘을 부딪치며 고개를 끄덕였다.

비형은 이해할 수 없다는 표정으로 나늬를 바라보고 있었다.
조금 전, 하늘치가 그토록 가까이 다가왔음에도 불구하고 그와
스바치, 보트린을 구해 내었던 나늬는 이제 하늘치의 등 위에서
태연하게 앉아 있었다. 비형은 이해할 수 없다는 표정으로 간단
한 수화를 보내었다. '너 미쳤니?' 나늬의 대답은 간단했다. '빛
이 탄로났다.' 비형은 그 대답을 이해할 수 없었기에 고개를 가
로저었다.

사모는 마루나래의 허리에 기댄 채 힘없이 앉아 있었다. 갈바
마리와 금군들이 그녀의 주위를 삼엄하게 둘러싸고 있었다. 그러
나 금군들은 카루가 조심스럽게 다가와 그녀를 바라보는 것을 용
납했다. 사모는 슬픔이 가득한 표정으로 아무 곳도 바라보지 않
은 채 앉아 있었다. 카루는 어떻게든 그녀에게 니름을 걸어보고
싶었지만 차마 그녀를 방해할 수 없었다. 그래서 카루는 스바치
를 돌아보았다.

스바치는 카린돌의 몸을 내려다보고 있었다. 카린돌의 몸은 시
체처럼 아무런 반응도 없었다. 스바치는 가슴이 저며오는 느낌에
비늘을 세웠다. 그곳에는 카린돌의 영이 없었다. 스바치는 자신
이 그녀가 깨어나지 않는 것을 무서워하는지 깨어나는 것을 더

무서워하는지 알 수 없었다. 그때 누군가가 그에게 다가왔다. 스바치는 본능적인 경계심으로 다가오는 자를 바라보았다.

시우쇠가 그곳에 서 있었다. 그리고 아기를 안은 꽐하이드 규리하가 함께 서 있었다. 아기가 말했다.

"스바치. 그녀를 죽여야 해."

"뭐라고요?"

스바치의 몸에서 비늘이 부딪쳤다. 그 말을 들었던 사람들 모두가 우려의 표정을 지었고 카루의 경우에는 스바치를 돕겠다는 듯이 걸어왔다. 아기는 차분하게 말했다.

"다가오는 회오리가 보이나? 나는 저 회오리를 멈추려 했고 시우쇠도 그렇게 했다는군. 하지만 둘은 막을 수 없어. 세 번째가 필요해. 그 몸이 아직까지도 여신을 구속하고 있다는 것을 이해할 수 없어. 어쩔 도리가 없어. 그 몸을 파괴해서 발자국 없는 여신이 다른 자에게 전령되도록 해야 해. 셋이 하나를 상대하지. 셋이 된다면 저 회오리를 멈출 수 있어. 저대로 놔두면 심장탑은 파괴되고 말아. 그러면 하텐그라쥬 출신의 나가들도 다 죽게 돼."

스바치는 비늘을 부딪칠 뿐 아무런 대답도 하지 않았다. 시우쇠는 스바치의 눈에서 거부를 읽었다. 그는 꽐하이드를 한 번 돌아보았다. 아기가 그를 볼 수도, 그 또한 아기를 볼 수 없었지만 시우쇠는 그렇게 했다. 그리고 시우쇠는 두 손을 모았다. 공을 감싸쥐듯 모인 두 손 가운데서 불길이 일렁거렸다. 스바치는 이를 악물며 사이커를 찾았지만 그 사이커는 냉동 장치에 꽂혀 있었다. 스바치는 카린돌의 몸 위에 자신의 몸을 던졌다. 시우쇠가 화염으로 그를 꾸짖으려 했을 때였다.

모든 이를 놀라게 하는 외침이 들려왔다.

"륜!"

사람들의 시선이 향한 곳에서 사모가 비틀거리며 일어났다. 갑작스러운 움직임 때문에서 다시 상처에서 피가 스며나왔다. 사모는 몇 번 비틀거렸고 두억시니들이 황급하게 그녀를 부축했다. 사모는 그들의 부축을 거의 깨닫지 못한 채 정신없이 걸어갔다. 그녀는 하텐그라쥬를 둘러싸고 있는 회오리를 바라보았다. 그녀의 입에서 또다시 비통한 외침이 들려왔다. 그녀는 니르면서 동시에 외치고 있었다.

"〈륜!〉"

괄하이드는 그제야 깨달은 사실에 소름이 돋는 것을 느꼈다. 그는 황급히 하텐그라쥬를 둘러싼 숲의 한 지점을 보려 했다. 하지만 륜과 아스화리탈이 있던 지점은 이미 회오리 저편으로 사라져 보이지 않았다. 북부군은 멍한 표정으로 회오리를 바라보았다.

갈로텍은 몸의 관절이 부서지는 느낌을 받았다. 그저 곧게 서 있는 자세였지만 그 자세는 가장 참혹한 고문으로 그의 몸을 파괴했다. 몸 전체가 바깥을 향해 폭발하려는 것 같았다. 갈로텍은 자신의 니름이면서도 자신의 니름이 아닌 니름을 들었다.

〈갈로텍! 갈로텍!〉

그것은 카린돌의 니름이었다. 갈로텍은 마침내 카린돌이 자신에게 이르렀음을 알게 되었다. 그리고 거대하게 부푼 카린돌은 그의 몸을 그대로 파괴하고 있었다. 갈로텍은 흐려지는 시야 속에서 케이건을 바라보았다.

케이건은 바라기를 서서히 들어올리고 있었다. 그리고 그것으로 갈로텍을 겨냥하고 있었다.

갈로텍은 어떻게든 카린돌을 설득해 보려 애썼다. 지금 도와주지 않는다면 케이건에게 먹혀버릴 것이라고. 하지만 갈로텍은 니를 수 없었다. 게다가 갈로텍은 카린돌에게 그렇게 니르는 것이 도움이 될지 알 수 없었다. 카린돌이 원하는 것이 바로 그것일지도 모르기 때문이다. 갈로텍은 세페린의 이름을 마음속으로 부르며 죽음을 각오했다.

그때 케이건이 바라기를 휘둘렀다.

갈로텍의 몸에 닿지도 않을 거리였다. 하지만 갈로텍은 무엇인가가 자신의 몸을 휩쓸었다는 느낌을 받았다. 다음 순간 갈로텍은 더 이상 몸이 고통스럽지 않다는 것을 깨달았다. 아직까지 고통의 앙금은 남아 있었지만 지속적으로 가해지던 통증은 사라졌다. 갈로텍은 후들거리는 무릎으로 간신히 몸을 지탱한 채 케이건을 바라보았다.

"복수를 원하나?"

갈로텍은 믿을 수 없다는 표정으로 케이건을 바라보았다. 케이건은 조용히 대답을 기다리고 있었다. 갈로텍은 케이건의 눈치를 살피며 천천히 소드락을 하나 꺼내었다. 케이건은 아무런 반응도 보이지 않았다. 갈로텍은 그것을 입 안에 털어넣었다. 조금 후 갈로텍은 겨우 대답할 수 있게 되었다.

"네가 한 건가?"

"그래."

갈로텍은 재빨리 자신의 내부를 들여다보려 했다. 그리고 곧 그것이 불가능함을 깨달았다. 그의 내부에는 그 자신뿐이었다. 갈로텍은 더 이상 군령자가 아니었다. 갈로텍은 마음속으로 주퀘도의 이름을 불렀다. 대답이 없었다. 갈로텍은 그라쉐를, 노기

를, 그리고 화리트를 불렀다. 그러나 그들 중 누구도 대답하지
않았다. 갈로텍은 케이건을 다시 바라보았다.

"어떻게?"

"왜라고 질문해 봐."

"왜?"

"내겐 물이 필요하거든."

"물이라니?"

"물이 가장 날카롭지. 이제, 그 물에 독을 풀어 온 세상을 중
독시켜야 해."

갈로텍은 그 말을 이해할 수 없었다. 그는 갑자기 자신이 한없
이 왜소해진 것처럼 느꼈다. 언제나 그의 내부에 있던 든든한 지
지대가 깡그리 사라졌다. 그것은 견디기 힘든 상실감이었다. 갈
로텍은 그대로 무릎을 꿇고 소리 높이 울고 싶었다. 그는 원했
다. 무엇보다도 간절히 원했다. 한 가지 이유를.

케이건이 그를 도와주었다. 그는 거의 밀어로 들릴 만큼 부드
럽게 말했다.

"복수를 원하나?"

갈로텍의 손아귀에 다시 힘이 들어갔다.

갈로텍은 뒤를 한 번 돌아보고는 다시 케이건을 바라보았다.
갈로텍은 사이커를 들어올리며 고개를 끄덕였다.

케이건은 바라기를 힘 있게 쥐어들었다. 굉음이 모든 곳을 지
배했고 땅은 흐느끼듯 경련했다.

회오리가 포효하며 다가오고 있었다.

제 18 장

대지를 윷판 삼아 하늘로 윷가락을 던진다. 네 개
의 윷가락은 날고, 까불거리고, 부딪치고, 구른다.
도, 개, 걸, 윷, 모의 다섯 조합 중 하나가 나올 터인
데, 그것은 어느 순간에 정해지는가? 물론 하늘로 던
져진 순간이다. 그 순간 다섯 조합은 모두 긍정된다.
대지에 떨어졌을 때 나온 것이 무엇이든 그것은 이미
긍정된 우연 중 하나다. 그리고 윷놀이는 계속된다.

　　—작자 미상 〈천지척사〉

천지척사(天地擲柶)

　활짝 열린 창문의 초대에 응한 햇살이 중요한 손님임을 자각하는 듯한 느린 발걸음으로 회담장 안으로 걸어들어오고 있다.

　라수 규리하는 조금 전 탁자 끝에 머물렀던 햇살이 이제 탁자 중간쯤에 미치고 있음을 깨달았다. 시간이 제법 흐른 것이고, 라수는 그 사실에 대해 화를 내지 않았다. 시간이 지연된다 해서 그에게 해될 것은 없다. 반대로 라수가 기다리는 회담 상대에게는 막심한 도덕적 위기가 될 것이다. 지각은 간혹 사회적 지위의 과시가 될 수도 있지만 이 경우에는 전혀 그렇지 않다. 상대방은 라수가 그런 조그마한 사실로도 상대의 지위를 무시한 채 불명예의 수렁 속으로 밀어넣을─그리고, 황급히 내민 머리 위로 모욕의 진흙을 뒤집어씌울─수 있는 사람이라는 것을 잘 알고 있다. 따라서 지금 도착이 지연되는 것에 분통을 터뜨리는 것은 아직 이곳에 도달하지 못한 회담 상대 쪽일 것이다. 라수는 그 사실에 행복했다.

　라수는 자신의 도덕적 승리를 보다 확고히 하기 위해 자신의 복장을 잠시 살폈다. 약간 비틀어진 소매 주위를 만지작거리던 라수는, 갑자기 울화통이 터지는 것을 느꼈다.

　누군가가 말을 걸었다.

　"불편하신 점이라도 있으신지요. 사도(司徒)님."

라수는 약간 놀랐다. 말을 건 사람이 볼 수 있는 것은 그의 등이며, 따라서 그의 어깨가 움직이는 것을 본 것이 아니라면 상대방은 한숨 소리를 들은 것이다. 라수는 후자의 가능성이 더 높다고 생각했다. 시모그라쥬 인들은 이제 웬만한 북부인들만큼이나 소리에 민감하다. 라수는 준비해 두지 않았던 해명을 빨리 가다듬었다.

"이 복장이 도통 마음에 들지 않는군요. 그리고 이런 복장을 하고 있어야 하는 신세 또한."

그리고 라수는 고개를 돌렸다. 나가는 어쩔까 하다가 웃음을 머금기로 했다. 별 의미가 없다는 점에서 언제나 무난한 표정이다.

"제가 보기에도 이 땅에서 그 옷은 좀 더울 것 같군요. 그런데 신세라 하심은 무슨 뜻인지요?"

라수는 그 말을 나가들이 땀 흘리는 자들에게 얼마나 익숙해졌는지에 대한 표지로 받아들이기로 했다. 그리고 그 사실에 대해 생각하며 말했다.

"괄하이드 태위(太尉)가 들으면 배를 잡고 웃겠지만 나는 노병이 된 것 같습니다. 가끔 내가 거친 식사와 불편한 잠자리, 그리고 지저분한 옷을 그리워한다는 것을 깨달으며 놀라곤 하지요."

끔찍했던 지난 전쟁을 상기시키는 말이었지만 나가는 조용히 웃었다.

"우리 모두 그때를 쉽게 잊을 수는 없겠지요."

"예. 그런데 의장님이 많이 늦으시는군요. 마케로우."

"소메로입니다."

라수는 약간 당혹한 표정으로 소메로 마케로우를 바라보았다. 소메로는 라수의 시선을 외면했다.

"죄송합니다. 제가 그것을 원하기에 제 주위 사람들은 저를 소메로라고 부릅니다."

"알겠습니다. 소메로."

라수는 마케로우 집안의 마지막 여인을 바라보며 키타타 자보로를 떠올리지 않을 수 없었다. 괄하이드의 대도에 목숨을 잃었던 키타타는 자보로로 불려지길 원했다. 라수는 소메로와 키타타의 차이가 성격의 차이인지, 그렇지 않으면 혈육을 잃은 방식의 차이인지 고민했다. 아마 둘 다일 것이다. 소메로는 겸연쩍은 얼굴로 말했다.

"이렇게 늦으실 분이 아닌데 이상하군요. 다시 사람을 보내볼까 합니다."

라수는 가볍게 묵례하며 자리에서 일어났다. 소메로는 제자리에 가만히 있었지만 라수는 그녀가 누군가에게 닐렀을 거라 추측했다. 나가들은 소리에 익숙해졌지만 라수는 그들의 니름을 들을 수 없었으며, 앞으로도 그럴 날이 올지 의심스러웠다.

라수는 창가로 다가갔다. 그곳에 서 있던 세미쿼와 무핀토는 라수를 위해 옆으로 조금씩 비켰다. 창가에 선 라수는 시모그라쥬를 바라보았다.

시모그라쥬는 매혹적인 튀기였다.

고집스러운 형식주의자나 순수주의자가 아니라면—물론 고집은 그런 자들에게 세끼 식사보다 중요하다.—튀기의 아름다움이 무엇인지 잘 알 것이다. 물론 혼혈에는 안정적인 아름다움이 없다. 그 모든 부분은 불안하며 애써 형성된 균형은 다음 순간 언제나 무너진다. 하지만 그렇기에 혼혈은 어떤 순혈보다 동적인 아름다움을 가질 수 있다. 북부의 사도가 바라보는 시모그라쥬는 거의 춤추고 있었다. 라수는 코끼리가 백곰 가죽을 잔뜩 실은 채 대로 가운데를 걸어가고 있는 도시를 어떻게 표현해야 할지 알 수 없었다.

시모그라쥬는 건설과 파괴, 환호와 욕설, 고귀함과 비루함을 나누는 어떤 경계선도 허용치 않았다. 그 모든 것은 뒤섞여 끓어오르고 있었고 품위를 지키려는 어떤 시도도 이곳에서는 애처로운 몸부림으로 끝나고 말 것이다.

햇빛 찬란한 지붕 위에서는 나가 인부들이 비늘을 번득이며 망치질을 하고 있다. 그들은 훌륭한 장례식을 치른 목재들을 다룬다는 자부심으로 가득차 있었고 따라서 지붕 아래를 지나치다가 먼지 벼락을 맞게 된 레콘 행인의 투덜거림에는 신경 쓰지 않았다. 물론 그들에게는 자부심 이외에 '듣지 못했다'는 핑계도 준비되어 있을 것이다. 시장 한 편에서는 두 명의 인간과 나가 한 명이 그야말로 불꽃 튀기는 대치를 벌이고 있었다. '늙은 모친과 굶주린 자식들'에만 익숙해 있던 두 인간은 나가 상인이 내놓는 넋두리에 꽤나 당혹한 눈치였다. 나가 상인은 말라 죽어가는 나무에 대해 이야기했던 것이다. 그리고 두 인간은 '그깟 나무가 말라 죽든 말든'이라고 말해도 되는 건지 아닌지 알 수 없는 듯했다. 무지는 경외의 시작이며, 그들은 어울리지 않게도 '심려가 크시겠다'고 대답할 수밖에 없었다. 아마도 가격은 상인을 만족시키는 수준으로 결정될 것이다. 그러나 나가들의 도시에서 나가들을 손바닥 위에 놓고 가지고 노는 장사꾼들도 있었는데, 꽤나 넓은 장소를 차지한 채 그릇을 팔고 있는 레콘 보부상 같은 경우가 그러했다. 목기가 아닌 유기를 팔고 있으니 그 정도면 괜찮은 수완이다. 나가들은 적절한 장례식을 치렀음을 증명하는 제조자의 낙인이 없는 목기는 거들떠보지도 않을 것이다. 하지만 가격을 깎자는 소리를 들을 때마다 부풀어오르는 레콘의 모습은 나가 손님들로 하여금 비늘을 세우며 도망치게 하기 충분했다. 그러나 레콘의 곁에 있던, 아마도 동업자인 것으로 보이는 도깨비는 간단한 도깨비불로 도망치는 손님들의 발을 붙잡고 있었다. 묘하게 능률적인 동업자 관계다. 아마도 숙원 사업을 위한 자금 조달이 목적일 테지만, 만약 그 레콘의 평생 숙원이 당대 최고의 거상이 되는 것이라면 그 동업자 관계는 꽤 괜찮은 시작임이 분명하다. 자꾸 부풀어오르는 레콘에게 겁 먹고 도깨비가 허공에 만들어내는 기화요초에 넋이 나간 나가들은 미친 듯이 돈주머니를 풀고 있었다.

찢어지는 고함, 걸쭉한 욕설, 우마차 굴러가는 소리와 코끼리 짐 부리는 소리, 수상쩍기 짝이 없는 중개업자가 내놓은 검을 보며 그것이 정말 자신이 요구한 진품 쉬크톨인지, 그렇잖으면 다른 사기꾼들이 내놓은 것과 같은 사이커인지 고심하는 레콘의 신음이 뒤범벅되어 흐른다. 그곳에서 협잡꾼과 목청 좋은 상인, 번뇌에 빠진 구매자와 무뢰배, 내일 망해 버릴 도매업자와 건달들이 번영의 합창을 부르고 있었다. 시모그라쥬는 그 위에 쏟아지는 태양만큼이나 절절 끓고 있었다.

라수의 곁에 서 있던 세미쿼 역시 시모그라쥬의 모습에서 느끼는 바가 많은 듯했다. 그는 목소리를 조금 낮춰서 말했다.

"시모그라쥬에서 하루에 움직이는 돈이 얼마나 될지 짐작하시겠습니까? 제가 어제 들러본 주점에서 듣기로 이곳에서 금편 10만 닢짜리 부자는 부자 축에도 못 들어간다더군요."

라수는 여러 가지 생각이 동시에 머릿속에 떠오르는 것을 느꼈다. 나가들이 소리에 익숙해졌지만 역시 낮은 소리는 들을 수 없을 거라는 것, (나가들에게 니름이 있듯 소리를 사용하는 자들끼리도 비밀스러운 대화를 나눌 방법은 있다.) 시모그라쥬에 주점도 있다는 것, (나가들이 술을 마실까? 그렇잖으면 그 주점은 북부인 전용일까?) 시모그라쥬의 부는 짐작키도 어려울 정도라는 것, (역시 본격적인 관영 사업을 준비할 것.) 세미쿼가 어제 주점에 들렀다는 것 (빌어먹을 자식. 정보 수집을 핑계로 또 술 마셨나?) 등이 라수의 머릿속에 순간적으로 떠오른 생각들이었다. 세미쿼에게 확인해 볼 것은 마지막 생각뿐이었다.

"자네 술 마셨나?"

"아시잖습니까? 저 술 끊었습니다."

세미쿼는 정색을 하며 말했다. 옆에서 무핀토가 낄낄거리며 거들었다.

"예. 탁자에 가위 꽂아놓고는 한 모금도 안 마셨습니다. 지독하더군요."

라수는 세미쿼에게 미소로 감사 표시를 했다. 그리고 이제 세미쿼에게 내린 금주령을 철회해 달라고 대호왕에게 요청해도 되겠다고 생각했다. 대호왕은 세미쿼가 술에 취한 채 하늘누리에 오르다가 낙상한 이후 그런 명령을 내렸다. 그때 세미쿼가 말했다.

"사도님. 저기 좀 보십시오."

라수는 세미쿼가 가리킨 방향을 보았지만 그곳에는 지나치게 많은 사람이 있었다. 그리고 그들 중 누구도 구경거리가 되지 못할 정도로 평범한 모습을 하고 있지는 않았다. 발 앞을 지나가는 강아지에 놀라 요란하게 넘어지는 사람조차도 인파에게 정도 이상의 시선을 받지는 못했다. 라수는 세미쿼를 바라보았다.

"뭘 보라는 건가?"

"제가 보고 있는 동안 저게 세 번째로 넘어진 겁니다."

라수는 조금 전에 보았던 사람을 다시 보았다. 땅에 쓰러졌던 그 사람은 씩씩하게 일어나 또다시 달려오고 있었다. 라수는 신음을 흘렸다.

잠시 후, 데오늬 달비 대사가 회담장에 들어섰다.

라수는 자신도 모르게 대사의 무릎을 살폈다. 그 무릎은 꽤나 지저분했지만 용케 다치지는 않은 듯했다. 사람들이 말하는 데오늬 달비의 불가사의가 바로 그것이다. 소메로 마케로우에게 인사를 건넨 데오늬는 곧장 라수에게 걸어왔다. 라수는 묻는 시선을 보내었다.

"사도님! 급하게 알려드릴 것이 있어서 왔습니다. 대수호자님께서 이곳에 오십니다."

라수는 깜짝 놀랐다. 그리고 탁자 저편에 있던 소메로도 놀란 표정으로 고개를 갸웃했다.

"이곳이라니, 회담장 말인가?"

"그렇습니다. 대수호자님께서는 회담 전에 사도님을 잠시 뵙고 싶어하십니다. 고소리 의장님께서는 대수호자님을 수행하여 오시느라 늦으시는 겁니다."

라수는 낭패라고 생각했다. 지난 1년 동안 라수는 대수호자의 방문 요청을 네 번 정중하게 거절했다. 그러자 대수호자는 라수가 시모그라쥬를 방문하는 틈을 타서 전격적으로 찾아온 것이다. 걱정에 잠겨들던 라수는 문득 데오늬가 왜 사람을 보내지 않고 직접 찾아온 것인지 궁금해졌다.

"그런데 대사관에 아무도 없나? 왜 직접 온 거지?"

"이 회담장의 위치는 비밀이잖습니까? 사도님?"

"그건 나도 알아. 하지만 키보렌의 대수호자가 직접 온다면 비밀이고 뭐고 없을 텐데. 사람들이 다 알아볼 것 아닌가."

"대수호자님께서는 변복을 하고 오실 겁니다. 사도님."

"그런가? 으흠. 알았어."

데오늬는 다시 인사한 다음 대사관으로 돌아가려 했다. 그러나 그때 누군가가 회담장 안으로 빠르게 걸어 들어왔다. 들어온 나가의 모습은 회담장에 있던 사람들을 당황하게 했다. 머리에는 두건을 깊이 눌러쓰고 있었고 상하의는 북부인의 것이었다. 들어온 나가는 데오늬에게 말했다.

"어디 안 다치셨습니까, 달비 대사?"

데오늬 달비는 그 목소리를 알고 있었다. 그래서 두건 아래에서 키보렌의 대수호자의 얼굴이 나타났을 때 크게 놀라지는 않았다.

키보렌의 대수호자 키베인은 자신이 입고 있는 옷이 그렇게까지 시선을 끄는 것은 아니라고 설명했다. 이곳 시모그라쥬에서 북부인의 옷은 더위 때문에 오히려 북부인들이 입기 힘들다. 하지만 나가들은 별 무리없이 입을 수 있으며, 이국적인 것에 대한 취미를 가진 자나 북부인들에게 편안하게 다가갈 목적을 가진 자들은 즐겨 그런 옷을 입는다. 하지만 나가들은 그들의 대수호자가 나가의 옷도 아닌 북부인의 옷을 입었으리라고는 상상도 못할 것이다.

"그래서 훌륭한 변복이 되지요."

키베인은 재미있다는 듯이 말했다. 그리고 재미있다는 반응을 보여준 것은 떠날 때를 놓치고 그 자리에 붙잡히게 된 데오늬 달비뿐이었다. 키베인을 뒤따라온 칸비야 고소리 의장은 지각 때문에 마음이 편치 못했고 라수 또한 뜻하지 않은 대수호자의 등장에 긴장하고 있었다. 키베인은 그런 분위기를 눈치챈 듯 빠르게 말했다.

"도무지 만나주질 않으니 이렇게 무례하게 찾아올 수밖에 없군요. 라수 규리하. 시간을 많이 잡아먹지는 않겠습니다. 회담을 한 시간만 늦춰주시겠습니까?"

키베인의 말은 청유형이었지만 라수나 칸비야 모두 그것을 명령형으로 이해했다. 라수가 말했다.

"다른 사람들을 내보낼까요?"

"그러면 좋겠군요."

칸비야 고소리는 묵례한 다음 소메로 마케로우와 함께 회담장 밖으로 나갔다. 그리고 세미쿼와 무핀토, 데오늬도 그들의 뒤를 따라 나갔다. 회담장에 두 사람만이 남게 되자 키베인은 말했다.

"오래간만입니다. 미안합니다만 건강과 날씨 이야기는 대충 넘어가지요."

"지도그라쥬에서는 대수호자님의 소재에 대해 어떤 의견을 가지고 있습니까?"

"시모그라쥬로 신(新) 아라짓 사도 라수 규리하를 만나러 간 것으로 알고 있습니다. 물론 그들에게 직접 물어보면 그들은 몰랐다고 말하겠지요."

키베인의 솔직성은 라수에게도 같은 것을 요구하고 있었다. 라수는 말했다.

"대수호자님. 지금 당신은 신 아라짓과 접촉이 없을수록 유리합니다. 키보렌의 대수호자가 신 아라짓에 대해 호의를 가지고 있음이 분명해질수록 화를 내는 자들이 많아질 겁니다."

대수호자 키베인은 부드럽게 웃으며 말했다. 하지만 그것은 라수의 말에 대한 대답이 아니었다.

"전쟁이 일어날 겁니다."

라수는 한동안 침묵한 채 대수호자를 바라보았다.

가까스로 그의 입이 다시 열렸을 때 그 목소리는 미세하게 떨리고 있었다.

"내전입니까? 지도그라쥬와 시모그라쥬의?"

"내전은 내전입니다만 형태는 그렇지 않을 겁니다."

"무슨 말씀이십니까?"

"칸비야 고소리 의장은 영민한 사람입니다. 의장은 시모그라쥬의 중립성을 시모그라쥬의 무기로 바꿔놓았습니다. 아마도 향후 삼대까지의 의장이 모두 금과옥조로 삼을 것이 뻔한 그녀의 방침 덕분에 지도그라쥬가 시모그라쥬를 향해 돌멩이 하나라도 던진다면 무시무시한 반향이 일어날 겁니다. 하지만 시모그라쥬를 곤경에 빠트리는 방법이 직접적인 공격만 있는 것은 아닙니다."

라수는 이해했다. 한계선 이남과 이북의 유일한 소통 장소가 된 시모그라쥬는 그 중개 이익만으로도 감당키 어려울 정도의 치부를 하고 있다. 따라서, 만약 한계선 이북에 전쟁이 일어난다면 시모그라쥬는 분명히 곤경에 빠지게 될 것이다.

"공격 목표는 신 아라짓이군요."

"그럴 가능성이 높다고 생각합니다."

라수는 분노에 떨리는 목소리로 말했다.

"지도그라쥬는 도대체 무엇을 원하는 겁니까? 그들은 키보렌의 대수호자를 데리고 있습니다. 하텐그라쥬가 사라진 지금 그들의 권위는 누구에게도 도전받지 않을 겁니다. 그런데 시모그라쥬의 머리를 눌러야 할 이유가 있습니까?"

"황금은 만능의 사다리입니다. 시모그라쥬는 너무 많은 황금을 쌓고 있습니다. 정복보다는 상업이 훨씬 확실한 돈벌이지요."

"세금을 거두십시오. 세금이라는 명목이 곤란하다면 대수호자에게 바치는 선물이나 공물이라고 하면 됩니다. 명목이야 아무래도 좋습니다. 시모그라쥬의 부를 지도그라쥬로 나눠주십시오. 시모그라쥬는 안전 보장을 위해 어느 정도의 지출을 할 수 있을 겁니다."

키베인은 고개를 가로저었다.

"아니요. 내가 시모그라쥬로부터 금편 한 닢만 받는다면 나도 당장 시모그라쥬와 똑같은 대접을 받게 될 겁니다. 대수호자의 자리에서 물러나는 거야 상관이 없지만 당신들을 위해선 내가 있는 편이 좋을 텐데요. 만약 내가 물러나고 강성 대수호자가 대두하게 된다면 전쟁은 반드시 일어날 겁니다. 그들은 하텐그라쥬의 몰락을 잊지 않았습니다. 그리고 페로그라쥬와 악타그라쥬의 일 또한 있지요."

라수는 분에 못 이겨 말했다.

"그들이 그 세 도시를 이야기한다면 저는 북부에서 사라진 도시를 서른 개라도 댈 수 있습니다."

"사도 라수. 마음의 천칭은 언제나 천칭 주인을 향해 기울게 마련입니다. 그건 아무 소용이 없습니다. 오히려 북부의 완전 정복 직전에 하텐그라쥬에 일격을 당해 전쟁을 끝내야 했으니 그들에겐 분한 기억만이 남아 있을 겁니다. 대수호자라는 지위가 종신직으로 취급되고 있는 것은 암묵적인 합의 때문입니다. 수호자의 지위가 종신직이니 대수호자 또한 그러하다는 식이지요. 하지만 그들은 필요하다면 얼마든지 그것이 종신직이 아니라고 주장할 수 있습니다. 처음부터 타협의 산물이기 때문에 그렇습니다."

라수는 아랫입술을 깨물었다.

"그렇다면 그들은 기어코 시모그라쥬를 약올리기 위해, 단지 그런 이유로 우리를 도륙할 거란 말씀입니까?"

"그래서 나는 당신을 만나려고 했던 겁니다. 제안할 것이 하나 있습니다."

"그게 뭡니까?"

키베인은 모호하게 하늘을 가리키며 말했다.

"문제는 그들이 아직도 여신의 힘을 사용할 수 있다는 것에 있습니다. 그렇다면 문제를 해결하기 위해 어떤 수단을 사용해야 하는지는 분명하잖습니까?"

라수는 방어적인 태도로 입을 열었다. 하지만 말을 하는 대신, 라수는 다시 입을 다물고 침묵했다. 키베인은 약간 초조한 기색을 띠며 말했다.

"이해할 수 없는 일입니다. 그날, 하텐그라쥬에서의 그 끔찍했던 날 이후로 5년이 지났습니다. 하지만 아직까지도 수호자들은 여신의 힘을 자유로이 사용하고 있습니다. 당신들이 카린돌 마케로우의 몸을 가지고 있지요. 그 몸은 도대체 어떻게 된 겁니까? 그리고 거기에 깃들어 있던 여신은?"

라수는 외면하듯 고개를 돌렸다. 거리의 소음이 조금 전과 전혀 다른 느낌으로 다가왔다.

대호의 발이 힘차게 바위를 박찼다. 무너진 계곡의 틈을 이리저리 달리던 대호는 다시 힘껏 발을 굴러 낭떠러지 위로 뛰어올랐다. 계곡과 숲은 대호의 배 아래로 쑥 내려갔고 잠깐 동안 대호는 하늘을 날고 있었다. 굉장한 소리와 함께 땅에 발을 디딘 대호는 다시 숲을 가로질러 달렸다.

시모그라쥬를 떠난 지 다섯 시간, 대호는 날짐승들이나 어림할 수 있는 거리를 맹렬하게 주파하고 있었다. 마루나래라는 이름의 대호는 지난 1년 가까이 땅을 제대로 밟아본 적이 없다. 그래서 마루나래의 질주는 마치 분풀이처럼 보였다. 키보렌의 짐승들은 이 경이적인 광경에 거의 기절할 지경이었다. 마루나래가 달리는 방향을 따라 온갖 새들이 날아오르고 원숭이들이 끔찍한 불협화음을 내질렀다. 제각기 가진 재주에 따라 나무 위로, 굴 속으로, 물 속으로 뛰어들고 있으니 장관도 그런 장관이 없다.

거대한 나비 무리를 만난 마루나래는 주저없이 그 속으로 뛰어들었다. 수십만 마리의 나비들이 일제히 하늘로 날아오르는 광경은 눈(雪)을 모르는 이 땅이 상상만으로 만들어낸 폭설 같다.

거꾸로 내리는 휘황한 빛깔의 눈 속을 헤치며, 마루나래는 비행이라 표현하는 것이 어울리는 속도로 질주했다.

마루나래의 등 위에는 두 명의 나가가 앉아 있다. 한 명은 매우 어린 나가였고 마루나래의 털을 꼭 붙잡고 있었다. 하지만 어린 나가가 나가떨어지지 않는 이유는 더 큰 나가가 등 뒤에 앉아 있기 때문이다. 큰 쪽은 한 손만으로 대호의 털을 움켜쥐고 다른 손으로는 어린 나가를 감싸안고 있었다. 그 동작은 매우 능숙해

보였다.

나가답게 그들은 얼굴을 때리는 바람에 구애되지 않은 채 대화를 나눌 수 있었다. 더 큰 쪽이 닐렀다.

〈조금 있으면 도착할 거야. 괜찮니?〉

〈괜찮아.〉

〈그렇게 보이지 않아. 그리미. 며칠만 기다렸으면 편안히 올 수 있었을 텐데.〉

〈며칠 후에 내가 뭘 원할지는 몰라. 하지만 오늘 나는 거기에 가길 원해. 사모.〉

사모 페이는 아이답지 않은 그리미 마케로우의 대답에 착잡한 기분을 느꼈다. 하지만 그녀가 뭔가 다른 니름을 떠올리기도 전에 목적지의 모습이 한 눈에 들어왔다.

그들의 앞쪽으로 경이적인 장관이 떠올랐다.

그것은 일견 하늘을 떠받치고 있는 기둥처럼 보였다. 무서운 속도로 움직이고 가공할 위력으로 꿈틀대고 있었지만, 거기에는 든든한 기둥 같은 안정감이 있었다. 200미터를 훌쩍 넘는 거대한 회오리 바람. 5년 전에 발생한 이후로 그 바람은 한 순간도 멈춘 적이 없고 다른 곳으로 이동하지도 않았다. 눈에 익은 모습이었지만 사모는 다시 가슴 한 구석에 밀어닥치는 청량함을 느꼈다.

사모는 그리미를 내려다보았다.

그리미는 아무런 니름도 하지 않았다. 하지만 난생 처음 보는 그 모습에 그리미가 놀란 것은 분명했다. 그것은 그리미가 가진 것 같은 지성에게도 경외감을 불러일으키는 장관이었다. 그리미가 한참 후에야 관심 없다는 투로 니른 것이 그것을 증명했다.

〈저게 그건가 보군. 못 알아볼 리는 없겠는데.〉

사모는 속으로 웃으며 대답했다.

〈그래. 다른 것과 착각할 일은 없지.〉

그리미는 결국 유혹을 이기지 못했다. 어쨌든 그녀는 다섯 살이다.

〈저기부터 가봐.〉

〈그럴까.〉

사모는 마루나래에게 개념을 전달했다. 마루나래는 탐탁치 않다는 반응을 보내어왔지만 그녀의 의도를 따라 움직였다. 회오리를 바라보느라 여념이 없었던 그리미는 서서히 느려진 마루나래의 속도를 느끼지 못했다. 회오리의 모습이 거대해질수록 그리미의 작은 몸에서 비늘이 일어났다. 마침내 마루나래가 걸음을 멈추었다. 사모는 조용히 기다렸다.

그리미가 마루나래의 정지를 깨달은 것은 그 일이 일어나고도 한참 후였다. 그리미는 고개를 돌려 사모를 바라보았다.

〈더 가까이 안 가?〉

〈더 가면 위험해.〉

그리미는 바닥의 풀을 바라보며 고개를 갸웃했다.

〈좀더 가까이 가도 괜찮을 것 같은데. 저길 봐. 거의 몇 백 미터 앞까지 풀들이 조금도 흔들리지…….〉

〈아니. 여기서는 마루나래의 판단을 따라야 해. 그리미. 전혀 그렇게 보이지는 않겠지만, 몇 걸음 더 걸어가면 갑자기 몸이 휙 끌려갈 수도 있어. 우리의 존재 자체가 바람의 미세한 흐름에 영향을 주기 때문이야. 저 풀들은 오래 전부터 균형을 이루었기에 저렇게 평온하게 있을 수 있는 거야.〉

〈내려줘.〉

마루나래는 바닥에 엎드렸다. 먼저 내려선 사모는 그리미가 땅을 디딜 수 있도록 도와주었다. 그리미는 니름 없이 회오리를 바라보았다.

사모는 어쩔 수 없이 스며드는 애수를 피하기 위해 주위로 시선을 돌렸다. 5년이 지난 지금 하텐그라쥬를 이루고 있던 대부분의 물체들은 기묘한 모양으로 변해 있었고 번식력 강한 식물들이 그 위를 그물처럼 뒤덮어 하텐그라쥬의 모습은 초록의 구릉지대처럼 보였다. 부러진 채 땅에 거꾸로 꽂혀 있는 조각품, 죽은 야수의 치열 같은 열주들, 넝쿨을 휘감은 채 고고하게 서 있는 기념탑. 하텐그라쥬의 마지막 모습은 묘하게 두억시니를 닮아 있었다. 그것은, 바꿔 니르면 아무것도 닮지 않았다는 말과 마찬가지다. 두억시니에게는 규칙이 없으므로. 하텐그라쥬는 그저 단순한 폐허가 아니었다. 그리미가 닐렀다.

〈소리 들어?〉

〈말했니?〉

〈아니. 소리 들어봐.〉

사모는 그렇게 했다. 끊이지 않는 웅웅거림이 들려왔다.

대폭포의 굉음이나 우레의 포효조차 비교되기 어려울 강력한 소리가 들려왔다. 회오리에서 흘러나오는 그 엄청난 소리는 내재된 파괴적인 힘을 유감없이 드러내고 있었다. 시모그라쥬에 주재하고 있는 데오늬 달비 대사의 중요 임무 중 하나는 그 회오리의 동향을 보고하는 것이고 그래서 사모는 그 회오리가 조금도 약화되지 않은 채 다가오는 정신나간 동물들을 가루로 만들어버리고 있다는 보고를 줄기차게 받을 수 있었다. 그리미가 닐렀다.

〈저 안에 부서진 심장탑이 있다고?〉

〈그래. 아마 지금도 남아 있을 거야.〉

〈사모가 살아 있으니까?〉

사모는 어쩔 수 없이 회오리를 바라보았다.

〈그래. 내가 살아있으니까.〉

〈아무도 저긴 들어갈 수 없겠군.〉

〈티나한이 몸에 쇠사슬을 스무 개 연결하고 도전했지만 거의 죽을 뻔한 다음 가까스로 빠져나왔지. 지금도 기억이 생생해. 그 엄청난 무게에도 불구하고 티나한은 위로 떠올랐고 스무 가닥의 쇠사슬은 당장이라도 끊어질 것처럼 불꽃을 튀기며 팽팽하게 잡 아당겨졌지. 티나한이 쇠사슬을 팔뚝과 발목에 감으며 땅으로 도 로 내려온 직후 쇠사슬들은 박살나며 부서졌어. 그래. 아무도 저 기에 다가갈 수 없어.〉

〈그렇다면, 그 누구도 심장 파괴를 사용해서 사모를 죽일 수는 없는 것이군.〉

사모는 누가 그리미에게 그 사실을 가르쳐준 것인지 생각하지 않았다. 그리미는 스스로 깨달았을 것이다.

〈케이건 드라카는 언제나 아라짓 전사였지.〉

회오리가 삼 개월 동안이나 제자리를 지키고 있다는 보고를 들 은 직후, 그 보고를 들은 라수 규리하는 자신의 환상벽과 대화를 나눈 다음 결론을 내렸다. 최후의 아라짓 전사 케이건 드라카는 그의 왕이 가진 유일한 약점을 봉인해 버린 것이다.

〈그 케이건 드라카라는 아저씨, 한 번 만나보고 싶어. 모든 사람 들이 그 아저씨에 대해 이야기하는데, 언제나 그 사람들이 평소 에 보여주는 모습과는 전혀 다른 모습으로 이야기한단 니름이야.〉

〈다른 모습?〉

〈그 점잖은 괄하이드는 케이건에 대해 이야기할 때 젊은 망나니가 된 것처럼 기운차게 이야기하지. 잘난 척이 하늘을 찌르는 라수는 케이건에 대해 이야기할 때 잘 모르겠다는 투로 이야기하고. 그 정도만 해도 놀랍지만, 우수에 젖은 눈으로 이야기하던 티나한의 모습은 비늘이 빠질 정도로 충격적이었어.〉

사모는 웃음을 터뜨리고 말았다. 감상적이라는 평가에 격분해 버릴 티나한이지만 케이건에 대해 이야기할 때의 그는 그런 혐의를 벗기 어려운 것이 사실이다. 그리미가 닐렀다.

〈이제, 거기로 가봐.〉

〈가까우니 걸어가도록 하지.〉

그리미는 동의했다. 사모는 마루나래에게 뒤를 따라오도록 한 다음 그리미의 보폭에 맞춰 천천히 걸어갔다.

탁자 위에 뿌려진 한줌 햇살이 꾸준히 나뭇결을 적셨다. 키보렌의 대수호자 키베인은 탁자 위에 올려둔 자신의 팔뚝까지 번져 오는 햇살을 보며 말했다.

"분명히 네 신은 다시 윷가락을 던지기로 했습니다. 그렇지요?"

"그렇습니다. 발자국 없는 여신께서 확인해 주셨습니다. 시모그라쥬의 번영 또한 그것으로 설명할 수 있습니다."

키베인은 고개를 끄덕였다.

"저도 그런 생각을 해봤습니다. 이것은 분명히 변화지요. 북부와 남부가 이런 식으로 만나 서로의 가능성을 탐구해 보는 것은.

그리고 같은 방식으로 지금 일어나려 하고 있는 전쟁 또한 설명할 수 있습니다. 전쟁 또한 변화지요."

라수는 슬픔 속에서 동의했다. 변화가 가져오는 것이 언제나 사람을 행복하게 하지는 않는다. 키베인이 말했다.

"앞으로 우리에게 다가올 것은 보수주의자와 전통주의자들의 괴로움이 될 만한 시대겠지요. 저는 변화 그 자체에는 찬성합니다. 결국 모든 것이 바뀌지 않는다면, 내일이 오늘의 단순한 확장에 불과할 뿐이라면 삶은 의미를 잃습니다. 그런 큰 찬성 속에서 저는 전쟁에도 찬성합니다. 그것은 분명 변화니까요. 하지만 그 찬성은 상대적인 것이며 저는 정체보다는 전쟁이 낫다는 의미로 말한 것입니다. 우리는 더 좋은 변화들을 고를 수 있는 능력을 발휘함으로써 고결함을 가꿀 수 있습니다. 사도. 도대체 여신의 힘은 어떻게 된 겁니까?"

"여신은 힘을 해방시켰습니다. 그 힘을 다시 거둬들이는 것은 앞으로 17년 후입니다."

키베인은 깜짝 놀랐다.

"17년이라고요?"

"그렇습니다. 앞으로 17년 동안 수호자들은 여신의 힘을 사용할 수 있습니다."

"너무 깁니다! 그건 지난 전쟁과 같은 전쟁을 네 번이라도 치를 수 있는 기간이군요. 왜 17년 후인 겁니까?"

"용서하십시오. 저는 그것에 대해 말씀드릴 권한이 없습니다. 지금 말씀드린 것도 다른 사람들에겐 절대로 말씀하시면 안 됩니다."

키베인은 손가락을 세워 탁자를 딱딱 두드렸다. 햇빛 속에서 그의 손가락을 덮은 비늘들이 반짝였다. 하지만 그늘 속에 있는 대수호자의 얼굴은 어두웠다.

"저는 17년 동안 지도그라쥬를 억제할 자신이 없습니다. 라수. 17년은커녕 17개월 후에도 지도그라쥬가 전사의 영광이 아닌 평화의 따사로움을 니르고 있는다면 그것은 정녕 놀라운 일이 될 것입니다."

라수는 절망감을 느꼈다.

"그렇게 다급합니까?"

"그들이 무엇인가를 느끼고 있는지도 모르지요. 곧 여신의 힘이 자신들을 떠날지도 모른다는 불안감 말입니다. 나는 차라리 당신의 말을 그들에게 닐러주고 싶군요. 17년 후라고 니르면 그들의 다급함이 좀 수그러들지도 모르니까요. 어떻게 생각합니까?"

"그건 안 됩니다. 이 회담장을 나선 후에는 대수호자님께서도 그 사실을 잊어주셔야 합니다."

"그렇다면 당신이 제안할 것은 없습니까?"

"없습니다."

"간신히 되살아나고 있는 북부에는 나가의 또 한 번의 공세를 막아낼 힘이 없습니다."

"그럴지도 모르지요. 하지만 다시 이겨낼 수 있을지도 모르고. 대수호자님. 평등이라는 말을 아십니까?"

"안다고 믿습니다만 당신의 말을 듣고 싶군요."

"평등은 자신이 살 가치가 있다는 것을 증명할 기회가 공평하다는 뜻입니다. 그리고 그런 증명에 성공하지 못한 자까지 살려주는 것은 이미 불평등한 일입니다. 대수호자님. 신 아라짓은 자신을 증명할 것입니다. 증명하지 못한다면 사라질 뿐입니다. 그들에게 살짝 전달하십시오. 지나가는 니름처럼, 혹은 암시적으로, 그러나 분명히 알아들을 수 있게 전하십시오. 5년 전, 그들이 완전히 이겼다고 생각했을 때 라수 규리하가 어떤 일을 했는지를 상기하라고. 나, 라수 규리하는 키보렌의 심장에 작살검을 겨누었고 아무도 그것을 막지 못했습니다."

신 아라짓의 사도를 바라보던 키베인은 무거운 어조로 말했다.

"전쟁을 피할 생각이 없는 것이군요."

"아니요. 나는 피하고 싶습니다. 하지만 이미 가망성이 없는 일이라고 판명될 경우 미련을 갖지는 않을 겁니다. 그럴 시간에 차라리 나는 작살검을 준비할 겁니다."

키베인은 좌절이 묻어나는 동작으로 고개를 떨구었다. 한참 동안 그렇게 앉아 있던 키베인은 겨우 입을 열어 말했다.

"잘 알겠습니다. 제발 그들이 이성을 가지고 당신을 평가하기를 바랍니다. 고소리 의장님과의 회담 시간을 더 뺏어서는 안 되겠지요. 떠나기 전에 한 가지 말할 것이 있습니다. 주의하십시오. 대호왕에 대한 암살 계획이 있는 것 같습니다."

라수는 쓴웃음을 지었다.

"아무도 대호왕을 시해할 수는 없습니다. 최후의 아라짓 전사는 무엇보다도 강력한 방법으로 왕의 심장을 수호했습니다."

"그건 나도 잘 알고 있습니다. 하지만 직접적이고 난폭한 방법을 동원하면 심장을 적출한 나가 또한 죽일 수 있습니다. 하늘누리가 시모그라쥬를 방문한다는 소식이 전해진 직후 지도그라쥬에서 사라진 사람들이 몇 명 있습니다. 어쩌면 거칠고 조악한 방법이 동원될지도 모릅니다. 때론 정교한 계획보다 그런 임기응변 같은 계획이 더 저지하기 힘들지요."

"감사합니다. 주의하도록 하겠습니다."

대수호자는 고개를 끄덕이고 일어났다. 라수는 그를 배웅하기 위해 일어났다. 하지만 문쪽으로 걸어가는 대신 대수호자는 잠시 제자리에 선 채 멍하니 라수를 바라보았다. 그 눈길은 피로해 보였다. 라수는 뭐라 위로하고 싶은 기분을 느꼈다. 하지만 그가 입을 열기 전 대수호자는 가볍게 말했다.

"우리는 과도기에 있고, 변화라는 것은 너무 끔찍합니다. 변화가 더 낫다는 것을 알지만 이것을 모두 포용하기는 어렵군요. 17년만 버텨보도록 합시다. 그 후에도 변화는 계속되겠지만 우리 세대가 책임져야 할 부분은 그때까지인 듯하군요."

"동감입니다. 대수호자님. 17년 후에 대수호자님을 다시 뵙고 싶습니다."

키베인은 대답없이 미소를 보냈다. 그는 옷차림을 만지작거린 다음 주저없는 걸음으로 회담장을 나갔다.

대수호자가 밖으로 나간 다음 라수는 다시 의자에 앉았다. 말하기도 싫을 만큼 기운이 빠진 상태였고 고소리 의장과의 회담을 내일로 미루는 대안은 거부하기 힘들 정도로 매혹적이었다. 별 대단한 회담 내용이 있는 것도 아니다. 고소리 의장은 개량형 도깨비 감투가 시모그라쥬 내에서 사용되지 않기를 원했고 라수는 거기에 얼마든지 동의할 작정이었다. 도깨비 감투가 최고의 첩자를 위한 도구이리라는 것은 단견에 불과하다. 라수는 좀 서툴더라도 누군가와 대화를 할 수 있는 첩자를 더 높이 칠 것이며, 그런 맥락에서 아무와도 대화할 수 없는 도깨비 감투 착용자는 라수에게는 별로 매력적인 첩자가 아니었다. 게다가 온통 니름으로 이루어지는 나가의 대화를 엿듣는 것은 도깨비 감투를 썼건 쓰지 않았건 불가능하다. 라수는 고소리 의장에게 얼마든지 동의해 줄 작정이었다. 물론 그것은 라수만 아는 생각일 뿐이며, 회담은 아마도 건네주어도 무방한 대가를 이용하여 최대한의 이익을 얻어내는 라수의 정치적 기술이 펼쳐지는 향연장이 될 것이다. 라수는 벌써부터 진절머리가 나는 것을 느꼈다.

결국 회담은 세 시간 후에 끝났다. 라수는 막심한 피로를 느꼈지만 얻기로 작정했던 것을 거의 다 얻었기에 만족감을 느꼈다. 라수의 피로감은 얼굴에 드러날 정도였고, 그래서 세미쿼와 무핀토는 라수가 시모그라쥬 대사관에 머물지 않고 곧장 하늘누리로 돌아갈 작정이라고 말했음에도 불구하고 투덜거림을 자제했다. 세 사람은 일몰이 내리는 시모그라쥬의 외곽으로 빠져나가 정박 중인 하늘누리로 향했다.

시모그라쥬 교외에는 거대한 하늘치가 조용히 떠 있었다. 그것은 신 아라짓의 이동수도(移動首都)였으며 도깨비들의 온갖 기발한 발명품이 더해진 공중 요새이기도 한 하늘누리였다. 하늘치의 등 위에서는 상상력만으로 무엇이든 만들어낼 수 있지만, 그것은 상상한 자 본인에게만 유효하다. 지상에서 가장 강력한 노포를 상상하더라도 그 노포가 발사한 화살은 적에게 아무런 영향을 주지 않는 것이다. 하지만 도깨비들이 만들어내어 하늘치 등 위에 부착한 물건들은——비록 그 작동 원리를 도무지 이해할 수 없으며 그 외형만 보고는 무엇에 쓰이는 물건인지 짐작하기 어려울 때가 많지만——유감없이 효과를 발휘했다. 라수 규리하처럼 움직이는 계단을 상상할 능력이 없는 세미쿼와 무핀토는, 그래서 승강기에 오르며 그것을 만든 도깨비들에게 감사했다. 하지만 그들은 라수처럼 근사한 풍광을 보며 올라갈 수는 없었다.

하늘치 유적을 사용하는 능력에서 타의 추종을 불허하는 라수는 상상력의 일부만으로도 간단히 자동 계단을 만들어낼 수 있었다. 그는 자신의 상상에 의해 만들어진 계단에 몸을 실은 채 발 아래로 서서히 낮아지는 시모그라쥬와 도시를 둘러싼 숲과 늪지를 물끄러미 바라보았다. 땅에서는 일몰이 완료되었지만 하늘로 올라감에 따라 라수는 다시 떠오르는 태양을 볼 수 있었다. 햇빛 속에서 어두운 땅을 내려다보는 것은 라수에게 묘한 슬픔을 느끼게 했다. 키베인의 고발은, 라수가 이미 알고 있던 사실의 확인에 불과했다.

환상벽과 나눈 대화에 의해 라수는 이미 지도그라쥬의 동향을 어느 정도 파악하고 있었다. 전쟁 재발 시점까지 명확하게 예측하는 것은 불가능했지만 라수는 그것이 머지 않았으리라 생각하고 있었다. 키베인이 내어놓은 17개월이라는 말은 그를 좀 놀라게 했지만 그 놀람도 예상치 못한 수준은 아니었다. 이미 1년 전부터 라수의 명령을 받은 자들이 북부 곳곳의 비밀 장소에 하늘누리의 보급소를 건설하고 있었고 또한 티나한의 하늘치 유적 발굴단은 라수의 요청에 따라 두 번째, 세 번째 하늘누리가 될 수 있는 후보 하늘치를 고르고 다녔다. 시모그라쥬에 도착하기 직전 라수는 티나한으로부터 괜찮은 하늘치를 발견했음을 보고받았다. 그가 그토록 키베인을 피했던 것은 키베인에게 행동할 기회를 주기 위해서였다. 라수는 한계선 이남에서 거의 유일하게 신 아라짓에 호의를 가지고 있는 유력자가 생각하는 협조자가 아닌 행동하는 협조자로 바뀌길 원하고 있었다.

그리고 그 모든 사실은 라수를 슬프게 했다. 라수는 자신을 추슬렀다.

'17년만 버티자. 그때까지도 살아 있다면, 웃으며 하인샤 대사원에 들어가서 죽을 때까지 나오지 말자. 견디기 힘든 일들이 많이 있겠지만, 앞으로 17년만 버티면 된다.'

그리고 하늘치의 등 위에 도달한 라수는 첫 번째 고난이 기다리고 있음을 알게 되었다. 라수의 질문을 받고 대호왕의 위치를 보고한 병사는 라수의 얼굴이 확 바뀌는 모습에 겁을 먹었다. 라수는 자신을 억누르려 애쓰면서 다시 확인했다.

"폐하께서 어디로 가셨다고?"

"그리미가 뇌룡공을 보고 싶다고 졸라서……, 직접 마루나래에 태우고 그곳으로 가셨습니다. 사도님."

라수는 머리끝이 쭈뼛 서는 것을 느끼며 천경유수(天京留守)에게 달려갔다. 천경유수는 하늘누리를 안전 속도 이상의 속도로 움직이라는 라수의 명령에 당황했다. 정도 이상의 속도를 내더라도 하늘치에게는 별 무리가 없지만 그 위에 건설된 각종 구조물들은 치명적인 타격을 받을 수도 있다. 현명한 사람이었던 천경유수는 하늘누리를 안전 속도로 움직이는 대신 딱정벌레들을 출동시키는 것이 어떠냐고 제안했다. 라수는 자신이 그 생각을 떠올리지 못했다는 사실에 놀라워하며 그 제안을 수락했다.

하늘누리로부터 서른 마리의 딱정벌레가 도깨비와 아라짓 전사들을 싣고 날아올랐다. 그들의 목표는 하텐그라쥬였다.

그리미 마케로우는 아스화리탈과 륜 페이를 물끄러미 바라보았다.

사정을 잘 알지 못하는 자에게, 그리고 관찰력이 부족한 자에게 그것은 크고 작은 두 그루의 나무처럼 보일 것이다. 그리미가 처음 받은 인상도 그런 것이었다. 세상에 짝을 찾아볼 수 없는 거대한 나무와, 거목의 발치에서 보호를 받듯 조용히 피어 있는 어린 나무. 하지만 아무리 관찰력이 부족한 자라도 10초 이상 바라본다면 그 나무들의 모습이 정말로 희한한 것임을 알 수 있을 것이다.

사모는 거대한 나무 쪽을 바라보며 닐렀다.

〈그날, 그 회오리 속에서 아스화리탈이 정확하게 무슨 일을 했는지는 알 수 없어. 라수 규리하도 짐작하지 못해. 하지만 우리가 돌아왔을 때 아스화리탈은 거의 부서진 조각 같은 모습이 된 채 서 있었어. 그리고 그 발 아래에는 륜이 아무런 피해도 받지 않은 모습으로 누워 있었지. 그리고 1년이 지났을 때 데오늬 달비는 상당히 어려워하는 투로 그들이 나무로 변하고 있다고 보고해 왔지.〉

아스화리탈의 모습은 나무로 변한 용 그 자체였다.

번개를 흩뿌리며 하늘을 불사르던 세 장의 날개는 위로 펼쳐져 거대한 나뭇가지가 되었다. 함수초 잎사귀처럼 하늘거리던 날개 가닥들에서는 가지가 돋아나와 잎사귀가 맺혔고, 그래서 그 모습은 잎에서 가지가 돋아나온 양 신비하게 보였다. 가슴과 머리 부분은 그 가지들에 가려 제대로 보이지 않았다. 하체는 그럭저럭 볼 수 있었지만 그 부분에 집중해서는 그것이 용의 하체임을 짐작할 방도는 거의 없었다. 무성한 잎과 넝쿨들이 뒤엉켜 하체를 감싸고 있기 때문이다. 조금 떨어져서 보았을 때만이 그 전체적인 형태에서 어떤 상상이 가능할 뿐이다. 하지만 아무리 떨어져서 보더라도 거목의 주위에 돋아있는 관목 같은 나무들이 원래 아스화리탈의 다섯 꼬리였음을 짐작하기는 어려울 것이다. 아스화리탈의 모습을 생생히 기억하는 사모 페이도 그 나무들이 원래 아스화리탈의 일부분이었음을 깨닫기는 어려웠다.

아스화리탈의 본체였던 거목과 그 꼬리였던 관목들은 초승달처럼 둥그스름하게 배치되어 있었다. 그리고 그 초승달의 가운데 부분은 잔디 같은 풀이 빈틈없이 돋아 있는 공터였다. 그 공터 한가운데 조그마한 나무가 돋아 있었다.

〈가까이 가면 안 된다고?〉

〈그래. 어떻게 된 일인지는 아무도 모르지만 저 원 안쪽에 들어서면 당장 타죽고 말아.〉

〈아스화리탈이 뇌룡공을 보호하고 있는 것이군.〉

사모는 목이 메이는 느낌에 참을 수 없었다. 하지만 그녀는 륜 페이의 모습에서 고개를 돌리지 않았다.

공터 가운데 고요히 피어 있는 어린 나무는, 자세히 바라보면 도저히 나무라 할 수 없음을 알 수 있을 것이다. 그 꼿꼿하고 가느다란 줄기는 쇠로 이루어져 있었다. 그것은 원래 작살검이었다. 하지만 그 쇠칼날과 손잡이에서는 분명히 식물의 것인 가지들이 조심스럽게 돋아 있었다. 가지 끝에 매달린 잎사귀들은 묘하게 금속의 질감을 띠고 있었다.

그리고 그 뿌리 부분에는 륜 페이가 누워 있었다.

빈틈없이 돋아난 잔디와 굵은 뿌리들이 뒤덮고 있었기에 륜 페이의 모습은 거의 알아볼 수 없었다. 풀과 뿌리 사이로 조금씩 보이는 비늘들이 아니었다면 그것은 그저 나가 크기의 둔덕처럼 보였을 것이다. 사모는 이곳에 올 때마다 느꼈던 충동을 또다시 느꼈다. 그녀는 공터에 뛰어들어 륜을 만지고 싶었다. 하지만 아스화리탈은 어떤 접근도 허용치 않았다.

그때 해가 졌다. 빠르게 다가오는 저녁 어둠을 바라보던 사모는 다시 아스화리탈을 바라보았다. 그리미 역시 말로만, 혹은 니름으로만 듣던 일을 기다리며 아스화리탈을 바라보았다.

거목이 빛나기 시작했다.

햇빛도, 달빛도, 촛불이나 횃불의 빛도 아닌 기이한 빛들이 잎사귀 사이에서 아롱졌다. 그 빛깔의 다양함은 이루 니를 수 없을 정도였고, 따라서 그 모습을 보며 무수히 많은 보석들이 과일처럼 매달린 광경을 연상하는 것은 간단한 일이었다. 하지만 가장 눈이 좋은 레콘이 확인한 사실에 의하면 그곳에는 보석이 아닌 빛만 존재했다. 사모는 그 빛들이 안개 속에서 보는 등롱과 비슷하며 어두워질수록 점점 더 밝아지지만 결코 눈이 아플 정도로 밝아지는 일은 없음을 알고 있었다. 그리고 밤이 깊어지면 그 빛들이 낙엽처럼 부드럽게 떨어져 공터에 쌓인다는 것도 알고 있었다. 새벽이 찾아올 때까지 꼼짝하지 않고 륜을 바라본 어느 날 밤 사모는 그 모습을 볼 수 있었다.

사모는 마루나래의 등에 실었던 모피를 내리고는 닐렀다.

〈마루나래. 가서 더 달리고 사냥이라도 하렴. 하늘누리는 며칠 뒤에 이곳에 우리를 데리러 올 거야. 그때까지만 돌아오면 돼.〉

마루나래는 지체없이 숲속으로 달려갔다. 사모는 모피를 허리에 낀 채 그리미에게 다가갔다.

〈좋은 장소를 알고 있어. 그리미. 따라오렴.〉

그리미는 대호왕을 따라 걸어갔다. 사모는 이곳에서 밤을 보낼 때마다 사용하는 자리에 이르렀다. 밤바람을 별로 타지 않으며 이슬도 피할 수 있는 자리였다. 바닥에 모피를 깐 사모는 그리미를 그 위에 앉혔다. 그리미는 모피 위에 엎드려 두 손으로 턱을 괴었다. 사모는 그리미의 곁에 앉아 쉬크톨을 풀었다. 그리고 그녀들은 아무런 니름도 나누지 않은 채 아스화리탈과 륜을 바라보았다.

밤이 깊어갔다.

아스화리탈에서 빛들이 소르륵 떨어져내리기 시작했다. 사모는 그 모습을 물끄러미 바라보다가 고개를 돌려 그리미를 바라보았다. 그리미는 이미 엎드린 채 잠들어 있었다. 사모는 그 모습을 보며 미소를 지었다.

잠들어 있을 때는 그리미도 여신의 딸이 아닌 나가의 평범한 딸처럼 보인다.

그리미 마케로우는 카린돌 마케로우와 스바치의 딸이다. 하지만 그리미 마케로우가 알에서 나와서 만난 어머니는 발자국 없는 여신이었다. 시우쇠는 어르신이 되었고 아기는 평범한 레콘의 어린 소녀로 자라났다. 하지만 발자국 없는 여신은 화신으로 남아 한 소녀의 어머니가 되었다. 그리미가 스물두 살이 될 때까지 여신은 그리미를 보호하기로 했다. 평범한 어머니가 되기 위해 여신은 자신의 힘을 회수하지 않았고 그래서 수호자들은 어리둥절해하면서도 여전히 여신의 힘을 사용할 수 있었다. 그런 무단 도용은 앞으로 17년 동안 계속될 것이다.

사람들은 모두 여신의 결정에 대해 의아해했지만 왜 그런 결정을 내렸는지에 대해 여신이 대답한 것은 단 한 번뿐이었다. 언젠가 그녀는 지나가는 니름처럼 대호왕에게 닐렀다.

〈스물두 살이 되면, 물론 열두 살만 되어도 그렇게 생각하겠지만, 그리미에겐 더 이상 어머니가 필요없겠지. 혹은 그때가 되면 카린돌이 제정신을 찾을 수 있을지도 모르지.〉

사모가 들을 수 있던 설명은 그것뿐이었고 그 외에 여신이 다른 설명을 한 적은 없었다. 그리고 사람들은 그리미가 그토록 긴 보호를 필요로 하는 소녀인지에 대해서는 이견이 별로 없었다. 그 어머니가 화신이었기에 그런 것인지 모르지만 그리미는 어릴 때부터 초능력에 가까운 현명함을 보였다. 다른 모든 천재성과 마찬가지로 그리미의 그것은 바라보는 이들로 하여금 안쓰러움을 느끼게 하는 천재성이었다. 너무나 조숙하고 현명하지만, 경험의 뒷받침을 받지 못했기에 그리미는 언제나 불안한 모습을 보였다. 사모가 그리미를 가질 수 없었던 자식으로 여기고 있는 자신을 깨달은 것은 그리미가 두 살 되던 해였다. 그해에 그리미는 완벽한 니름과 말을 구사할 수 있었고 사람들을 가장 조마조마하게 만들었다. 두 살짜리에게 어떤 경험이 있겠는가? 그리미의 복장이나 모습은 세심한 관심에 의해 언제나 완벽했지만 그 정신 세계는 나이차가 너무 큰 손윗형제의 옷을 물려받아 소매와 바짓단을 끌고 다니는 소녀 같았다. 다섯 살이 된 지금 이제는 그런 모습이 많이 사라졌지만 사모는 여전히 안쓰러움을 느끼지 않고서는 그리미를 보기 힘들었다. 사모는 자신이 그리미를 의존적으로 만들지도 모른다는 위험을 느끼며 애써 공터로 시선을 옮겼다.

아스화리탈에서 떨어지는 광점들이 공터를 다채로운 빛깔로 물들였다.

부드럽게 떨어지는 광점 때문에 공터에서는 끊임없이 무엇인가가 움직이는 것처럼 보였다. 과거 사모는 륜이 일어나려는 것인 줄 착각하고는 수도 없이 공터에 뛰어들려 했다. 그때마다 열성적인 저지가 있었기에 사모는 가까스로 살아남았다. 사모 페이가 홀로 공터를 방문하는 것을 사람들이 허락하게 된 것은 몇 개월 전의 일이었다.

하지만 자신이 많이 냉정해졌다고 믿는 지금도 사모는 당장이라도 륜이 고개를 들어 미소를 보내어올 것 같은 느낌을 떨쳐내지 못했다.

새벽이 다가올 때 사모는 마침내 더 이상 자신을 억제할 수 없다는 느낌을 받았다. 사모는 발자국 없는 여신께 맹세코 분명히 무엇인가가 움직이고 있다는 느낌을 받았다. 냉철한 이성에 의해 사모는 자신이 환상을 보고 있다는 판단을 내렸지만, 그 느낌은 너무도 뚜렷했다. 사모는 억지로 잠든 그리미를 내려다보며 자신을 억눌렀다. 하지만 정신을 차려보면 어느샌가 사모는 공터 쪽을 멍하니 바라보며 엉거주춤 일어나 있었다. 사모는 비명을 지르고 싶었다. 륜의 이름을 니르고 싶었다. 그리고 사모는 그런 일을 저지르면 자신이 더 이상 견딜 수 없으리라는 것을 알았다.

발 앞에 화살이 박혔을 때 사모는 공터를 향해 세 걸음째 걷고 있었다.

사모는 흠칫하며 허리로 손을 가져갔다. 손에 잡히는 것은 아무것도 없었고 뒤를 돌아본 사모는 자신이 무의식 중에 모피를 떠나왔음을 알게 되었다. 사모는 뒤로 돌아 몸을 날렸다. 쉬크톨을 움켜쥔 사모는 긴장과 공포 속에서 조금 전 자신이 서 있던 땅을 바라보았다. 그 땅에는 화살이 박혀 있었다.

그리고 화살에는 도깨비지가 묶여 있었다.

사모는 혼란 속에서 그 화살을 바라보았다. 그녀의 눈에 그 화살은 거의 초현실적인 물체처럼 보였다. 전혀 예상하지 못한 물건이기 때문이다. 간신히 그것이 보통의 화살이며, 그 도깨비지에는 아마도 읽을 수 있는 내용이 적혀 있을 거라는 사실을 사모가 깨달은 것은 한참 후였다. 사모는 그리미를 다시 한 번 돌아본 다음 조심스럽게 화살을 향해 움직였다.

갑자기 자신이 지나치게 노출되어 있다는 느낌이 그녀를 엄습했다. 사모는 주위를 조심스럽게 살폈지만 모피가 깔려 있는 자리보다 더 좋은 피신처는 없었다.

사모는 화살을 움켜쥐자마자 다시 황급히 잠자리로 돌아왔다.

서두르던 사모는 화살촉에 손을 다칠 뻔하면서 겨우 도깨비지를 풀어내었다. 사모는 조심스럽게 그것을 펼쳤다. 물론 아무것도 보이지 않았다. 그녀에겐 불이 없었고 아무리 나가의 눈이라도 밤의 어둠 속에서 도깨비지에 씌어 있는 글을 읽을 능력은 없었다. 잠깐 고민하던 사모는 그것이 도깨비지라는 사실에서 해결책을 떠올렸다. 사모는 도깨비지를 펼쳐 눈높이로 들어올린 다음 공터쪽을 향했다.

그녀의 예상대로였다. 양피지라면 거의 불가능했겠지만 도깨비지는 공터의 빛을 투과시켰다. 하지만 글자가 적힌 부분에서는 빛이 투과되지 못했다. 사모는 글자가 뒤집힌 것을 깨닫고는 도깨비지를 다시 뒤집어 들었다. 그러자 그럭저럭 읽을 수 있는 글이 떠올랐다.

대호왕 사모 페이. 지도그라쥬의 얼간이들은 실로 얼간이 같은 암살 계획을 꾸몄지만, 그래도 도구를 보는 감식안은 가지고 있는 듯하오. 그들이 도구로 선택한 것은 쥬어 센이라 불리는 남자요. 꽤 좋은 수완과 놀라운 운을 가진 자로 알려져 있지. 하지만 그 수완이나 운도 오늘로 끝날 거요. 그 자리에서 꼼짝도 하지 마시오. 내가 그들을 데리고 사라지겠소. 그 자리에 가만히 있어주기만 한다면 당신과 그리미는 그들이 볼 수 없는 내일의 일출을 볼 수 있을 거요.

사모는 어안이 벙벙한 심정으로 그 글자들을 다시 읽었다. 하지만 글자들은 바뀌지 않았다. 그리고 존재하지 않던 서명이 떠오르지도 않았다. 사모는 문득 자신이 쓸데없는 일에 시간을 낭비하고 있음을 깨달았다. 사모는 도깨비지를 조심스럽게 접어 품속에 넣은 다음 쉬크톨을 뽑아들었다. 한 자리에 가만히 있으라는 내용은 어쩌면 목표물을 제자리에 고정시켜두고 싶은 궁사의 소망일 수도 있지만 사모는 그 가능성을 곧 포기했다. 지난 밤 내내 사모와 그리미는 한 자리에 가만히 있었다. 사모는 그 서신의 발신인이 분명히 조력자일 거라고 믿기로 했다.
하지만 불안이 완전히 해소되기는 어려웠다. 사모는 기나긴 밤이 될 것임을 각오했다.
그녀의 예상대로 그 밤은 끔찍하게 길었다.
사모의 몸 곳곳이 긴장 때문에 발생한 통증을 호소해 왔고 쉬크톨을 움켜쥔 손은 저려서 감각이 없을 지경이었다. 그래서 사모는 수시로 쉬크톨을 놓고 손을 주물러야 했다. 그런 와중에 사모는 몇 번이나 그리미를 내려다보았지만 그리미는 한 번 뒤채지도 않은 채 잘 잤다. 사모는 두 사람 중 한 사람이라도 불안하지 않으니 다행이라고 생각했지만, 몇 번이나 그리미를 깨워 자신의 불안을 나누고 싶다는 충동을 느꼈다. 그리미는 단순한 소녀가 아니라 함께 불안을 나눌 만큼 충분히 조숙한 아이였다. 하지만 사모는 끝내 그리미를 깨우지 않았다.

영원히 새벽이 오지 않을 것 같은 그 밤은 꽤나 소란스러운 방법으로 끝나게 되었다.

사모는 환상을 보고 있다는 느낌을 받았다. 하지만 그녀를 향해 다가오는 덩치 큰 도깨비들과 아라짓 전사들의 모습은 충분히 사실적이었다. 예순 명이나 되는 도깨비와 인간들이 일으키는 왁자지껄함 속에서 사모는 그들의 말을 거의 이해하지 못했다. 그녀가 할 수 있었던 말은 하나뿐이었다.

"졸립군. 하늘누리로 돌아가자. 나는 쉬어야겠어."

왕의 상태를 이해한 전사들은 곧 침묵하며 대호왕을 옮길 준비를 했다. 사모 페이와 그리미 마케로우를 대신하여 두 명의 전사들이 그 자리에 남았다. 사모는 간신히 그들에게 마루나래가 돌아올 거라고 말할 수 있었다. 그리고 딱정벌레들의 비행이 시작되었다. 사모는 밤하늘을 날아가는 자신을 제대로 느끼지 못했다. 하늘누리에 도착했을 때 사모는 곧장 잠이 들었다.

잠에서 깬 사모는 자신이 하늘누리의 궁전 침실에 누워 있음을 알게 되었다. 사모는 침대 옆을 보았다. 그곳에서는 라수가 초췌한 모습으로 가만히 그녀를 내려다보고 있었다. 사모는 다시 똑바로 누우며 말했다.

"그리미는?"

"안전합니다. 지금 사람들에게 뇌룡공과 대화했다고 주장하는 것을 제외하면 별 이상은 없습니다."

사모는 어리둥절하여 라수를 바라보았다. 라수는 희미하게 웃었다.

"꿈 속에서 그랬다고 하더군요."

라수는 그것이 별 의미없는 꿈일 거라 생각하는 듯했다. 하지만 사모는 죽은 듯이 잠들었던 그리미를 떠올리고는 좀 다른 생각을 했다. 그녀는 곧 그리미와 대화를 해봐야겠다고 생각하며 말했다.

"암살자는?"

"한 명도 잡히지 않았습니다. 곤란하게 되었지요. 증인을 제시할 수 없으니까요. 서신을 보낸 자의 흔적 또한 찾을 수 없었습니다."

"서신을 보았군."

"예. 여러 번 읽어봤지만 누구인지 도무지 짐작할 수가 없군요. 그럼, 쉬도록 하십시오."

그리고 라수는 자리에서 일어나려 했다. 그때 사모가 말했다.

"잠깐만 더 있어주겠어?"

라수는 물끄러미 사모를 내려다보다가 다시 자리에 앉았다. 사모는 태양이 침실벽에 그린 사각형을 바라보다가 말했다.

"이게 변화의 대가로군. 끝없이 계속되겠지?"

"그렇습니다."

"증오와 반목이 영원할 거라는 저주처럼 들리는군. 어떤 한 종족이 멸망할 때까지 계속되는 것은 아닐까? 어쩌면 단 하나의 종족만이 승리자가 되어 세계를 지배하게 될 때까지?"

"그럴 리는 없습니다. 빛이 탄로났으니까요."

"그렇군."

사모 페이는 알고 있었다. 라수는 언젠가 환상벽에서 읽은 그 충격적인 내용을 그녀에게 말해 주었다.

도깨비와 레콘, 나가, 인간은 두억시니를 남겨놓고 빛이 되어

버렸던 첫 번째 종족처럼 완전해질 수 없다. 네 신 중 한 명이라
도 자신의 소임을 다할 수 없게 되면 더 이상 윷가락은 던져지지
않는다는 것이 확인된 이상, 다른 세 종족을 포기하지 않고서는
어떤 종족도 완전성을 획득할 수 없다. 만약 네 종족 중 한 종족
이 완전성을 획득하면 다른 종족은 변화 없는 정체에 빠져버리게
되므로.

"우리 네 종족은 모두 동시에 완전성을 얻어야 합니다. 한 종
족이라도 그렇게 되지 못한다면 우리는 그 종족이 준비가 될 때
까지 끝없이 기다려야 합니다. 그 기다림은 고통스러울 수도 있
겠지만, 저는 되도록 그것이 즐거움이길 바랍니다."

"언제쯤 그렇게 될 수 있을까."

"수천 년? 수백만 년? 수십억 년?"

사모는 그 장대한 시간보다 그 말이 옳다는 사실에 더 큰 현기
증을 느꼈다. 사모는 속삭이듯 말했다.

"길고 긴 기다림이겠군."

"첫 번째 종족은 그래서 하늘치 유적이 너무 빨리 발견되지 않
기를 바랐지요. 우리가 지나치게 오래 기다리게 되는 것을 원하
지 않았습니다. 그래서 그들은 그들만이 이해할 수 있는 방법에
의해 딱정벌레가 하늘치 주변으로 다가오지 못하도록 했습니다.
최소한, 딱정벌레를 이용하지 않고도 사람들이 하늘치의 등에 오
를 수 있게 될 때까지 말입니다. 하지만 저 용맹한 티나한과 그
의 동료들은 너무 빨리 진실을 드러내었지요. 뭐, 탓할 수야 없
습니다만."

그리고 라수는 곧 발발할 전쟁에 대해 이야기하려 했다. 하지
만 사모의 안색을 살핀 라수는 그것을 좀 천천히 이야기해야겠다

고 판단하고는 그 이야기를 도로 삼켰다.

사모가 낮은 목소리로 말했다.

"짐이 믿고 싶은 누군가가 언젠가 짐에게 농담처럼 조언하더군. 자기 완성을 위해 살아가는 자를 조심하라고. 하지만 우리는 언젠가 다가올 완전성을 기다리고 있어. 우리 당대에는 절대로 볼 일이 없는 그것을. 이 시점에서, 짐은 그 조언이 무슨 뜻인지 모르겠군. 혹 그대는 짐작되나?"

"자기 완성을 위해 살아가는 자를 조심하라고요?"

"그래."

잠깐 생각하던 라수는 곧 쏟아내듯이 말했다.

"예. 그런 말이 있지요. 폐하. 근사하게 들리는 말입니다만, 그 말에는 함정이 있습니다. 자기 완성을 위해 살아간다고 말하는 순간 그 자는 자기 부정에 빠지게 됩니다. 무엇인가를 완성하려면, 그것은 아직 완성되지 못한 것이어야 하니까요. 자기 완성을 위해 살아간다고 말하는 순간 그 자의 인생은 완성되지 못한 것, 부족한 것, 불결한 것, 경멸할 만한 것으로 전락됩니다. 이 멋지고 신성한 생이 원칙적으로 죄를 가진 것이라는 판결을 받게 되는 거지요. 그리고 그 자는 다른 사람의 인생마저도 그런 식으로 보게 됩니다. 자기 인생을 뭐라고 생각하건 그건 그 작자의 자유입니다만, 다른 사람의 인생까지 그렇게 보면 문제가 좀 있지요. 누가 그런 말을 했습니까?"

"어떤 두억시니였어."

라수는 폭소를 터뜨렸다. 사모는 약간 놀란 표정으로 라수를 바라보았다.

"감동적이군요. 두억시니가?"

"그게 왜 감동적이지?"

"5년 전까지 우리는 흔히들 두억시니가 죄의 대가로 그런 모습을 가지게 되었다고 믿고 있었지요. 신을 잃은 죄 때문에. 그런데 그 두억시니 중 한 명이 생은 원래 무죄이기에 완성하려, 속죄하려 애쓸 필요가 없다는 식으로 말했다는 것이군요. 감탄할 수밖에 없는데요. 그 두억시니는 우리에게 닥쳐올 변화에 대비하라고 말한 겁니다."

라수는 고개를 한 번 끄덕인 다음 계속 말했다.

"우리가 기다리는 완전성은, 물론 저는 그것이 무엇일지 짐작하기도 어렵습니다만, 최소한 불완전성의 반대 개념이 아닙니다. 자기 완성을 위해 살아간다고 말하는 작자들이 말하는 완전성과는 전혀 다른 것일 겁니다. 그런 자들이 말하는 완전성은 고정이고 정체입니다. 하지만 우리가 기다리는 그 완전성은 어쩌면 무수한, 끝없는 변화일지도 모릅니다."

"변화하는 완전성이라니, 기묘하게 들리는데."

"예. 저 자신에게도 그렇게 들립니다. 물론 제 말은 가설일 뿐이고 우리가 첫 번째 종족처럼 되기 전까지는 가설로 남아 있을 겁니다. 하지만 그것이 무엇일지 짐작하기 어렵더라도, 이제부터 우리에게 다가올 변화를 무서워하고 두려워할 필요는 없습니다. 더 이상의 변화를 감당할 수 없어서 자기 완성을 부르짖는 사람처럼 될 필요는 없습니다. 변화는 항상 기쁜 것만은 아닙니다. 때론 많은 눈물을 흘리게 합니다. 하지만 우리에겐 왕이 있습니다."

"눈물을 마시는 새……."

라수는 고개를 끄덕였다. 문득 라수는 자신이 쓸데없이 현학적인 이야기로 피곤한 왕을 괴롭히고 있음을 깨달았다. 라수는 사과하며 물러날 것을 허락해 주길 부탁했다. 사모는 허락했다. 문쪽으로 걸어가던 라수는 갑자기 생각난 것처럼 말했다.

"저, 그런데 폐하. 괜찮으시다면 한 가지만 더 말씀드리고 싶군요."

"그렇게 해."

라수는 빨리 말을 끝내기 위해 제자리에 선 채 말했다.

"하텐그라쥬 공략전에 참가했던 병사들 중 불면증을 호소하는 병사들이 많다는 보고를 드린 적이 있습니다. 기억하시는지요?"

"알고 있어. 그대는 귀하츠 신뷰레와 같은 현상일 거라고 했었지. 끔찍한 기억을 견디지 못하는 거라고."

"예. 그렇게 생각했습니다. 그런데 그들에 대해 조사하던 중 예상치 못했던 결과를 얻었습니다. 많은 병사들이 악몽과는 전혀 상관없는 문제라고 주장했습니다. 그냥 잠이 오지 않는다고 말했지요. 저는 그들에 대해 다각도로 조사해 봤습니다. 그리고 폐하께서 잠들어 계시는 동안 흥미로운 조사 결과가 나왔습니다. 불면증을 호소하는 병사들 모두가 전쟁 동안 특별한 식사를 한 적이 있습니다."

"특별한 식사?"

라수는 조심스럽게 말했다.

"아시겠지요. 하텐그라쥬로 진격하던 북부군은 거의 군량을 가지고 있지 않았습니다. 대부분은 현지에서 조달했지요. 혹은 쓰러뜨린 적에게서."

사모는 비늘이 서는 것을 느꼈다. 라수는 대호왕이 그의 말을 이해했음을 깨닫고는 빠르게 말했다.

"어쩌면 이 또한 쓸모 없는 가설일지도 모릅니다. 하지만 저는 환상벽과 대화를 해보았고, 소드락을 복용한 나가를 먹은 자들이 일종의 항진 상태를 경험하고 있는 것일지도 모른다고 생각했습니다. 몸이 피로하지 않으니 잠이 오지 않는다는 거지요. 저는 그 가설에 입각하여 다른 가설을 얻어보았습니다. 제가 환상벽과 더불어 하는 일이 대개 그런 것이지요."

사모는 라수가 암시하고 있는 것을 깨달았다. 그녀는 다급하게 질문했다.

"결론은?"

"150년 이상 장복할 경우 특별한 효과가 나타날지도 모른다는 결론을 얻었습니다. 물론 실험할 수는 없습니다. 그렇게 오래 사는 사람은 없으니까요. 그리고 실험 내용 자체도 극단적인 상황이 아닌 이상 실행할 수 없는 것이고."

사모는 놀라 입을 벌렸다. 라수는 어떻게 말을 끝맺을까 고민하다가, 결국 아무 말도 못 한 채 그저 고개만 숙여보인 다음 왕의 침실에서 나갔다.

일출은 바위에 별다른 영향을 끼치지 못했다. 까마득한 바위는 서쪽을 향하고 있기 때문이다. 그래서 바위는 다가오는 일출을 무시한 채 저물어가는 밤을 바라보고 있는 듯했다.

바위의 표면에는 무수히 많은 글자가 새겨져 있었다. 많은 글자들이 훼손되어 내용을 알아보기 힘들었지만 문자의 침식이 위풍당당함의 침식으로까지 이어지지는 않았다. 밤을 바라보는 카시다 암각문은 여전히 고집스럽고 장려해 보였다.

밤에서 걸어나오듯 서쪽에서 다가오는 여행자가 있었다.

여행자는 보다 사막에 어울릴 것 같은 복장을 하고 있었다. 걸치고 있는 옷은 사막에서 방풍복이라 불리는 옷이었고 머리에는 커다란 두건을 덮어쓰고 있었다. 그래서 밤의 어둠이 아니라도 여행자의 얼굴을 살펴보는 것은 거의 불가능할 듯했다. 긴 거리를 걸어온 듯 여행자의 옷에는 흙먼지가 가득했다. 하지만 여행자의 발걸음은 규칙적이었다. 걷는 것에는 상당한 경력이 있는 듯하다. 카시다 암각문은 무관심한 관심으로 여행자를 바라보았다. 여행자는 카시다 암각문이 새겨진 바위 앞에서 걸음을 멈추었다. 여행자는 그곳에서 잠시 다리를 쉴 작정인 듯했다. 이리저리 주위를 둘러보던 여행자는 곧 마음을 정한 듯 암각문 아래에 떨어져 있는 바위를 골랐다. 여행자는 바위 위에 걸터앉았다. 하지만 두건은 그대로였고 신발을 벗지도 않았다. 여행자는 잠깐 동안만 쉴 작정인 듯했다.

여행자는 갑자기 생각난 것처럼 품속을 뒤적거렸다. 잠시 후 여행자의 손에 대금이 한 자루 들려졌다. 여행자는 그것을 두건 아래로 가져갔다.

청아한 소리가 울려퍼졌다.

여행자는 노래 한 곡조가 끝날 때까지 쉴 모양이다. 대금 연주는 썩 훌륭했다. 그때 굼실 넘어온 햇살이 암각문이 새겨진 바위 위로 흘러내렸다. 여행자는 대금을 연주하면서 고개를 조금 돌렸다. 두건에 가려진 얼굴은 보이지 않았지만 여행자가 암각문을 바라보고 있음은 분명했다. 암각문을 바라보던 여행자는 다시 고개를 돌려 대금 연주에 열중했다.

음악이 멎는 것과 거의 동시에 여행자는 다시 걸을 준비가 되었다. 마법 같은 동작이었다. 대금은 어디론가 사라졌고 여행자는 걸음을 뗐다. 하지만 여행자가 다시 여행을 재개할 작정인 것 같지는 않았다. 여행자는 암각문으로 향했다. 바위 앞에 선 여행자는 암각문의 한 구절을 살펴보았다. 거기에는 이렇게 새겨져 있었다.

'사람들의 마음이 역시 미움으로 가득하다는 사실을 확인할 수 있다.'

미움이라는 단어는 새로 새겨진 것이 분명했다. 다른 글자들과 비교할 수 없을 만큼 조악했다. 여행자는 그것을 물끄러미 바라보다가 갑자기 허리춤을 뒤졌다. 단검을 꺼내든 여행자는 암살자 같은 동작으로 바위에 다가섰다.

다음 순간 카시다 암각문의 고집스러움은 무참하게 유린당했다.

잠깐 동안의 작업을 마친 여행자는 다시 마법 같은 동작으로 단검을 사라지게 했다. 여행자는 바위를 물끄러미 바라보다가 주저없이 몸을 돌렸다. 이제야말로 정말 여행을 재개하는 것이 분명했다. 여행자는 한 번 뒤돌아보는 일도 없이 걸어갔다.

여행자가 멀어지는 것에 비례하여 태양은 높이 솟아올랐다. 바위 위를 미끄러진 햇살은 오랜 세월 동안 사람들의 호기심과 안타까움을 자극해 왔던 암각문을 완벽하게 드러내었다. 그러나 그 암각문의 한 대목은 지난 밤과는 다른 모습으로 바뀌어 있었다. 그곳에는 이렇게 새겨져 있었다.

'사람들의 마음이 역시 ……으로 가득하다는 사실을 확인할 수 있다.'

〈끝〉

지배자, 상인 ███████의 권능을 소원하는 많은 ███아들이 분명히 ████안하는 사실이 있다. 용인들 중에는 영웅이나 위인은 커녕 이름의 줄 알려진 ██조차 없다. 용인의 권능은 타인을 지배하거나 타인이 소유한 정보를 얻어내는 데 ███될 되지 않는 것이다. 오히려 ███게 지배당할 위험에 노출되게 만드는 것이 용인의 능력이다.

████은, 둔감함이라는 것이 얼마나 강력한 ██인지 알지 못하고 있다. 그리고 █████어 사실에서 사람들의 마음이 역시 ███으로 가득하다는 사실을 확인할 수 있다.

부록

고대 아라짓 왕국의 계보

지명 및 용어 설명

핵심 용어에 대한 색다른 설명

……고대 아라짓 왕들의 칭호는 일반적으로 대관식에 마지막에 공표되었고, 그 이름들은 왕 자신이 정하는 경우가 보통이었다. 하지만 아버지의 이름을 잇지 않는 레콘이었던 아라짓의 시조는 이름으로 불리는 것을 더 좋아했으며 그런 경향은 이후의 여러 왕들에게서 찾아볼 수 있었다. 그런 경향이 별다른 문제점을 일으키지 않았던 이유는 다음과 같다. 복수왕 이후로 아라짓의 왕은 더 이상 다른 왕들과 구별지어질 필요가 없었다. 물론 선대의 왕과 구별하기 위해서라도 왕명은 필요했다. 하지만 하나뿐인 태양에 다른 이름이 필요없듯이 하나뿐인 왕을 지칭하는 데는 왕이라는 단어면 충분했다. 따라서 왕명은, 물론 왕의 칭호였기에 귀하게 여겨졌지만, 그다지 빈번하게 사용되지는 않았다. 그 때문에 왕명을 일종의 별명으로 생각하는 경향까지도 나타난다……

왕국의 기나긴 역사는 나가와의 투쟁사라 해도 과언은 아니다. 하지만 칠백여 년의 장구한 역사 동안 전쟁이나, 혹은 전쟁 준비만 있었던 것으로 오해해서는 안 된다. 실질적으로 전투 행위가 있었던 시간들은 그 전체 역사의 일부분에 불과하며, 물론 왕들은 그 나머지 시간들에 전쟁을 준비하긴 했지만 칠백여 년이라는 엄청난 시간 동안 존속될 수 있는 내적 힘을 기르는 것 또한 게을리 하지 않았다…….

　　—라수의 〈왕국의 몰락〉에서 발췌.

고대 아라짓 왕국의 계보

1대 영웅왕 (1-47)

아라짓의 시조. 위대한 전사이며 모험가. 레콘에 한정지어 놓고 보더라도 역사상 그보다 더 강대한 전사는 아마도 없을 것이다…….

2, 3대 왕 불명.

4대 복수왕 (79-92)

왕국 아라짓에 대해 반역을 꾀하고 스스로를 왕이라 참칭한 마지막 반란자 기로인을 엔거에서 처단한다. '하늘에 두 태양이 없다. 두 번째 태양은 떨어져야 한다.'는 말로 유명하다. 당시 왕국 내에 손꼽히는 도시 중 하나였던 엔거는 복수왕의 가혹한 공격에 의해 파괴되어 황량한 평원으로 바뀌고 말았다.(현재의 엔거는 고대 도시 엔거와는 아무런 관련이 없는 도시다.) ……이후 지상에 왕이라 불리는 존재는 아라짓의 왕밖에 없게 된다.

5대 왕 불명

6대 엄겨왕 (164-195)

판사이의 육형제 탑을 건설함.

7대 전통왕 (195-208)

왕위 세습의 기틀을 쌓은 왕이다. 하지만 이후에도 아라짓의 왕위는 여러 번에 걸쳐 비혈족에게 계승된다. 또한 최초로 만민회의를 개최한 왕이기도 하다. 아라짓 건국 200년을 기념하는 행사로 열린 만민회의는 도깨비들의 즈믄누리와…… . 이후로 50년마다 개최되는 정례 행사가 되었다.

8, 9, 10대 왕 불명.

11대 인식왕 (264-284)

이름은 발케네 쿠스. 이름이 알려진 몇 되지 않는 왕들 중 하나다. 당시엔 미지의 땅이었던 지러퀴터 산맥 이북을 탐험하고 자신의 이름을 따 그 지역을 발케네라 명명했다.

12대 법전왕 (284-295)

법전왕은 칙령과 조례로 구성되어 있던 아라짓의 법전을 통일하고 정립하였다. 군법의 성격이 강했던 그 이전까지 아라짓의 법규들에 비해 보다 일반사법에 가까운 법전이 등장할 수 있었던 것은 수백 년의 투쟁에 의해 나가들의 세력을 상당히 위축시킬 수 있었기 때문이다.

13대 왕 불명.

14대 자애왕 (322-330)

왕명과 어울리지 않게도 자애왕의 시대에는 역사상 최악의 재난이 일어났다. ……결국 즈믄누리는 페시론 섬의 악당들에게 무사장을 파견하기로 결정했다. 재고를 부탁하는 자애왕의 강력한 요청은 묵살되었다. 어떤 부탁이라도 즐겨 받아들이는 도깨비들이지만 무사장의 파견 결정만큼은 번복하지 않았다. 무사장의 출전은 결정된 순간 절대로 돌이킬 수 없는 것이었다. 단신으로 페시론 섬에 상륙한 즈믄누리의 무사장은 그 후 한 시간에 걸쳐 페시론 섬의 생명체를 하나 남김없이 불태웠다. 쥐새끼 한 마리도 페시론 섬에서 살아나가지 못했다.

15대 침묵왕 (330-337)

……적을 잘 알고 싶어한 그의 욕망은 왕국의 백성들을 생각하는 훌륭한 태도였지만, 니름을 터득할 수 있다는 믿음은 조금 지나친 것이었다. 당연히 성공하지 못했다.

16, 17대 왕 불명.

18대 야명왕 (366-383)

……준동하고 있는 나가들을 견제하기 위해 천도를 단행했다. 천도 이후 이전 수도가 있던 지역은 상토(上土)로, 그리고 그에 대비하여 새로운 수도가 있는 지역은 하토(下土)로 불리게 되었다. 현재 상고토와 하고토로 불리는 지역이 바로 그곳들이다.

19, 20대 **왕 불명.**

21대 **극연왕 (434-512)**

어린 나이에 왕위에 오른 극연왕은 이후 78년이라는 아라짓 역사상 가장 긴 기간 동안 왕국을 통치했다. 왕위를 이을 예정이었던 그녀의 오라비가 그 자리를 고사했기에 어린 나이에 왕위에 오를 수밖에 없었던 것 같다. 가장 긴 재위 기간뿐만 아니라 가장 많은 치적으로도 유명하다. 새로이 세력을 키우고 있던 나가들을 기습적으로 공격하여 남쪽으로 멀리 몰아내었고……

22대 **독서왕 (512-547)**

극연왕의 뒤를 이어 왕위에 오를 당시 독서왕은 예순일곱 세였다. 극연왕의 재위 중에 태어난 셈이었고, 그 점은 그 시대의 사람들 또한 마찬가지였다. 가장 나이 많은 노인들 외에는 나가의 공포를 아는 자들이 별로 없었고 사람들은 극연왕이 이룩한 안정을 사랑했다. 그 때문에 아라짓 역사상 최고령의 왕위 계승자가 대관식에 설 수 있었다. 사람들은 독서왕이 위대한 선왕과 비교될 시간도, 혹은 선왕이 이룩한 업적을 깎아먹을 시간도 별로 없을 거라 생각했던 것 같다. 하지만 독서왕은 의외로 장수했다. 그리고 그 외에는 별다른 특기 사항을 남기지도 못했다……

23대 **탐미왕 (547-583)**

독서왕과는 달리 많은 특기 사항을 남겼지만 그 대부분이 사람들을 불쾌하게 만드는 것들이었다 한다. ……사후에 행해진 기록 파괴와 나가의 준동에 의해 그 악행에 대한 많은 기록이 사라졌다.

24대 추풍왕 (583-611)

……탐미왕의 기록이 제대로 남지 못했던 것은 추풍왕 시절에 일어난 나가들의 대공세 때문이기도 하다. 극연왕에 의해 극도로 위축되었던 나가의 세력은 백오십여 년이 지난 후에야 복구되었다. 하지만 다시 되살아나게 되자 나가들은 북부를 향해 무서운 공격을 퍼부었다. 사람들은 거의 잊고 있었던 적들에 대한 기억을 힘겹게 되새겼지만, 이미 사라진 아라짓 전사는 되살릴 수 없었다. 추풍왕은 나가들을 막아섰던 가장 용맹한 전사들이 없는 상황에서 나가의 대공세를 맞이해야 했다.

25대 잔혹왕 (611-614)

아라짓 왕가에 단 두 명 존재했던 미치광이 중 하나다.(이 표현은 가이너 카쉬냅의 것이며 또 한 명의 미치광이는, 많은 사람들이 탐미왕이라고 추측하기는 하지만 누군지 정확하지 않다.) 스스로 잔혹왕이라는 왕명을 정한 이 정신병자는……. 잔혹왕을 암살한 자가 가이너 카쉬냅이라는 가설은 끊임없이 제시되지만, 가이너 카쉬냅 자신의 생몰연도마저 불명확하거니와 다른 확실한 증거도 없다. 이후 왕국은 걷잡을 수 없는 혼란에 빠져든다.

26, 27, 28, 29, 30대 왕 불명.

31대 권능왕 (689-701)

……이 참혹했던 시절, 왕국의 사람들에게는 단 두 가지 희망만이 남아 있었다. 다가오는 만민회의와 왕국의 북부를 지키고 있던 용장 후사린 규리하가 두 희망이었다. ……50년 만에 개최

된 만민회의는 어이없는 파행으로 치달았다. 후사린 규리하가 왕국을 위해 목숨처럼 지키던 명예를 버리고 변경백령을 떠났지만, 왕국의 몰락을 되돌리기에는 너무 늦은 시점이었다.

어쨌든 글쟁이는 글로 말하는 법이고, 완결된 글에 글쟁이가 덧붙이는 구구한 설명은 잠꼬대보다 그 위상이 별로 높지 않을 것입니다. 글과 독자가 만나는 자리에 주책 없이 끼어드는 글쟁이는 맞선 자리에서 눈치 없이 물러나지 않는 매파와 마찬가지겠지요. 하지만 황금가지 편집부의 요구가 있었기에, 타자가 도대체 무슨 생각으로 이 괴이한 잡문을 두드렸는지 독자분들이 짐작하는 데 도움이 될 몇 가지 암시를 제공하기로 했습니다. 독자 여러분들은 아래에 있는 암시들을 재미 삼아 읽어보셔도 좋고, 조금도 신경 쓰시지 않아도 무방합니다.

— 이영도

지명 및 용어 설명

계명성

레콘들이 앞길을 가로막는 것을 제거하기 위해 사용하는 수단들은 대부분 폭력적이다. 하지만 설득을 시도하기엔 상황이 여의치 않고 무기를 내밀기엔 부적합할 때 레콘은 고함을 지른다. 그리고 그 외침은 사색가를 방해하는 것 정도에 머물지 않는다. 그 강력한 외침은 생명체가 빚어내는 소규모 폭풍이라 할 수 있으며 대지를 진감케 하는 그 외침을 접했을 때는 귀머거리라도 뒤로 물러난다. 레콘이 계명성을 통해 퇴거를 권고했을 경우 어르신이라 하더라도 그 권고를 무시하기는 어렵다. 칼리도 지방에 전해지는 다음의 수수께끼는, 과장이 섞여 있지만 나름대로 계명성의 파괴력을 잘 나타낸다.

문: 집에 불기도 없는데 불이 났다. 그런데 아무것도 타지 않았다. 어째서일까?

답: 도깨비와 레콘이 지나가고 있었다.(도깨비가 실수로 불을 냈고, 당황한 레콘이 '불이야!' 하고 외친 순간 집이 날아가버렸다.)

군령자

영육이 서로 의지하여 기능할 때 우리는 그것을 생명이라고 부른다. 그런데 영과 육은 단순한 1대 1 대응을 이루는 것은 아니다. 육의 활동성을 잃어버린, 즉 육체적 사망을 겪은 도깨비들의 경우 그들의 영은 다른 도깨비의 육에 의지하여 계속 존재하는 모습을 보여준다. 이를 어르신이라 부른다. 어르신의 예에서 볼 수 있듯 둘 이상의 영이 하나의 육에 의지하는 것은 실제로 가능하다. 이런 가능성이 나타난 또 다른 예가 바로 군령자다. 군령자는 다수의 영이 하나의 육에 공존하는 모습을 가진다. 이는 이미 기능하는 생명체, 즉 살아 있는 영육에 육이 죽은 영이 깃드는 구조를 가지며 절대로 죽은 시체에 영이 찾아드는 것은 불가능하다.(그것이 가능하다면 군령자는 불사다. 자신의 시체에 계속 깃드는 것을 통해 재생할 수 있으니까. 하지만 자신의 시체 곁에 머무는 어르신이 없듯 그런 일은 불가능하다.)

오로지 사람들의 영만이 군령자를 이룰 수 있다. 다른 동물들, 예를 들어 사랑했던 애견이나 애마의 영을 받아들이려 했던 군령자가 없었던 것은 아니지만 그런 시도는 모두 실패로 돌아갔다. 이를 근거로 펜조일은 오로지 사람만이 영을 가지고 있다고 주장했다. 하지만 반대 의견 또한 존재하는데, 유사설(類似說)이 그것이다. 나가와 레콘의 모습은, 혹은 인간과 도깨비의 모습은 상당히 다르며 결코 그들 사이에서 잡종이 생기지는 않는다. 하지만 이족 보행이라든가 손의 사용 등 선민 종족들은 서로 형태가 대단히 유사하다. 이런 육체적 유사성 때문에 영의 공존이 가능하며 육체적 형태가 지나치게 다른 동물들은 군령자가 될 수 없다는 것이 유사설이다.

규리하 지방
과거 왕들은 직접 통치가 힘든 지러쿼터 산맥 서쪽의 험준한 땅에 변경백을 두어 그들로 하여금 그 험지에 왕의 은총을 전하게끔 했다. 그들 변경백은 지상에서 오로지 왕에 대해서만 책임을 지며 지러쿼터 산맥 서쪽에서는 무소불위의 권력을 가졌다. 왕의 권위를 인정하지 않는, 혹은 조용히 무시하고 싶어하는 사나운 자들을 상대로 펼쳐보인 그들 변경백의 용맹은 분명 많은 전설과 노래의 소재가 될 수 있었겠지만 잔혹한 장난꾼인 이야기꾼들은 그보다는 왕국 내의 두 번째 왕이라 할 수 있는 변경백의 흥미로운 위치를 더 자주 이야깃감으로 취급함으로써 변경백들을 서운하게 했다. 물론 그들 중 한 번이라도 갈등을 느껴보지 않은 자들은 없었을 것이며 왕과 변경백이 대단히 심각한 갈등을 일으킨 역사적 사례 또한 분명히 존재하지만, 마지막 변경백 후사린 규리하에 이르기까지 모든 변경백들은 왕의 권위를 인정했다. 왕국의 몰락과 마지막 변경백의 사망이 거의 같은 시대에 일어난 것은 그 시사하는 바가 크다. 결국 왕국 없이는 변경백령도 없는 것이다.

마지막 변경백 후사린 규리하가 사라진 후 왕국 전체에 도래한 암흑과 야만은 지러쿼터 산맥 서편에도 찾아들었다. 그러나 그 땅이 망각하고 있던 전설, 즉 '결코 왕이 되지 않는 왕자(王者)들'의 전설은 과텔이라 불리는 한 기인에 의해 부활했다. 왕의 변경백으로 자처한 과텔의 행동이 왕이 없는 시대를 살고 있던 동시대인들에게 어떻게 비춰졌을지 짐작하는 것은 간단하다. 그러나 과텔은 의지와 끈기로 지러쿼터 산맥 서편을 야만의 시대 이전까지 회복시키는 데 성공했다. 그 땅은 명예로운 이름으로 불릴 자격을 되찾았고, 변경백령이라는 이름이 어쩔 수 없이 자아내는 희극적인 정취를 피하기 위해 사람들은 그 땅을 규리하지방이라 부르게 되었다. 그리고 참으로 오랜 세월이 흐른 후, 남쪽으로부터 들려오는 기이한 소식은 마침내 규리하 사람들로 하여금 왕에 대한 변경백의 오래된 책임을 되새기게 하고 있었다.

나가

발자국 없는 여신의 선민 종족. 왕국 아라짓의 불행.

아라짓 왕국을 "멸망시킨 자들이며, 실질적인 세계의 지배자들이다. 물론 까다로운 자들은 그들이 세상의 반을 차지하고 있음을 고집스럽게 지적할 것이다. 세상의 반은 충분히 넓은 지역이지만 결코 전세계라고 말할 수는 없다. 그러나 나가들이 알려진 모든 세계를 지배하지 않는 것은 다른 종족들의 반대 때문은 아니다. 자신들의 사소한 문제를 해결할 수 있다면 그들은 다른 종족의 찬성이나 반대 모두에 구애되지 않고 자신의 의지에 따라 전세계를 지배할 수 있을 것이다. 나가들의 그 사소한 문제는, 개구리가 겨울에 울지 않는 이유와 정확하게 일치한다. 나가들은 자신들의 체온을 유지할 수 없다. 북쪽으로 향하는 여정의 도중 그들은 기필코 더 이상의 활동할 수 없는 차가운 기온을 맞닥뜨리게 되며 그 지점은 통칭 한계선이라 불린다. 그 한계선이 바로 파죽지세로 치닫던 나가를 억제했으며 다른 선민 종족들을 보존했다. 그러나 한계선은 왕국 아라짓을 보존하지는 못했다.

기온에 대한 부적응 때문에 이들을 나약한 종족으로 착각한다면 그것은 크나큰 오해다. 이들은 세상의 어떤 생물도 감히 감당할 엄두를 낼 수 없는 일을 스스로에게 행한다. 모든 나가들은 스물두 살이 되었을 때 자신의 심장을 적출한다. 그 끔찍한 의식을 통해 이들은 사실상 무적의 존재가 된다. 어떤 생물에게 날개가 없다면 그 생물의 날개가 부러질 일은 없다. 심장이 없는 나가들은 죽일 수 없게 된다. 어쨌든 생물학적인 손상을 통해 이들을 살해하는 것은 극히 힘들다. 상당한 규모의 물리적 파괴를 통해서만이 심장을 적출한 나가를 제거할 가능성이 있다. 그것이 '상당한' 규모여야 하는 이유는 이들의 경이적인 재생 능력 때문이다. 심장을 적출한 나가는 지렁이나 불가사리 같은 단순한 생물들만이 견딜 수 있는 참혹한 손상마저도 어렵잖게 견디며 스스로를 재생한다.

이토록 강력한 자들이 다른 세 종족과 많은 것을 공유할 수 있었다면 모두에게 좋은 일이었을 것이다. 하지만 나가들은 다른 선민 종족들처럼 불을 사용할 수 있으면서도 살아 있는 생물만을 섭취하며 이런 기본적인 차이는 곧 화해가 불가능한 갈등을 가져왔다. 살아 있는 생물의 안정적인 공급을 위해 나가들은 숲을 필요로 했다. 수렵자와 경작자의 전통적인 대립은 대확장 전쟁이라는 전무후무한 대전쟁으로 비화되었다. 결과적으로 나가들은 한계선 이남에서 자신 이외의 모든 선민 종족을 일소했으며 그 땅에 자신들의 터전인 숲을 조성했다. 그리고 다른 선민종족들, 즉 인간과 도깨비, 레콘은 나가들이 넘을 수 없는 한계선 북방의 땅에 거주하게 되었다. 그런 단절이 마치 태초부터 그러했던 것마냥 고정된 현재에, 나가들의 위대한 도시 하텐그라쥬에서는 그 단절에 대한 세심하면서도 치명적인 도전이 일어나고 있었다.

나가 살육자

나가들 사이에 전설적으로 내려오는 공포의 인물. 이 존재에 대한 정확한 보고는 없으며 그 목격담은 한결같이 본질에 대한 접근을 방해하는 공포에 의해 윤색되어 있다. 나가 살육자에 대한 온갖 공포스러운 전설과 괴담들에서 공통적으로 나타나는 특징을 간추려 보면 다음과 같다. 나가 살육자는 나가에 대한 끔찍한 증오를 가지고 있으며 주로 한계선 근처에서 출몰한다. 그리고 지상에서 짝을 찾아볼 수 없는 기괴한 검을 휘둘러 나가를 공격한다. 그런 조우에서는 나가의 자랑스러운 재생 능력도 아무런 도움이 되지 않는데, 나가 살육자는 나가를 잡아먹기 때문이다.

이 존재와 만날 가능성이 높은 한계선 근처의 나가 정찰 대원에게는 다음과 같은 모호한 경고문이 전해진다. '비늘이 딱딱하게 얼어붙는 땅에서 더 큰 추위를 느낀다면, 나가 살육자가 너를 바라보고 있는 것이다.'

나가 정찰대

나가들의 땅 키보렌을 순찰하는 정찰대. 나가들의 도시는 대개 몇 개의 정찰대를 가지고 있다. 이들은 키보렌을 오가며 외부인들의 침입을 경계하고 숲을 보살핀다.

나늬

나가와 도깨비, 레콘, 인간들이 세상을 평가하는 방식들은 공통점을 찾기보다 차이점을 찾는 것이 더 수월하다. 인간들이 덥다고 말할 때 나가들은 아마 춥다고 말할 것이며, 레콘들이 시원하다고 말하는 곳에서 인간들은 얼어붙을 것이다. 사랑이라는 보편적인 말에 대해서조차 이들 네 종족이 완벽하게 같은 감정을 느낀다고 말하기는 어렵다. 이토록 다른 네 종족이 똑같은 평가를 내리는 존재를 찾기란 매우 힘들 것이다. 그러나 전설에는 그런 존재가 하나 있는데, '나늬'라 불리는 종족 미상의 여인이 바로 그런 존재다. 나늬에 대해서는 그 이름 이외에 단 두 가지 사실만이 알려져 있다. 나늬는 여자다. 그리고 모든 종족에게 아름답게 보인다.

니름

나가들은 온도에 대한 부적응 이외에 또 다른 부적응을 가지고 있다. 나가들은 소리에 적응하지 못했다. 이들의 청력은, 귀머거리라 불릴 수준은 아니지만 시원찮은 편이다. 그리고 그 미약한 청력마저 그다지 이용하지 않기 때문에 사실상 귀머거리에 가깝다. 나가들은 자신들의 의사를 전달하기 위해 니름이라 불리는 비음성 수단을 사용한다. 이것은 정신의 언어이며 나가들끼리만 사용할 수 있다. 니름을 사용하는 행위를 '니르다'라고 표현한다.

나가들이 완전한 귀머거리, 혹은 벙어리가 되지 않은 것은 아마도 문자 때문일 것이다. 기록을 위해 나가들 또한 문자가 필요하고 나가들이 사용하는 문자는 다른 선민 종족들의 문자와 같다. 음성 언어에 기반을 둔 문자인 것이다. 그래서 나가들은 음성 언어도 익히는 것 같다.

대확장 전쟁

영웅왕 시대부터 시작된 전쟁. 나가들이 자신들의 영역을 넓히기 위해 시작된 전쟁으로 전쟁 결과 지상의 반인 남부를 자신들의 영역으로 만들었다.

도깨비

자신을 죽이는 신의 선민 종족. 두 번 죽는 자들.

모든 생명체는 언젠가 죽음이라는 최종적인 단계에 이른다. 심장을 적출한 나가들조차 때가 되면 죽는다. 하지만 도깨비들은 이 죽음이라는 단계에 이르러 다른 생명체들과 현격하게 다른 차이를 보여준다. 도깨비들의 죽음은 육과 영에 따로 일어난다. 수명이 다하여, 혹은 피치 못할 사고를 당해 죽은 다음 도깨비들은 어떤 가능성에 도전하게 된다. 살아 있는 도깨비를 찾아낼 수 있느냐 하는 도전이며 그 도전에 성공할 경우 도깨비들은 살아 있는 도깨비들의 근처에서 영으로 존재할 수 있게 된다. 이들 영적 존재들은 어르신이라 불린다. 이후 도깨비들의 최종적인 죽음, 즉 영의 죽음이 찾아오는 시기에는 별다른 규칙이 없다. 워낙 천차만별이라 어떤 시한을 말한다는 것이 쓸모가 없지만, 어르신으로 백여 년 정도를 존재하는 것에는 큰 무리가 없는 것 같다.

이들 도깨비의 놀라운 낙천성은 어쩌면 이런 생물이 아닌 것 같은 특이한 죽음에 기인한 것인지도 모른다. 도깨비들은 쾌활하다. 그리고 불쾌해하는 방법을 잘 모른다. 도깨비들은 어떤 상황에서도 웃을 이유를 찾아낼 수 있으며 어떤 불행에도 해학의 요소를 첨가할 수 있다. 물론 이 상냥한 자들은 다른 자들의 불행을 웃음거리로 만들지는 않는다. 하지만 누군가가 자신의 불행을 빨리 잊고 싶다면 도깨비와의 교류는 아마도 최선의 선택이 될 것이다.

사람들이 찾아낸 가장 무서운 도구인 불은 도깨비들에겐 장난감에 불과하다. 도깨비들은 불에 상처입지 않으며 탈 것이 없는 상황에서도 자유로이 불을 일으킨다. 또한 그 불을 마음대로 변화시킬 수 있다. 온도, 광도, 크기, 심지어 형태까지도. 세상에 온갖 비극을 가져올 수 있는 능력임이 분명하지만, 다행히도 도깨비들은 자신들의 불을 주로 세상에 희극적 요소를 부여하는 데 사용하길 즐긴다. 이들은 거의 완벽하게 비폭력적인 생물이며 폭력을 구사하는 것이 불가능하다. 피에 대한 강력한 공포를 가지고 있기 때문이다. 이들의 폭력성이 가장 난폭하게 표현되는 곳은 씨름판 정도일 것이다. 이들은 씨름을 좋아하며, 모든 도깨비는 거의 완벽한 씨름꾼이다.

도깨비 감투

도깨비들의 고안품이다. 불을 자유로이 다루는 도깨비들의 능력에 의해 만들어진 이 감투는 착용하게 되면 다른 자들에게 모습을 감추게 된다. 이것이 얼마나 가공할 무기인 것인지 깨달을 수 있는 것은 도깨비 이외의 존재들 뿐이다. 도깨비들의 불과 마찬가지로 도깨비들은 감투에 대해 흥미로운 유희를 가능하게 하는 도구 이상의 의미를 부여하길 힘들어 한다.

도깨비불

1. 도깨비들이 일으키는 불로 그 모양이나 열의 높낮이는 실로 다양하다. 열이 없고 빛만 있는 것, 빛이 없고 열만 있는 것, 생물이나 도구의 형태를 흉내낸 모양을 한 도깨비불 등이 그렇다.

2. 도깨비의 어르신이 취하는 모습. 육을 잃은 도깨비들, 즉 어르신은 빠르게 이동할 때 자신을 불덩이 모습으로 바꾼다. 그리고 하늘을 날아다닌다. 따라서 어르신에겐 딱정벌레가 필요 없다.

두억시니

신을 잃은 종족이라고 불리며, 기형적인 모습을 가지고 있다. 이들에겐 정상적인 모습이라는 것이 아예 존재할 수 없다. 평균 이라든가 기준이라는 것이 없기 때문이다. 이들의 형태나 습관, 활동에는 아무런 규칙성이 없다.

두억시니 병

두억시니처럼 모습이 끔찍하게 변형되는 병.

딱정벌레

도깨비들이 사육하는 승용 동물. 인간들도 키우긴 하지만 도깨비만큼 크게 키우지는 못한다. 몇 미터나 되는 큰 몸집으로 두 명의 성인——레콘의 경우엔 한 명——을 태우고 날 수 있다. 당연히 초식성이다. (도깨비들이 육식동물을 키울 리 없다.) 도깨비들과 수화를 통해 의사 교환이 가능하다. 손이 없으므로 딱정벌레는 더듬이를 이용하여 수화를 말한다. 따라서 수화라는 명칭은 좀 이상하지만 도깨비들은 손을 이용하므로 그 명칭은 그럭저럭 정확하다.

라호친가히

라호친 지방의 고유 견종. 주로 썰매를 끄는 데 이용되므로 사역견이라 할 수 있지만 강력한 힘과 공격 능력 때문에 번견이나 경비견으로도 무리 없이 이용된다. 하지만 수렵견으로는 좀 무리가 있는데, 이들이 물고 있는 사냥감을 포기하게 할 점잖은 방법이 별로 없기 때문이다. 그리고 애완견으로는 상당히 무리가 있을 것이다. 어느 정도의 극한 상황에서는 주인을 잡아먹는 난처한 버릇이 있기 때문이다. 라호친의 가혹한 환경에 적합한 개라할 수 있다.

레콘

모든 이보다 낮은 여신의 선민 종족. 숙원의 추구자들.

선민 종족들 중 가장 거대한 체구를 가지고 있다. 그리고 속도와 크기가 반비례한다는 통속적인 믿음에는 별로 신경쓰지 않는다. 이들은 거대하면서도 빠르다. 그리고 강하다. 이들의 가공할육체 능력은 흔히들 바위를 깨고 하늘을 난다고 표현한다. 레콘에게 비행 능력은 없지만 보통의 나무는 가볍게 뛰어넘는 도약력과 인간이 힘껏 던진 물체는 모두 따라잡아 움켜쥘 수 있는 속력을 가지고 있으므로 비행 능력을 별로 부러워할 필요가 없다. 그리고 목소리만으로 천둥을 일으키는 능력을 가지고 있다. 이들의거대한 외침인 계명성은 어떤 물리력으로도 제압할 수 없는 도깨비의 어르신마저 추방하는 능력을 가지고 있다.

설득과 협박 중 하나를 선택해야 할 경우 보통 협박 쪽에 매력을 느끼는 난폭한 성격을 가지고 있다. 그리고 그런 협박에 필요한 도구로써 자신들의 강력한 육체 능력과 계명성 이외에도 좋은도구를 가지고 있다. 모든 레콘들은 일생에 한 번 최후의 대장간을 방문하여 그 자신만을 위해 제작되는 한 자루의 무기를 받는다. 레콘에게 맞춰지는 이 무기들은 대부분 거대하고 육중하며운반자를 화나게 하는 끔찍한 화물일 뿐이지만 레콘의 힘과 결합했을 경우엔 가공할 무기이다. 다행히 레콘은 타인에게 자신의무기를 만지도록 허락하지 않으므로 이런 난처한 화물 때문에 불행해진 운반자는 없다.

이토록 강력하면서 난폭한 존재들이 세계가 움직이는 방식에 관심을 가졌다면 세계는 오래 전에 레콘이 적절하다고 생각하는 방식으로 움직이고 있었을 것이다. 하지만 레콘은 세계에 별 관심이 없으며 그들의 가장 큰 관심 대상은 언제나 자기 자신이다. 이들은 흔히 숙원이라 불리는 하나의 목표를 자신에게 부여하며 모든 생을 통해 그 목표를 추구한다. 레콘이 숙원을 선택하는 데 특별한 기준은 없지만 굳이 찾아본다면 보통 평생 동안 할 만한 일을 선택한다. 그 외에는 별 기준이 없으며, 따라서 한 수레에 담긴 모래가 모두 몇 알인지 세고 말겠다는 숙원도 가능할 것이다. 충분히 평생 동안 할 만한 일이니까. 하지만 레콘의 성격을 놓고 볼 때 이런 숙원을 선택할 가능성은 매우 낮을 것이다.

이 무서운 종족을 분노하게 할 만큼 어리석은 자는 아마 없을 테지만, 불가피한 사정에 의해 그런 다리를 건넜다면 잔명을 보존하기 위한 최선의 수단은 뱃사람이 되는 것이다. 모든 선민 종족 중 물보다 무거운 몸을 가진 유일한 종족인 레콘은 물을 끔찍하게 두려워 하며 그 단어를 입에, 아니, 부리에 올리는 것조차 싫어한다.

모든 이보다 낮은 여신

레콘을 가호하는 신. 그리고 그 사원의 소재와 사제의 정체가 알려져 있지 않은 신이다.

무룬 강

키보렌의 한계선 근처에서부터 남부까지 흘러가는 거대한 강.

바라기

케이건 드라카의 검. 두 개의 칼날이 하나의 칼자루 위에 결합되어 있는 기이한 형태를 가지고 있다. 케이건 드라카는 그 검이 영웅왕의 검이라고 말했다.

발자국 없는 여신

나가를 가호하는 신. 그녀의 사원은 심장탑이다. 그리고 수호자라 불리는 남성 나가들이 그녀의 사제다.

밤의 따님

밤의 다섯 딸인 혼란, 매혹, 감금, 은닉, 꿈을 가리키는 말이다. 때로는 꿈만을 가리키는 말로 쓰이기도 한다.

사어

나가들이 사용하는 통신 수단. 뱀단지라 불리는 단지에 가득 담긴 뱀들을 이용한다. 사어를 통해 의사를 전달하기 위해서는 서로 공명하도록 조작된 두 개의 뱀단지와 두 명의 정신 억압자가 있어야 한다. 정신 억압자는 뱀들을 정신 억압하여 특정한 형태를 이루게 하며 이 뱀들이 그리는 형태는 다른 쪽의 뱀들에게 공명된다. 그리고 그런 공명은 어떤 거리에서도 가능하다. 뱀단지 사이의 거리가 수천 킬로미터라도 상관없는 것이다. 수신만 한다면 정신 억압자가 없어도 되겠지만 송수신을 모두 취급하기 위해서는 역시 정신 억압자가 필요하다.

사이커

나가들의 전통 도검. 만곡한 형태를 가지고 있는 베기 칼이지만 찌르기에도 별 무리가 없다. 놀랍도록 예리하다.

소드락

나가들이 사용하는 비약으로 17분 정도 생체를 극도로 활성화시킬 수 있다. 체온을 조절할 수 없는 나가가 한계선 근처의 추운 땅에서 정상적인 활동을 취할 수 있게 해주는 유일한 수단이다. (흑사자 모피 또한 같은 효과를 부여하지만 현재 흑사자는 멸종했다.) 소드락을 복용한 나가는 한계선 근처의 가장 추운 땅에서도 키보렌의 가장 더운 땅에서와 같은 정도의 활동 능력을 가지게 된다. 더운 지방에서 사용할 경우엔 놀랍도록 항진된 활동 능력을 가지게 된다.

쇼자인테쉬크톨

암살자 지명권, 복수권. 나가들의 처벌 수단 중 하나다. 피해 가문이 가해 가문의 일원을 암살자로 지명하여 범죄자의 체포와 처형을 일임하는 형태를 가진다. 암살자가 지명된 이후에는 절대로 중단되지 않으며 암살자, 혹은 범죄자 중 한 명이 사망했을 때만 종료된다. 암살자의 추적과 처형을 돕기 위해 쉬크톨이라는 검이 지급된다.

쉬크톨

쇼자인테쉬크톨의 암살자에게 지급되는 검. 사이커와 거의 같은 모습을 가지고 있지만 그보다 강하고 부러지지 않는다. 오로지 히참마의 잎으로만 부러뜨릴 수 있다. 한계선 이북, 그러니까 나가 이외의 자들에겐 한 자루도 넘어간 적이 없다. 그리고 두 번 사용되는 일도 없다. 암살자는 암살이 끝난 후 히참마의 잎을 이용하여 쉬크톨을 부러뜨리게 되어 있다.

시구리아트 유료 도로

유로 도로당에 의해 가꾸어지는 도로. 이 도로를 이용하기 위해서는 유료 도로당이 책정한 통행료를 지불해야 한다. 천사백여 년 전 대확장 전쟁이 막 시작되었을 무렵 생겨났다. 통행료를 징수하고 도로를 관리하기 위해 시구리아트 관문요새라 불리는 요새가 건설되어 있다. 유료 도로당의 거점인 이 요새는 과거 300명의 당원으로 수만 명의 주퀘도 군대와 싸워 이긴 전력이 있을 만큼 막강한 지형적 우위를 자랑한다.

신체(神體)

네 선민 종족은 각자 특별한 신들의 가호를 받는다. 신들은 자신이 가호하는 종족과의 특별한 연결을 위해 무작위로 선별된 한 개인에게 깃든다. 신이 깃든 이 개인을 신체라고 부른다. 신체를 통해 신들은 자신의 선민 종족이 무엇을 원하는지, 무엇을 원하지 않는지, 무엇이 부족하고 무엇이 과한지를 느끼게 된다. 하지만 신체는 자신의 내부에 신이 깃들어 있음을 느끼지 못한다. 신체가 사망하면 신들은 다른 신체로 옮겨간다.

심장 적출

스물두 살이 되었을 때 모든 나가들은 심장탑에서 자신의 가슴을 열고 심장을 적출한다. 이 무서운 의식을 통해 나가들은 불사에 가까운 몸을 가지게 된다. 적출된 심장은 병에 담겨 심장탑에 보관된다. 나가가 사망할 경우 심장병에 담긴 심장 또한 죽게된다.

심장탑

나가들의 심장을 보관하는 탑. 또한 발자국 없는 여신의 사원이며 수호자들의 주된 생활 공간이기도 하다. 나가들의 모든 도시에는 그 중심부에 심장탑이 서 있다.

아라짓 전사

고대 왕국 아라짓의 전사들. 영웅왕의 검에 충성을 하고 왕에게 절대 복종한다. 이들의 역사는 곧 나가들과의 투쟁사라 할 만하다. 왕의 허락 없이는 자손을 가질 수 없다는 독특한 규칙을 가지고 있다.

아르히

염소젖이나 양젖으로 만드는 부드러운 맛의 술.

어디에도 없는 신

인간을 가호하는 신. 인간들의 도시에는 대개 그의 사원이 있다. 그리고 그 사원들의 총본산은 파름 산에 있는 하인샤 대사원이다.

어르신

도깨비가 육체적 사망을 겪은 후 변하게 되는 존재. 불에 대한 도깨비들의 지배력은 어르신이 된 이후 독특하게 변하는데 어르신들은 자기 자신을 도깨비불처럼 마음대로 변화시킨다. 어르신들은 영적 존재이며 물리력으로 이들을 강제하는 것은 불가능하다. 이 상황은 거꾸로도 작용하는데, 어르신들 또한 다른 존재에게 물리력을 가하는 것은 불가능하다. 따라서 육체 노동은 불가능하며 어르신들은 대개 저술이나 사유 등 정신 활동을 즐기는 편이다. (물론 장난을 즐기는 것은 살아 있는 도깨비와 똑같다.) 물리적 영향을 끼칠 수 없는 어르신은 당연히 붓을 쥐는 것이 불가능하다. 어르신의 저술 활동은 어린 도깨비들이 어르신의 구술을 받아 적는 형태로 이루어진다. 이것은 도깨비의 교육 수단이라 할 수 있다.

엔거 평원

고대 아라짓의 복수왕이 반역자 기로인을 처단한 곳. 복수왕의 명령에 따라 아라짓 전사들은 기로인을 처단한 후 그가 거점으로 삼았던 도시 엔거를 초토화시켜 평원으로 만들어버렸다.

왕독수리

남부에 서식하는 초대형 맹금. 악어를 낚아채는 사냥 실력을 가지고 있다.

용

최강의 생명체. 식물이며 동시에 동물이다. 포자를 이용하는 재생산이나 포식하지 않는 모습 등은 분명 식물에 가깝지만 그 활동성은 지극히 동물적이다. 적대적인 환경이 없을 경우 포자——발아——용화의 성장 단계를 거친 다음 용이 된다. 만약 주위의 환경이 적대적이라면 포자는 발아하지 않은 채 땅속에서 기다린다. 용으로 성장하면 적절한 연령에 이르러 포자를 뿌린다. 성장하는 방식에 따라 온갖 모습으로 바뀔 수 있으며, 완전히 성장한 후 용들은 불을 토하고 포자를 뿌린다는 점 외엔 공통점을 찾기 힘들 지경이다. 용의 화염은 알려진 어떤 불보다 강력하며 이에 견줄 수 있는 것은 도깨비불 정도가 고작이다.

용근

용화의 뿌리. 용화가 시든 후 이 뿌리 부분은 땅을 헤치고 나와 용이 된다. 지상으로 올라온 이후 용은 어떤 모습으로도 성장할 수 있다. 한편 용근에는 대단히 특별한 성질이 하나 있다. 용으로 눈뜨기 전의 용근을 사람이 섭취하면 그는 용인이라 불리는 존재가 된다.

용인

근을 먹은 사람. 용인은 보통 사람이 상상하기도 힘들 만큼 예민하다. 일반인에겐 무의미한 작은 눈짓이나 입매의 떨림 같은 것들을 보며 용인은 상대방의 일대기를 읽어낸다.

유료 도로당

유료 도로를 지키고 가꾸는 집단. 과거에는 교통의 오지마다 여러 유료 도로당이 존재했던 듯하지만 도로왕의 시대 이후에는 시구리아트 유료 도로만이 남게 되었다. 따라서 현재 유료 도로당이라고 하면 보통 시구리아트 유료 도로당을 가리키는 말이 된다.

유해의 폭포

구출대가 두억시니들의 피라미드에서 목격하게 된 괴이한 존재. 그것은 벽을 타고 흐르는 유해의 흐름이었고 놀랍게도 사고할 수 있는 능력을 가지고 있었다.

인간

어디에도 없는 신의 선민 종족. 왕을 찾는 자들.

자보로

자보로 씨족이 지배하는 도시. 성벽이 높고 강건하기로 유명하다.

자신을 죽이는 신

도깨비들을 가호하는 신. 그 사원은 즈믄누리의 마지막 방으로 알려져 있는 곳이다. 해괴하기 짝이 없는 즈믄누리의 내부는 몇 걸음의 간단한 여정을 환상적인 모험으로 바꾼다. 그리고 즈믄누리의 마지막 방은 즈믄누리 내에서도 가장 도달하기 어려운 곳에 존재한다. 즈믄누리의 모든 구조를 알고 있는 성주를 제외하면 살아 있는 도깨비는—물론 살아 있는 인간이나 레콘, 나가도 마찬가지일 것이다.—절대로 마지막 방에 도달할 수 없다. 물리적으로 아무런 제한을 받지 않는 어르신들은 마지막 방에 출입할 수 있으며 그곳에서 자신을 죽이는 신에게 제를 올린다.

작살검

불사체에 가까운 나가들을 상대하기 위해 북부군이 고안한 검. 보통 북부군의 보병들은 세 자루의 작살검을 휴대한다. 한 번 몸에 박히면 잘 빠지지 않고 지속적으로 고통을 주어 나가들의 움직임을 방해한다.

정신 억압

일부의 나가들이 보여주는 독특한 정신 능력. 이 능력을 가지고 있는 나가를 정신 억압자라고 부른다. 정신 억압자는 저능한 동물들의 정신 구조를 지배할 수 있고 그 능력을 통해 해당 동물을 자유자재로 부린다. 고등 생물일수록 정신 억압은 힘들다 한다. ―용을 정신 억압하는 것은 아마도 절대 불가능할 것이다. ―정신 억압에는 여러 가지 활용이 있고 그중 널리 알려진 것에는 뱀단지를 이용한 사어 통신이 있다.

종규해석소

대사원의 의결기구. 재판정의 성격이 강하다. 해당 사건에 대한 종단의 대응이 결정될 때까지 참가자는 퇴장할 수 없다.

즈믄누리

도깨비들의 거성. 밤의 다섯 딸인 혼란, 매혹, 감금, 은닉, 꿈의 도움으로 건설되었다고 한다. 그 때문인지 모르지만 즈믄누리의 주변은 항상 어둡다. 상식적으로 가능하지 않은 환상적인 구조를 가지고 있으며 이 내부를 이동하기 위해서는 일반 건축물에 적용되는 상식을 모두 포기해야 한다. 즈믄누리에는 마지막 방이라 불리는, 성주를 제외하고서 살아 있는 도깨비는 절대로 도달할 수 없는 방이 있다. 이 방에서 성주와 어르신들은 자신을 죽이는 신께 제를 올린다.

지도그라쥬

나가의 강대한 도시. 하텐그라쥬와 능히 경쟁할 만한 힘을 가지고 있다.

지러쿼터 산맥

규리하와 왕국을 분리하는 산맥. 변경백의 땅 규리하는 산맥 서편에 존재한다.

최후의 대장간

알려진 세계의 최북단에 위치한 라호친에서도 다시 북쪽으로 한참 올라간 곳에 존재한다. 이곳에서 최후의 대장장이라 불리는 대장장이가 별빛을 이용하여 철을 제련한다. 이 철은 레콘의 무기를 제작하는 데만 사용된다.

코끼리 부대

북부군의 기마대에 대항하기 위해 나가들이 정신 억압자들을 동원해 만든 코끼리 부대.

키보렌

한계선 이남의 숲. 나가들의 땅. 그 경계를 찾기도 힘들 만큼 계속 이어지는 숲이며 세계의 절반을 덮고 있다 한다. 화재나 병충해 등에 의한 피해는 나가 정찰대의 세심한 관리에 의해 복구된다.

키탈저 사냥꾼

자신들을 용의 자손이라 믿었던 고대의 전설적인 사냥 집단. 하늘치와 용을 제외한 모든 생물을 사냥할 수 있다고 주장했다. 그리고 용의 경우조차 존경 때문에 사냥하지 않는 것일 뿐 사냥이 불가능한 것은 아니라는 태도를 보여준 듯하다. 어처구니 없을 정도의 자부심을 가진 사냥꾼들이다. 확실히 이들은 남다른 사냥 기술을 가졌던 듯하다. 하지만 설명하기 힘든 초인적인 능력을 가지고 있는 것은 아니었으며, 이들의 정녕 놀라운 점은 끈기인 듯하다. 대호 별비와 관련된 전설에서 그들의 집요함을 엿볼 수 있다. 키탈저 사냥꾼들은 자보로의 무라 마립간의 요청을 받아 별비 사냥에 착수했으며, 3대에 걸친 자기 파멸적인 도전 끝에 별비를 붙잡아 자보로에 가져왔다. 아마도 숙원에 도전하는 레콘의 끈기 정도만이 키탈저 사냥꾼의 집요함에 비교될 수 있을 것이다.

킴

도깨비들이 인간을 부르는 이름. 도깨비들에게 곡물을 선물한 전설적인 인간의 이름이기도 하다.

페로그라쥬

나가의 도시. 좋은 나무가 많아 고급 서판을 생산한다.

푼텐 사막

키보렌의 한계선과 접해 있는 북부의 사막. 횡단이 불가능할 만큼 거대한 사막은 아니지만 체온을 조절할 수 없는 나가는 절대로 넘을 수 없다. 그 외의 종족들은 그럭저럭 오갈 수 있으며 그런 여행자들을 상대로 영업하는 마지막 주막이 있다.

하늘치

하늘을 아무런 목적지 없이 그저 유유히 날고 있는 거대한 생물체. 수천 개의 눈을 갖고 있고 한 번 분개하면 어마어마한 공포를 몰고 온다. 그 등에는 정체가 알려지지 않은 신비한 유적이 있다.

하인샤 대사원

어디에도 없는 신을 모시는 사원들의 총본산. 파름 산에 위치한다. 건립 시점은 영웅왕 이전 시대까지 소급되지만 종단의 총본산으로 체제를 뚜렷이 한 것은 역시 아라짓의 건국 이후부터이다. 그리고 아라짓보다 오래 살아남았다.

하렌그라쥬

나가들의 도시 중 가장 번성한 도시로서 나가들 자신에 의해 냉혹의 도시로 불린다. 그리고 인간들은 목소리를 사용하지 않는 나가들의 특징에 빗대어 이를 침묵의 도시라고 부른다. 류 페이와 사모 페이의 고향. 이곳에도 다른 나가의 도시들처럼 심장탑이 있지만 하인샤 대사원처럼 발자국 없는 여신을 모시는 사원의 총본산인 것은 아니다. 나가들의 도시는 독립적이다.

흑사자

나가에 의해 멸종한 생물. 그 모피는 스스로 열을 낼 수 있다.
고대 아라짓의 왕가는 흑사자를 자신의 상징으로 삼았다.

핵심 용어에 대한 색다른 설명

심장탑

심장은 생명의 중심이고, 사랑의 중심이지요. 물론 매혹적인 이성을 만났을 때 왼발 새끼발가락이 경련하는 사람이 없으라는 법은 없겠지만 보통은 심장이 뛰겠지요. 사랑이 뇌의 활동이라는 똑똑한 주장을 할 사람이 있다면, 박수 쳐드릴 테니 만족하시고 물러나 주시길.

나가는 심장을 적출합니다. 그리고 그 심장들은 대형 창고나 지하실, 혹은 금고가 아닌 탑에 보관됩니다. 탑은 하늘과 땅을 잇는 건물입니다.

하늘치

그 엄청난 크기나 특이한 생김새, 혹은 등에 있는 유명한 유적 등의 가시적인 특징들 또한 하늘치의 신비를 구성하는 강렬한 요소들이지만, 하늘치의 가장 놀라운 특징은 유념하지 않으면 알아차리기 힘든 부분에 있습니다. 하늘치는 땅에 발을 딛지 않는 생물입니다. 가장 높은 바람을 타는 새들조차 때가 되면 둥지에 몸을 누이고 그 날개를 쉬게 합니다만 하늘치는 그러지 않습니다. 물고기가 휴식하기 위해 강바닥을 찾을 필요가 없듯 하늘치는 땅에 그 거체를 의탁하지 않습니다. 하늘치들은 언제나 하늘과 땅

가운데에 깃들며 그들이 고집하는 그 위치는 그들의 등에 있는 운명적인 건물과 관련되어 있는 듯합니다.

눈물을 마시는 새

눈물은 아래로 떨어집니다. 하지만 새가 마신 눈물은 새와 더불어 상승할 수 있을 겁니다. 나가 살육자 케이건 드라카에 의하면 왕은 눈물을 마시는 새입니다.

용

용은 기이한 존재입니다. 그들 안에는 식물과 동물이 공존합니다. 땅 속에서 태어나 하늘을 나는 용의 모습에는 땅과 하늘이 결합되어 있습니다. 그리고 씨앗이라는 '삶을 내포한 죽음'과 화염이라는 '죽음을 부르는 삶'이 그들 속에 결합되어 있습니다. 또한 이들은 아무렇게나 성장합니다. 배를 끌며 이동하고 성질이 고약한 것으로, 혹은 땅을 파헤치며 이동하고 유쾌한 것으로, 그렇지 않으면 번개를 몸에 두른 채 하늘을 날며 치명적인 화염을 내뿜는 것으로 성장할 수도 있습니다. 그리고 이들 모두는 용이라는 하나의 존재입니다. 모든 것을 내포하고 있기 때문에 무엇으로도 가변할 수 있는 하나의 존재가 용입니다.

무엇으로도 변할 수 있는 하나인 그들은, 대확장 전쟁 이후로 참으로 긴 시간 동안 지상에 모습을 드러내지 않았습니다.

바라기

바라기는 영웅왕의 검들이었던 해바라기와 달바라기가 합쳐져 만들어진 검입니다. 상당히 뻔뻔한 이름이라고 생각합니다. 해를 바라는 것이 무엇인지, 혹은 달을 바라는 것이 무엇인지 짐작하는 것은 그다지 어려울 것 같지 않습니다. 문제는 그 둘이 하나로 합쳐져 있다는 것에 있습니다. 바라기의 형태는 두 검의 합일을 의미하는 것처럼 보일 수도 있습니다만, 다시 생각해 보면 반드시 그렇지는 않다는 것을 알 수 있습니다. 돌멩이는 부딪쳐야 불꽃이 일고 칼날도 서로 부딪쳐야 싸움이 되겠지요. 칼날이 서로 부딪치는 검투를 통해 바라기는 모든 칼날을 만날 수 있습니다. 하지만 바로 옆에 있는, 자신과 평행하게 서 있는 칼날은 만날 수 없습니다. 평행선은 서로 만나지 않지요. 두 칼날이 나란히 서 있는 바라기의 형태는 오히려 절대적인 벌리라고 말할 수 있습니다. 영웅왕 이후로 바라기는 오랜 시간 동안 자신의 짝을 만날 수 없었던 셈이지요.

케이건 드라카는 그런 검을 가지고 다녔습니다.

술

스라블에서 태어난 도깨비 비형의 증언을 따르자면 술은 달을 담아 마시는 차가운 불입니다. 매일 아침 동쪽에서는 불덩이 하나가 올라오지요.

판사이의 육형제 탑과 하텐그라쥬의 심장탑.

불은 항상 위로 치솟습니다. 무거워서 아래로 쳐지는 불은 없습니다. 거대해질수록 불은 오히려 힘차게 하늘로 수렴합니다. 어쩌면 불의 고향은 하늘인가 봅니다.

탑은 하늘과 땅을 잇는 건물입니다. 판사이의 육형제 탑은 물 속에 잠깁니다. 그리고 하텐그라쥬의 심장탑은 바람에 둘러싸입니다.

씨름

씨름은 서로를 붙잡은 채 우열을 겨루는 놀이입니다. 두 맞수가 맞선 채 서로를 붙잡고 시작하며, 둘 중 한쪽이 땅에 발 이외의 다른 신체 부위가 닿는 것으로 끝나게 됩니다. 그렇지 않으면 씨름이 아니겠지요.

서로 만날 수 없는 바라기의 두 칼날과 달리 씨름은 서로를 만난 상태에서만 성립될 수 있습니다. 그리고 우열이 구분될 때까지, 즉 서로의 위치가 결정될 때까지 계속됩니다. 지는 쪽은 땅을 향한 쪽이고, 이기는 쪽은 하늘을 향한 쪽이겠지요. 두 씨름꾼은 그 위치를 결정하기 위해 모래밭 위에서 힘과 기예를 다해 춤을 춥니다.

케이건 드라카는 판막음 장사였습니다. 판막음이란 연속하여 이겨 더 이상 상대가 없는 상태가 되는 것을 말합니다.

남매

사모와 륜, 세페린과 갈로텍, 극연왕과 케이건 드라카 등 '눈물을 마시는 새'에는 많은 남매들이 등장합니다. 형제라고는 괄하이드 규리하와 라수 규리하가 사촌 형제로 나오는 것 정도가 유일한 상황에서 상당히 많은 편입니다. 물론, 자매 관계도 적은 편입니다.

다른 사람들도 마찬가지지만 나가들의 사회에서도 근친 상간은 강력하게 터부시되는 악습입니다. 모든 사람을 통틀어 남매는 서로 결합될 수 없는 남녀입니다. 가족 관계가 극히 희박한 레콘조차도 남매끼리는 결합하지 않습니다. 륜은 심장 적출 이후 자신이 사모의 남동생도 아니고, 그렇다고 해서 그녀의 침실에 들

수도 없는, 아무 것도 아닌 존재가 되리라 생각합니다.

마케로우 남매들에 이르러 이 관계는 좀더 복잡해집니다. 비아스와 화리트는 살해자와 피해자의 관계를 맺게 됩니다. 그리고 카린돌과 화리트는 하나의 육 안에 공존하게 됩니다. 하지만 결합은 존재하지 않습니다. 한편 사모 페이와 륜 페이의 경우엔 그 관계가 계속 변합니다. 추적, 도피, 재회, 희생, 희생에 기반한 재도피, 추적, 그리고 최후에 륜이 사모를 구하기 위해 작살검 앞에 뛰어드는 것으로 이들은 완전히 평행선에 도달하게 됩니다.

하지만 타자는 그것이 정말 평행선이라고 생각하지는 않습니다.

재미있는 읽을 거리가 되었는지, 그렇잖으면 머리만 더 혼란스러워졌는지 모르겠습니다. 읽어주신 여러분께 진심으로 감사드리며 항상 좋은 책이 함께 하는 즐거운 나날이길 바랍니다.

감사합니다.

남도에서 타자 이영도 드림.

눈물을 마시는 새 4

1판 1쇄 펴냄 2003년 1월 18일
1판 45쇄 펴냄 2024년 7월 16일

지은이 | 이영도
발행인 | 박근섭
편집인 | 김준혁
펴낸곳 | 황금가지

출판등록 | 2009. 10. 8 (제2009-000273호)
주소 | 06027 서울 강남구 도산대로 1길 62 강남출판문화센터 6층
전화 | **영업부** 515-2000 **편집부** 3446-8774 **팩시밀리** 515-2007
홈페이지 | www.goldenbough.co.kr

도서 파본 등의 이유로 반송이 필요할 경우에는 구매처에서 교환하시고
출판사 교환이 필요할 경우에는 아래 주소로 반송 사유를 적어 도서와 함께 보내주세요.
06027 서울 강남구 도산대로 1길 62 강남출판문화센터 6층 민음인 마케팅부

ISBN 978-89-8273-577-6 04810
ISBN 978-89-8273-573-8 04810 (세트)

㈜민음인은 민음사 출판 그룹의 자회사입니다.
황금가지는 ㈜민음인의 픽션 전문 출간 브랜드입니다.